[英]艾莉·哈里斯 著

夏洁 译

回首又见他

WRITTEN IN THE STARS

广西科学技术出版社

著作权合同登记号：桂图登字：20-2015-078

WRITTEN IN THE STARS by ALI HARRIS
Copyright © 2014 by Ali Harris
This edition arranged with Simon & Schuster UK Ltd.
through Andrew Nurnberg Associates International Limited
Simplified Chinese edition copyright:
2015 Guangxi Science and Technology Publishing House Ltd.
All rights reserved.

图书在版编目（CIP）数据

回首又见他 /（英）哈里斯（Harris,A.）著；夏洁译.—南宁：广西科学
技术出版社，2015.7
　　ISBN 978-7-5551-0385-1

Ⅰ.①回… Ⅱ.①哈…②夏… Ⅲ.①长篇小说–英国–现代 Ⅳ.①I561.85

中国版本图书馆CIP数据核字（2015）第066145号

HUISHOU YOU JIAN TA
回首又见他

作　　者：［英］艾莉·哈里斯　　　　　　翻　　译：夏　洁
责任编辑：孟　辰　黄圆苑　　　　　　　　封面设计：❌所以设计馆
特约策划：孙淑慧　　　　　　　　　　　　版式设计：张丽娜
责任印制：陆　弟　　　　　　　　　　　　责任校对：曾高兴　田　芳
版权编辑：周　琳

出 版 人：韦鸿学　　　　　　　　　　　出版发行：广西科学技术出版社
社　　址：广西南宁市东葛路66号　　　　邮政编码：530022
电　　话：010-53202557（北京）　　　　0771-5845660（南宁）
传　　真：010-53202554（北京）　　　　0771-5878485（南宁）
网　　址：http://www.ygxm.cn　　　　　 在线阅读：http://www.ygxm.cn

经　　销：全国各地新华书店
印　　刷：北京盛源印刷有限公司　　　　邮政编码：101109
地　　址：北京市通州区潞县镇后地村村北工业区
开　　本：880mm×1240mm　　1/32
字　　数：312千字
版　　次：2015年7月第1版　　　　　　印　　张：14.75
书　　号：ISBN 978-7-5551-0385-1　　　印　　次：2015年7月第1次印刷
定　　价：39.80元

致我的两颗小星星巴纳比和塞西莉，
我对你们的爱有地球往返月亮一圈那么长

前　言

2014 年 4 月 30 日

"我从没想过要做一个落跑新娘，真的，没有。并不是说我那天早上醒来就预谋：干点什么才能让那些我爱的人惊慌失措呢？尤其是那个全世界我最爱的人……"我的声音瞬间低了下来，根本无法继续这通准备充分的演讲。环顾周围，一张张脸孔兴奋得花枝乱颤。我真的要再撕开旧伤口吗？尤其是今天，大家都只是想来庆祝的时候？

此时几声掩饰尴尬的咳嗽和窃窃私语，让我突然感到胸口涌起一阵慌乱，我想要吐，或更糟，想晕倒。哦，天啊，千万别。别再次晕倒。还好这时他捏了捏我的左手，我顿时感到一股暖流，熟悉与自信的感觉让我镇定下来。我转过头看着他，他微笑着朝我点点头，我知道他要我相信自己的直觉。

回音又见他

Written in the Stars

"其实，我当时并没有想太多，"我继续，"我知道我很紧张，但也就是仅此而已。我当时只顾着想，必须爬起来，必须准备好，必须上车，必须走上婚庆红毯。然后……"我自嘲地笑了一下，"然后大家就都知道了。"

　　笑声像扬扬撒撒的花瓣一样从半空中坠落。

　　"我扪心自问，"我继续道，"把丈夫抛弃在圣坛之上，这是我做过的最艰难的决定。很多人说那也是最糟的一个决定。"我对着闺蜜米莉笑了一下，此时她正对着我猛点头，还做了一个赞同的手势。"但不管我多怀疑自己，我知道这不是真的。"我闭上双眼，想起了一个很久很久之前犯的错。我永远不会忘记，但是现在，我终于明白了。尽管疼痛痛彻心扉，但我知道那才是正确的选择。

　　我再次望向众人，然后看着站在我身边的男人。他仿佛一直都在身边，冥冥之中这一切仿佛早已注定……

目录
contents

我朝左边看了一眼，世界就像纸牌屋一样轰然倒塌，一瞬间，
生命的所有记忆一闪而过，像传说中人之将死的时候一样。
天哪，我要死了吗？

"亚当不是赌注，碧。"凯尔的笑容消失了，"你知道他
是你生命中最稳定的东西。"
"我知道。"
"那你为什么要离开他？"

回首又见他
Written in the Stars

"你不需要变成一个园艺师，碧儿，你天生就是。"
这就是我本来的样子，越早接受这个事实越好。
但我却把它牢牢封锁在记忆中，从未开启。

我凝视着亚当，感觉自己已然下定了决心，而且充满自信。
"你真觉得我做得到吗？"
他点点头。"我觉得你注定要去做。"

"你在干吗呢？"
"没什么。"
"想和我一起冒个险吗？"

我扫了一眼计划书，心跳好像停止了，一个再熟悉不过的
名字赫然出现在首页。
那是亚当的公司，但怎么会……他是不是……

"我真希望我没有离开那么久。"最后基兰开口了，我点点头。没有爱抚，也没有亲吻，两个曾经的恋人就这样被过往云烟永远地捆在一起，迫切希望找出一个关于未来的答案。

只剩下一张空椅子了，这时一个长直发的女人推门走进来，看到她的一瞬间我的胃开始痉挛。她双手环抱着斜坐下来，直直地看着我，露出轻蔑的微笑。
这下可好玩了。

"我不敢想象爸爸走之后你都经历了什么，对不起罗尼，真的很对不起。"我几乎崩溃了，"但我还是想找到他，只有找到他之后我才能真正开始新的生活。"

我爱你姐姐，我们只是希望你能幸福。
我爱你碧儿，我永远不会离开你。
我拿起手机，轻轻抚摸着，不知不觉眼泪都落在屏幕上。

回首又见他
Written in the Stars

那是我爸爸，我爸爸。我目不转睛地打量着他，就像在镜中看着我自己一样。

他侧目凝视着我，好像不确定一样，然后倒抽了一口气，用手捂住了嘴。

"亲爱的碧儿，你来了。"

"你可能会死的。"他终于开口，把我的头抬起来凝视着我，眼里居然满是泪光，"你要是那样死了我就永远都不可能遇见你了。"

我感到自己摔到了线上，不断旋转下坠，后脑勺朝下落地的时候只看见无数星星。

然后，就只有一片黑暗……

April　晕眩

我朝左边看了一眼，世界就像纸牌屋一样轰然倒塌，一瞬间，生命的所有记忆一闪而过，像传说中人之将死的时候一样。

天哪，我要死了吗？

亲爱的碧儿：

　　我从来不信所谓的"四月是最残酷的季节"的说法。对我来说，四月从来都代表着新的开始，是大自然真正的新年。突然，姹紫嫣红的鲜花就像烟火一样在我们的花园里绽放，金色的水仙在草丛中异常夺目，麝香兰就像火箭冲破云层一样从土里冒出来，旁边的银莲花像紫雨一样摇曳多姿，藜芦和郁金香在风中更像单身派对上的伴娘一样充满热情。

　　这些新生命的出现使我们需要作出很多的决定——有时最有经验的园丁都难以抉择。有时我想，你会觉得触目所及只有光秃秃的土地，但以我的经验来看，亲爱的女儿，春天总让我想不顾一切地清空自己的灵魂。开口说话。暂停，仔细看看深藏于外表之下的感觉究竟是什么。

　　迥异于别人的观点，我觉得耕种古老的土地是非常健康的——而且是必须的——运动。作为一个老园丁，我认为应该除旧迎新，否则新芽就有可能夭折。不过修枝也别修得太厉害，不然你也有可能把今年新开的花儿不小心剪了。还有记得，别让杂草在你脚下长出来，不然会让其他花儿变黄，枯萎，死去。

　　这样你的花园一定能百花齐放，如你所愿。

爱你的爸爸

Chapter 1

30 April 2013

碧·毕晓普马上就要——

"都什么时候了你还在更新脸书，碧！"我弟弟凯莱布一把将我手机抢走，这家伙更像我爸妈而不是弟弟。

"嘿！"我嫌弃地看着他，有点希望现在这个陪我站在教堂外面的人变回小时候那个头发卷卷的，在海滩上追着我跑得像条小狗一样的小朋友。可是现在的人家是一个充满魅力、细腻、有责任感的28岁的男人了，穿着一身礼服的样子——还真是像一个爸爸。真不敢相信凯尔有两个孩子了。时间到底去哪儿了？

我想抢回手机，但是他很可恶，把手机高高举过头顶，然后放进口袋里。我怒了，转向站在我右边的罗尼，她举起手表示"不关我事"，然后低下头理了理自己的衣服，露出更深的乳沟。

"姐，你准备挤挤你的乳沟吗？"凯尔小声说，然后靠过来，挤挤眼睛，"看看人家罗尼……"

我看看他们俩，想告诉他们，爸爸没来，我永远都准备不好。但是我没开口，只是笑了一下，深呼吸然后转身面对那扇沉重的胡桃木教堂门，穿着这身紧得要命的鱼尾裙我觉得更困难了。我知道对我的体型来说选择这条裙子就是个错误——它应该穿在一个更高、更优雅一点的人身上，而不是我这个又瘦又小的假小子。当时我犯了选择困难症，我未来婆婆玛丽昂说穿上它就会"优雅得不像你自己"，其实当时我应该立马拒绝的，直觉告诉我婚礼当天最好捯饬得越像自己越好，是一个升级版的自己，但始终得像自己。

可我却不是这样。平时倔强卷曲的头发现在被盘得像块铅一样沉重，哈得孙家族的桂冠紧紧盘在梳得超高的发髻上，怎么看都像金刚趴在帝国大厦顶上一样。玛丽昂在我最后一次试衣的时候告诉我，我必须戴着这个桂冠是因为——原话："不幸的是，碧，看来我不得不把你当做自己的女儿了。"她的语气强调了不幸这个词！

"碧！"凯尔不耐烦地说，让我突然回过神来，"我说，你准备好……"

"……受死了吗？"罗尼插嘴戏谑道。她疯狂卷曲的头发上戴了一个巨大的、紫粉相间的引人侧目的发饰，下垂的部分在她背后晃出银色的曲线。

凯尔向她丢去一个警告的眼神。她无辜地摊摊手，貌似在说"咋啦，开玩笑呢"，然后从小酒瓶里痛饮了一口酒，显然这瓶酒是她从酒店小冰箱洗劫出来的。"只是罗尼的婚礼前安神酒罢了。"她挤挤

回首又见他

Written in the Stars

眼睛。老妈经常以第三人称自称，这种事显然只有在人疯了的时候才会发生——我意思是说，有一点点出名的时候，她写婚恋关系的书，第一本叫《单身快乐，结婚何益》，得知这本书在畅销榜单上呆了23周之久还是震惊了我一下。20年来写了无数本书之后，人们还把她当做咨询婚姻失败的知心姐姐的不二人选。不过看来这项技能在婚礼当天是没啥用了。

罗尼对婚姻体制不怎么感冒，她有自由的精神，单身的灵魂。从我7岁、凯尔5岁、老爸离开家之后她就这样了。她从来都说婚姻是一种不自然的状态，结果导致我也认同这个看法。

我眨眨眼，提醒自己下一个步骤的时候，熟悉的惶恐感再度袭来。

"你还好吧？"米莉低声问。我转过头去看她，余光瞥见远处的霍尔汉姆宫——优雅的帕拉第奥式建筑，光可鉴人的地板——也就是我的婚礼的礼堂。这个地点是我好不容易争取下来的，婚礼必须在这里，霍尔汉姆，在我长大的地方，对着我最爱的那片海滩。也就是在这里，小小的我就对父母说，我长大了就会结婚。玛丽昂对此很不高兴，她希望找个更大、更华丽、更靠近伦敦而不是诺福克的地方。但是这一次我非常坚持，我不介意他们要邀请一百号我从来没有见过的宾客（他们还真这么干了），但是地点必须在这里。

我转过去看米莉。她穿着亮金色伴娘裙，勾勒得身材就像007的邦德女郎一样，整个人淡定冷静。米莉是她波斯母亲和印度父亲的完美结合，她在任何场合都是最美丽的女人，黑色锃亮及肩发永远一丝不乱，厚厚的刘海留到巧克力色眼睛的上缘，她的眼睛，由于做对冲基金经理的工作压力巨大，总是显得非常严肃。但是现在，那眼里却游移着担忧。我知道即便是最好的朋友也不会像米莉那样如此照顾我，从入学第一天，我像迷途的羔羊一样在学校操场徘徊寻找七年级法语课教室开始，她就承担起照顾我的重任。她说我看起来完全不知道该朝哪个方向走。

我现在还是不知道。

我不能这么做，一个声音在脑海里低声说。

我挣扎地，呆若木鸡地看着米莉，绝望地想把疑虑驱散——或者说希望她帮我驱散。

"你可以的，碧！"米莉突然说道，看穿了我的心思，紧紧握住了我的手，"你要嫁给亚当，记得吗？你的至爱啊。"

"米莉，"我被惶恐攫住，脱口而出，"我想问你件事。"

"当真？现在吗？"她说，帮我把一个快滑掉的别针别进紧紧的新娘发髻中。"好吧，"她叹了口气，"向我开炮吧。"

"你怎么知道杰就是你要找的那个人？"米莉看看我，又看向凯尔。她朝我灿烂地笑着，但我能看出她眼中的警惕：*小心啊，同志们，这个新娘想要落跑！*

"你到底怎么知道的？"我继续，低头看着米莉左手的两只戒指，这三年来就像牢牢长在她的指间一样。杰是亚当的伴郎、米莉的老公，他们俩就是在我和亚当相遇的那个晚上遇见的，但是米莉和杰的关系发展比我和亚当快得多得多，亚当和我初见以后一直在玩猫捉老鼠的追求游戏。

"我，我……"她的目光躲闪，望向凯尔和罗尼，"我无法解释，碧，但是就是知道。"

我的心一直坠落到高得愚蠢的婚鞋上，真相居然是"我不知道"。可我不确定、一定以及肯定，也不知道为什么。为什么，亚当如此优秀，难道我不知道吗？到底他有什么问题，或者说，我有什么问题？

"拜托老姐！"凯尔也看穿了我的心思，"你在说的可是你和亚当啊。你们是天生的一对，你是个疯子，而他也正好为你疯狂。"

"呵呵。"我费劲地笑笑。

我从罗尼手中抢过酒杯想喝上一大口，但是头上假发髻和桂冠重得我动弹不得。

"准备好了吗？"凯尔温柔地问，好像我是他两岁的双胞胎女儿一样。

我！不！知！道！ 我想，但是却心虚地说："好了！"

凯尔推开维斯博家街教堂的门，我开始大口呼吸。裙子厚厚的蕾丝边让我痒得不行，我拼命克制住不去伸手挠大腿。

"老弟，帮我拿一下好吗？"我说，一边把鲜艳的新娘捧花递给他，花束有黄色报春花（*不能没有你*），金银花（*光芒四射的吸引力*）和连翘（*预见美妙的瞬间*），米莉帮我订购的，我当时着急忙慌地打电话给她，因为我把这事给忘了。她那会儿还在工作，但还是赶在花店打烊前跑了一趟格林尼治当地的花店，特意要了我中意的黄色婚礼花束，拿在手里就像捧了满手阳光一样。花店的人非常好心地把捧花和胸花插好装进一个复古风木质花篓中，上面印有店名——波斯菊花店——旁边画着几颗星星。天刚破晓，米莉和杰就带着鲜花赶来了。波斯菊是我的诞辰花，当看见这几个字出现在我最爱的花的包装上时，我感觉这预示着我做的事情是对的，但是现在……

天哪，我觉得恶心。

"你还好吧，碧？"米莉不断地问着这句话，试图让我冷静下来。

"好像婚纱让我出疹子了，"她帮我看发痒的地方的时候我抱怨说，"要么是我对它过敏？"

米莉抬起我的下巴让我看着她。"没什么需要担心的，你要做的只是走过婚礼红毯而已，我会一直在你身后，好吗？"她拉起我的裙裾，凯尔也点点头，紧握了一下我的手。

我再度深呼吸，告诉自己每个新娘都会那么害怕、疑虑和焦虑，这完全是正常的。当你戴上那个戒指的时候，所有情绪都会烟消云散。没错，我很确定会的。

"亚当就是你要找的人，碧，"凯尔说，看穿我的心思，"一直都是。只是你需要一些时间来认识到这一点。现在，记住，你只需要一点点完成……"

我点点头，惊诧我的弟弟怎么就变得这么成熟了，而我怎么会如此恐惧。"来吧！"我心虚地说，打了个响指。

凯尔打开教堂门，看着我。我注意到他和罗尼那青花瓷蓝的眼睛都激动得闪闪发亮。当门德尔松的婚礼进行曲响彻教堂时，宾客们像做墨西哥人浪一样突然齐刷刷地转头看着我。我握着凯尔的手，紧张地在面纱后面微笑着。

"你很漂亮，老姐，"凯尔微笑着对我低语，我们慢慢走过红毯，"现在，"他咧嘴笑着，"你爱怎么着都行，但是别再像在凯瑟阿姨的婚礼上那样干哦。"

"我才三岁。"我小声说，但是还是笑了。

继续往前走，我发现自己拼命在找老爸。没人知道原因——甚至凯尔都不知道——但老爸才是我坚持在这个地方结婚的原因。这里离我儿时的家很近，我一直都没有放弃在婚礼这天全家团聚的梦想。几个月以来我一直试图说服自己，即便我坚持寄到海边克莱——在爸爸失踪前最后居住的地址——的喜帖没有寄到，即便爸爸没有看见亚当在他最爱的全国性报纸上刊登的结婚喜讯，冥冥之中他也能感觉到自己的女儿在今天要出嫁了。他自然会知道我不希望这样的场合没有他，这样他就能想起小时候我说过以后我要在这个教堂结婚的事情。所以我还是忍不住希望，尽管 23 年来我没有过他的任何消息，他或许还是会出现，看着他的女儿嫁人。我知道这个愿望很荒谬，我应该放手，往前看，但是我从来没有放弃过父女团聚的希望。今天就是他最后的机会，最后的里程碑。他的女儿，碧·毕晓普，就要告别过去，开始碧·哈得孙女士的生活了。

我拼命打量坐在红毯两边的宾客，凯尔紧挽着我的手臂，我知道他明白我在找谁了。他努力去理解我，但是他看起来从来不像我这样因为父亲的离开而难过。我的小弟一直都……很有自己的生活——以一种低调但是很了不起的方式。凯尔不仅仅是一对两岁双胞胎女儿的伟大父亲，还是她们的母亲，露西的合格伴侣，而他和露西已经在一起快 10 年了（对承诺的恐惧显然没有传染整个家庭），而且他还给了我莫大的支持。他住的地方离罗尼很近（这样我就可以选择随便住在哪里了），最重要的是，他是一位军医，每天都救死扶伤。换句话说，我的小弟，这个以前总是穿着超人服装四处玩耍的小孩，现在真成了一个活生生的超人。爸爸一定会很骄傲的。有时想想，一对姐弟能长成那么不同的样子，还真是神奇。

脑海中突然闪现爸爸的样子，伸出手来要抱我。

过来，我的小猴儿……

我喜欢紧紧黏着爸爸，想到这个专属的外号，我的心刺痛了一下。我闭上眼睛片刻，又重现了一遍自己跑去花园，绕着他的腿转圈圈，抬头看着他笑着把我抱起来的记忆。

我继续在人群中寻找，当确认爸爸真没有来的时候，我满心失望，眼眶里都是泪水。多傻呀，怀揣着这样一个遥不可及的梦想。

没关系的，我坚决地跟自己说，*我再也不需要他了，我现在有亚当了……*

只要我走到他面前就没事了，但是红毯的尽头是那样遥远，远得难以聚焦。眼前的一切都是模糊的。

我喘了口气，把手放到前额上探了一下，继续走向亚当。但是感觉就像我突然站起来，有人把灯全关了一样。我再也无法忍受这条让我发痒的婚纱，我要窒息了，头沉得要命，一百号宾客都看着我，拍着照，我感觉自己死命憋着气，像要跳进海里一样。

沉没。

回首又见他

Written in the Stars

然后我看见了他，感到一丝如释重负，因为在红毯那头等我的是亚当。我高大强壮的、沉稳自信的亚当，他背对着我，站在杰旁边。我盯着他的宽厚的轮廓、笔挺的西服和在白色领口上面的有点不服帖的黑色鬈发，这肯定是他生活中唯一一样不合规矩的东西，除非我也算的话。他转向我，我看着他镇定的、下垂的灰色眼睛和浓密的弯弯的眉毛，突然意识到他是我内心风暴的救星。

　　我举起手朝他挥了一下。他笑了，温和的笑意就像黎明之光一样从嘴角开始扩散，到眼角眉梢时已然燃烧得像正午的太阳，照亮了我的世界。他朝我点点头，做了一个让我走向他的手势，然后转向了神父。每做一个动作都如此确信。

　　我朝左边看了一眼，世界突然像纸牌屋一样轰然倒塌。他来了。不是爸爸，而是另一个他，一个我花了8年时间想要忘记的男人。我感到无比愤怒，回忆就像海啸般侵袭着我，撼动着我筑起的每一道围墙，吞噬着我保护自己的每一点努力。我不敢相信过了这么久他居然来了。

　　基兰·布莱克，我真正的初恋。

　　他故意盯着我，他的脸我一眼就能认出来，就算过了这么多年。他剪掉了以前常年流浪时狂野的、散乱的、特立独行的挑染金发，剪成黑色圆寸，这个发型让他深绿色的眼睛更加有神。我努力地想把目光移向亚当，但是做不到，没办法把目光从基兰身上移开。他举起手，敲了一下自己的头，这时我看见他指间的银色戒指一闪而过，我开始沉溺过去，回到当时，当地，回到那段我再也不想回去的时光。

我保证我会回来的。等我想清楚。等着我，好吗？我戴着这枚戒指，你也戴着你的……

我低头看看我的右手，之前一直戴着那枚铂金戒指，直到我决定放弃等待。

"基兰·布莱克。"我喃喃，凯尔看了我一眼。

"你说啥？"凯尔低语，目光扫向人群，直到看见了他。他恐惧地看向我："是你请他来的？"我摇摇头，神不守舍地往前走着，感觉举步维艰。

我努力往前走着。为什么，正当我如此迫切地要明确自己的未来的时候，却被一股不可抗拒的力量拉回过去？我感觉自己被朝着两个方向撕扯。我从疑虑中回过神，强迫自己把不稳的步伐捋顺，好好地在冰冷的瓷砖地上走稳。

"嘿，碧，"凯尔说，"小心——"

他提醒得太晚了。我脚下一滑，地板消失了。我听到自己叫了一声，向后倒去，宾客们一起倒吸一口气。凯尔伸手来抓我的手臂，但是没抓稳，我倒在地面上。

一瞬间，我生命的所有记忆一闪而过，像传说中人之将死的时候一样。

天哪，*我要死了吗？* 不，肯定不是。我不想我的墓志铭变成明日邮报的头条："大号新娘婚礼当日暴毙"（悲催之处在于，我穿大号，而不是我暴毙）。我挣扎着想清醒过来，头部灼热的疼痛感传遍全身。我终于回到现实中了，然而……

回首又见他
Written in the Stars

我再次眨了眨眼，触目所及只有无边的黑暗。我回到的不只是当下的现实，还有过去和未来。亚当和基兰都在我身边，这是幻是真？我不知道发生了什么，也不清楚自己在哪里，但是我看见过去和未来幻化的白色鬼魂在天上搏斗。一个站在我肩上，像天使一样，拼命拽着我往前走，另一个拖着我往后。两份爱，两种可能的生活——哪一种才是我的？我该何去何从？我无法做出选择。我的头碰到瓷砖上，眼冒金星，然后完全失去了意识。

Chapter 2

　　我坐在礼堂旁边一间小小的、冰冷的教堂里，凯尔摸着我的头替我检查，亚当深沉而温和的声音把我从黑暗中叫醒。我不知道过了多久，也不知道他在说什么，只知道我醒来之后感觉全变了，好像失去了重心在海上漂浮一样。罗尼，凯尔和亚当守在我旁边，而我的手紧紧捂住脸。亚当的父母、乔治和玛丽昂都在看我，还有米莉和杰。他们以为我只是很痛——他们猜对了，但不仅仅是因为头撞了一个包。

　　我的灵魂浮出躯体，世界倒转，回到过去，回到和基兰在克罗莫码头的日子。

　　*都怪我。*这个念头适用于当时和现在。

　　凯尔掰开我的眼睑查看瞳孔，我觉得我就要被审判，事实上我才是满怀疑问的那个人。*我疯了吗?* 我想问他。你看见基兰了，对吗? 就是他，不是吗? 他来了，他回来了。比他保证的晚了七年，但是他回来了。

回首又见他

Written in the Stars

回答我的只有凯尔紧缩的眉头和专注的神情。

"我还真担心了一下，老姐。"他喃喃。

"担心我没法顺利走过红毯？"我开口问。

他脸上肌肉抽动了一下，摇摇头，看向其他人。"她没脑震荡，"然后笑着走开，"也没有什么大脑损伤。如果幸运的话没准她还被摔得更聪明了呢！"亲友们围成的半圆中传来松快的笑声。

有人递给凯尔一个冰袋，他按在我脑门上。"噢！"

"我来吧。"亚当说着，凯尔顺从地让开了。亚当就是有这种威严，大家都听他的。我也听他的。

"我们可以继续了吗？"神父高兴地说，击了一下掌然后看了一下表。

"可以给我们几分钟吗？"我颤抖的声音问，他看了我好长时间，然后才让大家走出小教堂。凯尔是最后一个走的，目光在我身上久久徘徊。

我抬头看着亚当，他亲了亲我的额头，又把冰袋放上去。他嘴唇的温暖和冰袋的冰冷形成巨大的温差，感觉就像一个征兆。他灰色的眼睛里担忧的阴云密布，我很想捧着他坚毅的下巴，吻住他好看的嘴唇，这样我才能永远记住和这个给我带来原本不敢奢望的幸福的男人的最后一吻。他给我的生命带来了宁静和安全感，在他出现之前充斥的都是噪音和灾难。我曾经以为这个男人可以把我从过去中拯救出来，尽管我都没有办法真正诚实地向他坦白我的过去。想到基兰就在外面，我突然对即将要做的事情感到一阵难过。

"你怎么样啊？"他说，半蹲着挪了一下冰袋，"准备好走出去听婚礼进行曲了吗？你真演了一出好戏啊，你知道吗，将来可有故事讲给孩子们听了……"他大笑，笑纹在眼周扩散开来，就像碎玻璃一样刺痛了我的心。他太完美了。

太完美了，我不配。

我得告诉他，我必须告诉他。我再也没有别的选择了。再说，我真的不配。

我看着冰袋，那些融化的冰块在我眼前浮游，混合着我的泪水，就像一条河一样，把我完美的未来载走，越来越远。

"来吧。"他柔声说，用手扶着我的手肘。

我摇头，我无法直视他，我觉得自己变成了刽子手，马上要拉下铡刀。"亚当，"我耳语道，从喉咙中挤出他的名字，"你——你知道我爱你，我希望你从未怀疑过这一点——"

"那还用说，所以我们才要结婚啊！"他笑了，侧过头来温柔地亲了亲我。我闭上眼睛，手指放在嘴唇上。"来吧，"他说，起身对着我伸出手，"我们结婚去吧。不过答应我，别再在红毯上要杂技了，好吗？你差点就让老爸忘记不停地收发邮件了！"他又大笑，但是我没有回应。他仍然伸着手，等着我。

"亚当。"我静静地说，努力控制声音不要颤抖。

"碧儿，我知道你紧张，但是没什么好怕的。等婚礼完成一切就都恢复原样了，什么都不会改变，真的。"他的声音很柔和，舒缓得像音乐一样。然后他开始故技重施，每次我压力一大，他就这样做。

"你记得我们订婚的时候吗？你对结婚太害怕,所以我想到一个办法,把戒指藏在一小束熏衣草、茉莉和香橙花中,这样你才能冷静,放松,不那么震惊⋯⋯"想到这段往事,我脸上浮现出笑容。我喜欢他的做法,那么体贴,那么了解我。但是基兰的脸又浮现出来,我被一阵焦虑击中。我不配被亚当温柔相待。如果他知道⋯⋯

我必须去做。必须跳下悬崖。必须结束这一切。

"我不能这么做,我不能嫁给你,亚当,"我爆发一样地脱口而出,就像断臂的石膏被扯掉一样。我闭上眼睛,还是觉得很痛, "我——我很抱歉⋯⋯"

他轻抚了一下我的头发,忽略了我的话。"你不是真的这么想。你只是有点害怕。等我们走出去你就好了⋯⋯"

我想要相信亚当的话,但是我觉得凯尔是对的,摔这一跤还真把我摔聪明了,我不能再装下去。基兰回来了,一切都变了。我不能这么对亚当,我配不上他。我不能再继续逃避过去,装作从我遇见亚当的时候自己就焕然新生了。不,我的生活已经终止于悲剧发生的那个夜晚了。悲剧是我一手造成的。

我举起手,眼睛在冰袋上,冰还在化,全都化了。"不,亚当,很抱歉,我不能,真不能⋯⋯"我的声音异常坚定。不能转寰,我已经下定决心。

亚当盯着我,好像过了一辈子那么久,他的表情从不可置信,否定,震惊到受伤,最后从我身边走开了。

"你是说真的。"他的声音低沉,似耳语。我把脸埋在手中,感觉好像自己捅了他一刀又捅了自己一刀。

　　亚当走向冰冷的石墙,好似根本站不住一样靠在上面。"为什么? "他静静地说。他宽阔的肩膀瞬间像缩水了一样，左手张开扶住墙，要给自己一种迫切需要的支持。这个动作同时也提醒了我，那手上没有婚戒。他的右手举到额头上，好像刚刚被枪击中头部，事实上我觉得他就是被击中了。"至少告诉我是为什么。"

　　"我，我不知道……我就是不能，我无法解释，很抱歉……"我试图说点什么，像是我爱他，需要他，甚至还没分开就开始想念他，只是我不知道自己是谁，很早以前我就迷失了自我。但是这些话都没有说出口。我绝望地看着亚当，泪流满面，真心希望状况不是现在这样。可我知道，在我摔倒之前的那一瞬间，一切都变了。基兰回来了。

回首又见他

Written in the Stars

Chapter 3

再醒来的时候，我发现瓷砖就像冰一样贴着我裸露的肩膀。是晕倒了还是死了？我睁开眼睛，想把眼前的黑雾甩开，看见自己身着雪白礼服，像天使一样。噢天啊，该不会真死了吧？所有记忆都回来了，好吧，几乎所有。我有个模糊的记忆，觉得自己应该去找某个人，但是又想不起来到底是谁。感觉很异于往常，但不知道为什么。

亚当渐渐在我眼前聚焦了，灰色的眼中充满担忧。他用大拇指按着我的太阳穴，然后用手掌摸摸我的前额。玛丽昂突然挤上前来，用手拍了拍我的脸，我赶紧眨了眨眼睛，好像刚从昏厥中苏醒过来，她这个动作对我的状况于事无补，尤其是一百号人都在怀疑我是不是恐婚症发作的时候。然后她高抬贵手，放过了我的脸。

"你看见几根手指？亲爱的，"她咆哮道，涂得无比精致的嘴唇开合之间就像峡谷一样，"你知道吗？一，四，还是五？"

"应该不是二吧，"我微弱地回答，"因为那就太不礼貌了。"

大家发出一阵笑声。

"她没事了，同志们，"凯尔诊断说，"她只是爱亚当爱得昏了头！"他和亚当都倾下身，伸出手来想帮我站起来。

"等一等，儿子，"乔治叫道，"我还在摄像呢，这一段在 YouTube 上面一定会大热。"

"乔治！"玛丽昂不满地叫道。

"我没事了，真的！"我示意凯尔和亚当都走开，挣扎着坐起来。

尽管我确定、一定以及肯定没事了——全身毫发无伤——还是觉得不对劲，头昏眼花。人在当下，但是仿佛错过了什么重要的事情：有部分自己刚刚还在那里，现在却消失了。我瞥见自己的手指，想把它们数数清楚——万一玛丽昂言之有理呢。可这时却发现婚戒不在了。就是了，我总结道，这就是不在了的那一部分自己了。

我抬起头看着亚当，他眼中阴云密布，眉头紧锁。

"我们可以继续了吗，亚当？"我乞求道，"我只想赶紧结婚。"

"哦，谢天谢地！"他如释重负地笑了。

"你是不是担心我不想结了——不想走过婚礼红毯？"我逗他。我闭上眼睛，总觉得此刻的情境已经发生过了，但是故事走向不同。这貌似也是我应该记得的一件事，一件很重要的事，可上面也有个黑点，像个指纹印，占据了本来记忆应该在的位置。

我摇了摇头，对着站在两边的宾客挤出一个笑容，这些宾客都带着病态的期待看热闹的表情，就像看车祸的人们一样。

"没事了，"我虚弱地叫道，"我好了，都怪我要穿高跟鞋！"

大家都笑了。"婚礼上出点问题其实是好运的象征，是吧？"我接着说，"既然现在我已经跌到波谷了……"玛丽昂瞪了我一眼，我赶紧说："……应该说波峰，那么就代表其他所有的事情都会很顺利！那我们开始吧，婚礼走起！"

这段话得到了大家的赞同，我从米莉手中接过捧花，并把它扔向空中，然后自己快速跑去就位。出于某种原因，我觉得自己应该尽快嫁给亚当——不然就来不及了。

我挽着凯尔和罗尼的手臂，三人一起向前走，我带头走得很快——但是很小心——向亚当走去。我回头看看，知道自己现在已经准备好了，就是不能摆脱一个念头：我的过往还是如影随形，它盯着我迈出的每一个步子。

Chapter 4

亚当没有正眼看我，我说的所有话都是可怜可悲的陈词滥调。我站在小教堂中等着他开口，像是等了一辈子。

"我知道你害怕，但是这没有道理啊。"他转过头来，好像再强调这一点就可以改变我的想法一样，"我们注定要在一起，碧儿，你知道的！嘿，你记得我们初遇的那个夜晚吗？"他急迫地说，把手伸进厚实的头发中挠了挠，"我们坐在格林尼治酒馆门口，晚上十点的样子，天空慢慢变成美丽的紫色，我们一起吐槽自己的前任，还说自己永远不可能疯狂到再次恋爱了……"

"就在这时西罗·格林的《疯狂》这首歌响起来……"我温柔地接着说。我闭上眼睛，思绪被再次带到那个时刻，那就像一个标志：一个改变我们两个人命运的分水岭。我们彼此凝视，亚当和我，知道我们恰恰又疯狂地恋爱了。我摇了摇头，亚当还在说话，帮我回忆那个幸福的瞬间，但是我抬起了手。

我想告诉他这些我好像没办法清楚地用语言表达的话：我配不上他，如果勉强结婚的话我会永远无法原谅自己，我现在伤害他是为了不让他以后发现我的真相时，心碎失望。

"我很抱歉，亚当。"我的手掩在嘴边，怕不小心就哭出来，把捧花也掉在地上，没头没脑地走过他身边，走向仍有宾客在等待的教堂中央。他们都知道不对劲了，像盯着外星人一样盯着我。我在红毯中间停顿了一秒钟。我疯了吗？也许我一直都是个疯子。想到这一点，我低下头，开始跑起来，把面纱扒掉，推开门跑出去，这时候天降奇兵一般，一辆白色复古劳斯莱斯停在教堂边，我就朝着车子跑了过去。

我上车的时候司机好奇地转过来看我，很显然他觉得我应该不会那么快。

我看向窗外，看见亚当站在教堂拱门下面。他的左手抬着，遮住阳光，穿着西服的他帅得像电影明星。我想象自己站在他身边，握着他的手，两人都戴着婚戒的样子。这个场景在我脑海中无比清晰，闭上眼睛就觉得触手可及。亚当和我笑着亲吻着，周围环绕着亲友们，他们把玫瑰花瓣撒向我们，直到放眼望去都是白色的花雾。睁开眼睛，这幅画面瞬间消失了，来无影去无踪。

"拜托，走吧。"我请求道，司机耸耸肩，发动引擎开走了。

Chapter 5

　　"你现在可以亲吻新娘了！"教堂中爆发出一阵欢呼和掌声。亚当和我的笑都融化在亲吻之中，然后我们手牵着手走向红毯。我如在云端漫步，但又有种情景重现的诡异之感。我突然有一种要尽快跑出去的冲动，但还是强迫自己好好地、慢慢地走，慢慢品味这个瞬间。

　　我四顾周围，看见罗尼跟在我们身后走着，靠在凯尔身上像明星一样对着众人挥手，凯尔虽然撑着罗尼，还是站得直直的。双胞胎抱着他的大腿，露西挽着他的腰。然后我看了看亚当，我英俊的、强壮的、善良而随和的丈夫，他驱散了我对没到场的父亲的思念。我觉得家里失去的那个部分被更好的一个事物弥补了，更好的一个人，于是我把头靠在亚当的肩上，笑着往前走。亚当和人们握手，我发现自己认识的人越来越多了。这帮人是老鹰猎头公司的，我在公司做了七年临时雇员，同事蒂姆鹤立鸡群地站在那里，净顾着和现场美女眉目传情而彻底忽略了我们。尼可，我的老板和挚友，冷笑着，看起来就像

回首又见他
Written in the Stars

不耐烦在这里待下去似的。格伦达也来了，我可爱的威尔士"工作妈妈"。她高兴地朝我挥手，把帽子扔起来喊道："我们爱你，碧儿！"吉夫斯——另一个同事——喊道："就是，就是！"挥舞着一块粉红色手帕。

我握了握亚当的手，他对着我笑了笑，我们走出教堂，呼吸着新鲜空气，仍然十指相扣，两枚戒指熠熠生辉。客人们也涌出大门，成半月形包围着我们俩。我们亲吻的时候大家把玫瑰花瓣撒过来，一百台相机的闪光灯在闪动。我害羞地靠着亚当的肩膀，所有人都在鼓掌欢呼，但是当我再次抬起头的时候，只看见一个人，基兰·布莱克。

我惊恐地看着他，记忆之中的污渍烟消云散，我突然想起刚才就看见他漠然站在人群之中，仿佛他没有失踪八年一样。

八年，不是一年，不像他承诺过的那样。

他恳求似的看着我，一瞬间，我在红毯上动弹不得，那双绿色的眼睛在向我诉说着我之前梦寐以求想要听见的每一句话。

我还爱你。没有人会比我更了解你。没有人像我们俩这样心有灵犀，以后也不会有的。

我试图移开目光，继续和亚当走下去，又觉得脚下的每一步都把我推向基兰。我等待了如此之久的一刻终于到来，可来得根本不是时候。然后我就摔倒了——彻底忘了之前的一切。记忆被选择性抽空，这是我若干年来一直努力练习做的：删除和那个夏天有关的所有记忆。

真希望现在自己也能忽略他，他不受欢迎，在这里，现在，今天，在我终于重拾自我之时。可他没有离开，相反，他也朝着我们撒花瓣，但以一种对着坟墓而不是婚礼的姿态。

我等过你了，我试着用眼睛对他说。我等过了，但是你没有来。现在太晚了，我已经决定了。

我转头看着亚当，他抱起我，亲吻了我，我也用手臂环住他的脖子热烈地回应他的吻，谢天谢地我们结婚了。

碧·毕晓普已经消失了，碧·哈得孙太太获得新生。

"你幸福吗？"亚当低语，我点点头，但实际上我感受到更多的是解脱。我多幸运啊，找到了亚当：世界上唯一没有弃我而去的男人，没有逃离的男人。

"现在就是我们俩的世界了，你，我，未来。"我看向之前基兰站着的地方，还有罗尼身边本来应该是爸爸站的位置。"除了你我再也不需要别人，"我热切地说，"再也不了。"

他又吻了我，我努力沉醉在幸福的氛围之中。但是眼角的余光却看见一个身影走出教堂，走向霍尔汉姆宫——如果我足够了解他的话——走到那后面的海滩。我倚着亚当，他就是可以停泊的港湾。这时候我告诉自己，对这个人，我很确定。

生平第一次，我确信自己作出了正确的选择。

Chapter 6

车在霍尔汉姆疾驰，开过湖边，开过栽着橡树的安妮夫人大道，我发现一个残酷的讽刺——司机貌似在哼着婚礼进行曲。

可能他的合同上就写着载新婚夫妇的时候必须这么干，从后视镜里他紧张的眼神看来，他还没想好载着一个落跑新娘应该哼什么曲子。我甚至想给他一些建议：保罗·西蒙的《离开爱人的 50 种方法》还不错，《又干掉一个》也还行。

我们在维多利亚大道停下，停在我昨晚住过，本来是亚当和我应该共度新婚之夜的精品酒店门口时，我靠前跟司机说，请他顺着前面的路开到海滩停车场去。

霍尔汉姆湾就在树林外面。我需要呼吸的空间，这片未经破坏的、广阔的海滩就是最好的地方。尽管它非常之大，可我曾经一度对它了如指掌。已经八年没来过了，自从基兰在那个夏天离开之后……我摇摇头，想把他赶出脑海。

我想到罗尼乱糟糟的家，还有那个感觉仍然属于爸爸的花园，眨了一下眼睛，吞了吞口水，又是一段不好的回忆。我觉得自己被这两个弃我而去的男人纠缠不休，想想其实挺讽刺的，考虑到我自己落跑的行径。眼前又浮现出亚当站在教堂门外，看着我坐上车开走的样子。

　　"你还好吧，亲爱的？"司机问道，他一边熄火一边打量着我，我打开车门，"你的衣着不是很适合漫步沙滩啊……"

　　我低头看了看婚纱。他是对的。但是现在太迟了，我脱下鞋子拿在手中。

　　"我没事的。"我虚弱地笑笑。

　　"需要我在这里等你吗？"他和蔼地说。

　　"不用了，我没事。"我回答，下巴却不由自主地颤抖。

　　他看着我，就在那个眼神中，我知道他也是做父亲的。

　　"我想我还是在这等一会儿的好，亲爱的，好好欣赏一下这里的美景。"他善意地微笑，我的眼泪马上就要掉下来了。

　　走下车，左转穿过松树林，我走在一条和罗尼、凯尔走过无数次的小径上，当然还有和基兰，但是我再度挤走了这段不快乐的回忆，这次还伴着我的眼泪。

　　从栈道上走下沙滩，我深深吸了一口海边的空气。时间消逝了，我又回到 22 岁那年，在无边无际的沙丘上走着，哭着说服自己接受基兰真的离开了。

　　我提起裙裾，涨潮之后沙滩变小了。我跑过沙滩，被风刺痛脸颊，然后爬上沙丘，看着波光粼粼的海面颓然而疲倦地延展开来。金色的

回首又见他
Written in the Stars

阳光反射在沙滩上，映衬到海面。我觉得自己被眼前的美景所辜负。滔天巨浪和倾盆大雨才是适合此时的背景，可是它们在哪儿呢？

"给点面子啊，大自然母亲！"我很想喊一嗓子，"至少来点闪电，汹涌的波涛，乌云，或者毛毛雨也行，什么都行！"

但明媚的春日暖阳挑衅般地照耀着大地，远处的情人草氤氲出一团紫色的光晕，衬得海湾仿若幻境。我想起小时候，经常带着自然书和老爸到这里，对照着书辨认每一种树莓和每一丛灌木的名字。真是无忧无虑的时光啊。当时只有十多岁的我常常沿着海岸线一跑就是几英里，清新的空气和想要摆脱噪音的冲动就是我奔跑的动力。然后就是那个夏天，似乎永远没有尽头的白昼与黑夜，我和基兰还有他的双胞弟弟埃利奥特一起度过，游泳，喝酒，笑着，爱着，活着。

生命中最快乐的时光，我以为一切都会美好如斯，真是好傻好天真。

我坐下来，无意识地用手指在沙上画了一只戒指，然后又抹去。

"我就知道能在这里找到你。"

听见他声音的时候我全身僵硬，心跳骤停，感觉全身的氧气都被抽空了，因为惊恐胸口剧烈起伏，像是故意在做深呼吸一样——谢天谢地我当时是坐着的，否则很有可能再度晕倒。我回过头去，再见他的震惊感居然还和在教堂里一样，他打乱了我的平衡，使我整个身躯失去重心，失去方向，绝望地滑向过去的深渊。

"嘿。"基兰简单地打招呼，脸上的笑容仿佛点亮了苔绿色的眼睛。太阳就在他正后方呈现出一圈光环，使他看起来亦幻亦真，甚至仿若天使，那样子一点没变，尽管已经时过境迁那么多年。他和他弟弟一模一样。

我低头看着沙，感觉心情起起伏伏，就像驶在遥远的地平线的一叶小舟。但是我不能让他看出这些。

"你来这里干吗？"我平静地说，转过头去。但是这条超紧的鱼尾裙又让我动弹不得，感觉还真像一条在水边绝望挣扎的人鱼。当我们四目相对的时候，共度夏日的灿烂和分离的阴云同时向我袭来。

"我知道我不该来，"他难过地说道，"但是我想知道你过得还好。毕竟，我没有资格评论弃人而去这件事……"他低着头，用脚踢了一下沙子。我注意到他的穿着并不适合参加婚礼，T恤和牛仔裤，皮绳手链系在手腕上，字母E的项链戴在脖子上。

我还记得，就在这片海滩上，我们发誓说要一直戴着我们的戒指，身后浪涛拍岸，我们紧紧拥抱，泪流满面。

一年。我一遍又一遍地吻他的时候他说，我拼命地紧抱着他，就像海螺黏在岩石上面那样。一年我就回来找你。

你发誓？

我发誓。

我眨了眨眼，看见那枚银戒指戴在他手上，尽管已经过去那么多年。这就是我在婚礼殿堂上看见的那枚戒指，我也把我的戒指在右手上戴了整整一年，一直到我搬到伦敦。在米莉的百般劝说下，我终于不情愿地摘下了它，把它放进那个记忆的行李箱中。一个月之后我就遇见了亚当，其实我现在应该戴着他送的戒指。如果基兰没有回来的话，是不是已经戴上那枚戒指了？

　　我想到亚当站在教堂门口的样子，想象着我自己也回到了那里。

　　我到底做了些什么？

Chapter 7

碧·毕晓普把名字改为碧·哈得孙。

感情状态：已婚。

    我一边修改脸书状态一边偷瞄今天的来宾，手指娴熟地按着手机键盘，指间婚戒闪闪发光。我很清楚婚礼仪式刚刚结束，在草地上拍婚纱照的时刻并不是玩脸书的好时机，但是宾客们都围在鲜艳如宴会舞者服的华盖前谈笑风生，这一刻，我无法抑制地想让所有人知道这一切是多么完美，我是多么幸福。也许这恰恰是因为我想起了我是如何差点就毁掉了这一天。婚礼仪式上看到基兰的一刹那，我只想冲出教堂，逃之夭夭，但摔了一跤之后我忘了逃跑这一茬，我很庆幸。现在没事了。我拥有亚当了。我环顾四周，确认基兰没有折回来，同时拼命去平息似乎故意想出卖我的疯狂心跳。他为什么会来？他到底希望得到什么？过了这么多年——在他绝然弃我而去之后居然来到我的婚礼上？我迫切地想知道答案，但又非常沮丧地发现自己正在想着他。

回首又见他

Written in the Stars

我已经结婚了。当我说出婚礼誓言的时候，我已经下定决心把他彻底遗忘，活在当下——可他顽固地在我脑海中扎下了根。

我穿过草地，朝着站在湖边被一群宾客簇拥着的亚当走去。我的身体安然无恙，可是大脑却被回忆的灭顶洪流吞噬。我险些再次晕倒，连忙停下脚步扶住一棵树。我拼命地理顺呼吸，抵抗身体每一个角落传来的恐慌。望向那清澈平静的、在春日暖阳中熠熠生辉的湖水，我再次告诫自己一切都没有改变。

基兰已经走了，没人知道我的秘密，希望将来也不会有。

"她在那儿呢！快过来，我漂亮的、完美的妻子！"亚当对我挥手。

我停顿了一下，深深吸了一口气，放开树干，微笑着向我丈夫缓缓走去，感觉每走一步，婚纱都有可能把我绊倒。

我站在草地上，一边端着瓷杯，就当自己是在以优雅的淑女范儿呷着茶，一边和亚当的远亲们交谈，乐团在身后拉奏弦乐四重奏。

"的确，我是很幸运。我当然知道他是个钻石王老五！为什么我这么久才答应求婚？呃，这个，现在流行百分之百确定才能答应啊，哈哈！"他们的表情告诉我回答错误，"不过说真的，其实是因为很难从亚当的日程上找到一个空当啊！"果然他们深以为然地点头，他们全家都知道他这个重要人物是多么忙碌。"再说，"我接着说，"我不希望订婚的时间拖太久了，所以索性等到我们可以尽快结婚的时候再答应，"我停顿了一下，"我不能冒险让别的女孩有机可乘啊！"

他们都附和着笑了，我也明媚地笑着，然后找了个借口走开了。

他们都很高兴我给出一个搞笑但是又可信的理由，而事实却远比这令人难以接受得多：之前我就是不能确定。

我很想来一杯香槟，更想找一个真正了解我的人好好聊一聊。老实说我还在为仪式上发生的事而尴尬、震惊。不光是因为跌倒，主要是因为害我跌倒的原因——那个人。

尽管身边宾客如织，在这一瞬间，我感到了一种彻骨的孤独。在教堂里发生的一切，我只能找一个人倾诉。

"米莉！"一个身着金装的女神飘过我身旁，我高举两杯香槟，低声对她说，"跟我去洗手间，快！"

"你看见谁了？"米莉倒抽一口凉气，惊恐地低头看着我。

我重重地坐到马桶上，裙裾让米莉帮拉着，白色蕾丝内裤褪到脚踝，手里还好好地拿着香槟杯，在我最好的朋友面前难为情地试图排空膀胱（以及我的道德观）。

"基兰·布莱克。"我小声说，怕有人走进来。

"那个让你心碎的人？"米莉也低声说。

我点点头。

"在那个夏天让你神魂颠倒然后差点毁掉了你的生活，让我和罗尼来收拾残局的人？眼睁睁看着弟弟被自己的愚蠢和粗心害死还让你来背黑锅的人？"我闭上眼睛。"他居然敢来！你是因为这个才在仪式上摔倒的对吗？"

我又点了点头。

她眯起眼睛："你感觉怎么样？"

我看看她，低头充满罪恶感地看着自己的脚。"感觉正在溺水而亡。"

"你们说话没有？"她短暂地停顿了一下，"有吗？"

我摇摇头。

"那就好。你知道他来也改变不了任何事，对吗？"她急切地说，"除了证明他还是那个极其自私的混蛋之外。"她看着我，好像在等我响应她的评论。但是我不能，埃利奥特的死不是他的错。

"米莉，你不了解他，这不公平——"

她翻了个白眼，好像已经听烦了这句话。米莉习惯于快速做判断，这和担任对冲基金经理需要完全依靠直觉的工作特性有关。迄今为止这让她成功地当上本市最大的投资公司的合伙人，嫁给了一个完美的老公，在生活的各个方面都英明神武到令人发指。比如：八年前她买的公寓（一场拍卖会上看都没看过实物，就以超低价火速拿下的正对格林尼治公园的两居——如今已经价值一百万英镑）。她的着装——这个女人从来没有出过错，从来没有。她的发型——时尚而酷炫的波波头，在她13岁看了《低俗小说》电影之后就一直留，因为这就是最适合她的发型。（我想说，谁会在十多岁就找到终生不用改变的发型！）所以当她说她从来不喜欢基兰、早在他离开我之前她就知道这个人不值得信任时，我就该听她的。那个夏天之后她就成了我的救命稻草。一整年我都基本没有离开过罗尼家，而她一直来看望我。当基兰食言再也没有回来之后，她和罗尼作出决定让我搬到伦敦和她住在一起。

在这件事上我真的没得选，这也挺适合我的。我原想，我也永远不配有选择的机会了。

"你知道我是怎么看基兰·布莱克的，"米莉说，"他想摧毁你的生活，但是没能得逞。我真不敢相信过了这么久他今天居然回来了，还想故技重施。希望现在他能看清楚这一切都太迟了……"

我没有接茬。

"碧？"米莉抓着我的手臂盯着我的眼睛说，"什么都不会改变，对吗？即便他人来了。我想你该知道你和亚当是天造地设的一对，是吗？"

我回想自己摔倒的时候和说出结婚誓言时候的感觉，我知道她是对的，基兰回来也不会改变任何事情。

"是的。"这是我今天第二次说这句话。然后，我又断然说了一次，"没错。"

Chapter 8

"我等这一天已经等了整整八年了，碧儿。你知道吗，无论何时，无论身在世界的哪一个角落，我一闭上眼睛就会回到这片海滩，看着这里的景色，和你……"

我盯着基兰，然后摇了摇头，拼命克制住冷笑的冲动，可是，一种绝望感铺天盖地地从身体的每一个角落向我袭来。我恨得想把自己的手臂卸下来砸他，让他滚得远远的。显然一败涂地的不仅仅是我的婚姻。

然而我什么都没说。我只是抓了一把沙子，看着它从指间流逝，就像匆匆的岁月。我抬头看着基兰，他也如梦似幻地看着我，好像我们都不知今夕何夕。他弯下腰来，想把我揽入怀中。

"基兰，"我断然拒绝，把他推开，"别，不要。难道你忘了——"

"我从来没有忘记过你，碧儿！"基兰激动地说，"你必须知道。我怎么可能忘记我们一起经历的事情呢？"他伸出手。我看着他手上的戒指，又看了看他，把我的手臂缩回来。

"我其实想问你忘了我的婚礼了吗，你懂的，就是你刚刚破坏了的婚礼？搞笑的是我现在并不想和你回忆往事。"我转过身，脉搏和心脏都在狂跳，手开始颤抖。我不想看着他，不想被拉入这样的对话中。但就算我背对着他，他的样子还是深深铭刻在我眼中，我的每一个细胞都能感觉到他的存在，好像他处心积虑地想再次潜到我的身体发肤之中，而我对此无能为力。

我无能为力。我挑衅地、肆无忌惮地回过头看着他。毫无疑问他长成了一个强大而健壮、有才干又有魅力的男人。但我眨了眨眼睛，好像沙漏被倒过来一样，岁月在我眼前烟消云散，沙堆砌的城堡被海浪吞噬。他健美的身材渐渐缩小，变回他20多岁玩冲浪时瘦瘦的样子，乱糟糟的头发长得遮住了眼睛，嘴边和额头都没有深陷的皱纹。我知道他也在脑海中勾画我当年的模样：更长更松散的头发，妆没这么浓，眉心没这么多皱纹，没穿婚纱。

"你为什么要来，基兰？"我警惕而疲倦地问，"为什么是现在？"

他静默了一会儿，然后说："感觉这是好时机，我猜。"

我强笑："哦是吗？对谁而言是好时机？"

基兰悲伤地看着我："你在生我的气。"

"不，我是生自己的气。"我深深呼出一口气，"现在不是时机，基兰。八年前才是。"我想要站起来，但是发觉穿着这条该死的紧身礼服根本就没办法。我挣扎了一会儿，像被人翻了个个儿的甲壳虫，然后放弃了。

"来，我来帮你。"基兰笑说。

"不用，谢了。"我重重地坐回沙滩上，抱着手臂。

基兰叹了口气，转过身背对着我。"碧儿，我知道你现在不想听，但是你必须明白。不管我走了多远，离开了多久，你都一直和我在一起。你，埃利奥特，那个夏天，"他低下头，"那个夜晚，很多时候我觉得我从来没有离开过。我的心很大一部分一直留在这里，和你在一起。"他走向我，仿佛把我的沉默当做了一种默许，一种接受。"我好想你，碧儿……你是唯一一个理解我的人，你明白我从哪儿来，知道我是谁。你是唯一一个可以理解失去挚爱是什么感觉的人……"他的声音颤抖了，"我还是想他，你知道，每天都想。"

我闭上眼睛马上就看见埃利奥特开心地跳下克罗莫码头的画面，听见他滑倒撞到头时的尖叫，看见基兰拖着他一动不动的身体从海里走出来的样子。

他再次对着我伸出了手，这次我发现自己握住了它。我看见他手腕上有一个星座刺青，双子座。我的手指抚过刺青，他紧紧握住了我的手，悲伤地笑着。他的嘴唇很快地颤抖了一下。这次我没有站起来，而是把他拖到我身边坐下。

我们静静地坐着，看着一群布伦特大雁飞过天际。这个时候我才放任自己沉溺在我们相遇的那个宁静的夏天的回忆中。他那时 25 岁，我 22。他和他的双胞胎弟弟埃利奥特之前到过诺福克很多次，但从来没有时间好好住下来。他们以前是被领养的孩子，可是养父母分手并且出国之后，就谁都不愿意照顾他们俩了。他告诉我在被领养的时候，他和埃利奥特越来越野，直到他们的生活变成童年胆小鬼游戏的真实版本。18岁离开孤儿院之后，他们在海边的露营地、酒吧和饭馆工作，互相鼓励彼此去体验冒险带来的极致的兴奋。

我们第一次上床的时候，基兰告诉我他从不听命于任何人。他自己做决定，听从自己的心灵和直觉，不管这会把他带到何方。他说这话的眼神还历历在目。"现在我知道为什么直觉把我带到这儿来了。"他说，低下他的头靠在我胸前，我们在星空下入睡，身体彼此交缠，就这样过了四个月。如此快乐，我的夏日之恋，直到……

我记得埃利奥特的葬礼之后，就在这片海滩上，他对我说的话，至今想起来我还是一样惊讶：*我不能这么做，对不起。* 我突然想到今天早些时候我跟亚当讲出同样一句话的时候他的表情，感到非常内疚。

"我到底在做什么？"我不假思索地脱口而出。我扶着他的手臂站起来，想顺着沙丘跑去，但双脚陷入沙中，沙粒飞到眼睛里，我尴尬地艰难地走着。基兰若干年前这句苍白无力的话迄今还在我脑海中回想。*我需要一点时间，你会等着我对吧？告诉我你会等着我……*

"碧儿！"基兰喊道，"等等！"

"等等？"我转过身，内心充满愤怒，恐惧和愧疚，"你以为我整整一年时间都在干什么！基兰？我等着你，等啊等啊，但你一直没有出现！后来我明白了，真的。你认为埃利奥特的死是我的责任。虽然你不承认，但是你一直没回来我就知道了，就是这个原因。我想你根本就不敢让自己想到我，更别说看着我了……"

"什么？碧儿，不是！你记得我说过不是你的错吗！"

"我不想听！"我用手捂住耳朵哭喊道，"太迟了，知道吗？太！迟！了！"

他走上前来，但我跑向海滩的另一头，双手还捂着耳朵，仿佛想要盖过脑海中压抑已久却越来越响的内疚的喧嚣。

一个年轻人因为我死了，我永远永远都不能原谅自己。我不会再拥有幸福。基兰已经提醒过我这一点了。谢天谢地，我自己也及时认清了这一点。

Chapter 9

亚当专业地讲完我们初次约会的故事，大家听得哄然大笑，气氛愉快极了。然后他握着我的手，拇指轻轻抚摸我戴着戒指的手指，转向我，举起酒杯来做最后致辞。

"请大家一起举杯，敬我漂亮的、完美的妻子，我全心全意爱的女人——哈得孙夫人，谢谢你终于同意嫁给我了。"他开玩笑说，大家又笑了，当我们接吻的时候，全场爆发出一阵掌声。

当我们就座以后，我让自己放空了一秒钟，但掌声还是在华盖内此起彼伏，经久不息。金色的椅子上系着大大的缎带蝴蝶结，巨大的水晶灯从屋顶悬挂下来，光可鉴人的地板都被照得宛若星空。圆桌覆以白色复古桌布，每桌正中间放了一束大得吓人的桌花，装在闪亮的花瓶中，百合高高在上，满天星在旁衬托。花瓶两旁各有一个古董银质烛台，点着高高的白色蜡烛。主桌后面的假壁炉上还有一个树枝状分叉的银质烛台，旁边用白色小苍兰拼出奇大无比的"亚当和碧"字样。我知道这种装饰的本意是让人感动无比，但我怎么看都觉得搞得像一场葬礼。每位宾客就座的地方都放了一个蓝色的 Tiffany 小盒子，女士的盒子里是一只银手镯，镶着特意针对其人挑选的一颗宝石，男士的有袖扣。这算是婚礼上一个非常奢华的小细节，实际上我觉得真心丢人。但我知道小蓝盒不过是当天花费的沧海一粟而已。

罗尼冲我眨眨眼，"你的低调婚礼哪儿去了！"她低声说，"哈得孙家花在这场婚礼上的钱恐怕足够养活一个小国家了！"

凯尔靠向罗尼，挥了挥一个空瓶子，"姐，姐，"他大舌头，"介个真是好东西。介个酒怎么也得 80 镑一瓶。"凯尔在医院三班倒，所以生物钟不定——再加上两个双胞胎处于睡眠不稳定的年龄，这几天他的存在作用基本可以被忽略。

他对露西，他青梅竹马的伴侣抛了一个飞吻，露西坐在他们的女儿尼可和尼芙身边，他们桌的位置比我原先要求的远得多，看样子他们被降级是为了留出位子给亚当父亲的生意伙伴，尽管我特意交代让他们坐在前面的桌子。可我没时间去考虑这个事了，因为就在这时杰站起来，扶了扶眼镜，拿出他的 iPad 点开了屏幕，他阴笑着，亚当惨叫了一声，宾客们看见一张亚当三岁时的照片，都大笑起来。照片中他灿烂地笑着，穿着一身西服，坐在哈得孙＆格雷公司的会议室里。

"我的小宝贝！"玛丽昂叫道。

"哈哈，我的宝贝！"乔治也说，作势擦掉感动的泪水，然后说了一个金句，"我人生最骄傲的一天就是……公司诞生的时候！"

大家都笑了，我握了一下亚当的手，知道他父亲对广告公司的狂热是他的伤心处。我觉得亚当最后选择子承父业倒是一点也不奇怪，他的职业生涯早就被设定好了。乔治爱的只有他的事业，所以只有加入公司亚当才能得到一点点的关心。当然，他也继承了他父亲的智慧和眼界——倒是没有热情，我知道他其实有其他热爱的事情。我们第一次约会的时候他跟我说："学艺术，绘画，做一个设计师……但这些梦想都很空洞，不切实际。我现在和这样有天赋的人在一起工作也很幸运了，再说离爸爸也近一点，尽管有时候这也蛮费劲的……"

"我一向知道亚当生而要成就一番伟业，"杰指着屏幕说，"即使才这么大，他就知道缠着秘书们留下来和他玩。"

"有其父必有其子！"乔治哄笑。

"亚当一直都很清晰地知道自己想要什么样的生活，"杰继续道，"不像咱们，二十几岁的时候不停折腾换工作，换男女朋友，亚当早就知道他的目标了：追随父亲的脚步，不光是事业上，还有经营幸福的婚姻上……"我瞧见玛丽昂骄傲地摸了一下自己的头发，乔治开玩笑地作出一个痛苦的表情，喝干杯中的红酒。

"当然啦，亚当从来都不缺女朋友……"杰继续，"我们是大学里认识的，我第一眼看见他就知道，像我这样的屌丝要想吸引女生的注意，一定要靠亚当这个高富帅……"

"真的假的！"亚当的一个大学同学叫道。

"但是亚当遇到碧的那天晚上我在，"杰笑道，"我可以保证之前从来没有人如此吸引亚当，后来不会有了。"

"啊！"宾客们都很进入角色地叹道。

我瞥了一眼隔壁桌，看见伊丽莎·格雷优美的身影紧了一下。她是亚当金发碧眼的青梅竹马前女友，之所以会出席婚礼，是因为她是罗伯特·格雷，即乔治的生意伙伴的女儿。说实在的我是希望她别来，当玛丽昂在制定请客名单的时候我很明确地对她表达过这个意思，但是她却让我别那么傻，那么敏感。"亚当和伊丽莎是有过历史，但她是一个很可爱的女孩，你偷了她未来的丈夫之后，至少可以抛个橄榄枝请她来观礼吧！"玛丽昂自顾自地笑了，但是听得出来，笑声紧绷绷的，假兮兮的。

我最后勉强同意是因为我觉得伊丽莎有点可怜，这种想法其实很荒谬。她如此惊艳，如此有成就，但是杰告诉我说，她一直都没有放弃过让一切重新开始，再赢回亚当的希望。

我又凝神听杰的讲演。"但是尽管亚当第一天开始就确信碧是他要找的人，碧还是过了很久才被说服。"杰停顿了一下，环视四周，"相当久。"再停顿了一下，看看我，眨眨眼。"十分十分之久。"他又看了看亚当，"你求婚了几次，新郎？六次还是七次？"

"好啦，伴郎先生，谢啦！"亚当笑了，把酒瓶软木塞扔去砸他。这是真的，他求过好几次婚都被我婉拒。我们太年轻了，我说，我没有准备好。为什么要破坏现在的美好？用尽一切借口——却一直没有说真正的原因：我配不上他。

"你知道吗杰，"我叫道，"欲擒故纵才是我的终极手段！"严格地说这并不对，可我无法忍受自己无法确信嫁给亚当的想法，"而且这手段奏效了！"我强迫自己笑了，然后举起左手，这时大家都笑了。

大家，除了伊丽莎和玛丽昂。

"笑一个！"

摄影师说。亚当握着我的手，我们靠近彼此，准备去切那个巨大的、白色的五层蛋糕。蛋糕每一层都有复杂的珍珠和鸢尾花拼成的字母装饰，还有水晶的家族徽章，这是玛丽昂专门为婚礼定做的。徽章还印在所有请柬、服务规范卡、手帕和桌布上面。我拿起一块蛋糕递到亚当嘴边，他咬了一口，然后吻我，我也尝到了一个甜蜜的、沾满糖霜的吻，大家又开始鼓掌。

这时乐队开始奏乐，他用手指理理黑色的头发，背对着我走向舞池中央。杰和其他宾客聚到他身后，开始打响指，踩着节拍跳舞。我瞬间发现那首曲子就是弗兰克·辛纳屈的《美好将至》。亚当一边学迪恩·马丁跳舞，一边对我眨眨眼睛。我笑了，米莉走过来挽着我的胳膊，缓缓把我拉向他，我害羞地随着音乐起舞，他抱起我转了一圈，然后一边把我放下来，一边唱着歌。当我重新站起身之后，他轻轻吻着我的唇，带着我在舞池旋转跳舞。我抬起头，看着梦幻的灯光组成的华盖就像星星一般闪耀，就在这一刻，我突然无比确信，只要我和亚当在一起，我就会看见辛纳屈歌中所唱的阳光之城，那里没有阴影，远离黑暗。

也远离基兰。

午夜时分，新的一天即将开始，而我们的新生活也就要启程，亚当和我快乐地朝着站在路边的宾客们挥手，我把捧花对着人群扔过去，

回首又见他
Written in the Stars

花被罗尼拿到，她尖叫了一声，好像是被火烧到似的。

"这是标志哦，罗尼！"我喊道，"你就是下一个！"

"除非是在诡异的平行时空里面，亲爱的！"她喊回来，"我已经坐过牢了！"我赶紧清空关于我爸爸的念头，看着她把捧花再扔出去。这次凯尔的女朋友露西拿到了花，她马上跳起来冲着凯尔挥舞了一下。

亚当和我笑着坐上车去，然后同时转头向窗外挥手，车子驶离霍尔汉姆宫，朝着安妮夫人大道开去。所有人都在欢呼，米莉，杰和凯尔还追着车跑起来，疯狂地对着我们挥手，直至慢慢消失在我们视野中。

"我们的未来现在就开始了……"亚当转头看着我，呢喃道。

我微笑，把头靠在他肩上。是的，真的开始了。

Chapter 10

当我一路狂奔在沙滩上的时候，我知道我不止是要逃离亚当、我们的婚礼和七年来为自己安排的安全平静的生活，还要逃离七年以前的生活。那时我父亲离开了我，我打开心扉陷入爱情，却铸成大错，可怕的、悲剧的、永远也不能自我原谅的大错。那错误使我后来一直麻木不仁。

今天走过婚礼殿堂的时候，我突然意识到，从八年前的那个夏天开始，我就一直在裹足不前，拒绝做决定，逃避梦想，努力使自己远离那个黑暗、危险的地带，那个需要亚当竭尽全力的帮助才浮到水面之上的地带。我想到他是多么善于带给我心灵的洗礼，他有绝佳的过目不忘的本领，每当我开始绝望的时候，他会抱着我，细语："你还记得……"然后开始原景重现描述我们过去生活中某个瞬间，于是我就被传输到那个"幸福的地方"去。但是阴影——还有我的秘密——阴魂不散。即使强大如亚当，也没有办法阻止。

这时我看见婚车就在前面，我努力朝着灰姑娘的南瓜车跑去，这辆车其实应该早就回到宫殿的，但是谢天谢地，它还在那里，耐心地等着载我回家。

我跳上车，关上车门，竭尽全力要把全世界都关在门外。

"去哪儿呢，小姐？"司机说。

"回家，我想回家。"

问题在于，如果家不是和亚当的家，那到底哪里是家呢？

May 孤注

"亚当不是赌注,碧。"凯尔的笑容消失了,"你知道他是你生命中最稳定的东西。"

"我知道。"

"那你为什么要离开他?"

亲爱的碧儿：

　　我一直有种感觉，五月就像春天怀孕之后迟迟不肯生产的大肚子一样；花儿像是从橡皮筋裤带里漫出来的肚皮，沿着修剪好的花坛长得呼之欲出。浅蓝色铁线莲爬满了墙和篱笆。有时候你会很难专注于此时此地此身，但是在五月就不会。毕竟你已经度过了早春难测的天气，这代表，至少是理论上，前面都会是一片夏日的艳阳天了。尽量去拥抱这种清新的感受吧，不光是空气里，也在缤纷的色彩和你眼前绽放的生活里。有时我们很容易忘记，即便是生命力最顽强的多年生和爬藤植物也不可能常青。花期短暂，只在五月开放的笑靥花便是明证。

　　所以碧儿，别躺在以往的成就上指望天气永远都会那么好。耕耘土地，别让野草泛滥，给植物浇水施肥，让它们长得更好。五月有霜也不稀奇，所以盖好娇贵的植物以防气温骤降。永远要记得，阳光充足的美好天气会和你不期而遇。

　　　　　　　　　　　　　　　　　　　　爱你的爸爸

回音又见他

Written in the Stars

Chapter 11

碧·毕晓普把感情状态一栏改为：很复杂。

醒来之后发现全身上下都疼：头，喉咙，嗓子，皮肤和心，我坐起身，努力想睁开肿着的眼睛，想把厚厚的、结块的睫毛膏卸下来，这样我才能试着去看外面的阳光，新的一天，新的一个月，新的一生，没有亚当的存在。我回来了，回家了，回到一切开始的地方。

哦，天哪。

哦，天哪，哦，天哪，哦，天哪。我想起来了：在海滩上从基兰身边跑开，跑到罗尼家，倒在她怀里，她半拖半抱地把我弄进厨房，然后和凯尔、露西一起试图问出真相。我想起八年前那个决定命运的夜晚，他们把我一直在颤抖的躯壳从码头带回来的情境，那时我惊魂未定，不仅仅因为我所见，更因为我所为。

"他对你做了什么吗？"罗尼昨晚问，八年前那个夜晚她也是这么问的，是指基兰。她声音里的愤怒震惊了我，尽管她本能地对我生命中出现的男性怀有敌意，想保护好我，可却一直很喜欢亚当。有次她说，她全心全意地信任亚当。

"这对我来说很难得。"她补充道。

"亚当对你不忠吗？"她昨晚问，无法掩饰她的难以置信，"是因此你才离开他的吗？"我摇了摇头，只是哭。

"那是你对他不忠？"凯尔问，露西和罗尼都警告他别乱说话。

"干吗？这个问题很公平啊。"他怀疑地看着我。我的视线躲开了，从我们俩在婚礼上看见基兰至今，谁都没有开口谈及他。

"不是，没什么，没有谁……我只是……只是不能。不可以……"我再度崩溃，他们再也没法问出什么来。然后我花了整整两个小时在床上，手捧着脸一直哭，其间他们给我喝了一点茶，然后忧愁地对彼此细语着什么。每过两分钟电话就会响一次，然后他们轮番上阵去应付，最后不得不把电话线拔掉。等冷静了一些之后，我翻出手机想看看信息，但是罗尼这儿信号太差，所以我又把它放到床头柜抽屉里。我意识到原来我并不想听到亚当的家人或者参加婚礼的宾客们的消息，我都不忍心去想他们对我会有怎样恶劣的评价。

我盯着抽屉，猛地拉开了，拿出手机，紧紧握住它，仿佛它是另一个生命的脉搏一样，我想从床上爬起来，我不想在这房间多呆一秒钟，这个舒适的、小小的童年阁楼房间应该是一个安慰，像一床温暖而安全的毯子一样，但是过了一年几乎没有爬下床的日子，这个房间就变成一个痛苦的标记，提醒着我自己一直想忘记的一段时光。当然了，房间本身透过绿色窗户可以看见楼下的大花园，我的床就在屋檐

回首又见他

Written in the Stars

下，非常柔软舒适，阁楼倾斜的那面墙上以迎春花黄色做底，挂有莫奈的花园系列作品：*睡莲和垂柳倒影，吉维尼花园*。这些作品——比其他挂在卧室的艺术品都好——是罗尼当年的主意，大多数好点子都是罗尼的。我只要静静地看着它们，让视线渐渐变得模糊，不管流过多少泪，不管多么低落，多么绝望，多么负罪和受伤，多么迷惘，心碎，也不管多么悔恨到麻木，都能被带到一个安全的地方，在那里我才可以安然入睡。直到我遇见亚当。

亚当。

我忍住喷涌的泪水，不敢看我的婚纱，找到罗尼帮我拿来的她的粉紫色真丝睡裤，裤子有点大，但我还是穿上调整了一下腰带，手环抱着站起来。走过书架的时候，我手指划过书，还是那些童年时代的书，我的花园日记。在爸爸离开之后我写的，记录下每一个变化，每一次的生长和枯萎，每一根芽和野草，这样爸爸就能知道我是个多么好的学生。花园是爸爸和我联系的纽带，我想只要还有花园，我就不会失去他，至少不会完全失去他。这时我拿起一本日记，看着封面上的花草涂鸦，还用鲜艳的加粗字体涂了我的名字和年龄。我快速翻阅着日记，那时他已经走了两年，但很显然，我还是相信因为我在日记上处处都提到他，他就一定会再回来。

四年以后的那本写着"碧·阿特丽斯·毕晓普，13岁"的本子里，他出现得就很少了。里面只有一些表格和笔记，园艺杂志上剪下来的小知识，还有从我心爱的皇家园艺协会的书和百科全书里面抄下来的段落。我一直坚持写日记，直到我遇见基兰。后来就把日记本——还有从东安格利亚大学园艺设计辍学之前买的参考书，包括小花园、园景设计、园艺色彩设计、种植、屋顶花园设计、城市空间设计等——都扔在家里，搬去米莉那里住了。我不希望任何事物让我想起过去的生活。

这时候我觉得再多呆一会儿就会窒息，于是走出房间到楼下去。

当我出现在走廊的时候厨房里的噪音和谈话声戛然而止，罗尼、凯尔、露西和双胞胎姐妹像是瞬间被冰冻住似的。这还真是难得一见的场景，尤其对于尼可和尼芙这两个在睡梦中都不安分的小家伙来说。罗尼首先苏醒过来，她向我走来的时候，圆圆的、美丽的脸上的表情由震惊火速变成开心，她张开双臂，身上鲜艳的长衫就像蝴蝶一样展开来，拥抱我。

"碧，亲爱的！看见你起来我真是太高兴了！"她双手紧抱我，我闭上眼睛，闻见那股让人安心和熟悉的味道，广藿香和甜橙的味道。她的头发松松地编了鱼骨辫，像藤蔓一样从肩上垂下来，饱满的脸颊素面朝天却容光焕发，长衫下面穿了鲜艳的丝绸图案长裤和罗马凉鞋，耳际戴着超大的、叮咚作响的耳环。"我们正在说，是吧，凯尔，说你绝对没有必要觉得羞愧或者尴尬，不要在你的房间里面蛰伏啊！"这句话是用高频率的、像唱歌一样的声音说出来的，她比谁都知道我有多善于隐藏自己。"你做的事情其实很勇敢，碧，非常勇敢。现在做这个决定比结婚六个月之后再来反悔要强。你可以把头抬得高高的，亲爱的。毕竟，如果说佛教了我什么的话，那就是存在的整个秘密就是无惧。佛语云——"

回音又见他
Written in the Stars

"不要害怕你将变成什么，不要依赖任何人。只有在拒绝所有援助的时刻你才是自由的。"凯尔和露西异口同声地说，我没有开口。这是罗尼的座右铭，爸爸离开之后她念了好几个月。我的座右铭是：再也别提该死的佛经了。

"好吧，我现在肯定是自由了……"我抬眼看着屋顶，努力摒住泪水。

"哦，碧……"露西赶紧从桌边跑过来抱着我。

我挣脱她的怀抱，走开站到保温炉前面，我不配得到任何安慰。

"那，那你们有接到谁的电话吗？米莉有吗？"我问。我很想见她，但同时又很担心她会说什么。我知道她肯定不会是憋着不说的人，我想她没有在婚礼上见到基兰——如果她见到的话恐怕现在已经和我绝交了——但是她等亚当和我结婚等了好多年了。我无法忍受让她失望这个念头，即使我愿意相信她会支持我，也还是很清楚亚当也和她是很好的朋友。我无法依赖她的支持，再说，我也不配得到她的支持。

罗尼摇摇头，尽管我难以面对米莉，还是对她没有来找我，甚至连电话都没有打过感到很受伤。她明知道自己会是我在这种时候第一个会想到的人。"玛丽昂呢？"我问的声音尖得像老鼠叫，表达出无比的惊恐。凯尔耸耸肩，点点头。我叹了一口气，难以想象亚当的家人和朋友会怎么样评价我。昨天在睡梦中我很确定地听见了电话铃声，有一个自我想知道情况，但另一个又只想躺在床上，把鸭绒被紧紧裹在头上。也许罗尼的房子在这荒郊野岭也是一件好事，这里的 Wifi 和电话信号都很糟糕，所以我也没必要去面对那些消息。虽然如此，我还是再度拿起我的手机，我还是想知道大家都作何评论，又或者只是告诉他们我感觉多么难过。

但在现在这种情况下，这样做真的恰当吗？

我打开脸书，看见自己的主页写了"和亚当·哈得孙恋爱中"，在考虑是不是该改改了。我开始急躁地想在空气中敲出一句恰当的状态，却又自欺欺人地希望能凭空冒出一句神奇的、命定般的暗示。

碧·毕晓普犯了一个大错。

我的拇指停在回车键上，但就在我打字的同时，我很清楚这不是事实。我删了这条，重写。

碧·毕晓普非常伤心。

这确实是真的，但是我看着这句话的时候皱了一下眉。白纸黑字地这么写感觉太自我中心了。我又删了，咬着嘴巴内缘，来回咬，享受着尖锐的疼痛。然后闭了一会儿眼睛，继续思考之后又写了一句：

碧·毕晓普非常非常抱歉。

这句看起来差不多，因为我确实很抱歉，极其、极其地感到抱歉，这也算是一个不用见面就能向所有人道歉的好办法。很怯懦，或许，但是何苦去挑战已经形成了一辈子的个性呢？

我点了发送但是什么反馈都没有。我把手机举起来，还是收不到信号，于是默默咒骂了一下。后来干脆跪在窗台上把手机举到天花板，然后单脚站在门背后，趴在罗尼的威尔士梳妆台上，但是哪儿都没有信号。凯尔走进来，也在我旁边蹲下。

"嘿……"他说，慢慢地把手机拿过去，摸摸我的背，"你觉得这样做好吗？"他眉头紧锁，样子竟是如此疲惫。一头浓密的鬈发一直让他看上去有种小孩般的天真无邪——不管在学校还是在家，这似乎总能让他逃避责任，于是让我非常抓狂——但是最近，他的责任都刻在了脸上，像是地图的标记一样。眉间的皱纹代表罗尼，他总是不放心她一个人呆着；双眼旁的鱼尾纹代表尼芙和尼可，两年前她们的出生带来了笑容，也带来了焦虑；额头上的皱纹代表他的工作，诉说着他所接手的每一次急诊，诉说着他是如何以幽默、耐心、效率与热情接诊的。

"那我还能做什么呢，凯尔？"我绝望地问道，"我必须让所有人知道我有多抱歉。我必须为这个烂摊子道歉，我必须……我——我必须——"我又哭起来，凯尔揉揉我的肩膀。

"给你自己一点时间吧，姐。自己理清自己的思绪，最重要的是，让亚当理清他的思绪。"

我看看屏幕，未送达的消息嘲讽地闪烁着。我内心千回百转，尽管很想和外界联系表达歉意，却又知道凯尔是对的。

到底是为什么我所做的每一个决定都是错的？

这时我听见门铃打破了这一刻的寂静，我惊恐地看着罗尼。

她走过来，理理我的头发，亲了一下我的额头。"让罗尼来处理吧。"

她走出厨房的同时我抓起手机冲到楼上，跑过漆成可怕的紫色的、挂着凯尔和我的照片墙的走廊。几十张照片装在各种各样的卡纸相框里面。每一张照片里，我们都是在户外，海滩，菠萝树林，花园，皮肤晒得像坚果的棕色，鼻子上满是雀斑，阳光透过镜头显现出一种温暖的、过滤过的色调，这是幸福的回忆才有的。好多照片里凯尔都站着，双手叉腰，有笑涡的下巴高高扬起，骄傲地穿着他的超人服装。我还记得爸爸离开之后的那个圣诞，凯尔才五岁，每个假期他都穿着超人的衣服，这变成了一个经久不衰的笑柄——当然如果你知道他这样做的原因就不会觉得那么好笑了。抛开服装不说，我觉得他确实从那时开始就一直在扮演超人的角色。

我在走廊尽头停下来，停在最近的家庭照前。露西、凯尔和小孩的照片比亚当和我的多，主要是因为——凯尔和罗尼一直都在提醒我——我们基本不过来，没来过，家里。

我听见楼下有模糊的嘟囔声，但无从分辨是谁。我盯着一张亚当和我的合照，半年前拍的。我们坐在花园里，彼此靠着，我的手还搂着他的脖子，他的嘴唇停在我的脸颊上，笑向镜头。当时我们刚订婚，他坚持开车到诺福克亲自把这个消息告诉罗尼和凯尔。我们是如此幸福，看起来就是天造地设的一对。有谁能猜到仅仅六个月以后，在婚礼当天，这一切都会烟消云散呢。

大门被重重摔上，楼梯间响起了脚步声。我飞快跑到门背后，就在这时手机开始振动，一条又一条的信息和语音留言进来了。这儿肯定是一个奇怪的 Wifi 信号点。我盲目地盯着屏幕，信息还是一条接一条，然后，我完全无动于衷地把手机关了，瘫坐在地上。

Chapter 12

碧·哈得孙：出发去扫荡巴黎！和亚当·哈得孙一起！

48个赞，17个评论。

"拜托，大哥，别那么慢吞吞的啦！"我抓着亚当的袖子，把他拉下圣潘克拉斯的月台，还有几分钟要上车了，他还是一如既往地冷静、淡定和自制。没有什么事情能让亚当失态，他平和地生活着，就像所有人所有事都会等着他一样。这一点，说实在的，还真是。

"走走走！"我抓着他的手，想跑下月台。但他只是被我拖着大步走，每跨出一步我都得走好多步，他苦笑着，眼睛盯着手机。

我更用力地拉他，但是他还是忙着用手机回复邮件。如果这是一封工作邮件的话我铁定要杀了他，就像阿加莎·克里斯蒂的谋杀小说里描写的那般。

"别着急，碧。还有很多时间呢。"于是我自然而然地放松下来慢慢走。如果他这样说的话，那肯定是真的。亚当从来不着急忙慌，他等着所有的事情按自己的方式发展，这并不是他的错。孩提时代开始他就衔着金钥匙，不谙失望的艺术。好庆幸当时他没有接受我的拒绝，昨晚我这样对他说。当时我们躺在彼此臂弯中，身体交缠，呼吸和心跳相闻。

"难道你就没有等得不耐烦吗？"我问，手指在他胸前画圈圈，惊叹于订婚戒指和结婚戒指戴在手上竟如此完美。

他扬了扬眉，凝视着我摇摇头，性感的、挑衅的笑容在他唇边蔓延开。"我不介意你什么时候会恢复理智，"他说，"我只是知道你肯定会的……最终。"

"哦，好傲慢的男人！一直都对自己那么确信，是吗？"我挑衅道。

"不，"他纠正我，给我一个意味深长的吻，"一直都对我们那么确信。"

亚当加快步子，我也跟着他，我意识到他是对的。

亚当和我注定要在一起，谁在意我爸没来观礼却杀出个基兰。亚当就是我的命运，从我们相遇的那一刻就是了。从那时开始我就丧失了对自己能作出正确决定的信心，这不是亚当的错，也不代表我们的关系有问题，而是埃利奥特死后发生的一切的后果。

谢天谢地，现在只有未来存在了，我和亚当的未来。

亚当把我带到头等舱车厢，把行李放到架子上，坐到我对面。这时我们面前出现了两杯香槟，他笑了。显然端香槟来的服务员早就知道有一对新婚夫妇上车了，她恭喜过我们，把香槟放在桌上，我谢过她，想举起杯子跟亚当祝酒，但是他完全沉浸在不断振动的手机上，疲惫地盯着手机屏幕。

"一秒钟，我回复一下这封邮件。有客户出了点问题，别人都处理不了。"他低下头，眉头紧锁。我盯着他看了一会儿，还是惊叹于这个男人竟然已经是我丈夫了。这种感觉很奇特，我们已经认识七年了，但现在我看着他，居然感觉宛若初见。我以一个陌生人的眼光看着他，看着他光泽的黑发，严肃的灰色眼睛，雕塑一般的下巴，下面有一片阴影，好像告诉我说尽管在度假，他也不能放弃他的控制权。然后我低头翻出米莉帮我挑的衣服，奶油色连衣裙，包边长袖，裸色高跟鞋，海军蓝外套，幻想着自己的黑发吹得蓬松地扎在颈后，前面的头发柔软地包围衬托着我的脸的样子。我戴着亚当送我的 30 岁生日礼物，一对钻石耳环，一边手腕上一只款式简约的金表，另一手腕上一只金手镯。

我们上车的时候众人纷纷投来羡慕的眼光，我知道我们*看起来*很登对。我拉拉裙子，在外套上擦了擦手。

唯一的问题在于，我穿成这样的时候感觉不像我自己。

亚当的手机又开始响，他抱歉地对我笑笑。"爸爸？"他说，我听见一连串的命令烧过电话线，"对，但是我在度蜜月，记得吗？当然，我肯定要负责。当然，我知道自己当老板就没有所谓的假期。我肯定想承担责任……是的，我很感激自己的幸运……我只是……好，好的，我来处理……"

挂下电话的时候，亚当揉了揉脑门，我伸出手，他握住。"你还好吧？"

他点点头。"抱歉啊……"

"你应该对你爸爸强硬一点。"

"说着容易做着难。没人能拒绝乔治·哈得孙。"他弱弱地说。

"那昨天我们也说过，没有人能拒绝你，记得吗？"我说着，左手对他挥了挥。他眼睛弯成一个笑容，我知道他回过神来了。亚当举起酒杯，在火车小小的桌面上向我倾过身来，手挽住我，我们杯子对着杯子，嘴唇对着嘴唇，眼睛看着眼睛。

"为我们的未来，哈得孙太太，"他低语，"谢谢你让我成为地球上最快乐的男人。"我们碰了一下杯，轻轻地吻了一下，然后我坐直身子，手指绕着亚当的手，紧紧地环着，生怕他会走了一样。我的订婚戒指与结婚戒指在透过窗射进来的阳光中闪闪发亮，列车开始加速，我们朝着巴黎进发。我禁不住想，如果生活就像硬币一样有两面的话，我差不多一定是正面朝上了。

Chapter 13

碧·毕晓普：凯尔·毕晓普正在威尔斯海滨努力逗我开心（结果没成功）。

　　凯尔带我来到这个可爱的海滨小镇游乐场，这里离罗尼在霍尔特的房子不远，也是我们俩小时候最爱来的地方。我知道他为什么要带我来这，因为我又开始幻想如果还在用社交网络的话又会在脸书上写什么。我们小时候天天都来这里，长大一些之后，就经常去逛法国人的店还有鱼和薯条店，在海滩上一顿猛跑之后去玩抓娃娃机。罗尼在我们复习考试、压力山大的时候会鼓励我们去跑步，尤其是在我冲刺高考、凯尔中考的时候，那段时间我们特别焦虑，常常会陷入自我怀疑。肩并肩奔跑有点意思，通常什么也不用说，就能感觉到和弟弟心灵相通，这在平时是很难的。他通常都特别清晰、自省，但是跑步的时候，我察觉到他也需要解压，需要清醒的脑袋，需要花时间去思索生活的方向。

今天他的样子很疲倦，当然了，为他的猪头大姐操心，再加上其他的事情。但是我这个 28 岁的弟弟一直都能给人一种长者才能带来的安全感。看到他搬来一袋两毛的硬币咧嘴大笑的样子，我也笑了，很感激他如此努力地想让我开心起来。他抬着硬币走向娃娃机，朝着我挥挥手，好像我是他两岁的女儿一样。"过来啊老姐！"他一边说一边给我看那一袋硬币，"在生活中赌一把没事的！"

"就像我结婚的事吗？"

凯尔的笑容消失了。"亚当不是赌注，碧。你知道他是你生命中最稳定的东西。"他的手抚过前额，理了理头发。

"我知道。"

"那你为什么要离开他？"他有些愤怒地说，"这根本就没道理啊！"他停顿了一下，低头看着那袋硬币，拿出一枚来弹了一下，"除非，当然了，因为基兰·布莱克……"他双手扣住那枚硬币，直勾勾地盯住我，"正面？反面？基兰？亚当？……是吗？"

"不是的，凯尔。你要相信我！我根本不知道他会回来，一点也不知道！"他还是盯着我，我发毛了，"好吧！我承认看见他我心里是有波澜，但是你也知道我很早前就有顾虑。我只是……只是……我不是结婚的材料。你必须明白，好吗？"我意有所指地看着凯尔，他和露西在一起差不多 10 年了，生了两个小孩但是都没有结婚。我们还一直开玩笑说老爸离开并没有让我们害怕承诺，只是恐婚罢了。现在看来这句话更对了。

"我想是的，"他让步道，"但是我没有把露西像个傻瓜一样扔在婚礼殿堂上啊。"

"那，或者你没有像我一样，大半辈子都活在老爸会出席自己婚礼的希望中！"

"哦，老姐，"凯尔抱着我，头靠在我的头上，"你什么时候才能接受他再也不会回来的事实？"

我咬咬下唇，丢了两枚硬币进去，看着钱币出现在架子上又掉下去。"你不觉得少了什么东西吗？少了很大一部分的自我，除非哪天你找到了，不然你的生活就不会完整。"

凯尔摇摇头："不，我不觉得。我要的只是罗尼、你、露西和两个孩子。我为什么要多花哪怕一秒钟想着一个弃我们而去，再也没有回过头的陌生人？"

"明明是罗尼让他滚的！"

"但他这个脆弱可悲的男人就当真了，然后再也没有回来过！他从来没有为我们争取过，不是吗？"凯尔重重地把游戏机器门摔上，吓了我一跳，"说真的，碧，昨天是为了这个吗？为了20年前离开的爸爸？"

我眼里满是泪水，但还是不断地问："但是你真的没有想过万一有其父必有其子呢？"

"我他妈希望最好别这样！"凯尔激动地说。

凯尔和我一向对爸妈做的决定持不同意见。我一直——不是说责怪罗尼——而是想当然地接受了她所说的，她应该对爸爸的离开负全责。显然，爸爸很明白地说过他希望妈妈做一个贤妻良母，无法忍受妈妈的事业心和在家庭生活之外的追求。妈妈很快就意识到她和爸爸想要的东西完全不同，所以就让他走。

"或许我一直比你更像爸爸，或许我也注定要离开家的……"

"别慌——"凯尔想说什么，但是我自顾自地继续。

"……但是我是在有人真正受到伤害之前离开的。亚当会从昨天的事中恢复的，他会往前看的。"我闷闷地说，言语间都能感觉到尖锐的疼痛，"我敢肯定他今年内就能找到一个新的女朋友，但如果我们结婚生子了，那……历史就重演了，不是吗？我只是比爸爸更早一点接受了命运的安排罢了……"

"你不会离开你的家庭的，碧。"凯尔静静地说，"我了解你。"

"那你就该知道为什么我觉得我应该一个人过，"我说，"我这样的人都应该。"

凯尔抓着我的手盯住我的眼睛。"你知道我怎么想吗？我觉得你比你自己认为的要好，我觉得你有能力爱和被爱，我觉得你可以在一段关系中感到安全而不是害怕。因为这就是昨天的事会发生的真正原因，你害怕历史会重演——不是你会离开，像你说的那样，而是亚当会离开你，就像基兰和爸爸一样……"他看见我的表情，停了一下话头，又继续，"我是对的，是吗？"他自言自语。"那就对了，哦，碧！亚当是一个好人，一个很好的人，他爱你，他能为你付出一切！你只需要迈出信任的一步就好了……为什么你不能呢，嗯？"

我没有回答，我不知道该说什么。

凯尔看着我玩打狗熊，断断续续地为我打气。"这一下是为爸爸离开我们！这一下是为亚当的妈妈操控了你整场婚礼！"我打了好几下，"现在为罗尼每一次让你尴尬的事情打几下！"

我白了他一眼："要这样的话我需要一个新的武器了！"

"现在怎么办呢？"他问道，我还在用小锤子敲狗熊的头，那样子肯定很疯狂但又很解气。我没跟凯尔说，但是我觉得我想象中被打头的人是自己。

"我不——知——道！"啪。

我真恨自己不知道，感觉自我批判就像迷雾笼罩大海一样迅速降临。

啪！

这一下是打自己的。我他妈准头真好，就像那两枚硬币一样。

啪！我停下来，小锤在半空中，"回到那里去拿我的东西？"我说，以自己都意识不到的坚定打着熊。然后我看见另一头熊，击出重重一击。"哈！打到你了！"

凯尔小心地看着我。"我可以让你睡我家沙发，但是首先，你吓到我了。实际上我开始觉得便宜亚当了……"我转过头去，作势要用锤子打他，他笑了，摆出休战的手势，"其次，那对双胞胎晚上还是不睡觉，所以我现在是自己睡在沙发上！睡了好几周了，其实！"我同情地看着他，想问问具体情况，但是手机在口袋里振起来，我拿出来焦虑地看着屏幕。

"是米莉，"我说，"我最好接这个电话，不能永远躲着大家。"

然后把锤子递给凯尔，走出去站在冰淇淋柜台旁边，看着船停靠在港湾，桅杆像白色的针一样刺破天际，彩旗在旁边迎风招展。每一种感觉都被回忆侵袭，咸咸的空气混合着法国人店里的鱼和薯条的味道（讽刺的是，我才意识到，我现在应该在法国度蜜月），还有冰淇淋和棉花糖那熟悉的甜蜜味道。我几乎可以看见基兰亮黄色的 VW 越野车缓缓开过来，我坐在副驾上，光着的、坚果般棕色的脚放在仪表板上，基兰唱得快破音的时候笑得前仰后合。然后我转开视线看着盐沼和海滩后面的那些船，船上有彩色的小木屋，过去我和基兰一直幻想着能有一艘这样的船。感觉他破坏了我婚礼的同时也打开了我的心防，我无法忘记他，尽管过去七年和亚当在一起的时候都已经忘记了。

可是我真的做到了吗？我真的忘记了他，还是就是因为他，才迟迟无法决定嫁给亚当？

不得而知。

我有点不情愿地把手机放到耳边，努力鼓起勇气跟我最好的闺蜜说话。

"你好，米莉。"我说。

"终于啊！你在哪里？现在怎么样？什么时候回来？还好吗？等一下。"我听到一阵窸窸窣窣的声音，应该是她用手挡住听筒，"没事，谢谢，罗尼，我不太喜欢喝玫瑰果茶……也不喜欢荨麻。"

声音又变得清晰了。"我在你妈妈这里……"她声音变低，"快点回来救我啊，她想跟我聊天。但是我必须留在这，不见到你我是不会走的，你知道我的顽固和坚定。"

"我知道。"❶

"你用的词真不一般，碧，"她轻快地说，"可惜没在昨天婚礼上说，是吧？"

"别说了，米莉，求你了，我——"

"我知道，我知道，很抱歉，"她打断了我，"我跟自己说过不要批判你，更不要吼你，只是想知道你好不好，还有，"她接着说，"我想我会一直等到你来，但是很有可能罗尼会把我击溃，她已经对着我念她的新书念了半小时了。"

"抱歉，"我同情地说，"但是我觉得我无法面对你们任何人，实在忍受不了我让大家失望的想法。"

"你没有让任何人失望，除了亚当。"米莉意有所指地说。

"他怎么样？"我怯怯地说。我不敢提他的名字，我不配。

"他心碎了，他说觉得自己被撕成两半，"她顿了顿，"那你怎么样？"

我想了想她的话："一样。"

"那为什么？"她追问，"我的意思是，我真的不明白。你爱他，他爱你，为什么离开？"她说得好像我是一个决意从一单稳赚不赔的投资中撤资的人一样。我没有回答。"杰和我晚上大部分时间都陪着他，"她继续，"他一直在责怪自己。"

"那不是他的错！"我喊出来，"我告诉过他！"

---

❶ 原文"I do"，既可用于此处表示"我知道"，也可用于婚礼，表示"我愿意"。下文米莉的话即暗含此意。——译者注

"我们也告诉了啊。"她顿了顿，"显然我们已经跟他说了你是多么可怕和自私的人……"

"你们说得没错，我确实是。"

"哦，碧，"她叹了口气，"我开玩笑呢！但是为什么你不告诉我你有顾虑？你知道你在自怨自艾、犹豫不决的时候我都能帮你……这是我的职责啊。"

这是真的，但是她的话刺痛了我。她的确经常在帮我，如果说帮就是逼我去做还不成熟的决定的话。

"我想过……在我站在婚礼殿堂的门前，但后来决定忽略自己的疑虑，做就做了……"

"那是对的决定啊！后来为什么改变了？"

基兰。

我没有说。

"说真的，碧，发生什么了？"米莉追问，"可能凯尔说错了，你也许是摔出脑震荡了！"

我没告诉她这是几年来我第一次真正想明白的时候，实际上我什么都没有说。我们之间只有静默，看不见但一直触碰得到的静默，就像我对面的帆船上缺了一块的帆布。我想要对她倾诉，但是我知道她会鄙视我。

"好吧，如果你不想说的话……"米莉有点愤怒地说，打破了沉默。

我抬起头，眨眨眼睛，突然开始下雨，雨落在脸上就像泪水一样。我走回游乐场，游戏机的声音在耳边响起。

"不是不想，只是……我，我不知道……"这是假话，我知道，我太他妈知道了。

在她再开口之前，我们之间只有长长的沉默。"听着，"她说，"只要你知道我一直在这里，你需要我的时候。"

"谢谢你，米莉。"

又是一阵沉默，我觉得是她在给我最后的机会恢复理智。也许如果我们现在面对面在一起，或者喝了些酒，我就会倾吐。但是我现在没有勇气，我不能跟她说，真没办法。

"好吧，"最后她顺从地叹了口气，"我知道你没准备好说，但是我也知道你不可能永远待在罗尼这里。你不可能回你和亚当的家，但如果需要的话我和杰这里永远向你敞开，我们这地方很大。你和我又回格林尼治，在同一个屋檐下。就像过去一样！"她故作轻松地说。

"谢谢你，米莉。"我回答说，被她的大度折服。

*像过去一样。*她的话在我们结束对谈之后很久都一直在我脑海中回响。

一小时之后，当我终于说服凯尔我可以一个人呆着之后，他才回去工作，而我走去海滩散步。我没办法回罗尼那里，因为怕再有人来找我。雨停了，我突然很想跑步，虽然我的衣着不适宜，但也无所谓了。我踩着沙，沿着自然保护区跑着，海风狠狠地吹着我的脸，小腿肌肉酸疼，心跳个不停，但是我觉得迷雾就像此刻头顶上的乌云一样散开，前方的路突然变得无比清晰，这是这么多年来第一次。

像过去一样。

到霍尔汉姆宫的时候我已经跑了几英里了。我在橡树边的车道上穿行，跑到湖边，然后站在路边叉着腰喘气，看着眼前的风景。今天又有一场婚礼正在举行，一样的华盖，不一样的夫妇。他们轻松地在客人中间穿行应酬，过一会儿就停下来亲吻，或是讲悄悄话。就算分别在和其他人聊天，看着也貌离神合，动作高度一致，目光频频接触。样子如此幸福。

那本来可以是我，我想，感觉我仿佛在看着昨天重演似的。我本来也可以拿着酒杯，和我们的客人聊天，享受这生命中最重要的一天的荣光。

但是现在，我似乎跨过了一条界线，没有站在引导我走向未来的那条路上，那么我……在哪里呢？我的新轨道，我的新人生将会把我带往何方？是不是在处理好过去之前就得永远选择暂停，没办法做出任何真正的决定，没有办法迈出往前走的步伐？或许昨天我确实从基兰身边逃离开了，但是我却觉得自己的生命从他离开的那天起就一直处于暂停状态，甚至在那之前就是……

这时我看到一位老人，有炭灰色头发，带着明朗的笑容西装革履地走向新人。他和新郎握手，亲吻了他的双颊，搂着新娘，骄傲使他的脸容光焕发。他肯定是新娘的父亲吧。

我突然想到父亲最后一次拥抱我，一阵窒息。当时我在花园里，坐在柳树下。他抱了抱我，把脸贴在我的脸上，递给我一个本子。他亲吻了我的头好几次，然后静静地、很快地起身，转头走过草坪，走进木兰树的白色雾气之中，消失在侧门外，这一走，永远地改变了我的人生。

Chapter 14

碧·哈得孙刚被抱进门。

27个赞，3个评论。

"到了。"说着亚当抱起我，挤开酒店房间门，进了屋。

"你应该把我抱进我们自己家的门槛，"我笑说，"而不是蜜月酒店的门槛。"

"哦，抱歉，我错了！"他作势要把我放下来，我尖叫着紧紧抓着他，他大步走进房间把我扔到床上。我笑着，他低下身来，我满足地闭上眼睛，感受着他的温度。

"我们做到了，哈得孙夫人。"他轻抚着我的头发，温柔地吻我的唇，脸颊和眼睛。

"还没呢。"我坏笑着，解开他皮带的扣子。

"你至少应该先给我喝点酒吃点东西吧！"他装出一副可怜分分的样子。

"我只想吃一种东西。"我解下他的皮带，脱下他的裤子，跨坐到他身上，感受着他在我腿间的坚硬。我脱下外套和裙子，靠下去用我的嘴唇轻轻扫过他的嘴唇，然后温柔地咬他的下嘴唇。他黑色胡茬扎着我的下巴，我开始吻他的脖子，向深处探索他，一边解开他的衬衫纽扣。我们的吻越来越深，越来越缠绵，最后都迷失在彼此热切的温度中。这真是全世界最棒的感觉。

"嗯，"亚当一边哼着一边把我压到身下，"如果这就是婚姻，我真的很高兴我预定了一辈子……"

"我也是，"我笑了，"我也是。"

我一只手撑起来，用鼻子去感受他的脖子，他的手臂懒懒地伸过头顶。

"喔。"我深呼吸，环顾整个房间。

亚当睁开了一只眼睛邪邪地笑了，脸上笑纹像是一个逗号一样，更突显了他的笑意。"很不错吧，哈！"

"我说的是房间！"他想抓住我，我笑着从床上跳起来，开始研究这个套房，一扇一扇地打开门——了解。房间并不大，不是那种我本来期待的——土豪的、死贵的可以看见整个埃菲尔铁塔的套房。而是别致的精品酒店，饰以生动的彩虹般的色彩。"啊，快看这美丽的墙纸！好像我们在花园里一样！"看见墙上开着粉色花朵的树，嫩绿色叶子衬着碧蓝的天空，我的喜悦就无法掩饰。

浴室很小，但是完美地把浴缸、玫瑰粉和青柠绿的瓷砖搭配在一起。我看着网格窗帘，眺望窗外，看见鹅卵石铺就的蒙马特街。"太完美了！"我叹息道。浴室外，亚当又弯腰伸手到床头柜去拿他的手机，我又着腰跺了一下脚，他完全没有注意到，于是我跳出房间，没收了他的手机。

他歉意地笑笑，轻轻地戳我。"你以为我选错了，是吧？你幻想着住那种香榭丽舍大街旁边的毫无特色的昂贵套房，那种大多数女人宁可抛头颅洒热血都要住的房间，对吧……"然后开始挠我痒痒。

"但我不是大多数女人。"我一边笑一边说，躲开他然后关了他的手机，放在我的床头柜上。

"对，你绝对不是，这才是我娶你的原因……"亚当一边说一边靠近我，他总是知道什么话该说，总是完全接受真实的我。

也许现在，如果我把碧·毕晓普和我的秘密抛诸脑后的话，我也能接受。

第二天一早丰盛的早餐之后，我们兴奋地去探索高大上的香榭丽舍。那里非常漂亮，我不止一次地希望我可以脱掉鞋子躺到草地上。

"我们快到了。"亚当说，我在他身后停下，享受这一秒钟静静地看着他研究地图的样子。他头歪到地图上，青黑色的头发落在前额，抬头看见我要拍照，就配合地笑了，那样子比平时面对压力时年轻很多很多。我看见他身后有一个标志，我们站在一条漂亮的、栽满枫树的街道转弯处，就是八区的富兰克林·德拉诺·罗斯福大道。亚当拍拍我的肩膀，让我转头去看巴黎大皇宫华丽的建筑全貌，呈现着学院派建筑风格的历史遗迹。

"里面就是科学博物馆，著名的探索皇宫。"他用完美的法式口音告知。

"太棒了，要进去吗？"我冒出这个念头的时候心沉了一下，现在去看发霉的老博物馆未免太扫兴了。

"不去呀！"他笑了，"快，这边。"然后拉着我的手把我拖走了，这时我听见他口袋里的手机又响了，不过他拿出来直接按了关机。这温暖的举动让我兴高采烈。

"那是什么？"我问亚当，指着博物馆旁边的巨大雕像。他肯定知道，因为他总是知道。

"那是一个叫做阿尔弗雷德·德·缪塞的家伙的雕像。"亚当说。

"保佑你。"我说得好像他刚打了一个喷嚏似的，他笑了。

"为什么问，你觉得怎么样？"亚当问，我一下慌神了，我讨厌被问到关于任何东西的意见，我永远都不觉得自己知道答案，然而还是努力地抵抗自己想要大叫"我——不——知——道！"的本能。这就是我不喜欢博物馆的原因。这里，就像其他很多地方一样，需要人表现得对自己的观点非常自信，而我已经很久没有相信过自己的判断了。

"我不知道……"我顿了一下，整理过自己的思路，强迫自己主动表现得更像亚当一点，更像哈得孙一点。"我想，呃，我猜，我还挺喜欢它古怪的样子的，还有……"我停了一下，"安静的样子，好像它正在努力做什么决定。"我感觉自己说着说着越来越自信，若有所思地抬起头，"好像它同时在追忆往昔和展望未来。"突然我觉得自己很能理解这一尊显然很不出名的雕塑了，"它是一个梦想家。"我言之凿凿地总结。

"它肯定是。"亚当赞同说，我很得意。

"可能我很想念做文艺批评家的日子吧，那座雕像刚才好像跟我说话了，你知道吗？"亚当倾向我，扬了扬眉毛。

"好玩的是，它注定要在这里做关于它以前情人的白日梦了。"

"哦，"我应道，努力不让他看出我的脸红了，突然觉得自己也没那么喜欢它，"阿尔弗雷德·德·缪塞，你说的是？我看是阿尔弗雷德·德·木偶还差不多。你看啊，多蠢啊，居然为旧人如此费心！"亚当笑了，我牵起他的手。"那我们去哪儿呢？"我很快地换了话题。

亚当微笑着指着前面古旧而岌岌可危的石阶，我走上前，只见石阶弯弯曲曲，通向一个看不见的地方。

"那是哪儿啊？"我问，亚当牵着我的手，我们慢慢走下台阶。

他眨眨眼睛。"你马上就知道了……"

他在前面带路，石阶并不平整，他不时转头过来看我，我小心地紧跟其后。突然前面出现一座石门，那形状就像是被一个巨人用大手拍碎面前的墙，杀出一条血路似的。我们的前方不时闪现一道道绿色的影子，然后，就置身于一座迂回小路之后隐藏的美丽花园中，这里金色的阳光正好。亚当再开口说话的时候，脸上已是灿烂笑意。

"欢迎来到瑞士河谷花园，特意为你找的，巴黎市中心的秘密花园。"

我的心开始飞扬，他真的太了解我了。

"亚当，这太棒了！"我扑到他怀里，他把我举起来转了一圈。然后把我带到一条长椅边，开始准备野餐的东西，当他拿出香槟想打开的时候，我阻止了，我只想要畅饮这个完美的瞬间。

"嘘……"我说，"听。"我听见叶落声伴着鸟鸣，就像一双柔软的脚在舞台上跳舞，听见每一朵花在阳光下尽情盛开的声音，听见每一棵树在微风拂过树梢时呼吸的声音。

"好美啊。"我坐到长椅上，让眼前的景色把我包围。枫树和丁香的味道扑面而来，还有带着夏日特有的，地中海风情的柠檬树的味道。园中到处是常青树，那姿态就像优雅的绿裙女子在舞会上等待跳上一支舞。

我转头看亚当，他打开香槟木塞，把酒倒进杯子的时候我们不约而同地笑了。然后他又开始描述在裘园向我求婚的场景，我闭上眼睛，仿佛又回到那个美好的时刻，仿佛现在四溢的香气是属于英国之夏的熏衣草、茉莉和玫瑰，而不属于巴黎之春。当他牵着我的手的瞬间，我不知今夕何夕。似幻似真只见他向我描绘着一个美好的未来，那个我从不相信自己配拥有的未来。我再次听见他说他会一直照顾我，让我幸福得无以复加。那语言温暖着我的心，就像那时的阳光照耀着我的脸一样，如此深信不疑。我相信我有一个作出正确选择的机会，尽管一直以来自己都活在恐惧之中,恐惧命中注定不配有个幸福的结局，我还是答应了。

我们四目交接的时候，一切回到现实之中，我再次跟自己说我的选择是正确的。我知道亚当爱我，他不会离开我，绝不会。我想把这

回首又见他
Written in the Stars

个美丽的秘密花园的每一个细节都刻在脑海中。突然亚当开始吻我的脖子，当我转头回吻他嘴唇的时候，我感到自己终于放手过去，慢慢走向一个幸福、阳光灿烂、铺满鲜花的仙境——我未来的安全和信心，都在他的双手中。

Chapter 15

碧·毕晓普刚把感情状态改为"单身"。

金丝雀码头豪华的 5 号公寓感觉就像外太空，是一个巨大的、闪亮的太空舱式建筑，怎么看都没有家的感觉，更不用说会是我过去五年住的家了。我麻木地从公共入口走向电梯，盯着闪闪发亮的柜子和现代艺术画作。当我看到保安德米特里的时候心跳突然加快，而他看了我一眼之后完全没有认出来，又低头看着电脑屏幕，他没有认出我穿着脏兮兮的旧 T 恤和工装裤的样子，也可能是因为我新剪了短发。逃婚那天夜里我就在罗尼的浴室把头发剪了，当时罗尼站在我身后，我从镜子里看见她也在努力忍住泪水。当我遇到亚当的时候我就开始蓄长发，所以剪短头发的举动好似在伤口上又撒了把盐。

"嘘，嘘，"罗尼平静地说，帮我把乱糟糟的鬈发梳好，然后轻轻地用理发剪把发尾剪齐整，现在头发都柔顺地留到下巴的位置，"你太美了，头发都掩不住你的魅力。现在这样子更像你自己，更像我的

回首又见他

Written in the Stars

女儿了……"

我确实觉得更像自己了。我不怀念满橱的套装，满架配色和谐的衬衫和裙子，高跟鞋，还有亚当自己喜欢所以买来送我的昂贵珠宝。低头看看空无一物的手指，好吧，这是谎话，我还是怀念订婚戒指的。我发觉自己一直在用右手拇指和食指在无名指那里绕圈，那样才能感觉到指间还有原来的那种压力。就连旁边的空气似乎都变轻变冷了，好像无名指被其他的手指集体冷落流放到西伯利亚了一样。

这也是过去两周我自己的感受，除了罗尼、凯尔和米莉我几乎没有和任何人说过话，在所有朋友都不再给我打电话、发信息甚至不给我脸书留言之后，米莉还坚守在我身边。

"你不能再让生活停滞了，应该弄清楚下一步怎么办。"米莉昨晚说，那正好是我逃婚两周纪念日。

"我知道，我了解。"我说着，空洞地盯着无聊的晚间娱乐节目，一边无聊地扯着睡裤上的线头，这时罗尼端了一碗汤和一份三明治到我床边。

"我意思是回公寓把你东西搬出来，然后搬来和我住。"

"但是我不行！"我抗议，激动得差点把汤洒了。

"你当然可以！"

"我无法面对亚当……"

"你不用面对他，他离开一阵子了。你明天坐火车去，收拾你的东西，我晚一点过去接你来我家住，欢迎你无限期地住下去。这不是请求，顺便告诉你，是命令。"

"但是——但是……我不能离开这里！要不——"

"我已经和罗尼商量好了，你必须回来工作，让生活重新步入轨道。不可能永远请病假吧……迟早被炒了！"

"我本来就是临时工，米莉！"我提醒她，"不会被炒的。再者说，尼可很通情理，他说我请假多久都没问题……"

"话是这样说，但他知道什么啊？你真正需要的是重新站稳脚跟，躲在罗尼那里是不可能的。你缺的就是一个让你开始行动的命令，作为你的闺蜜我现在就给你命令！"

这样说来我好像别无选择了，所以我现在正面对几周以来最最恐惧的时刻，回到以往的生活，以往的公寓。

电梯门打开，我在八楼下了，站在一个巨大的，有中央空调的灰色长廊里，这一层共有 6 户人家，每边 3 户。铁灰色的门框上有圆形的钢筋铁骨，现在我才发现竟像是监狱大门。我把钥匙插进去，怯怯地打开门。

在这个阳光明媚、充满夏日气息的午后，这间公寓竟然有种寒冷和陌生感。难以想象短短两周之前，我还在兴奋地为婚礼和蜜月整理行装，离开房间时还在期待自己以一个全新的身份再回来——妻子的身份。我看着房间简约的装修风格和昂贵的、功能齐备的家具——所有都是亚当在很久之前就挑好的，发现找不到任何一样属于我的东西，没有一根蜡烛，一个靠垫，甚至一本书。虽然到处都是亚当和我的合照，但是看起来都像是随相框附赠的模特照一样，摆出姿势，调亮笑

回首又见他

Written in the Stars

容，告诉你你也可以过怎样一种美好的生活。

当我把帆布背包放在闪亮的、镀锡的衣橱上时，才明白这地方从来都没让我有过归属感。自打搬进来的那一秒钟，我就觉得自己只是租用了一段本不属于我的人生。这不是亚当的错，他尽力让我感到自己很受欢迎，还告诉我想做什么改动都没问题。但是一切都被他布置得如此完美，每一个角落和架子上都满满的，我实在下不了那个手。不止如此，我一直觉得那光可鉴人的、银色太空感的厨房反射着某人的影子：某个更漂亮、更成功、更自信的人。就像亚当的前任，伊丽莎·格雷那样的人。刚开始是她和亚当一起搬进来的。

我努力不让自己多心，但这间公寓确实到处写满了她的名字。格雷：50道强势的阴影。在客厅，厨房，浴室，甚至是卧室，用的都是各种各样时髦的法罗 & 鲍尔❶的色彩。

环顾四周，我发现自己只改变了一个地方，以一种伊丽莎永远做不到的方式留下了我的痕迹。

我爬上设计师精心设计的悬空楼梯，打开一扇沉重的防火门，走到屋顶花园。

瞬间我感觉回到了家，我看着自己穿的以前搬去伦敦时留在罗尼家的舒适工装，这才发现自己遇到亚当的时候并没有抛弃旧我——至少没有完全抛弃，而是把她留在了这里，一直都在。

我慢慢转身，仔细品味这里每一寸美妙的空间，五年来用爱心设计、种植、培育和养护才变成一个天堂的地方。每一个细节，每一个

---

❶ 英国知名油漆墙纸品牌 Farrow & Ball。——编者注

决定都是我做的——心怀亚当和我两个人做的。硬木地板是我挑的，因为知道用久了之后它会呈现一种银灰色，看着自然而又和室内装修相得益彰。也考虑过假草皮，可又不希望弄出一个矫情、东拼西凑的花园，只想要一个有现代感的清爽空间，既融合我们俩的品位，也融合了城市和乡村特点的空间。现在穿行其间，我很庆幸自己明智地把这个巨大的空间分隔成四个小的、感觉更亲密的"房间"。前面是一个放着一把户外沙发椅的"休息室"；然后是一个"厨房"，里面有个石头堆砌的小花坛，种满了草本植物；后面是"卧室"和"花房"。我还记得当初是怎样用竹子和攀藤果木来做的内部隔断，巧妙地让每一个空间在夜晚都别有一番让人舒缓和放松的滋味。"花房"里种了爬藤玫瑰，藤架和黄桦树枝上都装满梦幻般的装饰灯，营造出秘密花园的氛围。而"卧室"中外围的钢筋边界旁放了一张现代主义吊床，整个空中花园的正中有一排柔和的、若隐若现的吊灯，隐隐指向这吊床。花园四周没有高大的植物和树木——只有一排熏衣草和紫锥花，带着让人平静、想安然入梦的香氛。我是希望我们俩能手拿一杯酒躺在那里，享受眺望整个城市的感觉。

我叹了一口气，既满足又难过，这是我留下印记的地方：这儿是我的家。

更正：*曾经是*。

突然我非常渴望见到亚当，就算我离开了他也不代表不再爱他，我无时无刻不在爱他。

要走进防火门之前，我转身想对屋顶花园做最后的告别，一阵风

回音又见他
Written in the Stars

吹过树林，我闻见五月特有的花儿的香气——早早开花的玫瑰和牡丹——拂过我的鼻尖，然后又瞬间消失了。我会想念这香气，但肯定会更想念和亚当共度的时光。我觉得风已经把旧的回忆吹走了，还有那旧日的生活。

我匆匆走下楼梯回到公寓，觉得越早收好东西离开这里越好，却情不自禁地开始寻找亚当到底去了哪儿的证据。我把背包从壁橱拿出来走进卧室，那儿还跟以前一样铺得整整齐齐，灰色的墙像是上过漆的混凝土一样闪闪发亮，步入式衣帽间的门关得紧紧的。梳妆台上，我的所有化妆品和香水都收到一个盒子里了，肯定是亚当收的，这让我觉得如鲠在喉。然后勉强打开衣帽间把自己的衣物塞进背包，几分钟以后，这里就再也没有我住过的痕迹了。

我走出房间，不想再多呆一秒钟。之前我检查过，枕头边没有留言，镜子上也没有易事贴，什么都没有。我甚至偷偷地打开他的床头柜，却发现他的护照不见了，我心里一沉。米莉跟我说过他需要出走一段时间，难以想象我那位坚强隐忍的亚当会跟别人承认这一点。

背着满满的背包，我走到客厅站在书桌旁，也许那儿会有一张写着酒店地址、电话、航班信息之类的纸条？但书桌还是一如既往地干净，电脑是关着的，所有东西都整整齐齐。他没有留下一丁点蛛丝马迹，而我无法指责他，毕竟是我有错在先。

我把家门上了保险，正要把钥匙投进邮箱的时候电话铃响了，随后切换到答录机，亚当的声音传了出来。我闭上眼睛聆听，一半是想好好留住他声音的记忆，一半是羞愧难当。

"你好，"声音深沉、悲伤但还是很洪亮，"这是亚当·哈得孙家，现在不在家……"

我睁开眼睛，以前答录机都是说："这是亚当和碧家，我们现在不在……"

看起来我已经被删除了，只要一个按钮我就被从他的生活中抹杀。

"……请留下你的姓名和电话，"亚当继续道，"我会尽快回电。"

"哔"的录音提示音结束的时候，我正要走，突然听到了那个刺耳的、清晰的声音。

"亚当，我是妈妈。亲爱的，"我把耳朵贴向门，"我打不通你的手机，为什么这周你没来工作？你爸爸气炸了！公司需要你尽快回来，乔治还威胁说如果你不赶紧出现的话，他会撤回原来要给你的总经理职位。我知道你为她难过，但是生意还是要做啊。希望你已经像原计划一样，在去纽约办公室的路上了。如果是这样的话我会让伊丽莎知道，她会去机场接你、照顾好你。她已经跟我说她会尽全力了，她在过去几周一直是天赐的宝贝，我不知道你为什么——"

"哔"声又响起，把她的话打断了。我直起身子，想把刚才听到的话理顺。

亚当是和伊丽莎一起去了纽约吗？我转身把脸靠在走廊的墙边，闭上眼睛。我知道这是我自作孽，尽管是我选择离开了亚当，尽力不想去关心他，但自己的心还是做不到，还是感到受伤了。

我跑到走廊尽头进了电梯，才到一楼就立马跑出电梯，跑过光可鉴人的地板，盯着手机，想看看亚当是不是在脸书写上了诸如"和我

回首又见他
Written in the Stars

本该求婚的那个女孩现在在纽约"此类的状态。我沉溺在自己想要赶紧跑出去的念头中,不在乎特米德里会不会看到自己彻底失态的样子。这时有人拍我肩膀一下,一抬头,松了一口气,是米莉。我顺从地让她带我走出公寓大楼。

"走吧,碧,回我那里去。"米莉搂着我,突然我感到时空逆转,仿佛又回到了七年前,她把我从罗尼家接出来的时候,那时的她说的是同一句话。我觉得自己穿越回去了,突然产生了一个念头。

"可能这才是我应该要做的……"我自言自语。

"什么?"米莉担忧地看着我。很显然自言自语是另一次崩溃的迹象,这是米莉、凯尔和罗尼七年来一直小心翼翼担忧的问题。

"回去!"我叫道,"我要去看看我的脸书时间轴,看看我做过的所有事情,去过的所有地方和选择过的所有道路。但是这次我要以完全不同的方式来做这些事!过一种完全不同的生活!"

"好吧,那,怎么过呢?"米莉说得很慢很慢,好像在对一个神经病说话一样。

"我不要再依赖亚当了,我要去找一份合适的工作,找到我爸爸,然后找到……"我停下来,还是不敢跟米莉说基兰。她会气疯的。

"找到什么?"她紧逼着问,黑色的,弯弯的眉毛紧蹙。

"自我啊,当然是!"她探究地看着我,然后想再伸手搂着我,但是,我自信地、大步地走到她前面了。

现在我要自己做主、自己做决定了!

Chapter 16

碧·哈得孙不想回家！

22 个赞，4 个评论。

昨天是在巴黎的最后一夜，我们在蒙马特中心找了个小酒馆庆祝蜜月结束。

"多美好的一周啊。"亚当心满意足地边说边吃着焗龙虾尾，然后靠到椅背上。他的脸被烛光照亮，黑色胡茬衬托着饱满的颧骨，眼珠是大雨洗刷过的巴黎街道的颜色。他看起来是如此幸福，好开心这是我的功劳。

我点点头。"好希望蜜月不要结束。"他倾向我，握着我的手。

"本来就不需要结束啊，你知道……"他笑着，嘴角坏坏地向上勾着。他穿着干净的白色衬衫，没有系最上面几颗扣子，头发充满艺术感地凌乱着，样子真是太性感了。巴黎很适合他，度假很适合他，他摸摸自己的下巴，婚戒闪闪发亮，看着我，我也看着我的丈夫。我了解和深爱的亚当，一如既往的帅气，沉着，坚强——但和往常不同的是，完全放松了。真希望我能使时间定格，让他永远保持这个状态。

"当然会结束，亚当。假期不会永远都过不完，不管我们再怎么舍不得。呃，"我叹了口气，"我真怕回去做临时工啊，不知道为什么，觉得无法再忍受整天搬来搬去到处救火了……我想要更……"

"永久？"亚当笑了，"我就知道，婚姻已经改变了你！"

"我想说的是有成就感，有激励感，有挑战性……"

"那就换个工作，"他还是坏笑着，"辞职去做你真正想做的事情。"

"亚当，你知道我没什么技能和文凭。"

"你不是一直想做园艺设计师吗——你那么有天赋，"亚当说，往前倾了倾身子，眼里满是鼓励，"只要看看你把我们的屋顶花园变成什么样就知道了。大家都说那里美呆了，都说你可以成为一个专业人士呢。"

"哦，我不行。"我不好意思地说。

"为什么？"

"首先，我连文凭都没有。"

"那就回学校念书！你不用一辈子做临时工，碧，你知道每走一步我都会支持你的。"

他永远都能让事情变得那么简单。

"你看，"他握着我的手，"我知道没有念完书这件事真的影响了你的自信心，我知道你害怕……你知道……"他声音越来越小，他从来都不知道怎么样跟我谈我的"污点"。我看他挣扎地想找到合适的措辞，"发生在你身上的事情……"

"我的崩溃。"我肯定地说道。他转了一下酒杯，显然不喜欢我的措辞。不管多么努力，亚当都不知道怎么去描述我"迷失"的那几年。他说一想到我那么不快乐，那么对压力、高考和大学学位无能为力，他就觉得很难过。这就是他一直努力把我的生活变得轻松愉快，为我作出所有决定的原因。

"但是那不会再发生了，"他说，"你清楚不管自己做什么我都会支持你的。"

"我知道，亚当。我只是不想现在来想这个问题，好吗？我不想考虑要回到伦敦，回去工作。我不想考虑要做出的那些重大决定。我不想考虑除了在这里、和你在一起之外的任何事情。"我闭上眼睛，满足地，深深地用鼻子做了一个瑜伽腹式呼吸，罗尼看见一定会觉得很赞。我睁开眼睛，看见亚当把什么东西从桌子下面拿出来。"是什么？"我问，他手里拿着一张纸。

"我们婚礼的照片，"他骄傲地说，"妈妈传真给我的。我想如果你爸爸看见的话一定会深受感动的。我还告诉一位报社记者，如果有一个叫莱恩·毕晓普的人联系他们，就把咱俩的详细信息告诉他……"

我伸手过去握着他的手。"你真是太周到了，亚当，但是我已经想好了，婚礼就是他最后的机会。我现在对他已经丧失兴趣了，我只对未来感兴趣——我们的未来。"

亚当紧握着我的手，我对他笑了。

"好吧，那，只要你确定这一点，"他慢慢地说，"我只是不希望你总觉得生命中缺了什么。"他有些沮丧，下巴动了动，然后用手摸摸自己的头发。这是典型的亚当作风，努力要解决所有问题。我觉得他是因为自己从来不需要处理任何棘手的人生问题，所以才内疚地觉得有义务帮身边所有人解决他们的问题。有时候我甚至想，最开始我吸引他的地方是不是就在这里——他想治愈我这个人。

"因为是你在，婚礼才那么美好，你站在殿堂尽头，穿着西装帅得一塌糊涂，那么耐心地等着我……"

"非常非常有耐心。"亚当眨眨眼说。

"哪怕我走着走着还摔倒了！但这值得你等待，是吗？"

他凑过身来吻我，笑意还在唇边。

"敬我们的未来，哈得孙女士，"他说，"我知道未来会非常幸福的。"

"我也知道。"我说，生平第一次，我真的相信了。

Chapter 17

碧·毕晓普感觉时空倒转了……

我姑且把昏厥、眩晕都当做刺破黎明黑暗的第一缕耀眼阳光吧，推开卧室窗户——以前我和米莉住的时候我的卧室——我看着格林尼治公园，一直到米莉和杰关上大门去上班了。看着柔柔的花苞，新叶鲜亮的颜色，看着皇家天文台远远伫立在树顶山的样子，觉得连著名的谢菲尔德门 24 小时时钟都触手可及。可冥冥之中我有点相信天文台的时间球在逃婚的那一刻就掉下来了，那时起时针慢慢开始逆向转动，把我的生活也带回过去。

叹息着，我把电脑从地板上拿起来，跳回床上，点开脸书，在搜索框输入"亚当"。他的主页跳出来的时候我的心还是紧缩了一下，照片是五年前他以业务总监的身份加入哈得孙＆格雷公司的活动照，穿着巧克力灰色西服，整洁的白色衬衫，上面两颗扣子没有扣，正正地看着镜头。我手支着下巴，看着他精心打理过的黑发和剃得干干净

回首又见他
Written in the Stars

净的脸，每一个细节看起来都是一个成功商人，512个脸书粉丝都知道这一点，也都爱他。但我知道这不是亚当，这身严肃的西装下不是我认识的那个人，那个我过去七年来每天醒来第一个看见的人，温柔而充满爱心的人，让我欢笑不断的人，在我要求下甚至会表演裸体卡拉OK的人，喝红酒会过敏的人，会做特别美味的冻鱼条三明治的人；自从我们在一起之后，就一直把我当做生命至宝的人；一直让我觉得，就算我不知道自己要去哪里，都可以带我到任何地方的人。

我打开寄件箱，突然有种想写信给亚当解释一下自己所作所为的冲动，至少应该比在教堂里那番解释要做得好一点，他值得我这样做。一想到自己伤害了他我就难过，我必须把事情说清楚好让他往前走。于是我开始打字，文字自由地流动出来，一如我的感情。

亲爱的亚当：

我不指望你回复我的消息——就算你马上删了它我都不会抱怨，只是希望你也许隐隐还是想收到这封信的吧。因为我希望你知道，再一次明了，我有多么抱歉。抱歉听起来好苍白啊，是吧？对不起，你可以在撞到别人时说对不起，没接到电话时说对不起——但是这句话怎么可能表达出我，摧毁了我们的关系和未来的心情呢？

从我们俩相遇的那一秒钟开始，你就让我快乐得超乎想象。但那就是问题所在，我一直不相信我配得上你。你是一个了不起的、充满爱心、纯良周到的人，如此沉着有力，你永远让我感到充满安全感，亚当，充满被爱感。我爱被你所爱的感觉——被你照顾的感觉。你让我觉得只要我们在一起，世界上别的事情都不重要，过去美好的七年，你从来不让我担心任何事。但是走上婚礼殿堂的时候，我突然觉醒，觉得不该成为一个对未来有清晰规划的人的负担，我们只有一次生命，亚当，一次作出正确选择的机会。可我已经隐瞒了你太久了，你让我的现在如此完美，于是我没有去面对过去——也没有弄清以后想做怎样的人。现在我知道我必须承担起责任，弄清我是谁，弄清我想做谁，然后才能把自己交付给另一个人。

　　我不能让你等着我，可希望你知道，因为被你爱过，我变成一个前所未有的更好、更坚强、更快乐的人。正因为这样，我心里有个角落将永远属于你。

碧

　　按下"发送"键的时候我哭了。不知道自己这样做对不对，我急切地盯着屏幕上面他的照片看了一会儿，心里一直打鼓。我希望他多上网，可他的档案和状态一直没变过：还写着"订婚"，外加一句"碧·毕晓普终于答应我了"。没有任何大男子主义的伪饰，也没有任何关于戴上戒指的粗俗玩笑。下面的评论都很开心，都是喜欢他的人写的，爱屋及乌到以至于也喜欢了我们的人。

　　然后我开始点我的时间轴，一直往后拖，往后拖，往后拖，看着自己的生活在眼前闪过，直至起点。

2006 年 9 月 17 日

　　我的第一条状态。之所以会清楚地记得是因为那是我搬来的第一周，米莉拍着胸脯说网络社交媒体一定是我们这代人有生之年最重大的变革。很显然，我花了好多年才决定把那句该死的话写上去。磨磨唧唧将近一个小时之后，我打了：

碧·毕晓普来了。

刚打出来，米莉就笑得花枝乱颤，说听起来好像我的大姨妈来了一样。我本想删除，但是不懂如何操作，而米莉不肯帮我——她说太搞笑了，不能删。

而我就是那个晚上遇到亚当的。

看着这第一条状态，想着遇到亚当、和他第一次约会的记忆，而眼下我又回到了这间公寓里，这一切不可避免地又纠缠在一起。

我开始逐条看状态更新，肯定有一些线索表明为什么亚当和我不是注定要在一起的。

我遇到他的那天早晨：

碧·毕晓普刚度过了史上最美好的一夜——和米莉·辛格。

下面有三条评论：

米莉·辛格：我可没有觊觎你家那位哦，高大，黑发，帅气，聪明……呃。

碧·毕晓普：所以我们是闺蜜啊——对男人的品位永远都截然不同！帅气，古灵精怪的酷对你很有吸引力。说到这一点，你什么时候再见杰啊？

米莉·辛格：现在！；-)

现在再想起来，我还是觉得那天晚上我会出门也算是个奇迹了。本来我是不想出门的，但米莉不顾抗议死活拽我到了格林尼治酒馆。那个酒吧就在格林尼治公园对面，有一个小小的可爱的室外区域，墙面一色白色底板画着艳丽的郁金香。

　　"那儿又不远，碧。你还是要出去社交啊，你已经 23 岁了，不可能永远躲着全世界啊，太不健康了……"

　　她答应说不会让我一个人呆着，但刚到就甩下我去吧台买酒了。我自己一个人坐着，用尽全力抵抗恐惧感，可还是感觉被拖进一个黑暗的隧道中。我深呼吸，努力告诉自己没事的，我可以，我只是在酒吧，没什么大不了的。但是恐惧和恶心的感觉还是不由自主地冒出来，我不配跑出来，我告诉我自己，在那之后，我就不配。我有什么权利现在就开始新的生活呢？

　　尽管我思绪飘忽不定可还是立刻就注意到了亚当——很难不注意到。那个美好的九月夜晚啊，他短袖白色衬衫，更衬托出一头黑发。其时他正整理遮住眼睛的碎发，而我忍不住盯着他黝黑健壮的手臂看了一下，却瞬间被他的手表上反射的月光刺到眼睛。他抬头看着我，眼里是银色的笑意，甜蜜炫目的笑意，那样的笑容，揭示了隐藏在他豪迈俊美外表之下的什么，仿佛诉说着他灵魂的种种。我立马避开视线，心跳加速，装作忙着在包里找东西。再抬起头的时候他已经站在桌边，我完全无法呼吸，更不用说讲话了。

　　"嘿。"他简单地说。

　　我没有回答。

"我能帮你买个——"

"没兴趣。"我粗暴地回答，终于发出了声音。

他似乎吓了一跳，然后脸上露出一个大大的、一点都不觉得抱歉的笑容，之后开始大笑，不知怎的，我也开始跟着笑。可又立马紧紧地抱着双臂，转头看别的地方。

正在这时米莉从吧台走回来，轻松地和一个矮个儿的男伴谈笑风生，那人一头乱乱的姜黄色头发，戴着深色的有框眼镜，穿着连帽衫和牛仔裤，这身打扮和她的设计师品牌正装和齐整的黑发看起来，有种奇怪的融合感，好像他们是老夫老妻一样。

"碧，听听，这位先生刚救了我……"她咕哝着，旁边的男士马上就脸红了。"……让我幸免于一场尴尬致死的搭讪……哦,你好啊！"看见亚当在的时候她显然吓了一跳，可她看看我，又看看他，然后毫不掩饰地对着我竖起大拇指，还靠过来小声说："碧·毕晓普来了！"然后把我介绍给她的男伴。

"碧，这是杰，杰，这是碧。我能问问您是哪位吗？"她转向亚当问道。

"让我来回答，"杰说，手插到口袋里笑着，"这位是亚当，我讨厌的潇洒多金的兄弟，不管做什么都盖过我的风头，我唯恐避之不及但是又离不开的人，因为他帅得发指的脸蛋有种解除诅咒的魔力。"米莉和我交换了一下目光，笑了，杰继续自嘲，"自从我开始和他玩以后，还真有女孩子愿意和我说话了！当然可能只是为了接近他，但是我再也不能让他离开我的视线了，这一招挺聪明，哈？"

"我可是没见到他就跟你说话了。"米莉说。

亚当坐到我身边的椅子上，用胳膊肘碰了我一下。米莉和杰陷入了一场亲密无间的谈话，完全忽略了我们的存在，那样子就像他们俩穿越到平行时空，宇宙万物都已经不复存在了似的。米莉在大城市工作，长得又那么漂亮，所以她在男人面前从来不羞涩，可我以前也从没见过她在其他人面前那么放松，那么毫无戒备。

"呃，好像有点尴尬呢。"亚当说，他的腿扫到我的时候我像触电一样赶忙缩回来。

"嗯。"我抿了一口红酒，然后转身背对着他，又开始装作从包里找东西。

"我能帮帮忙吗？"亚当说，我疑惑地看着他，"我意思是，帮你找东西。"他笑着解释，我还记得就这一瞬间，我好像看见了自己的未来。完全不同的未来，比我幻想中美好太多的未来。

因为那一刻，我陷入一种强烈到不能自已的感觉，尽管我再恐惧，再对自己发誓说我不能再爱上任何人，不能再听从自己的内心，不能再让自己受到伤害，也不能再让自己去冒险、去决定，却明明看到另有一条更好、更安全、更幸福的蹊径跃然眼前。只需要有跨过那条线的勇气，跳出那一步的勇气……

"没关系，"我不好意思地笑着，"我已经找到了。"我拿出一支笔，可醉翁之意却不在笔。

然后他开始跟我聊天，轻松地，轻柔地，我爱上了听他说话。他诚实、有趣，没有努力去讨好我，而只是正好让我去了解到一个真实的他。慢慢地，一步一步地，我发现自己也对他敞开了胸怀，当然没有提到我崩溃的事——还有和基兰的事——我怕彻底吓到他——只是说了在过去几年，我一直认定的人生方向突然发生了转折，于是我才来到了伦敦，一个我从没想过会定居的地方。

"我欣赏你那么勇敢，"我说完的时候他感慨道，"我从来都知道自己在做什么，要到哪里去。考什么样的试，去哪所大学，自己是谁——甚至要和什么样的人约会——在我自己得出一个成型的想法之前，我生命中的一切都被事无巨细地规划好了。"他有些低落，陷入了沉思。

"嗯，我个人倒是希望自己的生活能像你这样确定，"我说，"我喜欢清清楚楚地知道下一步究竟会发生什么。"

我们凝视彼此，我突然感觉和他一起抓住了同一颗彗星的尾巴，一生只会看见一次的那种星星。然后，似乎猛醒这一瞬间的重大意义，我们都低下头开始喝酒，又抬头看着还在热烈交谈中的米莉和杰，他们俩像是一对结在树枝上的椰子一样相互紧靠。我们转向彼此，异口同声地说酒吧快打烊了。就那么一瞬间的工夫再转过头去，米莉和杰已经齿唇相接，半靠在椅子上了。

我倒没觉得惊讶，只要米莉知道自己要什么就总是主动出击，大学，男人，工作，财产。她总是只需要一秒钟就能作出重大的决定——但在那一秒钟里面，她都已经从每一种可能性做过评估，考虑过最佳投资方案。这就是为什么她那么胜任工作的原因。而我总是犹豫不决，除非我能百分之百确定。

亚当和我有点尴尬地道别了，他问我能不能再见到我，我模棱两可地回答"可能吧"。因为我连这一点都无法抉择。尽管我喜欢和他聊天，我在过去那几个小时里比以往几个月都更加自在，尽管我直觉地喜欢他，被他所吸引——这种感觉比以往任何人给我的都要强烈——我还是被什么牵绊着。我无法遏制地害怕，如果我迈出那一步，后面等待着我的会是什么。

肚子咕咕作响，我不情愿地把自己从电脑前拉起来，走下楼，光脚走在地板上的声音听起来就像时钟滴答。我走到厨房打开冰箱，里面有整整齐齐一排香槟酒瓶——但并没有任何可以真正果腹的东西。看来什么都没有改变，就跟以前我们住在一起的时候一样。米莉工作忙得不可开交无暇购物，而我始终不是一个真正的吃货。于是我拿出一堆怪异的零食组合：一罐鳄梨酱，几颗橄榄还有蓝纹奶酪。然后在吊柜里找到一袋饼干，从抽屉里拿出一把刀和一个盘子，把这些东西一起拿上楼。

我又坐到床上，用饼干蘸鳄梨酱，一边吃一边看下一条状态。是我们初次约会之后一周，亚当带我去格林尼治公园的玫瑰园野餐。**碧·毕晓普刚经历了史上最棒的约会。**

我闭上眼睛，放任自己沉溺在玩飞盘的记忆中。亚当在炫技，我十分确定他是为了让我看见他黝黑的、紧致的腹肌才故意跳得那么高。而我自己出神地在想我之所以会放弃除了跑步以外的所有运动的原因。然后把飞盘扔到旁边一棵树上去。

"我来拿。"他说，可我把他推开。

回音又见他
Written in the Stars

"不行！"我说，"那是我扔的，我能自己爬上去拿。"

"好吧，如果你那么坚持的话。"亚当扬扬眉毛，用手搭了一个台子让我站上去，笑意从他嘴角蔓延开来。

"马上就拿到了！"我一边爬上树一边说。"还有……一点……远。"

"慢慢来，"亚当在下面叫道，"这里风景独好！"

我摇摇晃晃地向下看了一眼，这才发现米莉让我穿的那条薄薄的裙子泄露了好多春色。

"不要脸！"我叫道。他说："就知道你要这么说！"我笑了，用一只手把裙子拉好，裹着大腿，一只手伸去够飞盘，就在这时突然站不稳掉了下去。他把我牢牢接住，当他低下头的时候，我呼吸完全不受控了。

"我真不会扔飞盘。"我嘟哝道。

"可能吧，可你超会接啊。"

他把我放下来，靠在树干上，缓慢到令人心痛地靠近我，温柔地吻了我。犹记得旁边的树枝几乎扫在地上，为我们创造了一个小小的空间，夏日的阳光斜斜地从树枝的缝隙中射进来，就是在树荫里也能感觉到外面的热力四射。这就是铸就幸福的一个吻，事情的改变真是奇妙啊。我赶快翻到了下一条状态更新。

碧·毕晓普有同居男友啦！

画面快进到我同意和亚当同居的那个时刻，那是我们开始约会两年之后了。几个月以来亚当都很狂热，每天发一些这个城市里位置绝佳的漂亮公寓的图片给我，说要买下我们梦想的公寓，不管在哪里。还不断地对我洗脑，转发那些房产广告里面渲染同居多么美妙的图片给我：情侣们光着脚缩在沙发上大笑的样子，还会发一些打油诗或者YouTube歌曲的链接过来，我看得忍俊不禁：滚石乐队的《你必须搬家》，披头士的《她的一举一动》——然后，某个夜晚，我同意了，那时他专门学唱丽莎·斯坦斯菲尔德的《住在一起》，那天喝得微醺地在电话里唱了这首歌，只用"哦、耶"，还有搞笑的、尖声的"甜蜜的和谐"做歌词唱完整首歌。女孩子怎么会拒绝这样的表示呢。最后他不愿再浪费时间去买新房，而我也不想让他一个人出所有首付和贷款来买所房子让我住，不知怎的我觉得搬到他的旧公寓、付一点房租让我感觉不那么像一个被包养的女人，也不那么像一种严肃的承诺。因为和他的公寓有所关联的只有我自己而已——而我可以随时搬出来。

　　我又继续看那些状态，一切都是那么幸福，充满爱和欢乐。很难想到和亚当在一起有任何不快的记忆。但是继续往下，当看到关系变得越来越认真之后，我有一种被淹没窒息的感觉。我知道他想结婚，但我却唯恐避之不及，因为不知道该怎样回应他的求婚。几年以来我一直回避作出重大决定，要么让罗尼，凯尔或者米莉帮我作出。但是这个决定却必须我单独来作出，事实上我没有能力完成。我对婚姻的观点变得复杂了很多，因为父亲的离开——也因为自己的行为——我无法想象答应亚当求婚，可又担心如果拒绝了他就会被抛弃。所以我只能小心翼翼地避开承诺这一类的话题，开一些拙劣的、尖刻的玩笑，嘲笑结婚狂朋友，老是滔滔不绝地征引关于离婚率的恐怖数据，总之就是极尽所能表明我永远都没有结婚的愿望，希望能让亚当打消求婚的念头。毕竟求婚这件事对男人来说本就很难，何况若有 99% 的可能性知道自己会悲剧无疑呢？没人会疯得再去尝试了，对吧？

错。

亚当第一次求婚是在我们同居半年时，在我倾注了无数时间去创建的、我的家外之家的屋顶花园上。他单膝跪地，温柔地问我能不能做他的妻子。我大笑，吻了他然后说，我们现在已经很幸福了，为什么要破坏呢？我还举了罗尼和爸爸的例子，亚当的朋友的例子，他们好像婚后性情大变，互相埋怨，为小事争吵。我希望我们不会这样，我说。

我没有告诉他我拒绝的真正原因，我无法承担那样的责任，迈出一大步去信仰一种关系，我不敢用现在已经拥有的东西去做赌注，赌一种欠考虑的、因为肾上腺素飙升而做的决定。最最重要的是，我不能在他没有完全了解我的情况下答应他。

这时候我沉溺在那个让我悲痛的秘密中，连米莉进来都没听见。

"哦，碧！"米莉说。我还来不及藏好笔记本，她就把手放到我肩上，"别这样了。"她提早下班了，我内疚地看着自己还穿在身上的睡裤。唉，我答应过她今天会穿戴整齐的，时间怎么就过去了？

我已经在这坐了 6 小时了？这怎么可能。我看看表，下午 7:30，而我上次下楼是去找午饭吃的。

我瞥见电脑屏幕，手忙脚乱地把亚当的主页关了。

"你记得我说的吗？"她怒道。

我难过地点点头。"给你一周的时间整理心情，"她说着，把我带回十天前的情境，"我可以给你一周时间，大哭、疯狂刷新脸书、查看手机信息、痛打自己，因为你在婚姻开始之前就把它扼杀了，仅仅出于你对幸福的恐惧……"我抖了一下，这句话很伤人。"一周，"她继续尖锐地说，猛地掀开大门，"条件就是你要爬起来，把自己捯饬好，回到他妈的正常生活。"说着拉我走到空阔的地下室储物间，打开冰箱拿出瓶红酒，然后取出两个杯子，打开酒瓶，每杯倒了好多，递给我一杯——先把我的帆布背包接过去，就好像我是一个刚从幼儿园放学的小孩——然后让我坐在餐台吧椅上，自己坐到旁边一个凳子上，"然后，你就得回去工作，出门去，喝酒去，度假去，和陌生人上床去——当然得在他们家——如果我不知道的话就不存在跟亚当撒谎了。你必须把自己扶上正轨，碧。想想你未来要做什么，别再纠结过去的事情。在你自己或者亚当的脸书上是不可能找到任何答案的，"她意味深长地说，"我知道你看过他的了，我查了你的上网记录。"

"你这是偷窥！"

"不，这是关心。哦，碧，你这是疯了吧，"眼下米莉恼火地说，"你已经造成了这一切，就不能再去纠结当初的事了。"我心情低落地盯着屏幕，这时一个红色的标志从我的邮箱跳出来。米莉看我哆嗦着点开了它。

"是亚当写的！"她不敢相信，"但他发誓说他绝不会联系你，除非……"

"……我先联系他？"我低声说，打开了邮件，"我是主动联系他了，之前。"我飞快扫着他的邮件，心几乎要跳出来，眼前的黑字就像蚂蚁在爬一样，我努力地把它们连贯成句。

亲爱的碧儿：

谢谢你联系我。我明白你为什么离开，如果这样说有用的话，我希望你知道最后那几周我明白了，其实你是给予了我莫大的荣幸。我也需要理清很多我们在一起时我无法自己理清的事。是你给了我一个重新评价自己生活和思考到底想要什么的助推力。你以为我那么善于作出决定？那么善于控制局面？那为什么，我会觉得我生活中的一切都是被父母所决定好的？是的，一切，除了你之外（可我甚至连和你的关系都处理不好）。我还是相信我们之间……拥有很特别的纽带，但我渐渐开始觉得这可能就是所谓对的人、错的时间吧。也许等我们都更成熟、理智和确定的时候，我们的人生道路会注定再次相交；当然也有可能不会。但是请答应我一件事，碧，不要再为发生的事情责怪自己，不要为未来担忧，也不要过分关注过去。你的决定并没有改变整个世界，只是改变了你的小宇宙而已。我希望你现在可以闪耀如星，其实你本来就是。

永远爱你的亚当

"哦，"米莉擦了擦眼泪，"你没事吧？"

我又回到床上，眺望着八角塔上的红色时间球，它就像一颗行星，所有的时间都绕着它转。这是世界上最早的计时工具之一，1833年伦敦人就在泰晤士河的船上开始使用，至今仍运作正常。每天 12:55 的时候这颗球就会升到一半的高度，12:58 升到顶，13:00 整的时候就落下去，向所有能看见它的人宣告时间。

我点点头，好奇怪我居然没事。亚当没事，他的信甚至让我更加确信我作出了正确的选择——对我们俩来说都是。当然这并不代表我们不痛苦，只是现在我们终于可以往前走了。

"这封信不会让你想直接给他打电话，告诉他你犯了一个天大的错误吗？"她有点绝望地说，"就说你考量过自己的资产，要回到并购的轨道上来，让他回到你的生命里来，回到你的怀抱里来……"米莉感情激烈的时候总是会用贸易术语。

我笑了，抓住她的手说："我和你不同，米莉。你一直都知道人生的方向，我知道亚当是我生命中最美好的事物，但是我已经作了正确的选择，我配不上他。"

"哦，碧，不是这样的！"米莉痛心疾首地说，"真希望我能让你看清你自己有多优秀！但有一件事倒是真的，"她说，"继续关在这间屋子里面，或者继续狂刷脸书都不能让你看清这一点……"她说着，又把笔记本合上了，然后在上面放了什么东西。

"这是啥？"我皱着眉问。

"我好不容易弄了一张切尔西花展的票，这周末，记得吗？"我点点头，昨晚在电视上看见了一些介绍，但是我现在很难集中注意力。"去吧，碧，自己独处一下，呼吸一点新鲜空气。"米莉鼓励我说，拍拍我的手背，"花园总是能让你快乐。"

回首又见他

Written in the Stars

我又点点头，她是对的，确实是这样。只是我现在不确信花园是否还有这样的魔力了。"我需要找个住处，而不是去看什么花展……"

　　"你知道你可以一直住在我这，只要你愿意。"

　　"哦，米莉，我不可能一有什么事就跑到你这里来。"

　　"你可以啊，这就是闺蜜的作用。"米莉强调说，挽住我的手。

　　我靠着她的肩膀，看向窗外。真不知道如果没有她，我该怎么办。

Chapter 18

碧·哈得孙：你们要怎么称呼一个刚度完蜜月的临时工呢？一个固定工？我——结——婚——了！——呜哇！（我是不是已经说过了？！）37个赞，7条评论。

　　沿着河边我一边更新状态一边走着，从地铁站走向老鹰猎头公司。明媚的五月阳光让这段路无比快乐，全然不是之前设想的那种走向灭亡之路的感觉。金丝雀码头看起来美丽极了——也许不是诺福克那样撼动灵魂的美，却自有一种独特的威严感。

　　现在，除了这里我再也不惦记别处。我的未来——碧·哈得孙太太的新生命——的美好图景正在面前展开。

　　好期待见到在公司的朋友们啊。尽管我没有在这里全职工作，只是短暂地做不同的临时职位，填补他人生病、休假的缺，就像我这周的任务一样，但同事们都让我感觉自己也是小组的真正成员。所以那些有纪念意义的事情都是在公司期间发生的，比如，终于给谈恋爱这

回首又见他
Written in the Stars

件事画上句号，结婚了，成为人妻了。这样就不能再编织不切实际的会有更好伴侣出现的梦想了，所以我决定接受尼可一直想让我干的人事工作，以后就能去帮助其他临时工找到合适的岗位，帮助他们作出关于自己职业生涯的决定。奇怪的是突然这一切都变得不那么荒唐了。

这时手机响了，我低头看了一下，以为会是脸书应用的提示，结果却是亚当发来的短信，看得我满脸笑意。

今天好运！我爱你。　亚当。

我很爱他这样甜蜜而周到的举动，尽管他不是很希望我和公司长期签约。事实上，昨晚他还努力想说服我再考虑尝试一下花园设计，他说他知道，不管我多么积极正向，或者多喜欢公司的同事，在公司工作我都不那么快乐。

"这份工作不是你真想要的，只是个偷懒的决定罢了。"昨天下午他这样说道，当时我正拿出一套"找到工作"的服装来看，那是我自己，而不是米莉，选的。我光脚踮着脚尖，拿着一件衬衫和定做的短裤站在镜子前比画，衣服表达的是"优雅，严肃而确信"。他是对的，根本就不是我的样子。

"万一这就是我现在想要变成的样子呢。"我真惊讶这一次他竟然不支持我，"我已经都考虑好了，亚当，我讨厌被困住裹足不前的状态。现在只希望能继续生活，最快的方式就是去一家了解我的公司。尽管这可能是个偷懒的决定，但不见得就是错误的决定啊。我喜欢老鹰公司的人，在那里呆着很舒服，办公室和工作本身我都了如指掌，再说还能马上就升职加薪。再者，如果，你知道……我需要请假的话，也有各种福利啊。"我以自己想来可爱而神秘的表情扬扬眉毛。我们之前谈过在蜜月就怀个宝宝，"我几个月之内就能当经理了，亚当！开始一种全新的生活——我要让你和你的父母为我骄傲……"

"我已经很为你骄傲了，碧儿！"亚当说。

我把头发高高盘成一个优雅的发髻，左顾右盼地从每一个角度打量自己的脸。"但我现在是哈得孙家的一员了啊，这代表我必须更有野心，更有动力，更有决心地爬上职业生涯的顶峰。"

"你意思是做人事就能实现？"亚当怀疑地说。

我点点头，兴奋地笑了。然后放下头发，套上一双人字拖走上屋顶花园，接着在那里泡上两个小时移栽我的甜豆。

等走到就在河边的老鹰猎头公司大楼时，我突然发现自己已经不再害怕作出决定了，这个困扰我很久的问题已然解决了。亚当，这份工作——它们都是我的选择。八年来头一次，我觉得自己有了掌控力。我掌控着自己的生活，而不是一直漫无目的地等待事情自己发生。

我深呼吸一口平息心跳，低头看看，订婚戒指和结婚戒指都踏踏实实地待在手指上，大拇指习惯性地在戒指上绕了两圈，然后我带着个大大的笑容走进办公室。

"她——来——了！碧——回——来——了，大家！"格伦达看见我走进办公区域，兴奋地说唱着。大家都走过来围住我，"婚姻生活怎么样啊，亲爱的？"她骄傲地对我笑着伸开双臂，好像我就是她女儿一样。

"非常好，谢谢你，格。"我目光略过她的肩看到我养在窗台上

回首又见他
Written in the Stars

的花，然后她给我一个热情的、大大的拥抱。我很快乐，真喜欢在这里的安全感。

这时，詹姆斯·帕维斯——高级顾问之一，走过来对我致意。我松开与格伦达的怀抱和他握手。

"太恭喜你了，毕晓普小姐！"他拍拍我的肩膀说，好像我刚赢了马球比赛一样。

"谢谢你，杰夫斯，"我笑了，"但现在是哈得孙夫人了哦！"

"喔，老大，"他鼻子哼了一下，"我还以为您给我使了个眼色不想让人知道呢！"詹姆斯·帕维斯——我们叫他杰夫斯——只不过三十七八岁，但是感觉简直是二十七八的样子。

蒂姆站在自己的桌前，举哑铃盯着自己的二头肌，一见我来就放下哑铃，兴奋地模仿我婚礼那天晕倒的样子，然后又从地上爬起来，笑得前仰后合。蒂姆是办公室活宝，一个28岁的顽童，自尊心不比他的二头肌更强。他差不多一年前才来公司做高级人事顾问。据我所知，他的生活以如下顺序排列：健身、节食、女人、工作。但在这个很装的表面之下，他一直努力地要在世界上留下自己的脚印。他投资失利，一无所有，没有信用额度，只能搬回家和父母同住，从零开始自己的职业生涯。老鹰是他第13次面试，那时他已经失去找到工作的希望了。幸运的是，尼可，我的老朋友和老板，看出他近乎绝望的处境，同时出于对他的经验和非常适合做人才招聘个性的看重，录用了他。尼可是对的，我们虽然经常打击蒂姆，但却非常敬重他从零开始的勇气，他自己也说自己比以往都要快乐。眼下我发现他正臭美地盯着自己在电脑屏幕的影子猛看，还是一副天生丽质难自弃的小样儿。

"啊，谢啦，蒂姆，"我说，"这倒提醒了我，传说你不能做真正的俯卧撑，只能跪在地上做那种娘娘腔的，这是真的吗？"我朝格伦达眨眨眼交换一下眼色，蒂姆立马趴下去开始猛做俯卧撑，还是双拳着地支撑的那种，一边做一边唱皇后乐团的《现在不要阻止我》。终于能让他安静一会儿了。

"哦，碧儿！"格伦达笑说，柔软圆润的手捏了一下我的脸颊，淡褐色眼睛里有喜悦的光彩。"婚礼真是太美妙了——你这个新娘光彩出众，新郎也是帅气逼人。他是天生的运动员，是吧？"她故意大声地说，瞄了蒂姆一眼。"我意思是，"格伦达抬高嗓音，"我打赌亚当就不必为了保持身材如此费心，说得没错吧？"蒂姆在办公桌前做完单侧的俯卧撑，一只手伸向天花板。他飞身一跃跳起来的时候我们哄堂大笑。

"啥？啥？"他警觉地问，理顺一缕涂满发胶的头发，"我也不需要啊！我天生身材就好，只是工作间隙给自己鼓鼓劲罢了！"

我一边笑一边四处找尼可，然后看见他从办公室走出来，手深深地插在口袋里面，像个小男孩一样。他朝我点头笑笑，厚厚的棕色头发直站着，领带歪歪斜斜的。我向他挥挥手，他示意我去他办公室，我努力专业地蹬着高跟鞋大步走向前。

"这么说你回来啦！我知道你不可能一直请假！"尼可笑着示意我坐到桌子另一边，然后打开他的高级咖啡机。

"当经理的好处之一。"六个月前这台咖啡机送来的时候他跟我说的。

他把一粒棕色胶囊塞进机器，然后把一只棕色卡布奇诺杯放在出口处。公司的所有东西都是棕色的——除了我种的盆栽。尼可总说我为公司带来了色彩。这种死气沉沉的装修风格让这里工作的每个人都不满，当格伦达再次在最近的员工会议上问为什么不能重新装修的时候，尼可不耐烦地说："棕色是我们老鹰猎物的颜色，与其唧唧歪歪，不如利用它激发你飞得更高的灵感吧！"我窃笑，他警告地冲我扬扬眉，眨眨眼睛。我们关系之所以那么好是因为我们同一天进的公司，当时他还是一个年轻的、潦倒的前电影专业学生，不得不找份临时工作才能撑到放假。他不顾一切地想写剧本，每分每秒都在记录自己的点子，不然就是一看再看最爱的科幻电影，或者去上写作课。我们下班以后会一起去喝酒，他告诉我说现在存钱就是为了 25 岁搬到洛杉矶。但是，短短两年之后，公司就给他一个正式职位和可观的基本工资。这样的收入加上他的积蓄就能买房了。他当时很纠结，可总不能永远和父母住在一起吧，除非自立，不然总觉得自己活在过去，裹足不前，这样的话既交不到女朋友也不会被别人认真对待。于是他接受了这份工作，买了公寓，又被升职。几年过去了，他说对金钱和安全感的渴求盖过了想要追求梦想的热望，所以就留在这里了。我也在这里：我是唯一一个在这里呆的时间够久，所以才看见他升职（尽管不太情愿）到公司经理的人——于是也就成了唯一一个知道他的梦想曾经一度多么伟大的人。我当初认识的那个尼可根本没有任何想要往上爬的野心，我们友情的基础是两人都选择了一条阻力最小的路，都满足于从众的生活道路，当时我们都一样，至少坚持了一段时间。然而不知曾几何时，我们就都跨过了原先预设的界线，突然就都有了各自的责任，我是对另一半，尼可是对一个团队。我们都选择了以前信誓旦旦不会选的生活，稳定的生活。

"老实说，碧儿，叫你做临时工真是大材小用，"他现在说，"我不知道你为什么不下定决心换成正式工作。你不可能老在不稳定中生活……只要想想，你可以和我一样！"他说，讽刺地笑着伸了个懒腰。

"我知道，尼可，这就是我今天过来的原因。"他不可置信地看着我，我喝了一小口还很烫的咖啡，快速把杯子放下，双腿交叠，手放在光着的膝盖上，"度蜜月的时候我考虑了很多关于我未来的事，我决定接受你给我的正式工作职位。"我开始搜索大脑，努力想记起之前准备好的一番陈词，"我认识到老鹰是让我感到自由的地方，自由地做自己，自由地飞向职业生涯高峰，自由地……"

"干吗睁着眼睛说瞎话？"他打断我说，"鸟粪蒙了心啦？"说着把脚抬到桌面上，背靠着椅子。"你说的姿态倒是很高，但我们其实是一样的人，你不必用这种冠冕堂皇的励志辞来羞辱我吧。只要告诉我说你已经放弃等待更好的机会勉强接受现实就够了。这样其实我就不会觉得那么孤独、那么彻头彻尾的失败了。再说你说什么我都不会给你传出去的。"他把脚放下来看着我，"我还不是要装成一副志得意满的经理样儿。"

"这样的话你还是把别在耳朵后面的铅笔拿下来吧。"我忍住笑说。

回首又见他

Written in the Stars

尼可夸张地把笔拿下来看了看，然后放到桌子上的马克杯旁边，那杯子上写着："我可能不是最棒的，但却是最大的。"

"欢迎来到妥协的世界，碧！希望你和我一样干得无比纠结！"

我握住他的手，笑笑，装作没有听到自己的心沉沉落到地上的声音。

我坐回自己的办公桌前，点开脸书，从包里拿出一个牛角面包，一边更新状态一边狠狠地咬了一大口。

碧·哈德孙是正式工了。

回来之后我有了一丝温暖的安全感。没错，河边的办公室很潮湿，没有双层玻璃也很阴冷——真是令人兴奋的组合——好吧，窗外的"风景"是雨水浸泡的小巷，但是有了我的盆栽和这些可爱的员工，这份工作就是我的职业生涯中感觉最舒服自在的了。我打开邮箱，收到罗尼的来信。

亲爱的碧：

希望你已经从成为"人妻"的惊人之举中缓过来了。我都难以下手打出这两个字，更不用说细思了！我意思是，我的女儿，是一个妻子了！等你和亚当周末得空的时候我很想见见你们，凯尔和我非常想你们，什么时候来都好。大门永远向你敞开，尽管屋子里经常满满的都是人。

我爱你。

罗

我突然感到一阵内疚，不算婚礼的话我和亚当已经好几周没有回去看看了，应该是几个月了，该死的记忆突然指出。我强忍住喉咙哽咽的感觉，像往常一样卡在我的两段人生中备受折磨。问题是当我回家（不管我走了多远，长到多大，那里永远是家）的时候我总觉得自己能听见什么：不光是罗尼杂乱的屋子地板吱吱作响的声音，还有我的过去。每一个角落，每一条裂缝，每一个转角，每一幅画，还有美丽的花园里的每一根草，都想把我拖到另一个时空。

我晃晃脑袋，*已经走出来了，我对自己说，已经在过一种全新的人生了。婚姻，事业，难说很快就会有宝宝！* 我停了一下，看见主页上突然冒出来的脸书提示符。

大概是米莉想知道我回来的第一天过得怎么样吧，或者亚当……

但是我点开邮件快速扫了一遍屏幕之后，下巴都被惊掉了。

亲爱的碧：

希望你别介意我给你写信，我必须跟你联系。上次见到你之后我就没有办法让自己不去想你……老实说的话，其实从来没有不想念你的时候。

我想贸然在你婚礼出现肯定让你很震惊，可我真没法继续逃避了。我知道时间已经过去太久了，但是那之前我还是没有准备好见你，因为我想再见面肯定会让大家又想起那个夏天，还有埃利奥特。我想我的担心已经太迟了吧，但来到诺福克，正好听说你婚礼的事，感觉就好像……命定一样。我必须见到你，碧。你看起来如此美丽，当然，幸福得不可思议。

我很开心，真的。

婚礼之后我去海滩了，鬼使神差一样，你明白吧？想回到过去一下。我希望你是世界上最幸福的人，碧儿，真心的。

基兰

我愣愣地盯着邮件，感觉办公室的四面墙朝我挤来，要窒息了。

再看屏幕时，发现有个添加好友请求，打开看见基兰的照片，那张我曾经挚爱的脸，然后一切变成一个巨大的悲剧。照片上他在酒吧，穿着一套制服，慵懒地笑着，像往常一样身边都挤满了朋友。了解这对双胞胎兄弟的人都说基兰和埃利奥特不会去派对，派对自己会来找他们。他们俩都有一种超凡的魅力和自信，部分源于他们互相照应，部分是因为他们完全不在意别人的想法。埃利奥特尤其如此，他似乎根本不在乎任何事，他比基兰更尖锐，为自己竖起一面无法穿透的墙壁，那种苦涩感有时候会让他显得凉薄。他也可以很善变，尤其对我，其实我一直知道他对基兰和我火速开展认真恋情是持保留态度的。但他又那么搞笑，从生命到灵魂都是一个不折不扣的随时随地让人捧腹大笑的人。基兰比他要好一些，他先出生两分钟，这 120 秒钟似乎赋予了他一种埃利奥特所缺乏的成熟、稳定和责任感。但基兰也挺能闹腾，从我遇见他的那一刻开始他就给我这种感觉。

但是现在再也不是了，我愤怒地想。为什么正当我好不容易步入正轨往前走的时候，他要来把我拉回过去呢？我已经往前走了，我紧紧地抓住桌子，坚定地告诉自己。

关上脸书，我尽责地拿起电话，想开始干点工作。

Chapter 19

碧·毕晓普在努力自立。

环顾四围，突然感觉自己被淹没在熙熙攘攘兴高采烈看展览的人群中，我努力克制住要冲回米莉家，用羽绒被裹住自己的冲动。我可以的，我告诉自己。自从搬到伦敦后我每年都来切尔西花展，就算放弃了做园艺设计师的梦想，也不妨碍来欣赏这些获奖的作品，凝聚了设计师天才视角、精准设计与满腔热血的作品。也就是每年这个时节，我会特别想念爸爸，我知道他明白这一点。如果他没走的话，参观花展肯定是不容错过的年度父女之行的盛会，这样倾心交流的时刻是任何人都不可能夺去的。

我拍拍口袋，拿出爸爸留给我的日记本。回到米莉家的第一天晚上我在卧室小隔间里找出那个行李箱，记得之前我就把日记本放在这箱子里，因为搬去和亚当住的时候故意想少带点东西，从头开始，不为过去牵绊。这次再打开这个箱子，感觉像是打开了满满一盒回忆。

回首又见他
Written in the Stars

在那些格子衬衫和破洞牛仔裤下面，还有童年卧室里挂着的莫奈的花园系列挂画下面，是爸爸的日记本。

这是唯一没料到会在箱子里找到的东西，也是唯一以为已经永远找不着的东西。我本来不想放进去的，可它冥冥之中自有注定似的还是跟来了，尽管因为小时候读了太多遍，其实我已经对它了然于心。这个本子就代表爸爸应该给我而从来没有给的一切：每一张生日卡和圣诞卡，每一句中考高考后的喝彩，需要支持和教诲时坚强的肩膀，无人倾诉时的秘密知己和顾问。这日记本陪我走过一切的一切，包括我没有勇气告诉罗尼、凯尔和米莉的事。

它变成了另一个版本的爸爸，一个除非蓦然回首，不然不会开口说话的爸爸，却用自己独特的方式教会我所有关于花园和生活的一切的爸爸。不管什么时候打开它，我就会立刻和他肩并肩坐在一起。它让我一直坚信有朝一日爸爸会回来，却也让我一直因为罗尼让爸爸离开而耿耿于怀，更是我和爸爸有种凯尔无法理解的心有灵犀的原因。当时这本日记就是我的一切，所以那时找不到它的瞬间，我甚至觉得自己再次失去了爸爸。

那是我七岁生日的第二天，也是许久以来最开心的时刻。我收到一辆新的自行车，一本辨别植物的书，然后我们全家去霍尔汉姆海滩走了一大圈。像往常一样，我和爸爸跟在暴走的罗尼和凯尔的后面一边漫步，一边不时停下对照着新书研究路边的植物。我尽情享受着那个时刻，因为爸爸最近不大在家。尽管主业是艺术史讲师，他还是经常出去采风，去听别的课或者用独处的空间绘画、搞科研。但那一年他几乎没有教过我什么，虽然人在家的时间更多，陪伴我们的时间却更少了。很难解释，我只是觉得他没有存在感，好像总是漂在另一个世界一样。很小的时候我就知道，要让爸爸全神贯注地陪着我，只可能是在花园里。但现在他绝大部分的时间都待在花园下面的活动室，每次我进去他都会遮住自己正在写的东西不让我看。我跟罗尼说的时候，她总是让我打消顾虑："他只是要一些工作的空间罢了，亲爱的。"然后会带我们玩一轮闹腾腾的猫捉老鼠。可等我躺在他们床下的一个秘密据点的时候，我明白事情变得很严重了。爸爸从来不需要跟我有空间，他说和我待在一起的时候是最最开心的，我让他想到世界上一切美好的事物。就在那时我看见床头板后面藏了个小行李箱，我慢慢把它拖出来打开拉链，心跳得奇快，生怕被人发现。打开盖子一看，里面装得满满的：睡衣、袜子、裤子，爸爸的洗漱包和一个干干净净的装了家庭照片的钱包。

凯尔兴奋的尖叫声吓了我一跳，他很气自己被找到了。然后我听见他和罗尼匆匆跑向卧室的声音，于是赶紧把箱子拉链拉上放回床下，然后自己躲到窗帘后，故意把手伸到外面，这样他们就不再找了，游戏结束了。凯尔跑去扮超人玩，罗尼一边看书，一边帮我沏生日茶，而我则决定要做张卡片给爸爸。

喝完茶，爸爸带我去花园，说是要给我一个特别的礼物。他说那是一个秘密，一件很特别的东西，只给我的。他不希望凯尔感觉被孤立了，可他知道只有我会喜欢这种礼物。我打开一看，里面就是那本美丽的，只有手掌大小的本子，软软的蓝色小羊皮封面，烫金的字写

回音又见他

Written in the Stars

着"碧儿的园艺和生活指南"。本子有漆金的边缘，跟羽毛一样轻，扉页上写了一些字，还用钢笔画了一幅我们的马蹄形花园的速写。就是在那里，花园尽头的柳树下，通向小树林的那道门旁边，当时还是一个小女孩的我，跪在地上，在一堆园艺工具中间，迷失了。

"碧儿就是我！"我喊道，他点点头，亲亲我的前额，要我答应他等他走了以后自己一个人来读，我以为是等他离开花园以后。然而几天以后我才发现，原来他是一去不复返了。

眼下，我把日记翻开重新读了一遍他的告别信，然后把本子又装进口袋。我一直相信日记是他在用自己的方式告诉我他会很快就回来，而现在，再读日记之后，又感到了一种跟他心有灵犀的感觉，有种要找回以前的自己、认识现在的爸爸的冲动。

我必须找到他。那天晚上我坐在马桶上想道，慢慢读着日记，感觉失落和渴望都重新回来了。我的婚礼就是我给他的最后期限——也是给我自己的，如果他不来，我跟自己说，我就会放弃。我在想，我落跑的原因会不会是我宁愿放弃自己的幸福，也万万不能放弃爸爸？是不是在内心深处，我认为他比我还应该得到这次机会？

检完票走过皇家医院的大门时，我清楚地觉得自己正走在爸爸的阴影中，每一步都把我带得离他更近一些。

我花了几个小时，开心地看着展览上不同的作品，很多都让我驻足沉思，沉浸在未来的想法中，那水中的树，奇特的草地，低成本的小小园艺空间。

其中有个很特别的作品给我很大的启发，它的名字叫做"时间"。花园被分作四个部分："白天"，"夜晚"，"过去"和"未来"，中间是一排混合矾根有光泽的青铜色叶子，代表子午线。"夜晚"由挂在天空的毛茉莉和一池塘睡莲构成：就像漫天星光倒映在水中；"白天"是一片耀眼的阳光，由美丽的橘色、黄色和白色的野花构成；子午线的另一边，"过去"是一片正统的、经典的、维多利亚式的花园，花都被种在复古花器，如维多利亚式的澡盆中；"未来"则是一个都市办公楼上的阳台，代表一个音乐吧兼花草茶吧。花园正中间连接四个部分的，是一个稍高的巨大圆形花坛，就像是种了上百朵艳红波斯菊的绿洲一样——那是我的生辰花，上面吊着一个风向标，跟皇家天文台的时间球一样。这个作品匠心独具而美丽动人，我盯着看了好久才舍得移开目光去看设计师简介的牌子：格林尼治·JF 设计公司的詹姆斯·费希尔。真想赶紧上网搜搜其人其作，不知怎的，我感觉和他有一种强烈的共鸣。

之后我恋恋不舍地去看别的作品，感觉越来越开心和兴奋，终于觉得比这几周来任何时候都更加确定自己人生的方向了。

回首又见他

Written in the Stars

Chapter 20

第二天早晨我又早早地醒了，刚发现的新方向给我打了鸡血。

"看起来你很开心啊，昨天过得不错，是吧？"米莉早餐时轻松地说。我知道她故意表现得有些漫不经心，因为她很清楚如果她样子很严肃的话，我很可能什么也不说。

我咬了口吐司，一边思考一边嚼着。"还真是，实际上去那儿帮我作出了一个关于人生方向的重大决定。"

"哦？"米莉心不在焉地回答，她盯着手机一边读邮件一边扫新闻头条，她一向都是这么上进得令人发指。她说这一部分是她的做医生父母的影响，一部分是她印度血统的传统，另外是她很清楚成功是唯一一个让她离开诺福克的方式——我认识她的第一天她就想离开了。她说待在那儿始终觉得自己是一个外来者，不属于她的世界。

"我今天就去公司跟尼可说辞职，"我看着米莉，但她没有抬起头来，"我要辞掉这份工作。"还是没啥反应，她的沉默让我紧张起

孤注

135

来，"我知道这样做可能不太明智，米莉。"在她还没开口之前我赶忙说，"但我并不是一个大傻瓜……这是，这好像是我唯一的选择了，你明白吗？我意思是，你也跟我说过，如果我再不弄明白什么能让自己快乐的话，就会毫无缘由地放弃自己的才能！但我继续做那份临时工作的话我肯定不会快乐。"

她张张嘴想说话，但是我急切地不容她插嘴。

"我已经想过你会跟我说啥了，米莉，真的。但是你要相信我，我不是轻易做的这个决定。我知道现在这样不好，我没有住处，刚结束了一段长达七年的感情，但是我想现在再不做就没机会了——"

"碧，够了！"米莉抬起手，"能让我说说我真实的想法吗？拜托。"

我闭上眼睛，等着被骂。

"送你三个字：好——主——意！"

"真的？"我惊呆了，"难道你不觉得我没有责任感，完全……难道这不是一个荒唐的决定吗？"我敢打赌米莉会这样说。

"是的，确实！"她搂着我的肩膀，头靠着我的头，"但是如果你那么迫切地想要寻求改变，这就是唯一的选择，你早就该这么做了。可能到时候你就会知道亚当并不是你生活中的问题所在——问题在于你缺乏一份事业，缺乏自我价值的实现。"她靠向我，像妈妈一样在我脸上亲了一下，然后拿走一片吐司，挎上背包走了。

在老鹰公司的门合上之前，我又看了一眼这栋没什么特色的大楼，这就是我过去七年来所谓的"职业"所在。我和尼可、格伦达成了一辈子的好朋友，还有吉夫斯和蒂姆，这并不是一份多么好的工作，但是很安稳很舒服。

看见老同事看着窗外目送我离开，我发现自己快哭了，只好赶紧转身去，用手指揩了一下眼睛，一边顺着河边走，一边为自己鼓劲，包包背在肩上，头昂得高高的。

然后我拿出手机，迅速更新状态，想到生活就要开始一个新的方向还有点小激动呢。很奇怪，我的感觉居然不是害怕，而是兴奋不已，像是预知到自己终于做好准备了一样。

碧·毕晓普终于作出决定了！！！

我继续走着，米莉就在几英里之外的南岸码头。我走过大桥，路过锃亮的金丝雀码头和西印度码头，路过水上中国餐馆和米尔沃尔队足球俱乐部，然后走过泰晤士河下倾斜的、镶着白色瓷砖的隧道去格林尼治。我走过市场——工作日的下午，安安静静的——走到格林尼治公园的小山丘上。路上，凯尔打来电话说看见我的新状态非常替我开心，我们聊了十多分钟探讨我可以做什么，他提了好多荒谬的建议，从首相到空中交通管制员。"你能想象吗？"他逗我，"左边——不对，是右边吗？我不知道！哦，碧，你能开心就好了，"他说，"我们一直很担心你会不会，呃，你懂的——"

"我真没事，凯尔。"我打断他的话。我们有个默契，从不提及我的病。凯尔见过我最糟的状态，有时我真希望能穿越回去改变那个时候的自己。"我已经变了，真的，我开始过新的生活，自己都觉得很兴奋！"

　　挂了电话正好走到米莉的公司。我打开门走进大厅，走到可以看见格林尼治公园的落地窗边。眺望窗外，是一片无穷无尽的绿色，古甜栗树和幽曲小径错落其间。远处，灰色的城市倨傲而立，甚至可以望见皇家天文台的时间球和罗盘的黑色指针。我搬过来的第一天起就深深被这罗盘吸引着，觉得它好像在指引着我帮我做出选择，告诉我应该何去何从。现在，我望着它，似乎听见它说："至今为止，做得不错！"

June   重生

　　"你不需要变成一个园艺师，碧儿，你天生就是。"
　　这就是我本来的样子，越早接受这个事实越好。
　　但我却把它牢牢封锁在记忆中，从未开启。

亲爱的碧儿：

现在应该告别让人开怀（但阴晴莫测）的春天，迎来灿烂的夏日了，我想因为有前几个月辛勤的劳动，你精心照料的花园会格外欣欣向荣吧。这个月你得找时间停下脚步，闻一闻玫瑰美妙的香气（当然还有飞燕草，鸢尾，金银花和堇菜）。不过也要注意，只有拔掉顽固的野草才能让美丽的新枝茁壮成长。

话虽如此，还是有很多事情要你去做的，当然在这样明媚的天气里劳作应该更多会觉得是一种幸福而非负担了。继续给新长出来的植物浇水、除草，花坛里要是出现空隙就再种上植物，枯萎的花朵要清理，记住藤蔓要牢牢地固定在支架上，不能放任其乱长，否则就会长得乱七八糟。

照我说的做，这样你的花园就能长成一个完美的梦中仙境了。

爱你的爸爸

Chapter 21

这个漫长的夏天，碧·毕晓普在四处寻找公寓、思考职业规划并探索灵魂深处……

这是我辞职第一周的周五下午，阳光明媚。看着勿忘我那样深蓝色的天，满足地呼吸着新鲜空气，还因为不需要再整天困在办公室里，我整个人觉得完全恢复了生命力。一无所有的感觉竟然如此自由自在，真不可思议。我失去了未婚夫、失去了工作和家，但总觉得自己得到了别的什么东西。一个重新开始的机会，过完全不同的生活的机会。我知道能有这样一个机会是多么幸运的一件事——而且我还有家人和朋友的支持，我何德何能如此幸运。

大部分时间我都没心没肺地在米莉的花园里捣鼓，她也承认她是完全忽略了这个花园的存在。"你知道我只熟悉金融方面的问题！"我质疑的时候她这样说，说话间都舍不得从她的投资情况报告里抬起头来，"不过你可以爱怎么打理就怎么打理。"

我花了五天，高高兴兴地打理玫瑰，摆弄好原来垂死挣扎的铁线莲，犁地，慢慢地弄得有点起色，甚至还种上了一些九月就能开花的比较矮小的植物，到时候花园就能有绚烂的第二次花潮——金黄的向日葵、粉紫色鱼尾菊，甚至种上了一些波斯菊。希望我搬走的时候能看着它们开花，这样就好像把我自己的一小部分留在米莉家一样。过着如此悠闲的生活，我禁不住开始设想下一步自己会去哪里，我知道我不可能永远住在这的，这对米莉和杰都不公平。可很诡异的是，我没有办法想象出一个属于我自己的家，于是我开始幻想回到诺福克去，我开始回忆基兰离开前的日子，自己在诺福克度过了人生最快乐的时光。我当时发誓永远不会离开那里，说我的心早就已经属于那片开阔壮丽的天空，美丽的村落和令人惊叹的海岸，更不用说罗尼的花园。那儿让我感到最贴近自我，还有爸爸。

我突然急切地想回家去，虽然我说服自己说这不是因为我想见基兰，可却无数次上网看他的脸书档案和那封信。罗尼大打亲子关系牌似乎也成了我的一个借口。

"你为什么不能偶尔回家一趟呢？"她每次打电话都这么说，也就是每天都要问一遍。"现在你再待在伦敦也没啥理由了不是吗，亲爱的？"我可不想脱口而出回答"我待在这里才能保持理智"而冲撞了她。

"那就赶紧跳上火车回来陪我吧！"她昨晚这么说，"我们可以去海边散步，你可以跑步，冥想，还可以帮我把我最近写的手稿打印出来！"这倒让我有所顾虑，上次帮她做这件事的时候，她写的

《四五十岁：寻找女性自由的艺术》，我被这本书里面大量性爱场面的描写雷得惊天动地，现在貌似都没有缓过来。

"哦，拜托，亲爱的，你来的话我会非常非常开心的！"

"让我考虑一下，罗尼。"我最终回答。很奇怪，通常我都会找到借口避之不及，但现在却发现自己居然发自内心地想回家。是不是我又想逃避了——这次是逃开我在伦敦的问题？还是说我想奔向某事，某人……

我放下手中的工具站起来，伸伸手拉伸背部，决定出去走一走。我要活动一下腿，走出去，看看人，不然的话今天又是只跟花花草草打交道了，这样的状态恰恰不能证明我没有处在另一次崩溃的边缘。我知道每个人都觉得我会崩溃的。米莉今早问我说是不是打算永远躲在这里。"我不是躲啊！"我想让她放心，她的反应竟然是扬扬浓黑的眉毛。她很清楚我在事情不顺利的时候就想冬眠起来。"我只是在……养精蓄锐，这次不像以前了——我保证！"于是她抱抱我，拥抱的时间长了一些。"我没事的，真的，不要担心！"

"嘿，"她有点生气地说，"我永远都不会不担心你，我是你闺蜜啊，记得吗？我比你还了解你。"

走到格林尼治教堂街的时候太阳正当空，我穿过拱门走进熙熙攘攘的市场，那儿店铺都装饰得很漂亮，然后走向地铁站。卡蒂萨克号的桅杆在阳光下就像信号塔一样闪闪发亮，我突然有种和这艘古老的船心意相通的感觉，它的粗绳、编得像复杂的蜘蛛网一样的细绳，一只猫窝在三根尖尖的、像要刺破湛蓝天际的桅杆底下，快到正午的太阳照在钻石形的玻璃上，照得整艘船就像一件珍贵的珠宝那样闪耀。我慢慢走在岸边，觉得此时此刻渐渐模糊，船变形成一艘货船，庄严地在大海的微风中开启它到上海的处女航。这时基兰闯入脑海，不知道是因为他在脸书照片上穿的海军制服，还是因为我下意识地知道他是一艘已经渐行渐远的船，不该再想他？我（再次）把他赶出脑海然后走回教堂街，心不在焉也没看路，突然一辆公交车驶向我，司机烦躁地对着我猛按喇叭，我赶紧跳回人行道上，瞬间看见车身上招贴画定格在眼前，心还狂跳不止。

那是一幅巨大的格林尼治大学的广告，写着"今天就加入我们"，背景是几个学生大笑的样子。我一直目送到公交转弯再也看不见为止，感觉双腿已经不听使唤，甚至坐到路边长椅上的时候还在不由自主地抖，这时我听见罗尼在耳边说：*"只要耐心足够，正确的道路总会在你眼前，亲爱的。"*

我想起多年前填过的大学报考表，本来格林尼治大学才是我的第一志愿，但在最后一刻我改主意填了东英格利亚大学，还是害怕离家太远。米莉劝我说别傻了，让我搬去和她住，可我坚决拒绝了。她当时和我一样惊讶于我的反应，她说我犯了个错。她是对的。

但现在我突然灵光一闪，激动万分：如果我能回学校重新再来呢？把之前放弃的园艺设计学位读完，但是这次是在格林尼治，也许一开始就该选的这所学校？不过若真如此当初也不会遇到基兰，不会度过那样疯狂的一个夏天，那也就能顺利完成学业，亚当的话，有可能还是会碰到吧。可能，只是可能，我最终会嫁给他，因为那样也不会有

回首又见他

Written in the Stars

过往的羁绊了，不会有个基兰杀出来破坏那一切。我开始想，也许我和亚当是没什么问题，我们相遇前的事情才是问题所在。

终于站起身来时腿还微微发抖，我还在对园艺设计课程念念不忘。我做过的作业都好好地放在家里的资料袋中，可以让罗尼寄给我附到申请书里。现在是六月，或许我还来得及申请大三的课程！找份工作过渡一下，协助园艺设计师或者做一些相关工作。毕竟尽管没有学位，但我一直都在坚持学习，这方面的每一本书、每一个电视节目我都看过，每一场展览都去参观，本身也一直都在做园艺。春天到来的时候，因为基兰的离开而几个月都没出过房间门的我，开始打理罗尼荒芜的、无人照料的花园。慢慢地、持续地除草，整理乱成一团麻的蔓藤，清理花坛，重新播种，直到花园又焕发生机。我给它带来了生命，它也让我燃起了希望。那之后，我第一次搬到米莉家就改造了她的花园，当然还有亚当家的屋顶花园。

做一个园艺设计师是我打从心底相信唯一能让我快乐的事情。之前我只是不再相信自己还配谈论快乐罢了。

我想起刚刚对园艺有兴趣的时候爸爸说的话，那时我只有四岁左右，他在小菜园种草莓和土豆的时候我当小帮手。

你不需要变成一个园艺师，碧儿，你天生就是。

这就是我本来的样子，越早接受这个事实越好。

心里仿佛有什么在萌动，是久已忘怀的确定感。抬起头，我发现自己正好站在教堂街的一家花店门口。小小的、维多利亚式的红砖墙建筑，而不像很多其他商店一样上过漆。我很惊讶以前居然都没发现这里。不过店门口有漂亮的蓝色雨篷，老式的铅窗，窗前用鱼线吊着一个个小小的玻璃花盆，每个花盆里面都有一朵兰花，花瓣正好齐平于人的视线，看起来就像一排小星星。店铺门外有几张铁艺桌子，放着一盆盆漂亮的天斗、丁香。小小的木头梯子上挂满了盛放的绣球花、艳丽的粉牡丹和精致的玫瑰，还有一些装满了小灌木和其他开花植物的复古风木质花篓。雨篷上粉红色的字写着"波斯菊花店"，旁边画了几颗银色的星星。我貌似在哪里见过这个牌子，想了一会儿——在我的婚礼上！米莉买的捧花和襟花就装在画着同样标志的花篓里面——但我以前肯定没来过，一定是最近才开的。

我打开门环顾这家漂亮的小店，里面也是红砖墙，天花板上挂着毛茉莉，射灯如梦幻般闪耀，点缀着这个空间。我被深深吸引着，就像一直被花园吸引一样。

"需要我帮忙吗？"一个女孩从柜台后走出来，戴着绿色手套，拿着一瓶牡丹花。她简直就是"绽放"这个词的化身：红扑扑的脸蛋就像一朵玫瑰，眼睛是飞燕草蓝，睫毛是浓密的黑，头发是淡淡的水仙黄，梳了个松松的丸子头，丸子几乎跟她手里的牡丹那么大，额发像柳絮一样散在脸四周。她也是高高瘦瘦的体形，但从柜台后面走出来之后，我才发现她怀孕了。她低头看看肚子又看着我，嘴角弯起一个可怜的笑。

"我知道看起来就像塞了个足球在这里，但我敢保证里面是个活生生的婴儿。你都不知道多少人跟我说既然怀孕了怎么胸部看起来不像！"她沮丧地低头看看，"迄今为止，没戏，只是乳头变大了。"

她歇了口气，晃晃脑袋，"我分享得太多了，是吧？"

我笑了，点点头，皱了一下鼻子。

"抱歉，"她说，"怀孕快把我搞疯了。接下来我大概要开始跟你说痔疮了！"我尴尬地咳了一声看向别处，真是疯掉了。

"不管怎样，"她说，一点都不觉得尴尬，"我能帮你吗？我叫萨尔，顺便告诉你。"她微笑着指指胸牌。

"碧，"我说，"碧·毕晓普，很高兴认识你。"

我很开心地到处张望，小店气味芬芳得像绵长的夏日，放眼望去都是绿色。弥漫在空气中的是绣球花、牡丹的独特气息，还有甜豆、玫瑰和熏衣草醉人的香氛。

我这才意识到进来的时候根本没想买什么，但既然来了，我想买束花给米莉感谢她为我付出的一切。

"我想要一束花，麻烦了。"

"我猜也是，"她笑了，"是给朋友还是男朋友？"

"我闺蜜，"我说，"她对我实在太好了，我在找工作，所以在她家暂住。"

"价格区间呢？"

"你说我工作？"我有点吃惊，这问题对于一个陌生人来说有点太私密了，但她又问得那么坦荡荡。

"不是，花！"萨尔摇摇头笑了。

"哦，不好意思，当然！嗯，别太贵，我刚失业呢……不知道，30 镑怎么样？"

"好，这样我们应该可以做出一束很好的花呢，"她说着，兴奋地拍了一下手然后放在肚子上，"如果是给朋友的话，你可以用上几束——"

　　"其实我已经知道要用什么了！"我打断了她，"能不能用一些剑兰，紫色鸢尾，还有……哦！这种帝王花？"萨尔抽出花枝开始插花，我在一旁提要求，"如果能修剪一下的话，就可以加一些绿色植物，帝王花旁边也可以加一些看起来比较柔软的花，那样就太棒了！"我指着一篮长茎花，"这种小百合最好了！"

　　"哇，你还真知道该用什么！"萨尔羡慕似的说着，把花从篮子中抽出来。

　　我笑了，知道她在讽刺我。"相信我，你是第一个这么说我的人。"

　　"你说你刚辞职了对吧？"她问道，转头看着我，"那你之前做什么的？"

　　"哦，我只是个临时工。"我有点尴尬地说。

　　"那你辞职是因为？"

　　"我想干一点我喜欢的事情，"我以前所未有的自信说，"我想回大学学习园艺。"说这句话的时候我有点羞涩，惊叹于大声说出口居然让这件事感觉更加真实了。"几年前我开始修园艺学位，但是在大四之前就退学了……"我越说越小声，不想解释原因。

　　"难怪你懂的比一般顾客要多！"萨尔大声说着，弹了个响指，指指我。

　　我谦逊地耸耸肩。"我懂的也不是那么多，只是比较了解我的好朋友罢了。我觉得选花就要选最能代表那个人的花，你不觉得吗？"她赞同地点点头。"剑兰最能代表力量、信念这些品质，而这正好就是米莉其人。帝王花呢，"我滔滔不绝，"因为它代表勇气可嘉和足智多谋。小百合则象征友情。"

萨尔盯着我看了一眼，然后皱皱眉，把手放到肚子上探究地看着我，说："你是传说中的神秘顾客吗？"

我笑着摇摇头。

她走进柜台后面拿出剪刀开始插花，其间还是念念不忘怀疑地打量着我。

"那你是本地人吗？我以前都没见过你……"

"不，呃，是呢，不过也不完全是，"我结巴道，"我意思是，以前我住在格林尼治，几年前……然后，呃，我最近搬回来了，我也不知道会在这待多久……可能一直待下去，也可能不会。"

"现在也不用确定嘛，"她笑了，娴熟地剔除杂叶，然后停了一下，看着花束。"我想加一些桉树枝好让花束更饱满一点。"她抬头看看我笑着，"对你就不额外收费了。"她抓了一大把添到花束底部，"30镑，麻烦了。"她说着把花递给我。

"真是太漂亮了——谢谢你！"我说着接过花，把现金递给她，感到一种难以言表的罪恶感，没有收入又失去了亚当，居然还花钱。

"那就再见咯。"我说，很奇怪地有点依依不舍。

"等一下，碧！"她叫道。

我转身。"什么？"

"你想喝杯茶吗？"她问，声音里有一丝恳切，"真是安逸的一天，然后，呃，恐怕我要说的话会让你觉得有点唐突，如果你想马上逃离我这个祥林嫂一样的孕妇花店老板的话我完全理解，但是我有个小小的职位给你，如果你有兴趣……"

Chapter 22

　　我走——不，是跳着——到米莉家，感觉生活刚给我一个意想不到的机会——就像手里的花束那样让人惊喜的美好。

　　"我怀孕期间需要有人不时过来帮忙，休产假的时候就全职来做花店管理的职位。"萨尔说。其时我们在花店后小小的院子里喝茶聊天，我简直不敢相信她的话，她不仅要自己生下这个小孩——因为孩子的父亲不想让她生下，他们已经分手了——还自己做生意。我彻彻底底被她折服，"我只是在想，嗯，你在等待录取的时候会不会想做这份工作呢？我很着急要雇个人，但没人有这样的才能。现在你正好走进来了，可能这样说真的很疯狂，可我觉得这就是命运啊！"

　　听起来确实很疯狂，但事实正是如此，于是我也就相信了。我走上山坡，沉醉在蜜桃和柠檬般美好的傍晚阳光下，微笑地看着格林尼治公园围墙中露出的粉白色花潮，感觉手里和心里都是一片花海。我试图跟萨尔解释说自己并不够格，因为我没有园艺方面的任何证书，也没受过训练，但她笑了。

"碧，之前这 5 分钟你已经证明自己懂的比大多数来这里工作几个月的人都要多了！再说，我们也不需要资格证——我以前也做了太多让自己绝望的死胡同工作，然后才在一年前盘下了这家经营不善的小店。刚开始爸爸帮我出了一些租金，然后就是全靠自己一个人把它打理好的。"她扬扬下巴，"我的老师貌似都不觉得我会是潜力股，但学习不好不代表经商也不行，所以我相信自己的直觉，就这样证明他们都是错的。我人缘一直都很好，干这行最重要的就是聆听，和别人有共鸣。"

我摇摇头，笑了，想到我接受这个工作的时候她给了我一个大大的拥抱。*我有工作啦！不是一份普通的工作，而是真正会喜欢的工作呢！真的等不及要告诉米莉！*

现在也是时候自己独住了，花店工作收入不会高，但总能找到一份晚上在酒吧或者别的什么地方的工作。认识萨尔让我意识到，我必须独立起来，罗尼在我这个年纪就自己带着两个小孩，萨尔也毫不畏惧地展开自己单身妈妈的征程，我三十岁了——已经活在畏惧中太久太久了。

那天下午萨尔和我就开始谈论彼此和园艺的不解之缘——她不时要进去招呼客人，其间我还跟她说了我逃婚的事，甚至还把基兰的事也告诉了她。不知何故，提到他的名字，说到他这个人，总有种让我精神一振的感觉。

"妈的，"她说，"这也太他妈浪漫了吧！我是说，你失散已久

回首又见他
Written in the Stars

的恋人回来想跟你破镜重圆，而且是在你婚礼当天！"她抽抽鼻子，看着她的肚子。"我前男友做过最浪漫的事情是主动提出要戴一下避孕套，而他连这件事都做不好！"然后她笑了，两个笑窝提醒我她是如此年轻。

"那你还爱他吗？"她问道，啜了一口茶。

我顿了顿，摇了摇头。

"啊！你还得考虑一下，那就代表你可能还爱他，天哪，想想看，过了那么多年，如果真的破镜重圆！他帅不？"

我笑了，点点头。

"现在还帅？"

我不好意思地咬着嘴唇，然后又点点头。

"没有人到中年的样子，小胡子、白头发，或者更可怕的，谢顶？"

我又笑了。"没有，他看着确实老了，但是却跟他很搭……"

"天哪，你一直在想他，对吧？"

我又笑了，被她少女般的八卦情怀逗乐了。"只是一点点啦……"我承认说，摆弄着我的拇指和食指。

然后萨尔为我畅想出一个全新的未来，基兰·布莱克太太的未来。又跟我说孩子的爸爸，那个*全然无用的前男友*（原话）。"他根本就没成熟到可以当爸爸，所以谢天谢地他滚一边去了。我会保证这个孩子什么都不缺，再说了，"她说，"还有爸爸帮我呢，他就会是孩子最好的男性榜样，比那个人不知强多少倍。他自己把我带大，所以他知道是什么情况。"

打开米莉家门的时候我还在想着遇到萨尔的事，还有这个机会将会给我的生活带来怎样翻天覆地的变化。

我看着她给我的备用钥匙，把钥匙拔出来的时候我突然做了一个决定。

今晚就要把这束花给米莉，好好感谢她和杰这几周对我的照顾和包容，然后宣布我要搬出去的消息。我不想因为他们那么善良就赖着不走，就像萨尔一样，我必须相信我的直觉——相信命运会很快帮我找到答案。

Chapter 23

"嗯，我有事想跟你说……"晚饭的时候我开口道。

"哦，有意思，我们也有事要说。"米莉丢了一个眼神给杰，杰马上把他的椅子挪开，拿着还有好多菜的盘子到水池边去。

"我要……呃……"他支支吾吾，看着有点紧张，正在这时他手机响了，"我要去看看信息！"他松了口气，赶紧走出房间。

亚当，我猜。

"能让我先说吗？"米莉和我异口同声，然后都有点尴尬地笑了，避免目光接触。

"我先说吧，几年来我都很想告诉你啊，"米莉恳求道，一贯沉着冷静的她看起来有点激动，"我……呃，我们，就是我和杰……"

我笑了，我敢肯定她要说的是他们要生个宝宝，我真为她高兴，非常的。我最近刚有一种她可能怀孕了的感觉，之前她和杰一直在讨论要怀宝宝，而米莉这个女人的行动一向都是非常迅速的。

"真为你开心，米莉。"我高兴地说，但她疑惑地看着我。

"都没跟你说是啥事呢！"她说，"其实是，呃，我们……要搬到纽约去了！"

"什么？"我盯着她，完完全全被这个消息震惊到了。

米莉一向精心规划自己的生活，她不喜欢惊喜，也从来没有制造过惊喜。她总是完美地设计生活，27 结婚，31 头胎，33 二胎，50 退休。而现在，我感到了一场地震。米莉走了我怎么办？虽然想要独立，可我还是需要她，尤其现在没有了亚当的时候。没有了我的两个主心骨，我该怎么办？

"不是永久性的，一两年的样子。"

"但，但是我以为你就是在这里安家了啊，你说过你想开始准备要宝宝了不是吗？"

"呃，我才知道，有时计划赶不上变化。不是所有事情都能如人所预想的那么顺利，生活轨迹总在人最意想不到的时候发生改变。"她不敢看我，"听着，碧，事实是因为亚当离开了，所以乔治让杰来做集团经理，主要负责收购一家纽约的公司，这样哈得孙＆格雷就能在美国扩张了。这对杰来说是一个绝佳的机会，我也很想现在就支持他……毕竟有朝一日可能要靠他来养家糊口。"

"那也不一定非得去纽约啊，对吗？我是说，你很满意现在的生活啊！"我激动地说，"你在这里的一切怎么办，你的家庭，朋友……"我声音慢慢变小，没有说出真正想说的那句：*我怎么办？* "万一……万一你不喜欢纽约呢？你的生活从来就没有过意外的改变，这对你来

回首又见他

Written in the Stars

说是很好的事啊。"

她抬头看着我。"是吗?"她笑了,"有时候我觉得是不是因为自己太忙于计划生活,所以都没有空来好好享受它了。纽约是这世界上最让人兴奋的城市啊!"米莉站起来,走到我身边抱着我,我把头靠在她肩上,努力克制住想哭的冲动。

"那都是夸张的说法,万一你找不到别的工作,过得特别不满意,惨兮兮的呢?"我努力想抓住最后的稻草,而她也心知肚明。

"真是正能量小姐啊!"她逗我,"我已经跟公司合伙人说了,他们同意调我去纽约办公室管那边的业务,现在只要等着签证就行了。这是一场冒险,碧儿,有时候改变是好事,你应该比任何人都清楚这一点……"她冲我挤挤眼睛。"不会是永远的,我保证。再说,你自己说的你想要独立呀。"

"没错,"又是这句话,"我会,我会想你啊。"

"对不起,碧,我知道这时机不好,我也很难过……"

"嘿,别担心我,"我声音有点颤抖了,于是赶忙站起来收拾餐具,怕她看出我想哭,"我能照顾好自己的。"不必说我都知道她不相信这话,连我自己都怀疑。"再说如果仔细想想,"我走到水池边,"你要离开也是我间接造成的啊,如果我嫁给亚当,他就会接手那份工作,杰就不用去了!"

她走过来,从我手上接过盘子,颇有意味地看着我。

"你知道我怎么想的吗,碧?我觉得有时候事情会发展得完全失控……你无能为力,不管你之前做过什么努力,该发生的还是会发生。"

真希望我能相信这句话是真的。

"我找到一份工作了!"我想转移话题,轻松一下气氛,"所以我决定搬出去住了。"

"啊,别呀,"她摇摇头,"我都不忍心看着你搬走。"

"你不需要看着啊,记得吗?"我指出,"你要到纽约了。"我忍住哽咽,上次米莉离开我去大学的时候我已经崩溃了,万一这次又这样怎么办?

"就是啊,我们要去纽约了,你就帮我看门吧!"我不可置信地看着她,她抬起梳着齐刘海的头看着我,样子有几分像埃及艳后。"老实说,碧,这样的话真是帮了我们大忙了,我们不想租给陌生人住,也不想给某个中介来管理。再说我和杰有可能回来开会,所以要留个住处。你住在这里的话就算是帮了我们了,我之前一直在计划重新装修,弄得鲜亮一点然后好卖了再买个大点的地方……那我想让你免费住在这里帮我们看家行吗?你可以帮我买点画来装饰一下,然后继续打理花园吧?现在这花园已经很漂亮了,以后肯定是一个卖点啊,我会很感激的。"

米莉眼神有些慌乱,就这一会儿,我知道她不想让我看出她是在帮我,我觉得自己应该坚持原则拒绝她。我意思是,我应该尝试自己独立,可我也明白米莉说的这些事,正是一个让我的新生活变得如我所愿的机会。这样的机会我以前从来不敢奢望。

我确实想同意,这就代表我可以留在格林尼治,到花店工作然后存钱上大学。我觉得自己又有了一次新的机会,有多少人能有这样的重生机会呢？埃利奥特就从来没有——拜我所赐。

"谢谢你。"我抱着米莉，强忍住泪水。

她也紧紧地抱着我。"我说过，那是你在帮我们呢。但我会想你的碧儿，你都不知道会有多想。"

"我也是，米莉，"我说，"我也是。"

July 发酵

我凝视着亚当，感觉自己已然下定了决心，而且充满自信。

"你真觉得我做得到吗？"

他点点头。"我觉得你注定要去做。"

亲爱的碧儿：

　　我写这封信的时候，花园里正充满明快的色彩和美妙的气息。有心形叶片和天蓝色花瓣的花儿这个清晨全然绽放，我们一起种在小菜园的向日葵慢慢呈现出金灿灿的光芒，真的就像太阳一样。还有你最喜欢的，怒放的金银花和甜蜜的茉莉花，在屋子的一头开成了一片花海。自从你妈妈告诉你仙女们喜欢来吸金银花蜜以后，你每天放学回来都要采几朵花，放在花园尽头小石桌上过家家的茶具里，然后坐在那儿，坐在毛地黄、夹竹桃和蜀葵中，晒得黑黑的，伸着擦破了的腿，皱着长雀斑的小鼻子，专注地等着这些神奇的精灵现身。

　　不过就算这个月你的思绪会被仙女的事缠绕，也别忘了活在当下。忙了一天之后你应该坐到外面去享受花园的平和宁静，那样你就能感受到新的生活在眼前绽放。但是也要留神夏天的暴雨，如果下雨了（一定会下雨的）也别害怕，走出去在雨里跳舞吧。

　　　　　　　　　　　　　　　　　　　　　　爱你的爸爸

回首又见他

Written in the Stars

Chapter 24

碧·哈得孙出发去婆婆家参加蜜月后午餐会。（没错，这是正式名称）

"亚当，"我站在玄关处叫道，焦虑地从镜子里检查仪表，从柜子上拿起钥匙，"你好了吗？我不想迟到啊。"

"一分钟！"他在卧室喊道。

"好吧，但是不能更久啦！"我说。

我努力控制自己的不耐烦，因为还在蜜月期，我下定决心想要向所有人，包括我自己证明我们的婚姻将会非常幸福。迄今为止这段关系都堪称完美，亚当给了我很多惊喜：没有超时工作，送我最喜欢的花——当然是波斯菊——带我去野餐。我也做了几次真正的晚餐，在我们的梦幻屋顶花园用餐，熏衣草、马玉兰和金银花的香气使食欲更增。然后我们躺在吊床上，喝酒谈笑，头顶是漫天星光和辉煌的城市夜景。我知道结婚不应该代表有什么变化，但实际却不尽然。婚前我们只是被放在同一个花瓶中的两朵花，现在变成两棵深埋于大地的树，时日一久已经盘根错节。

　　所以，尽管亚当因为没有受到任何工作电话的骚扰（这是周日）而没有及时起床，十分钟前才开始梳洗，我也没有抱怨。我知道几分钟后他就会衣着光鲜帅气地出现，而我已经花了整整两个小时，才达到还看得过去的标准。但是现在我又烦躁得想去洗个澡，一想到要去他爸妈家我就压力超标，可这也不是他的错。

　　我无限惆怅地看着窗外，真希望这样一个美好的夏日能在户外度过。其实干什么都比开一个小时车，仅仅为了去伯克郡他父母的别墅参加什么"午餐会"强。没错，我们从巴黎回来已经两个月了，但乔治和玛丽昂总是不厌其烦地说他们只有今天得空。他们总是那么忙，忙得没空见见他们的独子，反正我是这么觉得的。今天唯一的亮点就是，米莉和杰作为伴娘伴郎也会来，我倒希望这是为了我们，可其实心知肚明，乔治预谋着如果亚当和杰都在的话，他就能默默地把家庭聚会变成一个非正式工作会议了。

　　我又着急地看看表，想要不要再叫亚当。不是要唠唠叨叨，而是弱弱地提醒一下，我们必须，你知道，走了，就现在。玛丽昂对于外表和着装异常挑剔，更不要说礼貌和态度了。她骄傲地对着每个肯听她说话的人宣告，自己从来没有在打扮的问题上失手过，没有迟到过，也没有失于周到过。她就是一个倒计时器，把人分成两类：要么是火速行动者——像亚当前女友，伊丽莎，要么是坐等馅饼者，就像我。之前我没觉得这有什么，可那会儿她只是我男朋友的妈妈，要命的是现在变成了*婆婆，将会在我人生中扮演一个非常重要的角色*，所以必

回音又见他
Written in the Stars

须找到一个和她好好相处的方式。

而现在正是个良好的开端，我找到了一份正当职业，很清楚在她面前的言行禁忌。现在开始我就要变成格调和优雅的化身，保持自我又是升级版本，一个更加沉着、成熟、行动力强的碧。更像哈得孙家族的一员，冷静、淡定、从容还有……守时。

"亚——当！！！"我爬上楼，"快点，要迟到了！"我清清喉咙，"好了吗？"

这不是唠叨，不是。

"好啦好啦！"他笑着走出卧室，一贯的聪敏冷峻，拿上钥匙和钱包亲了亲我，接着又转过头看着我。

"哇，你看起来……不一样了，"他说，扬扬浓黑的眉毛，嘴角有一丝笑意。

"是不是有点过啊？"我偏着头，紧张地看着镜子中的自己，碎花铅笔裙，白色灯笼袖真丝衬衫，很有存在感的项链和高跟鞋。长发盘成发髻——挎着玛丽昂送给我的丑得不忍直视的小媳妇型包包，这几年她送了我好些个，都是这一型。

"不，挺好的！"亚当说，吻着我的脖子，"只是不太……像你。你知道我更喜欢你穿牛仔T恤的。"他想解开我的衬衫，我把那只咸猪手挪开。

"我这是为了玛丽昂穿的，不是你。"我把头发解开，努力忽略亚当的示好，"我要证明我也可以做一个完美的妻子。"

"我敢肯定她对完美妻子的定义和我完全不同。"亚当喃喃道，手臂环着我的腰，开始抚摸我。

"控制一下，"我故意严肃地说，避开他的嘴唇然后挣脱他的怀抱，"不然玛丽昂要找我茬了。"

"能不能别提我妈，你都说我们最近见面的时间不多……"亚当喘息道，"我们现在就来做点啥呗……"他把我的包拿开放到地板上，把我带到楼上去。

两小时后，带着比我理想中更乱的发型，我们开车驶过电动门和长得不可理喻的车道，然后停在亚当父母的豪宅门口。

米莉和杰的经典款绿色敞篷车在那儿了，还有其他几辆车，但这并不代表有很多客人——乔治买经典款车就跟其他人买件衣服似的。

这时大门打开了，玛丽昂穿件裹身裙走出来，那裙子仿佛带有一种我的衣着所缺乏的休闲又优雅的气质。

"总算来了！"她夸张地说着，搂住亚当，而我正汗流浃背地把带来的兰花从后座拿出来，笑着递上去。玛丽昂斜着眼睛看着我。

"天哪，天哪，你穿得那么隆重，就是为了一个简单的周日午餐，你难道不觉得有点，热吗？"还不等我回答，她轻飘飘地转向亚当，尖细的眉毛扬了扬，"你没跟她说我告诉你的话吧？那只是咱俩的秘密呀……"

"嗯，啊。"他有点不高兴，抱歉地看看我，然后被生拉活扯拽进去，只好转头看看我，我对他点点头，他比了一个"吻你"的姿势就转头去了客厅，乔治正在那里看板球赛。亚当总是很希望尽可能地和他爸爸待在一起，以儿子的身份而不是雇员，但是这样的场景并不常见。

我像个尽责的媳妇一样对玛丽昂微笑着，希望她来拥抱我一下，或者至少作出个欢迎的姿态，但是没有，她只是站在路边上下打量着我，好像还没决定能不能让我进门。

"一棵兰花啊，"终于她开口了，从我手中接过花，"真好，是塔斯克买的？"

塔斯克？她肯定知道我不会从超市买花吧？我努力保持着脸上的笑意，然后尾随她走进镶瓷砖的宽阔的走廊，只听见高跟鞋踢踢踏踏的声音。尽管已经来过很多次，我还是不断打量着这个地方，刘姥姥进大观园似的。这儿满墙满楼梯间都挂着乔治参加体育赛事的海报、获得的业界奖状和荣誉，还有他和玛丽昂参加的重要社会活动的照片，我又看到那张女皇给他授予骑士爵位的照片和英国商界大使的照片。每次我都会觉得很震惊，这儿居然没有一张亚当的独照，我想起罗尼那儿的情境，每间屋子、每一处走廊都挂满了我和凯尔的照片，跟墙纸似的，甚至还有几张爸爸的照片——她不希望我们觉得她不想让我们怀念爸爸、谈论爸爸，也不希望我们忘记爸爸长什么样。但是这里看起来却像是乔治办公室的延伸，我想到亚当——我是说我们——的公寓，简洁明快的功能性家具，没什么照片，"工作角"占据了客厅一大半，苹果显示器几乎和墙上的纯平电视机一样大小，书架上全是品牌、商业方面的书——没有文学和小说。有时我觉得他和乔治完全不一样，可是……

发酵

我走进客厅，迎面看见一堆男人盯着等离子电视，米莉舒适地靠在贵妃榻上，穿着一条宽松的、短短的海军风连衣裙和一双沙滩凉鞋，不知怎么，看上去就是比我更休闲却又更精致。

"碧！"她叫道，跑来给我一个拥抱，"你终于来了！"然后小声说："谢天谢地！"

"确实，终于！"玛丽昂笑着走进来，身后跟着一个拿着皮姆酒的用人。

"你看起来美呆了！"米莉说，乔治转过头来冲我眨眨眼算是打招呼，他可以说是一个帅气的男人，从亚当身上能看到他的影子。但是经年累月的工作、优渥的生活、最高级的餐厅用餐、广告业界无穷无尽的喝酒应酬确实对他造成了很大影响，他的脸色发红、肿胀，身材也走样了，可他好像浑然不觉。

"你好，哈得孙先生。"我说。

"好啊，鬼灵精？你穿得还是那么亮瞎人眼啊。"乔治搂着亚当的脖子，"我希望你让她感到满意了，嗯？"

"如果你是说爱、敬重和顺从的话，他肯定做到了！"我笑说，乔治有时候挺吓人的，还好我应付得来。不管怎么说，我拿起一杯皮姆酒喝了一半，感觉需要它才能安然挺过这顿午餐。

感觉已经枯坐到天荒地老之后甜品碟才被收走，我把手放在桌面，靠到椅背上扫了一眼这间餐厅，物品堆山填海，光线昏暗，还有木质墙裙……真心希望这样一个美好的夏日是在户外用餐啊！

我拉了一下越来越紧的裙腰，很希望穿的是和米莉那一身一样的宽松款，她看起来真美，一如既往，但今天更加漂亮。棕色的眼睛在浓密的睫毛下闪耀如星辰，深榄色皮肤也光彩照人。

　　"哎，真是太好了。"乔治给席间每个人重新倒满酒，笑意盈盈。见我看着他就对我眨眨眼，像个电影明星而不像公公。他把我的酒倒得几乎漫出来，他就是这样，一顿饭只有在五六瓶他心爱的窖藏红酒下肚之后才算圆满。

　　米莉在他想继续倒酒的时候用手挡住杯子，搞得酒洒在桌布上。他咒骂了一声，靠过去擦拭那片红色的污渍。我完全无法装作没看见他乘机瞟了一眼米莉的衣领口，真是无可救药。

　　"那么，"玛丽昂殷勤地说，戴满钻石的手在胸前合了一下，"实际上今天把大家都叫来是有原因的。"

　　"为了庆祝我们幸福的婚姻？"亚当说着和我碰了一下杯，米莉，杰和乔治都加入。

　　"哦，没错，"玛丽昂挤了一个笑脸，"*肯定*有这个原因，亲爱的，但是乔治也有其他事情，对吧……"她望向正在大口喝酒的乔治。

　　他看看大家，站起来用手帕擦擦嘴。亚当靠着椅背并好双腿，样子看起来很好奇又很兴奋。我突然紧张起来。

　　"你们都知道哈得孙＆格雷公司正准备向美国扩张，我最近在纽约收购了一家叫做弗赖德曼的中型企业……"乔治开始了，尽管他喝了那么多还是能迅速切换到工作模式：脸颊的潮红褪去，雾蒙蒙的灰色眼珠也突然变得犀利起来。就是在这样的瞬间我能从他身上看见亚当的影子，这两个男人在做商业决定的时候都是强势而坚定的神枪手。

除了我以外的每个人都在点头，而我完全不知所云。亚当也许在我们出发度蜜月之前提过什么美国收购的事，可我完全沉醉在婚礼和巴黎蜜月的事情中没有注意。我突然感到一阵难受，感觉乔治要宣布的事情将会彻底改变我和亚当未来生活轨迹。

"所以，"他继续，"你们应该也知道弗赖德曼在纽约广告界是一家大公司，我们哈得孙&格雷难以望其项背，可我决定改变这样的现状。收购这家公司的时候我们就在了解如何扩大在那边市场的业务，让他们的一些高管加入我们的董事会，然后派我们最优秀的管理者去确保哈得孙、格雷&弗赖德曼——这是我们今后的名字——在美国大展宏图，所以……"他在桌上用指关节击了一声，我看见亚当如坐针毡地跳了一下，"我要指派几位高管去领导公司揭开历史性的篇章。"

乔治看着急切地倾身聆听的亚当，仁慈地笑笑。"但是谁能带领我们呢？我问过自己。谁像我一样了解公司，有根植于心的直觉知道公司想要什么，甚至在我之前就能预言得出？有谁在哈得孙硬盘中不眠不休地工作到这次收购成功为止？有谁不惜牺牲自己的个人生活甚至灵魂，也要将公司带到一个新的平台呢……"

他顿了顿，我紧张得无法呼吸，瞬间开始幻想各种可能性：亚当被升职或者他没被升职，真难想象哪种情况会更糟糕。

"亚当，我儿，我让你做集团经理，在这个过渡时期兼管伦敦和

回首又见他

Written in the Stars

纽约的业务！"乔治宣布，"你会更繁忙、出差更多、承担更大的责任，同时也会被嘉奖的。"亚当的开心溢于言表。当然了，这次的认可和升职，这样的合作关系和被人尊重是他一直以来艰辛工作的目标所在。

"哇，爸，我都不知道该说啥……"亚当站起来想拥抱乔治，可他却转身去倒酒了。亚当有一丝失落，手臂在乔治的椅子上方不确定地顿了一下，然后木讷地在我身边坐下。等乔治回过身来他又想去抱他，"我是说，我真的非常开心您觉得我适合这个岗位……我很想向您证明我配得上——"

乔治打断了他，举起杯子转向桌子那头的杰，看得出他很享受在席间把人当做木偶的感觉。

"至于你嘛，姜黄色头发的小朋友……"

米莉暗暗咬紧牙关，朝我翻了个白眼，我知道她很想对乔治大骂一通。她从来不觉得亚当的爸爸有幽默感，他就是那种她在日常工作中碰到的最痛恨的人。尽管她可以容忍自己被别人解雇或者鄙视，对杰她却不能忍。他比她敏感，尽管他工作成就非凡，在经济不景气的时候以自己创建性的眼光赢得了诸多生意，甚至造就了业界美谈，可在面对乔治老派的、盛气凌人的管理风格的时候他还是很挣扎。有时我觉得米莉待人之道正如她处理对冲基金一样，她发现潜力股，想出使我们免于风险的策略，让我们在不利的环境中也能欣欣向荣。像杰和我一样的人都需要米莉帮助前行。

"……那么，"乔治接着说，"我让你当新任执行创意总监，给你大幅加薪，把你部门的雇员预算提高到两倍！"

杰和米莉难以置信地面面相觑，乔治冲他们笑说："去雇最顶尖的创意团队，让伦敦办公室的水平保持在最高点。明年我要看见放奖杯的架子被压垮的盛况！"

杰清清嗓子咳了几声，米莉用手肘碰他一下低语了什么，于是他没有发言，她开口了。

"其实呢乔治，我们也有一些事要宣布，"米莉干脆地说，"下个月开始我就要到纽约去，去多久还未定，但肯定需要举家搬迁了。"我听得下巴都快掉到地上，不可置信地看着米莉。我最好的朋友就以这种方式让我知道她要搬到另一个城市，不，另一个国家吗？她望向我，用深情但是锐利的眼神努力对我解释，说她很抱歉没有提前告诉我这么重大的一个决定。

"去多久未定？我不懂了，这对你，或者我的生意有啥影响？"乔治直接问杰，彻底忽略了米莉。

"呃，先生。"杰紧张地把酒杯举起来。

"因为我们结婚了，"米莉说着把酒杯放在桌子上，深呼吸了一下，看看我，然后接着说，"所以如果我要搬过去的话，杰也要去。"

乔治拿起自己的酒杯瞪着她。"拒绝他们，"他最后耸耸肩，又倒了些酒，"他们很快就能找到别人的。"米莉盯着桌布上的那片污渍，因为此刻是在他人屋檐下，所以她一直隐忍，如果要是在某个饭店的话，真不敢想象她会说出什么来。"你真要让你老婆那点破事影响你职业生涯的发展吗，杰？"乔治不屑地笑了。

米莉明显怒了，但是她居然把手放在杰的手上，笑着说：

"我是一家最大的国际资产管理公司的合伙人，你先搞搞清楚，不是别人。再说了乔治，"她说，"我的'破事'给我家贡献的钱比杰的薪水高两倍——即便加上你刚才说的大幅加薪。"

如果不是因为他们要搬走的事情郁闷不已，我肯定现在已经为她欢呼了。

乔治双眼圆睁，然后抱着双臂，好像蛮欣赏地打量着米莉。

"看起来我们得周一继续谈谈了，杰，"他示意亚当站起来，"走，我们去图书馆喝点白兰地，儿子。"亚当把椅子推开，抱歉地看着杰，然后跟着乔治走了。乔治走出房间的时候气急败坏地甩了一下手。

Chapter 25

　　周一上午，在经历了地狱折磨般的周日午餐会之后我打开脸书想让自己缓缓神，其实这会儿我已经花了半小时泡茶外带给这张全新的正式职工办公桌上的植物浇水。可此刻我的心神还在努力接受米莉要搬家的事情，昨天从亚当父母家离开之后她告诉我她有可能去纽约两年，杰也说如果哈得孙＆格雷公司不能给他一个在纽约的职位的话，他就只能辞职了。

　　"我想支持米莉，这一点很重要。"杰和米莉交换了一下眼神，我觉得他们只是不想在亚当面前说乔治的不是。

　　不知道为什么我会对这个消息感到如此震惊，好像我又被抛弃了一次似的。太荒谬了。我不再是 22 岁、随时可能崩溃的那个自己了，也不需要米莉的保护，我能自己作出正确的决定，选择嫁给亚当就是明证。我是一个成熟女性——一个妻子——拥有自己的生活，现在也是时候别那么依赖她了，可就是无法摆脱这让人不安的感觉，米莉一直以来都是我生活的主心骨，我很害怕离开她一切就会分崩离析，就像上次一样。为什么米莉要这么彻底地改变自己的生活轨迹，为什么不能就保持原样呢？

"碧！"尼可穿过办公室走向我的桌子，亲切地叫道。

我微微吓了一跳，赶紧把脸书页面关上。尼可在成为我的老板之前或许是我的朋友，但现在我希望他能看重我的专业态度。

"你好尼可！"我很快转过棕色的办公椅，以一种自以为悠闲但又掌控一切的商业姿态坐好，"有事告知吗？"

尼可可能觉得好笑，嘴角微微抽动了一下，可我并未分毫减少自己的严肃。我必须证明自己的专业性，所以我经常面带笑容，在有事交代的时候说诸如"当然，交给我吧"，工作会议的时候叫嚣诸如"这是我的目标"、"我会在下班前给你"，还有"团队协作造就超水平工作"此类的陈词滥调，以前我听到别人说这些话的时候总是有种忍不住起鸡皮疙瘩的冲动，而现在却感觉不得不向所有人——包括我自己——证明我可以建立一个正当的职业生涯。我可以完成目标，配置资源，四处出差。事实也确实如此：过去两个月我已经给客户公司筛选出足够的候选人——这让蒂姆很是心慌。尼可不停地告诉我的工作做得多棒，适应得多好，对公司多有价值。

我拉了一下系得过紧的衣领，突然觉得有点窒息，但还是对尼可保持微笑，接过他递来的一张纸。

"你能抓紧看看这个吗，碧？"他说着，有点不好意思地坐在我办公桌边上。

我粗略地扫了一眼那张纸。

"这是一个新客户，要招聘一位助理帮他做公司项目，严格地说这倒不是我们的领域，比我们平时做的都需要创造力，显然有人给他推荐了我们。不管怎么说，我觉得你来做最合适不过了，考虑到你的背景……"他笑着把手插进口袋，等我读简介。

FJ 园艺设计

职位：公司董事和首席设计师詹姆斯·费希尔的临时助理。

任期：6 个月。时间：9 月 1 日始。

岗位职责：专门负责位于金丝雀码头的一个大型园艺设计项目，岗位职责较多样，包括一般的办公室管理、为首席设计师提供设计创意灵感、查找资料，还有相关动手工作。

要求：有创新性，自学过——最好是有园艺设计相关背景（非硬性要求），必须有对园艺工作的热忱。

"你没事吧，哈得孙？"尼可问。我知道自己静默了很久，可那是我梦想的工作啊！我一边看一边努力压抑痛苦的失望和悔恨：要是我没有选择手上这份工作就好了。"碧？"他又说，我抬头看着他，"我把这个工作交给你是因为这是你的专长。"我又燃起了希望，或许他知道这是我梦想的工作，因此会把机会给我。"我是说，你有园艺设计的背景，还有做临时工的经验，所以你肯定能找到一个很适合这个岗位的人！"

"太好了！"我硬挤了一句话。

"詹姆斯要求开个会深入讨论，初选一下应聘者。你能打个电话去安排一天吗？本周内。"说着尼可走了，我把这张纸用手盖在桌上，然后闭上眼睛，这样就不用去考虑悔不当初的问题了。

蒂姆抬起头来。"你没事吧，碧？"他冲我微笑。

"嗯，没事，谢了！"我敷衍说，但忍不住又开始读岗位介绍，同时在心里踢了自己一百次。如果人生中时机比什么都重要的话，我已经错失时机了。感觉自己刚刚拿到一把金钥匙，却马上又被勒令交出来。

Chapter 26

我坐在 FJ 园艺设计公司位于格林尼治的办公室的等候区，为了表现专业水准我早早地就到了，可同时又要努力掩饰自己的不自在。自从尼可把这个案子交来之后，我就搜遍了这家公司的网站、浏览了它们所有设计作品还有关于詹姆斯·费希尔的报道。他蝉联两届切尔西花展冠军，当在报道中看到他今年的作品照片时我才发现那就是我看花展时最喜欢的作品。这对我来说简直就像是要和摇滚巨星见面一样，我在心里默默为自己打气。

保持专业水平，哈得孙！要给他留下好的印象才能拿到这份工作——不对，是赚到这笔佣金。

我本希望费希尔先生进门的时候正好看到我在看笔记，但时间一分一秒地过去，我越来越神不守舍。外面温度能有 30 度，而这里空调全开无比凉爽，可我还是觉得闷得慌，衬衫纽扣太紧，裙子太窄，墙壁太压抑。我思绪开始飘忽，飘到另一个时空——诺福克，头顶是白云朵朵的天空，熏衣草和金银花、茉莉的香气扑鼻而来，爬满藤蔓的树篱在乡村小路边，流星花和蒲公英从野草丛中窜出来，雨后的油菜田闪耀着水珠，慢慢绽放的玫瑰，田边浅红的薯属植物和罗尼花园最深处长着的精致的紫色绣球花。这整片广袤无垠的世界都是我思考和创作的地方，我可以做完整的自己，无忧无虑也没有城市生活的紧张压力。我和罗尼、凯尔一起走在无边无际的海边，走在罂粟和蒺藜丛中，赤着脚感受杂草和石楠的触感，享受皮肤上太阳的温度。他们又嘲笑我每看见一朵花都要停下来研究一番的书呆子劲，我却完全沉醉在这快乐的天堂……

"碧·哈得孙？"一个男声响起来，我吓了一跳，竟然把桌上刚才前台给我倒的那杯水打翻了。

"靠！"我说着赶紧去擦地毯上的水渍。然后抬头看着他，脸都红了，"不好意思，我没看见你走进来。"

"感觉你已经神游九天之外了。"他笑了，我放松了一点点，这才注意到他友善而坦率的脸孔，精心修剪过的短短的深色头发已有点点斑白，坚果般棕色的皮肤证明户外活动的频度。他穿着牛仔裤，里面塞一件格子衬衫，微微有点油肚——看起来这身衣服穿得并不很舒服。他理理领子，手指上一枚金色婚戒，脖子上一条皮绳挂着个银色字母 D。然后他伸出手，我有点紧张地握了一下。

"我是詹姆斯·费希尔，很高兴认识你，碧，"他指指外面的露台，"听着，你不介意我们出去喝杯咖啡吧？我不能忍受这样的天气还待在室内。"

"这个主意棒极了，"我笑了，"我——我自己也不太喜欢待在室内。"

"这种天气我简直不能忍受待在城市里。"他说着大步走向门口。

"太让人窒息了，不是吗？"我继续话题，一边和他沿着河岸走向鲁赫咖啡。

"还真是！我还担心自己是一个古板的户外爱好者，"他说，"不能忍受太久待在室内，我觉得能把生命都耗尽。这一点肯定把我的员工——还有我的另一半逼疯了。真是每隔十分钟就得走出办公室去透透气。"他转过头眨眨眼，"还好我是老板，所以也没人能在我面前抱怨。我的合伙人是个作家，所以他也能理解我创作动力的源泉。"

我笑笑算是回答，感觉自己跟他亲近了不少，只见他又拉拉衣领。

"或许我不该说，但刚才我在神游自己的家乡，诺福克。"排队买咖啡的时候我不好意思地招了。

"我喜欢诺福克！"詹姆斯叫道，"实际上我这几年都想在那找个地方度周末。我一直认为世界上没有比那里更美的地方了，那日落，简直太美了！"

"我也喜欢，"我说，"还有我母亲院子里的花。"

"看来你也是园艺发烧友。"詹姆斯笑道。

"哦，可能，下辈子吧。"我说，突然清醒地想到自己在哪里，应该做些什么。

"那啥，我知道你想找个助理，"我说着，然后在室外找了一个桌子坐下，把笔记摊开在面前。"我想你需要一个有出色组织管理技能的人，精通办公室软件，能处理好时间管理的问题，当然还要有良好的沟通能力……"我停顿了一下，很自信自己说的就是他想要的。

"是——是啊，确实都是我要求的，毕竟是个助理岗位。但我想雇佣的人一定要有激情，热情，要是一个疯狂的园艺爱好者，这样才能在办公室创造正能量，我想找的其实是直觉。"他谈了一会儿公司状况，表现出对这个新项目无比的动力和激情，以至于我再一次暗自希望能够改写人生，自己来争取这个岗位。

他解释说一家总部在 Soho 的媒体设计公司邀请他投标，为他们位于金丝雀码头加拿大广场附近的新办公楼设计一座 2000 英尺、360度全景观的屋顶花园，目标是明年三月左右完工。

"最棒的公司就能中标。成了的话这单生意还能延伸到他们纽约的办公室，那样我公司就能走向国际了！我现在还没有条件聘一个正式员工，但如果中标的话……那就不同了。"

我微笑地听着詹姆斯的叙述，他没有说那个公司具体的名字。

"如果让你知道的话我只能杀你灭口了，要么只能雇你了，"他眨眨眼，"在投标之前我不能说破啊。"

简直就是我平行世界中完美的生活写照，只能在万花筒里看见的生活。

"那你在老鹰猎头干了多久了？"詹姆斯问。

"哦，正式的吗？三个月。"我回答，从来不知道该怎么回答此类问题。

"非正式呢？"他接着问。

我脸红了。"七年。在做招聘顾问之前我一直都是临时工。"

"不喜欢定性的那一型，哈？"他笑了，"我在你那么大的时候完全和你一样。在不同工作之间换来换去，努力去适应大家认为我应该干的工作……"

我有点小惊慌，怕他留下了错误的——或者其实应该说正确的——印象。"我喜欢这份工作，费希尔先生，"我撒谎了，"并且干得很有激情。实际上，我觉得我是这个案子最合适的人选了——本来老鹰也是最棒的——我们能为您找到完美的助理。"然后我停下来，是不是说得太急迫了，有点在恳求的意思？哦天哪，别把这事搞砸了啊。我之前太过轻敌，和他套近乎套过头了。如果有什么差池尼可一定会宰了我，这个夏天对猎头行业来说异常艰辛，在九月之前我们一个单子都没有接到，而今年总公司定的任务指标又特别高。

我又做一番努力，试图赢回一点可信度。"事实上，除了给您带来候选人名单之外，我还发了一封邮件给格林尼治大学园艺设计课的老师，请他给我一份应届毕业生的名单，可能马上他就会给我推荐几个人过来。这门课程非常有分量，我知道，因为……呃，我就是知道。"我握着咖啡杯，发现自己把自己都讲糊涂了。我到底想表达什么？难道想说我是因为自己想去念书才知道的？闭嘴吧哈得孙！你只是来帮物色人选的，不是自己应聘！

"那是，"詹姆斯笑了，"我自己也念过这门课，实际上我现在还是客座讲师呢。"

"哦，当——当然，那就对了，我记得在您参加切尔西花展的作品介绍里面读到过。"

"你也去了？"詹姆斯扬扬眉毛，喝了一小口咖啡。

"今年没去，"我难过地说，"我刚度蜜月回来没时间过去，但我上网看了。"我没忍住又开始滔滔不绝，"我喜欢您创作现代花园的方式，从过去和未来汲取灵感，作品真是集智慧和美丽于一体。"

"看我说你是园艺狂热分子没错吧！"詹姆斯笑了。

我放空了一会儿，不知道是该继续倾诉我对园艺的热情，还是下定决心做好现在的工作，感到倍受折磨。

Chapter 27

　　"你没事吧,小宝?"格伦达突然站在我办公桌前问,而我则盯着为詹姆斯整理的那些简历。我答应过今天要给他一份初选名单,但这一下午都在磨磨蹭蹭,甚至在心里默默写了一封邮件标题就叫:"回复:助理职务——选我!我!我!"我闭上眼睛点了一下发送,感觉就像胸口被刺了一刀,然后拿起包包开始收拾东西。

　　"我没事,格。"看到她担忧的样子,我堆起一个大大的笑脸,"你今天真美。"确实也是,她穿了一条长长的,粉色和绿色碎花的连衣裙,配同色羊毛衫和项链。还记得刚见她的时候她净穿大地色的古板套装,说是为了照顾好几个儿子还有老公,已经忙得没办法考虑自己了。

　　"我要出去,"她害羞地说,"去约会。"

　　"格!太棒了!"

　　"我自己也很震惊,"她笑了,"但不能在家坐等奇迹发生啊,

回首又见他
Written in the Stars

必须走出去抓住机会，对吧？尽管已经开始走下坡路了，小宝，可还没死呢！"

我有几分羡慕地看着她，自从和她相守 25 年的丈夫去世之后，格伦达的生活就发生了天大的变化，那时她才出来找工作，她生完孩子之后的第一份工作。她说工作才能带给她全新的生活。尼可一直都很擅长于雇那些在他人看来不对路的人，哪个正常的经理会雇一个快 50 岁、没有任何工作经验的女人，然后看着她成长为公司最佳顾问呢？蒂姆也没料到自己被那家金融机构炒了之后能找到另一份工作。"没人会雇我这样的人，"他说，"但是尼可愿意给我一个机会，尽管面试的时候我表现得像个呆瓜……"而另一个同事吉夫斯——有着动人的嗓音但也没有任何学历——也觉得永远不会有人雇他。还有我，没学历、没决断力、有抑郁病史，唉，总的来说也是不适于被录用的人。我们都是一群古怪的人，可尼可显然选对了。我们公司在老鹰 6 家分公司里一直高居佣金和任务完成量榜首。

"看你魂不守舍的，"格伦达说着把手放在我肩膀上，我叹了口气点点头。"快，跟格伦达阿姨说说。"

"哦，你知道啊，是因为我最好的朋友要到纽约去了，所以很难过——这周末就是她的告别派对了。"我说，某种程度这也是真的吧。我也为此难过的呢。

"哦，真可惜，小宝，但你可以去看她啊，对吧？"格伦达温柔地说。她的语气从来都能让我感到安慰，她一开口，我就联想到微风中摇摆的水仙花，风铃一样。"还有脸书可以用啊！"

"可这和人就在身边不一样啊，对吧？"话才出口我赶紧用手捂住了嘴巴。格伦达的两个儿子都不在国内——一个在澳大利亚，一个在加拿大——她一直拒绝他们邀请她出国的要求，说她太习惯这里的生活了，还说要用买机票这件事给自己动力去赚更多的钱，于是尼可总在夏天给她放长假。"哦对不起，格，我真是太愚笨了……"

"不不，没事儿，小宝。我们都得去适应那段距离，"她靠向我，眨眨眼，"没人希望自己的妈妈住在自家台阶上。"

我笑了，想到罗尼，真是的，如果她住得太近我肯定疯了。但是现在有时候我又觉得远得过分了。

"你很想他们吧，格伦达？"我问，她探究地看着我，在办公桌对面坐下。她说丈夫去世后她就明白，自己一定要做点别的事，只是为自己而活的事了。

"你为什么问呢？是呢，肯定的，小宝，无时无刻！但是我的孩子们已经长大啦，有了自己的生活——我也需要时间，已经为别人而活太久了。"

"你后悔吗，那么？"

格伦达看着窗外，沉思良久。"你知道吗，小宝，不，是我自己想做全职妈妈，想要全心全意为孩子和婚姻付出的。尤恩和我在一起的时光非常美好，孩子们也都健康快乐，现在职业也很成功。尽管尤恩走了，但我的生活没有结束，我发现人可以在一生当中有很多段生活，很多机会重新开始。"我看着她，努力吸收这种积极的生活观。

"我只是觉得，每当自己作出一个决定的时候，就不可能选择另

回首又见他
Written in the Stars

外一种完全不同的生活了，你懂吗？你要从一个地方搬走，那就搬离了你的过去。你选择一份工作，就失去了选另外一份工作的机会——"我发现自己居然把隐秘的想法都讲出来了，于是立马打住，"我和我的胡思乱想！抱歉，格，别管我。"

她扶着我的手。"你知道吗，小宝，如果这对你有帮助的话，我不认为你做出的决定一定会关上一扇通往不同未来的大门，其实所有的路都会指引着我们走到同一个地方……"

我真的很想相信她，真的。但爸爸的离开、和基兰共度的夏天都告诉我一个决定就能改变人的一生。我亲了一下她的脸颊，谢过她，就背起包包匆匆走出玻璃门，突然思绪万千。

Chapter *28*

我躺在吊床上边喝小酒边欣赏城市璀璨的夜景，被熏衣草的芳香和夜晚空气淡淡的余温所包围。我这是跑到屋顶花园来整理思绪的，这儿一直都能给我安慰，帮我把事情看清楚。过了一会儿我坐起来看看表，亚当去哪儿了？刚过 7 点他说要回一趟办公室，现在都 9 点多了。我很了解广告这一行，迟迟没回来肯定是生意出什么事儿了，自从他当上集团经理之后一直就有很多事儿。看来我的担忧并不是空穴来风，升职的确意味着我们相处的时间变少，我甚至都不记得他有过10 点之前回来的情况，周末也总有开不完的会或者纽约视频会议，偶尔才能在写提案间隙散散步呼吸一下新鲜空气。我也努力让自己忙活起来——但是我的工作基本就是周一到周五，而米莉又恰恰忙于搬家的事。突然我发现自己休息日一直都是围绕着亚当打转，并没有什么自己的业余爱好。当然可以回诺福克去，但是想到单独回去我就很焦虑，像要去一个可怕的地方似的。我需要亚当，这种需要已经超过了正常的程度。

胡思乱想间我听到他回来了。他亲亲我裸露的肩膀，给我带来一阵熟悉的悸动，之前短暂的不安全然消逝。他用手指划过我加薪之后新买的昂贵的裙子，我下班回家之后换上它，是为了提醒自己我是谁，我选择了怎样一种生活。

"你还好吧？"亚当问，我们依偎在客厅的沙发上，晚饭和两瓶红酒下肚之后我们就从花园下来了，点着蜡烛，放着轻音乐，打开灰色的窗帘。窗外整个城市仿佛都有生命似的律动着，而在这里所有的事情都……不平淡，可有序、安全。我就是喜欢这样，我告诉自己，点点头，感觉到满意、满足而平静。

"你今天过得好吗？"他问，"我竟然都没问问你的情况，真是太糟了。"我们过去一个多小时都在谈他工作上的烦恼，他说自己因为父亲施加的压力深感疲倦，然后说周日出发去纽约，至少待一周。

"和米莉、杰他们一天？"我问着，感觉心在下沉。他点点头。

"纯属巧合，不过貌似还是同一个航班……"我强迫自己不要难过，不要觉得被遗弃了，这不是那种我被自己所爱的人——再一次——扔在脑后的情况。亚当会住在公司租的公寓里，他说后几个月会有堆积如山的工作，但他会尽力多陪在我身边。

"我知道这不太理想，"他歉疚地说，"本来结婚第一年我们应该尽量多待在一起，但这种情况并不会一直继续的。再说你想想啊，加薪意味着我们很快可以买一栋别墅，甚至可以开始考虑怀宝宝了……那你的工作怎么样，有没有什么好玩的生意？"

"还不是那样，"我抬头看着他，"老样子啦。"

"你不是和那个谁开了会吗，就是那个……什么名字……园艺设计的家伙？"

我点点头，连个笑脸都挤不出来。"詹姆斯·费希尔。是的，我给他发了一份候选人名单，他这周末会看的，所以，你看——呀！下周又有钱进账了！"我抬起酒杯慢慢喝了一口。而亚当有点讶异地看着我。"怎么了？"我略有防备地问道。

"哦，我只是在想，你会不会想自己去应聘这个岗位？"他说。

"不。"我干脆地回答。

"一点都不想？"亚当歪着脑袋似笑非笑，"难道你心里没有一小部分在想：我应该跟尼可商量一下自己上？"

我又抬起酒杯，努力压抑住怒火。"没有啦，实际上我想的只是：如果不是已经决定留在老鹰公司，做一份正当的职业的话，我可能会自己上……"然后我喝了一大口酒，挑衅地看着他，"但既然我已经决定了，所以……"

"但尼可是你朋友，他会理解这是你无法放弃的一件事啊！"

我解释说："我已经决定了，亚当，反悔的话就像是……像是……说咱们的婚姻宣誓不作数一样，你知道吗，就像说：啊抱歉，亚当，还你戒指，我觉得我会有更好的归宿呢！"

他坚决地摇摇头。"不是这样的，碧。这是抓住机会的问题，这样的机会不会每天都出现——而且它的出现也是有原因的。"他紧紧

回首又见他

Written in the Stars

握了一下我的手，"只有好人才会遇上。"

我神往地看着他，真心想相信他说的话，可是……

"如果他还没有决定人选的话，你就跟尼可谈谈去，再安排一次会议，告诉他你有多么适合这份工作，不要逃避这次机会。"

我凝视着亚当，感觉自己不单已然下定了决心，而且充满了自信。亚当一直都有这种魔力，他对我的信心让我也觉得自己无所不能。

"你真觉得我做得到吗？"

他点点头。"我觉得你注定要去做。"

August　旧梦

———————————————————————————

"你在干吗呢？"
"没什么。"
"想和我一起冒个险吗？"

亲爱的碧儿：

八月是过渡的时节，是联系平静的夏日晴空与难测的秋季天气的桥梁。气温经常走高，有的植物（还有人）不可避免地会表现出不舒服的迹象，通常一个假期之后这就不药而愈了，但有时我们必须采取一些有效的措施才能保证植物枝繁叶茂。

不管我现在身在世界的哪一个角落，目之所及是怎样的美景，我一定会常常想起诺福克这个时节美得不可方物的海岸。只要闭上眼睛，就能看见紫苑花和熏衣草盛开在霍尔汉姆湾的紫色光晕，灌木般的碱蓬草就像冲冠怒发，充满着我们的海岸线的个性，亮黄色角状罂粟、深红色紫蓼蒌和蝇子草全然绽放。诺福克永远都是我的家乡，我永远不会忘记它……也不会忘记你。

爱你的爸爸

回首又见他

Written in the Stars

Chapter 29

碧·毕晓普在店里忙出忙进！

"那些花弄得怎么样了？"萨尔在柜台前叫道，同时把所有花篮和摆设放好准备开张。我身边全是花枝，忙着弄好最后一把今天要交货的花。

"只剩一把啦！"我也叫道。

我已经完全适应了新工作的节奏，真的很奇妙。萨尔很快把越来越多的事情交给我，我常常黎明时分就到店里，接收、拆开花草包装，然后一一装好、浇水、插好，或者放进后面的冰箱里。我把头天晚上的网上订单打印出来贴在白板上，再写上最新的设计点子，记下顾客的送花原因。附近好几家公司都跟我们订花——还有一家本地的设计公司和我们有良好的合作关系，还有几家宴会承办商和婚礼策划公司推荐我们的新娘捧花和现场陈设鲜花。所以我们一直非常忙，即便店里没有顾客也马不停蹄。

我剪下几朵黄色鸢尾，心想，一头金发而友善上进的萨尔肯定会非常喜欢这束代表热情的花。她热爱这份工作，做得相当出色，做每一件事就像她面对单身母亲的角色一样，勇敢自信而决断。我想到爸爸以前给我详细解释花园里每种花、植物和灌木的情形，他赋予每株植物一个故事和一种意义——还记得我如饥似渴地学习的样子。这可能就是我一直喜欢把人比作花的原因，讽刺的是爸爸是唯一一个我没办法做出比喻的人。除了那本日记，他现在就是一个陌生人了。但自从我开始在这工作之后却觉得和他更亲近了，甚至比之前几年都要亲近。自从挣脱多年来办公室工作的牢笼，开始释放对花草的热情之后，对爸爸的记忆也被释放出来。我慢慢开始觉得，找到那本日记本还有这份工作，都是上天注定的。

我小心地把最后一束花插到桶里，感激地从萨尔手里接过一杯茶。她正在和她爸爸打电话说近况，我注视着她，觉得可能自己会那么想爸爸也是因为看到萨尔那么活在当下：她爸爸不管人在哪里一定会每天给她打电话。萨尔说自从她妈妈去世之后爸爸就成了主心骨，那时她才十四岁。真不敢想象她过得会有多艰难，虽然我爸爸的离开也让我很痛苦，但是那时我太小了，在我长成一个少年之前还有足够的时间去适应。再说，我总能找到可以责怪的对象，多半是我自己，有时候是罗尼，偶尔会怪爸爸。但如果有人去世了你能怪谁？这时我突然想到基兰离开的样子，感觉腿软得都站立不住：他一扇一扇推开医院的门之后消失在黑暗无边的夜幕中。我无力阻止这个画面在脑海中生根发芽，就像无力阻止他弟弟埃利奥特跳下水慢慢溺亡一样。

门铃响了，我赶紧用粉色围裙擦了一下眼睛，强迫自己冷静下来。

"萨尔？"我叫道，希望她能去接待客人。但她没回答，我深呼吸了三次，然后带着欢迎式的微笑走出去。

我先是让这位客人自己挑选了一圈，可却发现他根本不知道自己要找什么。

"能让我帮忙吗？"我用温柔的声音问道。他差不多四十出头，个子很高，很有气场，应该是一个手握重权的人。我想了一圈这个城市的行业——感觉他应该是米莉的同事之类的：手表和西装看起来都很贵，脸色却很阴沉——可能是累了也可能是工作很悲催，或者二者兼而有之。他的肩膀缩着，看上去瘦巴巴的，肯定压力山大。

"明天是我太太的生日，我要——我要买点非常特别的东西。今年——今年我们过得很不容易。"

我点点头，来上班的第一天萨尔就告诉我要学会聆听。"我们不光要插好花，"她解释说，"而且要安放好各种各样的情绪、爱、悲哀、感激、喜悦或者内疚。"然后又说："记住，其实很容易看出一个男人是不是遇上麻烦了。难的在于你要估计这麻烦有多大，要做些什么让他解脱。"

"我知道了。"我轻轻地说。看他的表情我觉得他肯定是要为一件非常严重的事情道歉，可又不能鄙视他，我必须保持中立友好的态度。"花儿用来表达感情是最好的——"还没说完他居然哭了起来，我手捂住嘴巴，"哦天哪，对不起，是不是——是不是我说错什么了？"

他揉揉眼睛摇摇头。"不，不是的，这正是我要跟她表达的，但我做不到。自从拿到诊断之后她就不让我对她说我有多爱她，也不让我照顾她。她装作一切正常的样子，但我没有办法啊！"我焦虑地看了一眼正在后面盯着我们的萨尔，我居然误会了这个可怜的人！还以为他出轨还是怎么着了，可他只是想照顾患病的妻子。我感觉糟透了。

我轻轻地扶着他的胳膊带他走到咨询区，让他坐下来准备好好听他倾诉。

"那你能不能把对你妻子的感觉都告诉我，"我轻柔地问，"这样我们就能一块儿找到合适的花了……"

回首又见他

Written in the Stars

Chapter 30

晚上 7:30，我走进 Quo Vadis 酒吧一间时尚的、很有格调的房间，那是为米莉和杰的送别派对预订的。

我在走廊上徘徊了一会儿，这儿人多得让我有点窒息，真希望亚当在身边。我从来不喜欢人多，而现在尤其讨厌。今晚我必须面对那些婚礼之后就没有打过交道的人，亚当的同事，米莉的朋友，还有亚当和杰共同的朋友，有可能还有乔治。毕竟，亚当的爸爸以从不拒绝工作日聚会而闻名。

可我不会为自己难过，今天工作上经历的事情改变了我，毕竟这世界上太多无能为力的人了，我又有什么资格沉溺在自己的错误中不能自拔呢？悲伤、病痛、分别……脑海里突然闪现想知道亚当在做什么的念头。真不敢相信他休假了，真不像他的风格。米莉说他在美国公路旅行，想花点时间理清自己想要什么，毕竟他之前畅想的未来已经面目全非了。我的心思又转到米莉和杰要搬到纽约的事情上去，看来对我们所有人来说生活都已经完全改变了。

我深呼吸，想用罗尼的办法给自己注入一些瑜伽的正能量，可没用。真是怕死了这场派对，宁可去世界上任何一个地方也不想待在这，但这是米莉的告别派对，无论如何我都不能错过。她是我最好的朋友，我必须支持她，生平头一次，我没有选择懦弱地逃避。

我一走进人群就被挤到房间中央，被熙熙攘攘、打扮一新的人们包围着，于是我又挤到吧台，踮着脚，想看看能不能在人群中找到米莉光泽的黑色波波头，找到她我就安全了，可触目所及全是昂贵的包包，闪亮的珠宝和穿着西装的男人。我搓搓出汗的手心，只怪之前没有考虑米莉的建议：她让我从她的行头里面选一套衣服来穿的，那样的话应该会自我感觉更聪明、更清新还有……嗯，"更像我"吧，比起我从她家出来的时候穿的褪色牛仔裤、超大上衣和罗马凉鞋来说。我把短发编成短短的法式发辫，觉得会挺适合今晚的，可现在才知道自己严重低估了穿衣准则——也低估了宾客名单——对于这样的场合来说。显然所有最棒的、最好的、最辉煌的伦敦广告界、传媒界、商界和金融界的人都来出席了。

"碧！"米莉叫道，"你来了！"我高兴地朝她挥挥手，她推开拥挤的人群拿着一杯香槟走来。她身着波浪边古典风格的超长连衣裙，戴着金色首饰，配一双金色耀眼的高跟鞋，是如此地赏心悦目。这并不是她一贯的正装风格，却也很适合她。看到她走过来我长舒了一口气，居然很迟钝地才发现整间屋子都安静下来了，气氛变得只能用充满敌意来形容。这时我才看见大家都瞪着我，我上一次见到这些熟悉的面孔还是在婚礼那天，那时候大家都笑着、穿着时髦的礼服、戴着高高的礼帽。

米莉拥抱了我一下。"谢谢你能来，"她低声说，"我知道对你来说并不容易。"

"不容易？"我也低声，"我可是罗尼的女儿啊。吸引眼球、公共场合毫无顾忌是我家的标配！"我哽了一下，强撑的气场突然消失得无影无踪，看见宾客们都在大声地交头接耳。

米莉捏了我一下示意我到吧台，躲开她的那三个女同事，她们几乎摆出一副掩不住的终于得知我逃婚事迹丑闻的欣喜若狂。她们仨都是单身，一向懒得掩饰对我这种人——一个身份地位无足轻重，长相一般的临时工——居然傍上了像亚当·哈得孙这种钻石王老五的厌恶。

"别理她们，"米莉说，"你和我在一起呢。走，去拿点酒，起泡酒怎么样？"我感激地点点头，用笑容回报她的善意。

五分钟以后我们终于安全抵达房间一角的沙发。可我都能听见站在左边的两个女人的对话，诸如"落跑"和"新娘"此类的字眼不断传来，我恨不得把自己埋进沙发里。

"你不予理会她们自然就消停了。"米莉很快地说着把我拉起来。我记得我精神崩溃、她要把我拉回学校参加高考的时候，也说的是同样一句话。

"亚当会来吗？"我坐直身子问道。

米莉摇摇头。"我不能把你们俩同时叫来，再说他还在美国呢，但他跟杰说会到纽约去看我们。"

"哦。"我说着，不知怎么觉得心沉下去了。我努力说服自己：不用在这样的公共场合面对亚当应该是一件好事情，但突然发现自己出发前精心打扮的时候满脑子想的都是他。人不可能和另一个人在一起七年后，说没感觉就真没了，就算是自己选择的离开——不对，是逃跑。"你们都去纽约了。"我惨兮兮地跟米莉说。

"那你也来吧，"她急忙说，"毕竟这里也没什么值得你留恋的啊，你还是能和亚当和好的，你知道，现在也不算晚……"

"我不想和他和好，"我用自己都没有察觉的决绝口吻说，"我必须向前看了。"

"好吧，"她耸耸肩，"问题是你要怎么向前看呢？"

"我的新工作啊！"

她同情地看着我。"在我面前你不用掩饰，碧儿，这样离开你我心里也不好受，我知道你现在还是很脆弱。真希望我能陪在你身边，帮你重新站起来……"她用犀利的眼神打量了我一会儿，表情渐渐柔和起来。她对待我是这样的与众不同，在公司她被认为是斗牛犬——在其他朋友看来也差不多：急性、顽固、直接。但对待我——还有杰——却温柔、宽厚，只有保护而不会攻击。真不知道我是制造了什么样的恐怖画面才让她这样对我的——好吧，其实我知道。但不管怎么说我决定向她——还有自己——证明我可以独立。

"米莉，你做的已经太多了，让我免费住你家，说真的，"我眼泪开始打转，靠着她的头，"我都不知道应该怎么感谢你……"

"别！"米莉说，用另一只手擦了擦脸。

回音又见他

Written in the Stars

我握着她的手，看着她的眼睛。"我真的会非常想你，但我跟你保证，我一定会好起来的。"

"我也会想你的，"她哽咽了，然后吸吸鼻子说，"啊，不能被大家看见我在哭，这样会毁了我女强人的名声的。再说，我们会很快见面的，我给你买机票……"

"我自己存钱。"我告诉她。

"用花店的薪水？"米莉怀疑地说，"我想说，别搞笑了，碧，那会花很长时间的。"

我咬着嘴唇说："听着，我知道薪水不高，米莉，但是这份工作是我几年以来做过的第一个正确的决定，我真的觉得自己终于走上正轨了。"

"那就好。"其实她的语气还是不很确信，"嗯，我最好去招呼一下客人，"她说着站起来，"你自己一个人没问题吧？"

"只是今晚，还是永远啊？"我开玩笑，可她没笑，"肯定没问题的！"我轻松地说。她看着我的眼里满满都是担忧，然后摇摇头，逐渐被派对人群包围。而我，站起来看着这一切，一个人。

Chapter 31

　　我在米莉的花园里半躺着东张西望，她刚离开一周，令人窒息的热力已经达到顶峰，不在花店工作的时间我绝大多数都在这里消磨，在挖土、除草、种植和耕地中得到安慰，一边剪枝一边检查自己的工作成果。我已经给玫瑰施过肥，给早花天竺葵修剪过，给一堆葡萄黑象甲收拾好了，然后我又锄一遍地，修剪长势过猛的灌木和树木，给铁线莲浇水——这时我禁不住想到我们的屋顶花园，不知道亚当记不记得打理？然后这才想起他人都不在了，早走了。

　　这时我被一段回忆击中。

　　"不敢相信他死了！"基兰在哭泣，我抚摸着他的头发，然而自己的泪水和医院的消毒味也几乎让我窒息。

　　我眨眨眼睛回到当下。最近几天经常想起埃利奥特去世那天晚上的情境，只好努力不让自己去想这些回忆。

　　"把注意力集中在花上。"我低声对自己说。自从三个月前搬进来发现爸爸的园艺笔记、开始把它挖个底朝天，我就已经在挖掘自己的过去了。我低头看着身边那本小小的蓝色本子，书页在风里翻飞，尽管搬过来的这几年都没有看到日记本，爸爸倾斜的涂鸦和图表却还是烂熟于胸。我拿起本子把它贴在胸前，放到鼻子下尽情去感受属于记忆的味道。

这时我看见戴在右手的铂金戒指，在行李箱里找到笔记本的那天也找到了这枚戒指，我想暂时戴一戴。那是罗尼的婚戒，她逼爸爸离家出走之后差点把戒指扔进海里，是我阻止了她。后来我整整戴在手上一年，基兰离开的时候我们以此为承诺，说永远不会忘记彼此。

这会儿我把戒指摘下来捻在大拇指和食指中，又想起基兰出现在婚礼的画面。我是不是不该那么快把他赶走？是不是应该给他个机会说几句话？倾听他，就像在花店倾听那位照顾病妻的男人一样？

我把戒指重新戴好，突然感到一阵陌生的舒适感，这让我非常惊讶，好像不管时间如何流逝，那一年戒指在我手上已经戴出了一个看不见的印记，一个在皮肤上永远无法消失的痕迹。再次戴上这枚戒指就意味着打开了通向过去的大门。闭上眼睛，我回想起那个夏天，基兰和我每每喜欢在一起列数我们注定要在一起的原因，一遍遍打磨这个爱情故事，好像要讲述到地老天荒一样。

"我本来今年夏天是不会来这的，你知道吗？"那天下午我们躺在威尔逊沙滩的时候他说。对面是一座小小的沙滩屋，我们装作自己拥有这屋子的样子。他趴在沙滩上，橡木棕色的背露在外面，从睫毛下面抬起眼睛望着我，眼珠是令人迷醉的绿色，犹记得我当时就想，自己会永远迷失在他的双眸中吧。"埃利奥特在德文郡的一个酒吧找了份工作，但到了该过去的那天我鬼使神差地掉转车头，开到彻底不同的一个方向上去，纯粹是一时冲动啊。"他冲着我挤挤眼睛，低头点烟的时候长长的睫毛在深色皮肤上投下一道优美的影子，他轻松地一边抽烟一边讲这个故事，"当时就像被磁力拉着在走，然后我遇见了你就明白了，你就是吸引我过来的人。"

"我本来那天晚上也不想去海滩派对的，"我接过话头，"但罗尼邀请了一大帮朋友过来，凯尔在学校，我觉得应该去海边跑跑步……"

"你穿运动服的样子性感极了！"基兰笑着在我脸颊上亲了下。

"我听见有人叫我名字，转头就看见你坐在那里弹吉他，然后我就明白我已经无法离开了……"

"我见到你的瞬间动都不会动，更别说离开了。好像整个夏天只有一个目标：就是为了遇到你一样。"基兰倾诉着，而我摸着他的金发。然后他坐起来吻我，他瘦瘦的半裸的身子压住我，我都陷到沙里了。真爱死了他急迫、充满欲求的吻。在那个瞬间我知道我的生活打开了一个全新的维度：我待在诺福克无忧无虑但略显沉闷的生活终于迸发新的激情了。这让我有点害怕，但又感觉焕然一新。除了基兰，我再也不需要什么让我快乐了。

电话响了，我从牛仔裤口袋掏出来看看。

"你好，罗尼。"我的声音听起来完全不像是自己的。

"碧，我亲爱的宝贝！我们多久没有打电话了！一辈子了我觉

回首又见他

Written in the Stars

得！是不是忙着挣脱过去无聊的脚铐没时间给可怜的妈妈打电话啊？"

"只是忙罢了，"我紧张地说，然后缓了缓，看看自己的右手和膝盖上的日记，"我找到自己的世界了，罗尼，我可以全心全意投入进去的，"我声音渐渐柔软，"就像你一直希望的那样。我从你的书里学到一招了——真的。"

"这才是我想听到的！只要你知道我一直都在，亲爱的，你就永远不会孤独，记住了。即使在你最黑暗的时刻，也总是会有一丝光亮指引着你——这不是我一直告诉你的吗？这不是从来都是对的吗？上次你想着你的生活完蛋了，结果你搬到伦敦遇到了亚当。而现在，你找到一份那么好的工作，我真的很为你骄傲，你是那么坚强，宝贝。但这也不代表你不需要别人的帮助啊，你爸爸走的时候——"

我没给她机会继续。"你做了自己想做的那种人。但基兰甩了我之后你怎么跟我说的，罗尼？'你不需要一个伴侣，只要有你的自尊就好了。'在别人抛弃你之前先抛弃他——这是你说的吧，啊？这就是我对亚当做的，在他甩掉我之前先甩掉他。"

一阵可怕的沉默。"但是亚当永远不会离开你啊宝贝，你到底明不明白？再说这也不是那会儿我说的意思。爸爸或者基兰的离开都不是你的错，你爸爸非常非常爱你，至于基兰——嗯，情况也是情有可原，他双胞胎弟弟刚死了，小宝，他那个时候没有办法爱你……你不能再责怪自己了。"

我想到基兰婚礼那天站在我面前的模样。他回来是因为现在可以爱我了吗？我想象着格林尼治时间球掉下来的样子，好像想让我把所有一切看清楚。基兰回来表示我们应该再给自己一个机会，再努力一次，一个全新的开始。这就是我一直梦寐以求的。或者这就是我改变过去的一个机会，为什么之前我都不明白呢？

"对不起我得挂了，罗尼。"我突然说，然后挂断电话。

我呆站了一会儿，看着时间球一次又一次落下来。过去几个月来我一直在否定，会不会是因为我一直还爱着基兰所以才离开亚当的？我把手套脱下来跑进米莉的房间。

然后火速脱光衣服开始洗澡，好像希望身上的尘土和心里对亚当犯下的恶行都能被冲走。我很爱亚当但却从来没有停止过对基兰的想念。八年没有见过面，真正在一起的时间只有一个夏天，真是疯了。我被过去所缠绕，我越是投入现在的新生活就越是被拖进回忆中。基兰让所有一切都汹涌而回，我现在住在上次因为他心碎疗伤的地方，理论上说下一步应该回诺福克看看他还在不在。一切的一切都把我带回那个夏天，带回他身边——还有那个可怕的夜晚。

我觉得不能再装作若无其事了。

洗完澡我抓起手机打开脸书，都来不及劝自己三思而后行就开始翻阅自己的邮箱，找到了婚礼后他发来的信，想都不想地就回复：

基兰，我很想见你……如果你还想见我的话，好吗？　　碧

Chapter 32

　　我一边刷牙一边劝自己不要老盯着放在盥洗台边的手机，不能疯狂地等着回复，很可能他几天都没发现信，也可能他早就忘记了写给我的那封信，毕竟已经好几个月了。

　　可他离开都几年了，我们还没有忘记彼此……

　　我照着镜子，感觉时间好像一点儿都没有发挥效力，我和基兰离开的时候样子还是那么像。瘦瘦的（精神崩溃的妙处），逃婚那天我给自己剪的短发略微显胖，这反而看起来很年轻。因为下午几乎都泡在米莉的花园里，晒得有点黑，长了好多雀斑，从离开诺福克以后我就没在脸上发现过雀斑了。可能我看起来不像和亚当在一起的时候那么精致，但确实更像我自己了。

　　我用下巴把手机夹在胸口，系上毛巾把衣服拿起来，然后走出浴室，每一步都感觉是走近过去，因为我根本无法停止对基兰的思念。突然感觉过去几年的事都没发生过，闭上眼睛我看见我们俩又在一起，埃利奥特坐在中间，我们开着车走过无数的乡间小路，想去哪就去哪里，想干什么就干什么，未来就在前方。我把衣服和手机放在卧室床上，这间房还是黄色的——刚搬进来的时候我自己漆的颜色。这和米莉的极简主义风格不一样，但她很理解我想要在一片明亮的颜色中醒来的心情。突然我有个主意，打开这几年一直放在这里的行李箱，拿出以前买的莫奈的画作，冲到楼下拿了一卷透明胶。然后花了整整一个小时开心地把这些画贴到一面墙上。弄完之后我退后了几步，抱着手臂高兴地看着它们。

这时我低头看看手机想知道几点了，不想看见脸书 APP 上的红色提示符，我的心狂跳不止：有一条消息了，不，他应该还没有……还没有吧。会是他吗？

颤抖着点开那个蓝底白色字写着"F"的图标。

碧儿，我真希望能尽早见到你。我在诺福克，你最近会回来吗？只要告诉我一声，我保证会出现。既然现在我回来了，就再也没有办法离开了……　K

我一遍又一遍地读着这段话，努力平息这次短暂的联系引发的复杂情绪：恐惧、兴奋得甚至是难受了。

天哪，我不能这样做，我不该这样做，这是不对的，是吗？

突然所有帮助我做出决定的细胞都抛弃了我，我坐在床上盯着手机，眼睛只看得见那几个字眼："真希望"、"我在"、"保证会出现"。

他终于说出那整整一年里我想听到的话，是啊，整整晚了七年，但是迟到总比不到好，对吗？

我紧张得心快要跳出来，写下：

基兰

然后停下来，纠结了一会儿，删了他的名字又加了一个字：

嘿 基兰

然后又删了。

亲爱的基兰

我希望不要显得太亲切，可又觉得已经等了那么多年，实在不能继续再等下去。别这样想！我对自己说，就像你半小时之前发第一封邮件那样随性地回复吧！

基兰，我也希望能见到你。

我只不过想知道一些答案罢了，我继续对自己说，又不是还爱着他。

我周末回诺福克去。

又停顿一下，我本来没打算回去啊，可他又不知道。再说我的确答应罗尼要尽快回去看看来着。

我们那时候见面如何？　碧

那个问号是不是代表一种请求？甚至是恳求？我名字后面有没有带着吻你，或者不吻你的意味？别——再——多——想——了！

我点了发送，几秒钟之后回信来了。

没问题。我们在哪里见面？周六就是……的周年纪念，你懂的。　K

我怎么可能忘记呢？隐隐觉得我们居然要在同一个日子，在那个八年前因为他弟弟去世而活生生把我们分开的日子再见面是上苍注定的。我看起来并行不悖的生活版本现在呈现出一种完美的对称性，爸爸离开前后，基兰前后——现在又加上亚当前后。

　　我猛然从胡思乱想中清醒过来，又看看手机，发现基兰在等着我的回复。我紧紧地贴着电话屏幕，感受着和他重拾联系的感觉。他回来了，他等了我很长时间。

　　我想我终于也可以面对自己其实一直还在等他的事实。

Chapter 33

两天后我回到了诺福克，罗尼却不是那么热情，她打开门，看起来很疲惫的样子。

"碧，你来了。"

"能不能表现得欢呼雀跃一点点。"我亲亲她的脸颊然后走进去。听见里面欢声笑语不断，"有客人啊？"我问。

"当然咯！我没跟你说最近静修班的朋友要过来吗？今晚是最后一天了。我们正准备吃饭，然后把写在纸上的内心独白烧掉呢。进来吧。"

我不太情愿地跟在她身后，一面留神别踩到从她脖子上散开、拖在地板上的超长真丝围巾上，一面努力掩饰自己的失望。我现在只希望能够换身睡衣，倒杯酒和罗尼聊聊天，而不是和另外 10 位不相干的人分享生活，再被大妈们严刑逼供。看她最近这种疯狂的静修疗程游戏，搞不好还会给我上烙铁！尽管罗尼完全没有说过家里会有一堆人，我还是克制着不让自己表现出惊讶和不开心。理论上说她是自己独居，实际却很难得见到她真正独处的时候。

房子里乱糟糟的，罗尼人也心不在焉，甚至有点神经质，她把我带到了地下室。

"这帮人很棒的，宝贝，真高兴你终于有机会见他们了。里面有些忠实的老友，也有些我早就想认识的新人……"她话没说完突然转过头来看我，表情烦躁不安，真不知道是为什么。一点都不像罗尼，她一贯超级镇定自若，我有时都担心她会不会觉得自己过于冷酷了。她瘦了不少，尽管得承认看起来很棒，但我很担心她，连凯尔最近也提过他的担忧。我知道以这样的年龄来说她已经很漂亮了，大家也都认为她比实际年龄年轻好多，但年近 55 岁的人……不可能是青春无敌的……

"快进来和大家认识一下。"罗尼对我微笑了一下，那一瞬间我才发现没什么好担心的，她笑容里的火花还在，眼里的光芒还在，同样的精气神和果敢还在——也许还变多了。罗尼比所有人都坚强，她没什么问题，我也确信她不需要任何人帮助，她独立地生活着，可我还是决定要对她留点神……以防万一。

她快步走进屋子，而我则在门口犹豫了一下。房间里点着一圈蜡烛，她的朋友都以莲花坐的姿态坐在地板上，房间正中是一张摩洛哥矮咖啡桌，上面放着一个大大的陶制容器，盖子盖着，但可以闻到一股辛辣的异域气息。他们人手一个陶杯，里面装着不知道是红酒还是果酒，或是别的什么饮料，其中一位特别年长的男士还拿着蔬菜脆片和鹰嘴豆。

"欢迎加入我们最后的晚餐。"听见他这样说，我翻了个白眼。这时大家开始传着分一块面包，"我叫罗杰，是你妈妈的朋友。"

"别害羞，来加入我们吧宝贝！"罗尼赶紧说，她扫了一眼罗杰又看看我，"我给你介绍所有的朋友。"

她和罗杰坐在一起，几乎是同时以莲花坐的方式坐下去。她收了一下膝盖以免碰到罗杰，我注意到他看了她一眼。我应该让他知道他根本就没有什么机会，罗尼从来不会喜欢上任何一个付钱来参加疗程的人，她说不能树立坏的先例。再说他也太老了，上一次罗尼和差不多年纪的人在一起还是和……呃，老爸，事实上老爸比她大了 15 岁。他走的时候 47，那时妈妈 32，现在他得有 70 岁了。有时候我会算算他的年纪，猜猜他在哪里、有没有再婚、有几个孩子或者在做什么，当然前提是他还活着。有时候我会陷入一种无边的恐惧，担心他会不会悲惨地孑然一身、疾病缠身，或者更糟的——已经不在人世了，但同时又会幻想他还幸福充实地活着，和他所爱的家人在一起。

两种不同版本的生活，每一种都深深刺痛我。

"谢谢你的邀请，罗尼，但我才刚刚来，所以我想应该给你们一点空间吧。"我微笑，"我只是过来打个招呼的，所以，你们好！希望你们都过得愉快……"

我退出房间，迫不及待地想离开。过去 20 年我看过太多罗尼的静修课程了，这种活动一般都是上了年纪的离婚者参加的，呼喊几句佛经里关于生命轨迹的话，让人觉得可以自己开始一段旅程，高高兴兴地独自生活，直到有一两个人——还没有在单身状态里找到平静的人——开始破口大骂自己的前任，痛陈对方滥情不忠，盗取财产或毁灭灵魂的种种劣迹，然后情况就急转直下，从嬉皮——禅一样的课彻底变成愤怒管理课程。我对留在这里听罗尼对大家诉说这个落跑新娘女儿的故事一点兴趣都没有，万一被暴打呢。

对大家道过歉之后，我把东西拿好走去花园的大篷车。车已经停在那好多年了，我们以前一家人还开着去度假，然后爸爸离开之后就再也没有度假一说了。车子就那么停在那儿，被遗弃了一样，直到我又收养了它。我们的家里总是人满为患，我十五六岁以后发现自己很难和罗尼及其崇拜者和平共处，于是就常常来到这里，找到了可以静静思考、做梦和设计的平静感。遇到基兰之后来得就更多了。

现在我需要一个地方来好好想一想明天和他的正式会面。当我试图在床铺上进入梦乡的时候，基兰准时出现在我脑海中。他是我所有念想的焦点，我必须再见他，必须重拾旧梦。我感觉真正的自我慢慢回来了。

"基兰，有件事我必须告诉你。"我的声音就像海鸥的叫声一样越来越高，瞬间又低得落到海面上，"我希望你理解那天晚上埃利奥特和我之间发生的事情。"他跟着我来到霍尔汉姆海滩上，那是葬礼之后，我想到海滩来清静一下，远离百合的味道，远离死亡的味道。我站在沙丘上，风猛烈地吹着，这风从两天前埃利奥特死的时候就开始拼命刮，就像和海岸线在作战一样。我之所以会到这儿来也是因为

回首又见他
Written in the Stars

我想加入一场战争，多希望大海能吞噬我，就像吞噬埃利奥特一样。我活该被吞噬。

我望着基兰，他手插在裤兜里看着大海，眼睛就像此刻的大海一样阴云密布，长长的头发晕染在熏衣草的光彩之中，幻化成一个花环。从那以后，我每每想到这片海岸，都不由自主地看见一个死去的年轻人，和一段失落的爱情。

不需要基兰看着我——或者告诉我——我都知道这一切结束了。我没有告诉过他那天的真相，我无法启齿。但我知道我和他之间有些东西随着埃利奥特的消逝而消逝了，他要离开我了，这只能怪我自己。请你不要离开我，我知道你怪我，我知道的……

他紧紧地抓着我的手把我拉到怀里。"这不是你的错，好吗？你努力地去救他……"我把脸埋在他的脖颈闻着他的气息，"这是我的错——所以我必须离开。"

"没有你我怎么能活下去……"我几乎没法呼吸。

"别这么说，"他的气息温暖着我，"别这么说，你肯定没问题，我对你来说有害无益，尤其是现在。"

"那带我走吧。"我恳求道，手指紧紧抠着他的背，就像溺水的人死死抓着一块岩石。

"不！"他推开我，背转过去，像飘忽的灵魂，像受伤的动物，穿着那套黑色的西装，头发在风中四散飞扬，我却比任何时候都渴望靠近他。

"没有我你会生活得更好，我不想把你拖下水，就像我对埃利奥特的所作所为，那都是我的错。"

"不是的！"我哭道，但他根本听不进去。

"我知道医生说他的头骨撞到桥墩才……但却是我不断追求刺激的生活方式才让他跳进水里的……我把你也拖进这种生活里了。"

"基兰，"我走上前抓着他的手臂，"听我说，好吗。"

他转向我，我看着他泪流满面，泪珠顺着脸颊掉下来，就像一具具尸体掉下悬崖边。"我不知道没了他我会怎么样，碧儿……"好像他不想知道这一点，不希望面对我是肇事者的事实。那天死在码头边的人应该是我，不是埃利奥特，我不配站在这里。

我抽泣地看着他，然后望向漆黑一片的天空。

他把我环抱在双臂中安慰我，其实应该是我来安慰他。我们紧紧拥抱着彼此，风绕在我们四周刮着，好像我们站在暴风眼一样，最后基兰放开双手，扶着我的肩膀。

"我不会一去不复返的，你应该知道，好吗？但在我可以和你在一起之前我必须变成一个更好的人。"

"不——不，你不需要，基兰……"

他吻了一下我的唇不让我说下去，这样轻柔的触碰让我顿时失声。"你只要听我说，好吗，碧儿？不是你的错。"我又哭了，这个时候我知道已经没法改变他的想法了，他拿出一枚戒指举到我面前，然后戴在自己右手无名指间，"这是我给你的承诺，我是属于你的，一旦我可以——几个月，最多一年，我就回来找你。等着我，行吗？"

我看着他，而他看着我的手。我知道他想让我干什么，我把戴在

回首又见他

Written in the Stars

脖子上当吊坠的那枚戒指取下来，差点让罗尼扔到海里的戒指，戴到我自己右手上。

"一年，"他又说，"一年之后我就来找你。"

"你发誓？"我恳求道。

他惆怅地笑了，点点头。"你会等着我的，对吗？我要知道你会等我。"我点点头，他又吻了我，"在那之前你也要发誓，你会竭尽全力让自己生活得好好的。就当是为我——但更多是为埃利奥特。再见了，碧儿。"他说着就走开了，穿过那片沙滩，头低着走进风里。

Chapter 34

　　第二天早上漫长得难以忍受，我几乎一直盯着罗尼打包，她把书、笔记、野餐布和瑜伽垫放到厚厚的包里，我眼巴巴地希望她赶紧走。她却上楼去换了三次衣服，第一次是条长长的、暴露的深红色绉纱超大连衣裙，一点都不像要去做瑜伽的装束；第二次换了一套比较舒服的打底裤配运动背心，但只在镜子里看了一眼又立马跑到楼上；两分钟之后穿着一条几何图案运动裤和艳粉色 T 恤下楼来，涂着同色口红，头发高高扎成马尾。这次她出门去了，但是 30 秒之后又跑回来，装作忘记带什么重要笔记的样子，实际却跑去拿了一对超大珠串耳环，站在走廊的镜子前，双手微微发抖地戴上去。

　　我注意到"发抖"很可能是什么问题的症状，但现在在她面前我才明白凯尔为什么那么担心了。罗尼虽然看上去非常美但已经完全不像她自己了。

　　"你真……好看。"我靠在厨房门框上一边看着她，一边啃着我

回首又见他
Written in the Stars

的吐司，希望能够想个办法谈谈她的健康问题。

"我想说你也很好看。"她回答道，直勾勾地盯着我宽大的系带刺绣上衣，我花了好久吹头发、化妆。已经很久很久没有费心打扮过了——上次还是在婚礼那天，我发现——我都快忘了。

"什么，你说我？恐怕是诺福克的空气吧！"说着我退回厨房里又拿了几片吐司放到烤架上——尽管之前烤的都几乎吃不完，但我可不能让她看到我的脸红了。

"那你今天要干吗呢宝贝？"她终于把包挎上肩膀走向大门。

"哦，就那样呗……"我跟在她身后，想确定她真的要走了，"就在这里呆着吧，有可能去花园浇浇花，院子真心需要好好打理了。"

"哦，是吧。"罗尼心不在焉地说，好像是第一次注意到花园前面丛生的杂草和已经凋谢还没清理的花，"我最近都没怎么去，没时间，也没这心情……"这时她突然停住了，好像想不起来到底要说啥。

"你没事吧，罗尼？"我居然带一点挑衅的口吻说。

"没事，宝贝，没事没事没事！只不过还是那么忙。再说花园一直都是你的堡垒，你离开之后花园看着就完全不同了。我努力过，你知道的，但我没有你的巧手……"她又突然打住了，不过这次我知道她想说什么。爸爸就是她想绕开的话题，罗尼一直都说我像爸爸。有时候我觉得爸爸就是横在我和妈妈之间的障碍，我无法像凯尔一样和妈妈那么轻松地相处，就是因为爸爸。我不能忘记是她让爸爸离开的，而我的存在也无时无刻不在提醒她那个她一直想忘记的男人。

她转身亲了一下我的脸，我烦躁地用手抹了一下，知道她肯定留下一个粉红色的唇印在那。"我得走了，你确定自己呆着没问题吗？"她蓝色的眼睛充满了担忧。

"我是你女儿啊，记得吗？"我讽刺地说，"我们都喜欢自己一个人呆着。"她看着很不满意的样子，"我不会有事的，罗尼，别担心了。"

她张了张嘴，好像又想说点什么，我着急地看了一眼表，她给我一个飞吻，然后走进明媚的阳光里了。

关上门的时候我长舒一口气，10:50，只有 10 分钟他就要来了。

我冲进家跑回厨房，把早餐盘和杯子扔进已经堆了一堆碗碟的水槽，然后冲上楼，抓了一把刷子涂了点唇膏，喷了点香水，又刷了一遍牙，这是今天的第三次了。接着又冲下楼，心都快跳出来。

这时我听见一阵停车的声音，整个人像踩到烧红的炭一样跳了起来。我靠在墙边闭着眼睛站了一会儿，又听见一阵脚步声，接着是短暂而急促的敲门。

哦，天哪，他来了，真的来了。

时过境迁这么久之后。

Chapter 35

他站在门廊那儿，就像从来没有离开过一样，勾起一边嘴角邪邪地笑着，笑纹在嘴边蔓延开。天哪，我不敢直视他的嘴唇，事实上我的目光也根本无法从他双眼中移开，那绿色的虹膜是一泓秋水，倒映其中的是黑暗不堪的回忆。只是一眼，我就完全迷醉其中。我眨眨眼，强迫自己不要直勾勾地盯着人家，低头一看，他手里拿着一束自己摘的野花。

我们沉默着，忘情于这个瞬间，仿佛时空倒转，心里想的都不是逃婚那天在霍尔汉姆海滩见面的场景——而是在那之前分别的场景，都深陷其中不能自已。我被这八年来浮浮沉沉的潮汐般的记忆带走，可不得不拼命挣扎，挣扎地留在当下，而不是淹没在过去的荒洪之中。

"嘿，碧。"基兰打招呼，声音比记忆中的要低沉。

"嘿。"我的声音低不可闻。我们再次凝视着彼此，好像努力在确认这一刻不是身在梦中。

"那，"他说，"我能进去吗？"

我摇摇头，他的脸色马上阴沉了。

"罗尼可能会回来……"

他笑了。"啊，我还是你不能说的小秘密，是吧？有些事永远不会变。"

我脸红了，感觉到一种——什么来着——尴尬？欲望？愧疚？不知道。"那去哪里呢？"他问。我关上身后的门，带着他穿过房间，走到后花园的大篷车里，以前我们在这里共度了好多个夜晚。

"这会把回忆召唤出来。"他说。我不做声。觉得自己在两段完全不同的时光边界游走。

可当我们踏足其中的一瞬间我就觉得彻底回到了过去，开始怀疑自己带他到这里的决定到底对不对。空间太小了，太亲密了，我转身向他，他靠得也太近了。他比以前占据了更大的空间。

"茶？"我一边问一边去拿茶壶，努力平息自己慌乱的心跳。

"如果你能在里面加大剂量的松弛剂的话，"他笑了，有点不好意思地用手摸摸头，"感觉太诡异了。"他总结说。

我也附和地笑了。"感觉就像，我们从何说起……"

他走进来坐在窗边的沙发上，手放在桌子上，腿伸开，我转开视线，忙着泡茶。

忙完之后我坐到他对面，把茶从桌面上推给他，然后就尴尬得不知说什么，于是马上啜一口茶。"烫！"

"我正在想，"他厚脸皮地笑了，"不结婚还真适合你！"

回首又见他

Written in the Stars

"我是说茶！"我脸红了，但是马上感到一阵开心——可这开心立刻被内疚的阴云笼罩。

"那……"他微笑，"你怎么样？你知道，自从……"

"婚礼之后？还不错，"我飞快地回答，"其实是很好！不过在做下一步打算，我想。"

"做了吗？"他意味深长地盯着我，我耸耸肩低下头，"做好打算了吗？"

"那你呢？"我胆战心惊地问，尽量不去看他还戴着的那个戒指。我没戴我的，不想误导他。这次见面我只想回答几个问题，结束某些事情，至少这是我一直在努力告诉自己的话。"你过得怎么样……过去这八年？"我努力地保持语调平稳，不希望让他听着像是一种指责。

基兰凝视着我，嘴角上勾呈现一弯美妙的弧线。"我想可以说我离开你之后一直在海上吧。"我没接茬，"我参加海军去了，碧。"

我努力装出一个非常惊讶的表情，试图掩盖"我知道"的事实。我看见他的脸书头像的时候就已经隐约知道了，当然当时我忙着压抑自己对他的思念所以没深究。不过确实如此。基兰，制服，大海，靠近埃利奥特……肯定他是参加海军了。

他笑笑，用脚碰了我一下。"你以为我这几年都在瞎晃悠呢，是吧？"

我点点头，这总比告诉他真相要轻松。其实我是知道的，我一直都知道，真的。就好像我一直知道他没有回来是因为，不管他是怎么告诉我的，他还是怪我害死了埃利奥特，所以无法忍受和我在一起了。

"我确实晃荡了一阵子，"他笑着，"自那以后我就顺着海岸游走，在野营地或者酒吧工作一会儿，和老朋友聚一会儿，在别人家住上一阵，一路南下到多塞特、德文和康沃尔。把以前和埃利奥特做过的事又都做了一遍，他不在其实很艰难，感觉一切都变了，即便我还是按老样子去做那些事。到冬天的时候我就攒够了钱去了一趟泰国。埃利奥特和我以前经常说要一起去那的，我必须把自己从回忆中解救出来，但又不想断了和他的关联。我在那里徒步旅行了差不多三个月，然后去巴厘岛的酒吧工作了一阵，又去了澳大利亚。"

"听起来蛮好玩的。"我勉强笑着。

"不好，"基兰苦笑，"走得越远我越觉得难过。什么都没有改变，但又什么都不同了。我走了差不多一年，然后订了张机票想回来。"

我哽住了。"那么你还是想过要回来的，是吗？"他点点头。"什么事情使你改变主意了？"我尽量保持语调正常，以一种关切而非愤怒或绝望的口吻问。

"我已经回到希思罗机场了，正准备来诺福克见你，"他抬起头，绿色的眼珠深深凝视着我，"你必须明白我当时多么混乱，碧。离开的一年对我一点帮助都没有，我觉得自己什么都没有做，也没从埃利奥特的死亡里学会任何东西。我处在那种情况下——精神上和身体上都是，为自己羞愧。我非常非常想见你，可我知道自己会让所有人失望——我自己，你，更别提埃利奥特。但又不知道能做什么，离开你让我心碎了……"

我不敢看他，感觉自己灵魂已经出窍，飘浮在半空听着他讲述这

回音又见他

Written in the Stars

么多年来的情境。

他又抬起手摸摸头，突然我也有一个冲动想摸摸他，感受他的真实存在。可我只能强迫自己继续镇定地听他倾诉。

"我下了飞机，背着帆布包，完全不知道自己是谁，也不知道能为别人做点什么。但走出通道快到海关的时候，我看见皇家海军征兵的广告，顿时被吸引住了。那就是我的宿命，于是我直接走进机场的一个网吧，填了申请然后买了张车票就去朴茨茅斯报名了，连行李都没有拆开，也没想过要回家。我当时一心认为这是从自己的生活和埃利奥特的死亡当中找到出路的唯一办法。"

我盯着他，他也看着我，似有千言万语。原来那么久以来，他一直是在努力找到自我，努力理解发生过的所有事情，努力让自己过得更好。

"我现在参军五年了，"他骄傲地说，"已经是一个上士了——可以说我基本上什么都能干一点，什么事都要管，不过有一帮人——差不多 60 个——要对我负责。"看见我目瞪口呆的样子，他笑了。

"我很喜欢这样，我可以操练新来的士兵，好好指导他们。这让我的生活有了一种意义，你明白吗？"

"救了他们。"我说，他心有灵犀地看着我。

"我就知道你明白的。"他温柔地说，靠过来握了一下我的手。"可是你过得怎么样？"

我真不知道应该怎么接着他的故事来讲。"老样子，"我小声说，"搬到伦敦，找了个临时工作，遇到亚当——我丈——男朋友——我……

前任……"

我结结巴巴不知道怎么措辞，于是双臂环抱强做出粲然一笑，不能让他知道因为他我经历过什么。"然后继续做临时工，也蛮开心的，然后订婚，再然后……那就是你知道的了。"我眨眨眼继续道，"但我辞职以后就找到一份在花店的工作！"基兰缓缓地点点头，样子有点吃惊。我突然发现尽管这份工作对我来说非常了不起，但在任何人听来恐怕都挺可怜的。我的生活如此渺小，但确实也只能这样了。

基兰皱了一下眉，那个瞬间他看起来真真切切长大了，那么成熟、有责任心，我几乎都认不出他了。"你没做园艺设计师？我以为那是你伟大的梦想呢？"他环顾大篷车，我的画、笔记和设计作品都还挂在墙上。罗尼一直没把这些东西收起来，于是这里看起来像是供奉我野心的一座佛龛。突然我觉得待在这里有可能窒息而死，被紧紧卡在过去之中难以自拔。

我喝干那杯茶站起来说："我们出去走走？"

基兰站起来点点头："你确实一向讨厌待在室内。"

我们走到房前，我看见他的亮黄色越野车停在路边。

"不是吧，你还在用这堆破铜烂铁！"我大叫，指着那辆车笑看着他。闭上眼睛，我立刻感受到阳光在指尖的温度。我们在这辆车里什么疯狂的事都干过，我是说，任何事。想到那些往事我的脸马上红了，赶紧转过身去。

"嘘！"他作势让我闭嘴，然后把手放在副驾车窗上，嘴唇凑过去说，"别听她的！"然后转头对我笑，"它对自己的年龄很敏感，

回首又见他

Written in the Stars

你懂的。"说着绕到另一边，打开车门坐进驾驶室，然后打开副驾的门。

他打开引擎，几次咯噔之后它终于发动了。"好样儿的！"他喃喃自语，踩下油门，"它每次都能被我发动。"他说着冲我眨眨眼，我双腿交叉，手放在膝盖上。希望他没有注意到我刚才突然涌动一阵情欲，于是我伸直双腿，用双手撑住自己。

开上公路的时候太阳毒辣辣地正当空，目之所及的每一片田野和每一棵树都笼罩在金色的光华里，万事万物都像镀了金一样。我觉得自己被穿越回那个夏天，沿着海岸一路开着车，我挤在埃利奥特和基兰中间，出发去享受那种激发肾上腺素的冒险征程。有时候他们睡着了我就会接过来开，让他们好好休息，为下一段旅途或者诸如跳崖、穴居、冲浪之类的冒险养精蓄锐。夜晚到来的时候我就和基兰挤在车后面共眠，埃利奥特住在帐篷里或者露天下，或者干脆消失到不知道哪儿去了。真是年轻时的美好岁月啊。

我不由自主地抖了一下，基兰用手摸摸我的膝盖。"没事吧？"

"没事，"我低声，"只是……想到了一些事。"

他点点头。"我明白，这就是我还开这辆车的原因，车上有我热爱的那个夏天的气息。每次在车上那些快乐的时光就触手可及……远离那些……你知道的。"

我点点头。"我们当时好开心，是吧？"这句话一出口就变成疑问句。我发现基兰的手又放到我膝盖上，紧紧地按了我一下，我深呼吸一口气，轻轻把腿挪开。他的手收回去，但那种触感还在灼烧我的皮肤。"我们去哪呢？"我问，声音听起来特别不耐烦，突然这问题就变得很紧要似的。

"我想可以去布莱克尼点走走，就像以前一样。"

我们过去经常去那，就我们俩，没有埃利奥特，没有那帮疯狂的朋友。躺在草丛中，基兰会念诗给我听，跟我讲述他糟糕的童年，说他很小的时候就知道以他这样的背景，读书才是唯一可以通向好日子的道路。

"你还记得我们有次黄昏约会吗？"我笑着说，"你'借了'，"——我用手比出引号的姿势——"莫顿码头的一艘船，带我去看海豹。"

"哦，天哪，还真是。为这个我麻烦大了去了，又是一份坚持不到一周的工作！"基兰转过头来大笑，我也笑了。还记得我特爱他什么都不在乎的态度，这使我认识到自己对每件事都太在意了，尤其是爸爸的离开。我当时病了，烦透了对任何事都深思熟虑，为每件事都担忧、祈祷、纠结……基兰从不多想，只是行动。我还记得他闯进了一间海滩小屋，我们当作是自己的屋子，在里面住了好几周，在那里度过的夜晚是我经历过最浪漫最奇妙的。他从不等着什么事发生，而是自己创造经历，使我的生活充满活力，我爱我的生活，我爱……爱过他，过去时。

"那，呃，跟我说说花店的事吧。"他换了个话题。我有点烦，这听起来就是份低贱的零工，而不是新生活的开始。

"很棒啊，不过那不是我生活的全部，"我防备地找补了一句，"我计划回大学念书，完成学位。"不知怎么我特别在意他的看法，我觉得自己是个失败者，却很不希望他也那么认为。

回首又见他

Written in the Stars

"你没有毕业吗？"他问道，声音里满是疑惑，眼睛还盯着呈现在我们面前的乡间小路。

"那年夏天之后我就再也没回学校了，"我静静地说，"最后一年没赶上，我实在没有勇气回去……"我的话没有讲完，只是凝视着基兰。他咬着嘴唇，仿佛要对我说什么。天哪，他的嘴唇，哪怕只是看着他的侧影都让人觉得如此沉醉。

真想对他倾诉，说他的离开终结了我的生活，而婚礼那天他的再度出现又使我的世界天翻地覆。可我明白那样不公平，这并不是他的错。还记得当年我就没办法真的对他和埃利奥特生气，他们有着慵懒的笑容，一模一样的长睫毛投下优美的阴影，就这样，足以平息所有人的怒火。我是彻彻底底地着了他们的魔。

我们来到布莱克尼点的国家自然保护区，起风了。这里有鹅卵石地、沙丘、盐沼、泥滩和农田，是灰海豹的栖息地，游客常常络绎不绝。我们停下车，穿过圆顶的艳蓝色游客中心走到朝向北的海角。今天这里特别安静，风很大，但太阳还是灿烂地照耀着大地。我不仅真真切切感受到基兰的存在，还想到我们一起在这里，在这片海边，在这个日子的意义。埃利奥特故去八周年。我们踩着鹅卵石往前走，我心里默念着沙丘上那些野花的名字，这样才能平静一些，毛缕、厚岸草、黄角罂粟，都是小时候爸爸教我的。

"你为什么要找我，基兰？"当再也找不出别的野花时，我平静地问。他不做声，我又问："更重要的是，为什么来我婚礼？"

他停下脚步面对着我。"我的军舰正好路过这里，我想。"

我突然愤怒地给他胸口一拳，出手之后连自己都震惊。"真的吗？这就是你能编出来的最好的借口？你正好经过？"我打得手都红了，脸也突然涨红，只好转过身去，"你经过一家酒吧就进去喝杯酒，基兰，你经过一片海滩就决定去冲个浪，但是你不能经过一座教堂就决定进去参加个婚礼！"

"但迟到总比不到好啊，是不？"他怀着微弱的希望问。我发出一阵短暂、尖利而惊讶的冷笑，又捶了他一下。他笑了，握住我的手放在他胸前。"好了，好了！"他说，"你打到我了。"他深深吸了一口气，我感受到那特别的气息。我的手能摸到他的心跳，这种感觉让我既慌乱又安心，我无法呼吸，不光是因为我终于能听到真正的答案了，还因为我们靠得如此之近。

"我——我看见你在脸书上说你要结婚了……"

"怎么看到的？"我直接问，看都不看他，"我们又没有互相关注。"

"你没有设置隐私，"他说，"所以我一直都能看见你的状态更新。在社交媒体上你可一点都不害羞，是吧，碧儿？"

我尴尬地抬起眼睛看着他，退了一步，想着这几年我更新的几百条状态还有照片。他都看见了？然后我又问了自己一个更深的问题——我是不是故意没有隐私设置，因为内心深处期待他能看见？

"总之我经常关注你的状态，只是想看看你过得怎么样……想知道你还是老样子吗，还是，你知道的，结婚了。"

"我还在这里想，你是不是都忘了我了。"我说着，弯下腰去摘了几朵紫苑花，绕在大拇指和食指上。

"怎么可能呢，碧儿？"基兰喃喃道。空白，心跳，理解。"那你做了什么？"他接着说，"我走了之后？"

"你真想知道吗？"我问，他点点头。我停下脚步，抬头看着碧蓝的天空，有一群游客走过，我等到他们走远了才开口。

"我在等你，好吗？"我转过头去，他用手摸摸脖颈，我看见他眼里飘来一阵悲伤的迷雾，"等了好长好长的时间，"我继续，"你说一年之后就会回来的。"

他坐到草地上，手放在膝盖上凝视着大海。"我需要更长的时间，葬礼之后我整个人都乱了。"他转头看着我，如此悲伤。我也坐在他身边，不由自主地握着他的手。

"每年这个时候都那么艰难，"我担心地看着基兰，"你一定很想埃利奥特吧。"他把头埋到手臂间，然后一只手撑着前额。

"对不起。"我下意识地搂着他，然后我们又重回彼此的怀抱，好像这八年时光都消逝了。被他拥抱的感觉是如此清晰真切，我们好像连心跳的频率都一样，"真对不起……"

"我也很挣扎，你知道吗，"他终于开口了，"我现在才知道离开是不对的。我努力为自己的行为找借口，可是太混乱了。我很想你，但当时觉得我们在一起会比分开情况糟糕很多。这才下定决心一个人生活，为发生的事情赎罪……"我们彼此凝视，心都要碎了，过了那么多年居然还会这么痛。"我只希望继续去过那种美好的探险生活，毕竟我和埃利奥特约好的……"他低头看着戒指——那枚他说过会戴着回来的戒指。他真的做到了。而我转过头不看他。

"你没有戴着你的戒指了。"基兰温柔地说。

"可能你没发现我和戒指不太配吧。"我讽刺地反驳。

"我从来没有摘下来过。"他痛切地说。

"我戴了整整一年，"我说，"你没有权利怪我放弃了……都八年了……"

他抬起双手。"我知道，我知道，我不是要找借口，但是我很想回来，好多次了，你必须要知道……但是参军之后感觉很好，我必须那么做。"

这时我很为自己感到羞愧，他做的是多么积极正面的一件事，我却在这里为他没回来而生气。"我还是无法想象你参军。"我强迫自己从过去走出来，专注于现在。"那不是很危险吗？你不害怕吗？"

他点点头。"有时吧。但是我喜欢恐惧，记得吗？"他笑了，"这种恐惧是健康善良的。再说，恐惧感让我真真切切地感到自己还活着。其实，生命没有冒险还叫什么生命，对吗？还是我不该跟你讲这些？"

"你真没必要跟我谈什么冒险！我逃婚也算是很大的冒险了吧，你不觉得吗？"我站起来往前走，手插在口袋里。

"如果你明明知道那是不对的，就不算冒险。"基兰说出这句切中事实的话。我转过身，他朝我走过来，鹅卵石在他脚下咯吱，他越走越近，"那从现在开始你生活的其他方面呢？你从来都不是喜欢冒险生活的人，对吗？我是说，你最近一次强迫自己跳出舒适是什么时候……"他用手摸摸头发，一边扬了扬眉毛。

回音又见他

Written in the Stars

"我辞去了临时工！"我飞快回答。

"哦，够疯狂。"他逗我，我突然怒了。

"继续啊，嘲笑我，没事的！你以为我为什么那么谨小慎微？我整整一个夏天心都只在你身上，我选择你就是巨大的冒险，那天晚上在码头又冒了一个愚蠢的、不负责的险……"

"碧儿，不会吧，你在责怪你自己，是吗？"

"我当——然——怪自己！你弟弟死了，都是我的责任！"

"我以为我们已经说清楚这件事了！"基兰说着，要抓住我的手，"那天晚上你根本不可能阻止他跳下去，就像我无法阻止自己爱上你一样！"

我把手抽开。"爱？你以为是吗？"我笑了，"是啊，你说过你爱我，但你也说一年就回来。你除了因为那个悲剧没有办法忍受在我身边以外，你还希望我怎么解读这件事？"

他想过来抱着我，我摆摆手，对他摇头，竭尽全力控制好自己的情绪。

我的手开始发抖，声音也是。"所以，可能你应该重新定义一下你字典里的'冒险'这个词。因为我刚刚放弃了一切，我花了七年心血构建的生活，如果你觉得这还不够刺激或者'冒险'的话，我很抱歉。不过……不过这已经是我做过的最疯狂的事了！"

他轻轻地抚了一下我的肩膀。"对不起。"我尽量不让自己去看他道歉的样子多么迷人，"我不是想让你难过，我没有权利对你的决定指手画脚，只是想到你因为那个夏天的事情没有读完大学我就难过。

你一直都很清楚自己要什么，这让我深受感召，也让我觉得对自己所做的事确信不疑。以前你很清楚自己是什么人，要走什么样的路，这一点是我和埃利奥特都做不到的。婚礼后我在沙滩上看见的碧儿不是我记忆中的那个你，一点都不像。不过我想我们都变了吧。"他轻轻地说，手指温柔地摸着我的手腕。

我没做声，一开口眼泪就会掉下来。

"我要回家了。"最后我终于说。"好吧，"他叹气，"我送你。"

但我没回家，基兰劝我去喝一杯，他总是有说服人的魔力。然后一杯酒变成一顿饭，又变成夜游谢灵厄姆，在沙滩上散步。在那一番针锋相对的谈话之后，我们都能轻松以待。回到罗尼家的时候已经半夜了，他熄了火，我正要下车的时候他突然抓住我的手臂。我转过头，看到他神色紧张地盯着我，绿色眼睛在汽车柔和的光下熠熠生辉。"我能再见你吗，碧？"他说，"今天和你在一起真的太开心了。"

我转过头，这是几年来一直梦寐以求的场景啊，但现在梦想成真，我却开始担心。理论上说我不该再见他，我已经得到一个结果了。他解释过没有回来的原因，也说从来没有怪过我，甚至也要说服我别去责怪自己。可我知道自己没有办法拒绝他，不知道什么力量把我拉回他身边，是因为我们二十几岁的决定就是对的吗？还是我们注定就是要在一起？

"我会打电话给你。"我说完打开了车门。尽管已经那么晚了天气却依然很暖和，想到能够再见面我心也那么暖和。我回头看见他一只手放在方向盘上，探着头望着我。黝黑的皮肤反而衬得黑暗中的双

回音又见他
Written in the Stars

眼如此明亮，嘴唇线条分明，手臂肌肉强健有力。我克制住所有的冲动对他笑笑，然后转身下车。可没等我下车，他就跳下来跑到我面前。

仓促中我没有站稳，他伸出手臂环在我腰间扶住我。然后又是一阵沉默，心跳，仿佛被磁铁吸引的火花。我不由自主地开始抚摸他的脸颊，闭上眼睛，一切又回到了 22 岁，我在沙滩派对遇到他，他送我回家，我站在那迫切地希望他吻我——同时又紧张得几乎石化。突然我觉得像被烫到一样赶紧把自己的手拿开，睁开眼睛正好看见他低下脸庞，就在他快要吻到我的时候，我把他推开了。

这个瞬间我不知盼了多久，现在却突然觉得太快了。

我走过他身边，他有一丝急切。"碧，求你了，我能不能马上再见你。"

我转身笑了笑。"再见基兰。"

他用手指压了一下自己的嘴唇，然后轻轻地扫过我的嘴唇。"这不是再见，碧儿，因为那代表离开，我发誓，这次我绝不离开了……"

我倒退着走了几步，没有办法挪开目光。然后，等距离足够远的时候转身跑向童年的家，脚踏在砂石上，一种强烈的、灼烧般的感觉顿时传遍全身，几年来第一次我终于觉得自己活生生地存在着。我走到门前，把钥匙插进锁孔，在开门的时候又转头看着他，他靠在越野车上，星星和月亮的光在他身上投下一道影子。

Chapter 36

　　电脑屏幕让房间染上一层神秘的蓝光，和窗外这片紫罗兰色的黎明天空交相辉映。我不是很确定罗尼是睡了还是出去了，不过回来的时候整个房子都没亮着灯，我松了一口气，最怕她品头论足，基兰暂时还是我的秘密。

　　我在床上翻来覆去好几个小时，大脑无比兴奋，心跳过快，有太多的念头冒出来，重温着这一天的种种。早上五点我终于放弃挣扎，爬起床走下楼给自己泡了杯茶，开始收拾昨天早上就乱糟糟的厨房，然后用罗尼的电脑查看邮箱。

　　第一反应就是打开脸书，本来是想写一条暗示我生活新状况的状态，结果看见米莉写了一条：

米莉·辛格有一条重大新闻。实际上是头条新闻。

1 小时前，纽约。

27 个赞。

回首又见他

Written in the Stars

我立马评论：

碧·毕晓普：好吧好吧，你不会想着发这么条状态然后我会不过问吧……马上给我视频电话！

米莉·辛格：正在拨号！

我又读了一遍米莉的状态，然后等着她出现在电脑屏幕上。是升职了？买了新房子？是要回来了吗？最后这点可能是奢望吧，我一直努力不让自己老去想我有多想她，米莉和杰的离开好像就意味着我和亚当共度的旧日时光的最后一丝联系也断了。

等着等着我有点不耐烦了，Wifi 慢得令人发指，于是我继续收拾，把 4 个用过的咖啡杯堆在一起，强迫自己忽略其他乱成一堆的东西，同时忽略罗尼电脑上的易事贴："60 多岁的性爱——11 个标题？""如何优雅地变老？"还把她最爱的佛经生命箴言贴在屏幕后的一个插线板上面："敢冒险可能会让你失足，但是不敢冒险可能让你失去自己。"我盯着看了一会儿，觉得这句话无比契合昨天约会时基兰对我的评价，不，不是约会，只是普通的见面……反正，不管是啥，他说得很对。我一直都非常抗拒冒险，非常不愿意做一点点哪怕只要一丝勇气的事情，不愿意站在崖边，害怕一败涂地，就因此完全失去了自我，也不懂得自己真正想要什么。好像过去的八年自己都是梦游过来的，眼睛闭着，不顾直觉，只是听凭别人带着我往前走。先是罗尼和凯尔，然后是米莉，最后是亚当。即便我当时很明白自己也很喜欢那种状态，也并不代表会一直喜欢下去。

直到基兰出现在婚礼上我才幡然醒悟，把过去安全有保障的生活和可抗风险的未来抛诸脑后，拿出勇气来做回自己，独立作出每一个决定。

当我的念头又转到昨天的情景时，脸上不由自主浮现出一个微笑。很奇怪，见到基兰使我终于放下了四个月前对亚当所作所为的心结，终于明白了嫁给他最终会以悲剧收场，可惜去教堂之前我没有看清这一点，不过总比一直错下去要强吧。

电脑提示音响了，是米莉。按下接听键的时候我有点紧张，她搬走之后我们就没有好好聊过天了，时差是一个原因，可感觉不管我什么时候打电话她都有事要忙，有一次终于有空讲话了，居然还是她和杰一起的三方会谈——并且还是以他们在曼哈顿的豪华复式公寓派对为背景音的。所以她的出国让我们在地理和感情上都渐行渐远了。

我知道这种感觉很幼稚，可我觉得她是故意不让我知道她的新生活的状态。

这时一个让人惊喜的美好形象跃然屏幕上，我下意识地用手捂住了嘴巴。那不是米莉的脸，而是她的光肚皮。她侧对着屏幕，有一个小小的凸起，她纤细身材上微小的一点提示。

"米莉！！"我大叫，看着自己在小镜头里的表情：惊讶得下巴都要掉了，"哦天哪，你怀孕了！"她笑容满溢的脸出现在镜头里，点点头，我不知怎么的泪流满面。不知道是为她开心还是为自己难过，我明白从我抛弃亚当开始，我和米莉一起当妈妈的梦想就彻底破灭了，可这一瞬间我才清醒地意识到，我们的生活已是天渊之别。

"哦，米莉，"我抽泣了一下，然后说，"我真为你高兴，你要做母亲了！"

"你要在美国的话就发现大家说的都是妈咪。"她讽刺地用纯正的纽约口音说。我发现她看起来累极了，等一下，那边是几点来着？我赶紧算了一下，现在是上午 6 点……天，那边是凌晨 1 点了。

"嘿！你不是早该睡了吗？那边都半夜了，不是吗？"

"女巫不准休息，"她惨兮兮地说，"我才下班呢。"

"但以你的情况不能这么玩命啊，米莉！"

她摸了摸前额又接着说："抱歉抱歉，我只是太累了，激素分泌也变了。看来我真不是那种整个孕期都精力旺盛容光焕发的女人。事实上我感觉太难受了。"

"马上你就会好受的，大家都说头几周最难受，你很快就能找回米莉·辛格的春天啦，等到第三个月的时候……"

"或许吧，"她低下头，不看镜头，"听着，我知道我早就应该告诉你了，很抱歉，但是一直都没有合适的机会……就是……你懂的，那一切。"

她不必说"你和亚当的事"，我懂。

"但是我现在是孕中期，碧，"她看着我的表情有一丝紧张，又有一丝不满，"已经快 16 周了……"

我迅速计算了一下，然后倒抽了一口气。"快四个月了！那怎——怎么？什么时候？"我努力开始回想，不仅是怀孕了，而且是怀了几个月都不告诉我？虽然她说过没有合适的机会……可告诉我又会怎么样呢？难道我是那么糟糕的一个朋友，那么自私和自我，即便和她同住一个屋檐下都无视她生活中的重大变化？我的大脑在高速运转，突然想起她有一阵狼吞虎咽的样子，一点都不像她，还有不喝红酒，在告别派对上还说有天可能要靠杰来赚钱养家那番话。我还错过了什么，当我如此沉醉于自我的时候还发生了什么事？

我想到罗尼和凯尔几乎是恳求我回家，凯尔看起来如此疲惫、如此为罗尼担忧。于是我下定决心要多关心他们的生活，我那么聚焦于自己的世界，几乎都忘了别人的存在。

米莉有点悲伤地笑了，看起来居然有点不好意思。"我觉得肯定不用跟你解释怎么怀上的，但是是什么时候怀上的……呃，嗯，是你婚礼那天晚上，我觉得。我没有告诉你就是怕你会伤心……"

"伤心？"我顿了顿，可能沉默的时间久了一点，但我需要时间来消化这个消息。我为她和杰开心，真的，"米莉，我肯定不会伤心啊。"最后我才开口，我努力想再说点什么，想让这一切听上去更真实点，可是……我不止一次地希望她人就在这里，我们可以面对面地谈谈这件事，不然我的开心可能被电脑屏幕过滤掉了。

"我真的为你高——"

"你确定吗？"她不确信地问。

"没错！"

"对不起，"我们异口同声，"你先。"她说着，挥挥手。

"不，你先。"

我们不太自然地笑了，可算是打破了这个尴尬的瞬间。

"我觉得，至少这证明那个悲剧里面还是有好的一面啊！"我低头看见自己的图像，那么紧张又不自然，"你想想吧，很可能万一我结婚了，你就不会怀孕了！"我假装笑着。

回首又见他
Written in the Stars

"我很肯定即便那样我也会怀孕的。我们会更加开心——还会喝很多香槟——那几率更高！"米莉笑了，"但是现实中，我们被你的举动震惊了，所以忐忑不安，一下午甚至一晚上都在你的婚房安慰亚当，心力交瘁，等到终于能回家的时候我们就……呃，那就不用解释了吧。"她低头看着肚子。

我点点头，米莉一直抱怨她和杰工作忙到都没有时间精力来那啥了。她从来没有怀疑过婚姻，但我逃婚的举动还是多少让她觉得世事无常吧。亚当和我与她和杰是同时认识的——我们四个人一直是彼此感情关系的晴雨表。米莉一直说她很欣赏我和亚当的关系，我们没有什么压力，轻松缓慢地发展。同时我也很羡慕她和杰对彼此那么确定，那么快就想要稳定下来的关系，结婚，还有现在，生小孩……

想到我和亚当永远不可能有一个宝宝了，我感到一阵难过。但又马上跟自己说，这不是关注自我的时候，我们在这分享米莉的喜事呢。

"你有宝宝的照片吗？就是B超。"我问，她笑着点点头，拿出一张图。就在那里，我靠近屏幕，真不敢相信我看着米莉的宝宝啊。好奇妙的一件事——我喜极而泣，觉得她又跨过了一条线，我们已经身处完全不同的两个世界了。

"还没有宝宝的样子呢，看着像个有点吓人的小鬼。"她这么说，可语调充满了骄傲，骄傲到已经完全掩盖了语句，"其实我还有件事要告诉你，碧。"

"是双胞胎？"我开玩笑，"别告诉我有两个小家伙啊，我吃过饭的肚子都比你现在大。"

米莉没笑。"我要说的和宝宝没关系，是亚当。他现在在这里，其实他已经和我们住了一阵了。纽约是他环美旅行中的一个站。"

"哦。"我静静地说。就那一瞬间我突然幻想，一起住在那里的是亚当和我，结了婚的我们短暂地分别一阵，隔着大西洋，然后过几个月就去纽约看看米莉他们……或许明年某个假期一起去汉普顿旅游，也可能组织一趟公路旅行。在这个版本的生活里，我不会失去两个——算上杰的话三个——我最好的朋友。那是完全不同的生活，但是问题在于，是更好的生活吗？

突然一个念头冒出来。"他现在在吗？在你家？我们说话这会儿？"

"什么？"她叫道，"那怎么可能！我不会那样做的！你把我当什么人了？听着，"她叹了口气，"我本来不想告诉你，怕你觉得自己被孤立了，但也不能不告诉你，因为我不希望我们之间有什么秘密，可怀孕还有所有乱七八糟的事情……"

我突然意识到亚当比我先知道她怀孕，这个想法让我前所未有地悲伤。我是说，凭什么亚当要比我先知道我最好的朋友的消息呢？

我一边搓着睡裤上的小绒毛，一边想着怎么跟米莉说。和亚当分开时我怎么也没想到会失去自己的闺蜜，但现在这一幕就在眼前了。他们三个待在一起，在纽约，一起去酒吧或者什么豪华的地方，米莉会叫上一位女同事来给亚当"做伴"，或者杰。

天哪，伊丽莎·格雷。我突然被一阵嫉妒紧紧抓住，连自己都震惊无比。

我没有权利嫉妒，我严厉地对自己说。但是没用。

"那，呃，亚当，是不是……"我突然打住，不好意思对米莉说出我真实的想法。我想说的其实是*他在那边的时候有没有和别人约会*。可我没能问出口，只是问："那他休假结束了吗？"

"可以这么理解，"米莉小心地措辞，"他走了，你知道吧，他跟乔治说不想在他的公司干活儿了。"

"哦。"我说，惊得目瞪口呆，难以置信！亚当怎么会离开呢？亚当的生命就是哈得孙&格雷，没有了公司他根本就不清楚自己是谁，或者想要什么。

"他跟我说，没有了你他都不知道自己是谁了。所以他必须花点时间去想清楚这个问题，专心致志地去想。"

我只管盯着眼前的屏幕，完全无法接受这个消息。我从来不认为离开我亚当会如此挣扎，一直觉得我需要他比他需要我多得多。我试着想象亚当，我强大、犀利而坚韧的亚当会生活在一个没有工作的世界中。尽管我为他高兴，可同时又觉得……难过。我可以想见他轻松无忧地环美旅行的样子，我希望他能从在父亲公司工作的压力中彻底释放，过上一种前所未有的生活。我希望他能理清楚自己想要什么，而他人在纽约的事实证明了他想要的肯定不是我。想到几个月前我们在脸书的往来邮件，我们都向前看了，本来就知道彼此都可以做到。

那为什么我不高兴呢？

米莉和我又谈了一会儿，多半是谈谈 B 超、产前检查、婴儿车……都是些关于怀孕的话题。然后就很快说再见了，我们都迫不及待地想挂掉电话回归自己的新生活。在不同的时区，甚至是越来越不同的世界了。

Chapter 37

　　"早安！"萨尔咧嘴一笑，这是周一一早，我刚打开店门，芬芳的花香和温润的泥土气息就扑鼻而来。回到诺福克很舒服，见到基兰，和罗尼聊聊天，和凯尔吃了个晚饭，我承诺说一定会常回去，在萨尔休产假之前我都不需要全职工作。实际上我决定这周末就回去，不是为了基兰——我想多和家人待在一块。至少我是这样努力说服自己的。

　　"周末过得怎么样？"萨尔拿出一篮花问道。

　　"很棒！"我回答，"棒极了，实际上。正是我所希望的……"

　　这是真的，在家感觉太好了。米莉的消息让我发现自己平时太不重视自己的家人了，去年一整年和他们见面的次数屈指可数，我惭愧得无地自容。凯尔和露西很需要帮助，他们每天都累得精疲力竭，没有独处的时间。罗尼尽量帮他们带孩子，可她每天晚上都有很多活动，所以得提前好久预约才行。我一直没有回去是因为觉得那里没人可以帮助到我，但我太自私了，完全没有想过我可以帮到他们。

可能就是因为这样，当罗尼知道我过几天又要回去的时候兴奋得简直有点不可思议，那是她送我去诺威奇坐火车回来时的事儿。

"你几天就要回来，不是几个月吗，宝贝？好开心啊！"她大叫着把我拉到她怀里，在我额头上一顿猛亲。而凯尔在月台上紧紧地给我一个拥抱，我知道他也同样开心。

告别的时候，我很惊讶地看见罗尼眼里居然有泪光，于是更惭愧得不知所措。我们并不是什么模范母女，但她是我在这世界上的一切，而我居然一直视而不见。

"我太高兴了，那我要重新计划一下了。"罗尼像是自言自语。

"哦，是吗，G罗？"凯尔逗她，这是罗尼自己取的名字，她老说自己那么年轻，不能被称为"奶奶"，所以凯尔也开始这么叫她，"找到靠谱男友了，终于？有人和你一起'计划'了？你终于决定要安定下来了？"他若有所思地摸着下巴，"这就对了——你看，我最近都不怎么见得到你了……"他逗她，我们都心知肚明。平时罗尼会跟着傻笑，但这次没有。

"不是的宝贝！"罗尼抗议，防备地把下巴抬得高高的，"你明知道我不会安定下来！为什么我这个年纪的单身女性不能找点乐子呢？不想找生活伴侣不代表不能找性伴侣啊。"

她声音大到路人纷纷转过头来看着我们。我脸马上红了，只能恳求她小点声。但她根本不理会。"别那么假正经！性爱是活在当下的最好的方式，那样你才能真正感受现在的生活，而不是追忆过去或者担忧未来。"

"还有，你知道的，享受独处的时光啊……"我接过话头。

"那也没错，但是好无聊啊！"罗尼叫道，"说真的，你们俩，如果多听听老人言……"

"听到没，老姐？多听听你智慧老妈的话，"凯尔亲切地说，捏了罗尼一把，"赶紧拿出小本子记下来啊！"他用浓重的诺福克口音说道，罗尼敲了他一记。

"我不是那个意思。"她笑骂，看着凯尔搂着她的肩膀。

那时我觉得和他们在一起好幸福，决定多回来是对的。当我走上火车的时候全然没有平时内疚和如释重负交织的感觉，而是觉得平静而治愈。

也许罗尼是对的，当她在月台上挥着一条扎染丝巾冲我告别的时候我想：可能我应该考虑重新开始约会了，第一个念头就是基兰，但又马上有意识地把他赶出脑海。

这不是因为他……应该不是吧？

从昨晚彻夜不休的短信马拉松之后我一直在问自己这个问题，一切又回到了少年时代。躺在米莉家，夜晚的炎热潮湿反倒让每次的手机响动、他信息呈现在眼前的兴奋倍增。

你在干吗呢？　基兰

我秒回，手指迅速地在手机上移动，又犹豫了一下，才点了发送。

没什么。

那现在呢。

还是没啥……

最近没去冒什么险吧，嗯？

这得看"最近"是啥意思了……

想和我一起冒个险吗？

这不和你发短信吗，已经是在冒险了……

我说的是下个大注，真正的。

我也想。

一起吧，这周末？

我停了一下，手机又响了。

我周二去你妈家接你，到时候就可以赤诚相见了。

我才不是那种女孩。

哈哈，羞。

然后他又发来一条。

问题：你最怕什么。

我盯着天花板，不知道该怎么在不透露太多心事的前提下回答这个问题。于是决定只用一个词：

坠落。

他秒回：

你永远都不要怕。

我突然发现自己在房间里已经做了快十分钟白日梦了，这才把挂在脖子上的包放下来，心惊胆战地脱下粗布外套走进花店，生怕进去撞见正弯着腰、试图把橄榄树从笨重的花盆里面拔出来拖到街上的萨尔。

"让我来！"我叫道，"告诉过你多少次了，别搬重的东西。"我责骂道。我们很快就形成了固定的角色划分，我像一个忧心忡忡的母亲一样追在她后面唠叨，而她拼命抵抗我的好心。

"我又不是病了，你知道吧，碧。"她说话间还在喘粗气，金黄色的头发翻飞着，就像阳光一样。她的话让我立刻想到米莉，我的两个朋友还真有点像，都那么顽固、果敢、直接。米莉，我最好的朋友，怀孕四个月；萨尔，怀孕七个月。一种熟悉的身处全新平行空间的感觉向我袭来，在这个空间里一切都不一样了。

"有啥八卦不？"她充满深意地问。

我笑笑，虽然不想跟其他人分享，但为什么不告诉她呢？

回首又见他
Written in the Stars

Chapter 38

"惊喜吧！"

"哦我的天哪！"格伦达叫着，连包都掉到地上了，今天是她50岁生日，尼可定了一束花指定要我亲自送到。我让萨尔稍早一点关了店门和我一块儿去，这样就能把她介绍给我的朋友了。这个月店铺比较冷清，伦敦人都外出度假了。

"碧，这太美了！"格伦达惊叹着在我脸颊印上一个吻。

我笑望着花束，主体是一株黄色百日草，那是她为丈夫葬礼选择的花，象征着思念每一天。旁边加了一些金黄色的六出花（*友谊和奉献*），灿烂的晚花杜鹃（*母爱*）和向日葵——除此之外我实在想不到更像她的花了。

"哦，碧，实在太漂亮了，宝贝！"格伦达眼里充满泪水，"黄色百日草……我——"她哽咽住了，伸手给我一个温暖的、带着体香的拥抱。然后转向萨尔笑笑，"能见到碧儿的新朋友真高兴。谢谢你们过来啊！"

"我无论如何都要来啊，格。"我说着又紧紧地抱了她一下。这时尼可拿出一个蛋糕，是格伦达的名字，威尔士国旗颜色的糖霜和五朵翻糖水仙，上面插着蜡烛——"我不想插50根。"她说。然后我们齐唱"生日快乐"，整间屋子爆发出一阵喝彩。

她低下头擦擦眼睛。

"来，格，我把花插到瓶里。"蒂姆说着搂了她一下，然后要去泡点茶。

"我来帮你！"萨尔马上说着跟着他走了。"小心哦，"他没帮她打开厨房门，她就提醒说，"孕妇要进去了！"

"哦，妈的，孕妇——呃，孕妇，真抱歉。"蒂姆小声道，他转过头看着萨尔的脸，然后惊恐地看看她的肚子，替萨尔把门打开，有点不好意思，"我没注意你在我后面。"

"很难不注意到吧，我？"萨尔说着拍拍肚子，"都大成这样了。"然后从他身边走过去。

"你看起来……很美。"她停下脚步抬头看他。他也低下头，和她对视了一秒钟。就在那一秒钟里，我有一种奇怪的感觉，我的新旧两种生活就要相遇，整个世界都会变得不一样。

September 独立

我扫了一眼计划书，心跳好像停止了，一个再熟悉不过的名字赫然出现在首页。

那是亚当的公司，但怎么会……他是不是……

亲爱的碧儿：

　　终于来到九月了，懒洋洋的吊床在夏天与冬天的树干之间来回摇晃。你悉心照料的花在这个月是最美的，在它们季末收场秀上会绽放出最浓烈的色彩。当时间慢慢过去、白昼变短的时候，你会发现所有的色彩渐渐消失，亮粉色、亮黄色被深宝石红和饼干金色替代。一片片米迦勒雏菊飘落在篱边，还有景天和向日葵的花瓣。秋天的到来当然也让一些树木再次开出了花朵，花儿也帮我们重拾旧日的浪漫情怀。但你要留神，粉色和白色满天星很快也会昙花一现。

　　可能你会发现自己困扰在想回到学校再念书的情结里，希望通过学习提高自己的能力，点燃自己的热情，以期能在职业生涯上有个华丽的突破。对于园艺来说，现在就是种一块草地的好时机，田地要好好翻过填平以后才能给种子一片沃土成长，把土里的根挖出来再把常绿植物栽进去，这样你很快就能看见它们以新的姿态开始生长。每年你都需要深耕，唯此土地才会给你带来美好的色彩——但也要记住种上一些根茎植物。

　　总之碧儿，花园随时随地都在改变，你也要一样。

　　　　　　　　　　　　　　　　　　　　　爱你的爸爸

回首又见他
Written in the Stars

Chapter 39

碧·哈得孙终于跳出来了。

"我还是无法相信这是你最后一天在这工作了。"格伦达难受地一边说，一边摸着上个月生日时我送她的植物那深绿色的叶子，而我还在收拾我的桌子，那盆植物据说代表着友情的喜悦和能量，还有幸运。"我会很想念你的，我们都会。"

"我也是，格。"我环顾四周，在这间办公室工作了七年啊——过去四个月这里还变成我真正的归属了。我都不敢相信从我走进尼可办公室，告诉他我想应聘 JF 园艺设计公司的职位到现在才短短三周。那是亚当的建议，他得知詹姆斯选定的人选临时找到另一份全职工作之后高兴坏了（"你还需要多少暗示啊。"他说。）我终于听他的话了，实在不能再次拒绝这样一个机会。

尼可立马就给詹姆斯打电话，得知我可以和这边公司解约，詹姆斯兴奋地说很欢迎我过去替他工作。

"你一直都是公司的恩赐，"尼可挂掉那通改变了我整个职业生涯的电话时说，"你对我们来说实在是好得快承受不起，我不能再假装看不到这一点了。"

此刻我在老鹰公司工作的最后一天接近尾声了。大家来到我桌边，拿着塑料杯装的起泡酒，桌上放着土豆片和毛毛虫蛋糕，哎，我会很想念这里的每一位同事的，我仔细看着每一个人灿烂的笑容，发自内心地高兴。我还是临时工的时候就觉得自己和公司每一位员工都很熟，但当时还像蜜蜂一样忙进忙出，偶尔得空回来饮一口友谊的花蜜，然后又马不停蹄地跑到临时雇我的公司工作一周或一个月。本来以为自己挺喜欢那样的，毕竟表面化的友情也挺安稳。但现在我发现那是我自己臆想出来的，比如，之前一直认为格伦达是一个独居的寡妇，真正认识她以后我发现她是我认识的女人里活得最充实最快乐的一位，正在火力全开投入新的生活，不会沉溺于过去。还有蒂姆……尼可致辞之后蒂姆就继续埋头苦干，而现在早就过了 5 点下班时间了。

"好了吧，蒂姆大哥？"我亲切地问着，把椅子转向他的办公桌，"看来您老很努力啊……"

他坐直了，伸伸懒腰笑说："一直都很努力啊，宝贝，一直。太阳出来就要种地，好人不能休息，坏人也不能，等等等等。你是想要告诉我你会有多想我，一直以来都暗恋我吗？"

"的确。你想啊，哪个女人能抗拒你的魅力？"我也笑了。

他夸张地叹了一口气。"我知道，哎，真是烦恼啊。但很遗憾你和那个什么，老实说，可怜的老公模范结婚了。是啊是啊，高富帅，

回音又见他

Written in the Stars

聪明亲切……我就不懂你，你到底喜欢他什么？"他又笑了，我在他脸颊上亲了一下，他的脸立马红得跟番茄一样。我早就知道他才不是什么花花公子呢，都是装出来的。

"给你。"我把手里拿的竹子给他。

蒂姆接过去研究了一会儿。"谢谢你，碧。还真是，呃，真绿呀，是要我像熊猫一样嚼一嚼？"

我大笑："我知道你就不爱花，蒂姆，但是竹子代表喜悦和富足，还会给你带来好运，我觉得你放在桌上会更好点。"蒂姆这个人一直都表现得很硬汉，但是我知道他很担心会再次丢掉工作、失去一切，所以他才那么努力工作，也正是因为这样才表现得那么玩世不恭。

蒂姆看看竹子又看看我，眼里好像闪现出泪光。

"你敢哭，蒂姆！"我威胁说，轻轻地在他肩膀上捶了一下，他狠狠地吸了下鼻子，耸了耸肩膀。

"你是个很好的朋友，碧。你会得到全世界的幸福。"

我笑了，很想相信他。

Chapter 40

到家的时候已经很晚了，我灌了太多开心和酒精，都走不稳了。尼可和大伙儿给我办了一个超棒的送别派对，我们去酒吧玩骰子，大家都要我保证会保持联系。

尼可还把我叫到一个安静的角落跟我说了很多，说他会有多想我，我一直都能启发他从大处着眼，探索生活中更多的可能，还诚恳地说如果我需要帮助的话，他一定会在我身边……

我感激地抱了他一下。"非常感谢，我不会忘记你为我做过的事情。你是世界上最好的老板，说不定我很快就会回来和你共事了。"

他咕哝了一句，好像在说他的意思不是指工作上。

眼下我叫了亚当一声，我的声音在房间的灰色墙壁之间回响，但没人应——显然他又在加班。上两个月他已经飞了两次纽约，我一只手就能数出我们在一起的天数。我试图表现得通情达理——知道他工作压力很大，不在我身边他也不开心，但想到他对我想同他一起庆祝辞职的心思无动于衷我就有点难过。我希望他会在酒吧出现，因为我早上就专门告诉他这家店的地址。格伦达也很期待他能来，她一直都很喜欢他，说他是个"值得厮守的人"。我把包扔到纤尘不染的花岗岩台面上，有时我真有种冲动想把这地方搅个天翻地覆，这样会感觉更像个家。

我晕乎乎地打开冰箱，一手抓着冰箱门，一手扶着边缘，不然很可能就要摔倒。这一周我都没买什么东西，亚当几乎每天都和客户吃饭，所以里面只有一些即食食品。我拿出一罐鱼肉派，用一把叉子打开——叉子差点刺到手上——把派扔进微波炉，然后从咖啡桌上拿起一本最新的园艺月刊，考虑着要稍微改变一下屋顶花园。然后躺到沙发上打开电视不停地换台。

过了一会儿门打开了，我挣扎着坐起来，亚当走进来了。

"嘿。"我打招呼。他放下包，走向冰箱。"今天过得好吗？"我问道。他拿出一瓶啤酒，打开抽屉拿出开瓶器，然后又把抽屉摔上。接着打开酒瓶痛饮了一大口，走到起居室盯着我刚才拿杂志那儿的一大堆报刊。

"亲你老婆一下不会死吧。"我说。

亚当走过来亲了我额头一下。"对不起，今天过得实在太悲催了。"

"我刚从告别派对回来，你知道吧，本来你也该去的。"我对着他的背影说，他正要坐到另一个沙发上。

他回过头，马上开始认错："糟了，碧，对不起，我一晚上都在和纽约那边电话会议。你的派对怎么样？"

"不错，挺好玩的，"我简洁地回道，"但大家都想你。"

亚当应了一声躺到沙发上，又喝了一口酒，然后闭上眼睛，酒瓶放在肚子上。我觉得他完全没有听见我在说什么。"不光是要处理纽约那堆破事，原来爸爸还希望我管好办公室从 Soho 搬到金丝雀码头的事情，跟设计师沟通。而且我们还得在纽约找一处新的办公室——真是噩梦。还不用说目前手上的项目正到节骨眼上，我得在两个国家分别雇一个高管。我跟爸爸说我不可能同时干那么多事，但是他只是列举了自己当年创办公司的例子、他一天工作 16 小时的年代，说我们这代人没有工作节操。我真不知道他想要什么——是要逼死我吗，"亚当叹了口气，摸摸前额然后站起来，"我得去干活了。"

"但现在是周五的大半夜！"我叫道，"这个点你能干什么呢？"

"爸爸让我跟园艺设计师沟通,他们在竞标都市屋顶花园的合同。老实说我根本找不着北，这不是我的专业领域啊。"

"那你怎么不问问专家？"我说着走过去轻轻把他拉到沙发上，然后坐在他腿上，他疲倦地笑笑，天哪，看上去完全累坏了。

"谁啊？"亚当挪了一下，"对不起碧儿，你能不能起来一下，我的背很痛……"

我站起来，他坐好之后我又坐到他旁边。"哦，你知道吗亚当，就是那个一辈子都对园艺设计充满热情的人，帮你设计了自家屋顶花园的人，疯狂阅读园艺杂志的人，拿到——呃，差点拿到——园艺设计学位的人，还有幸运地就要变成全国最棒的园艺设计师助理的人啊！还要我多提示吗？"我像笑脸猫一样咧出一排牙齿，戳了他一下，

"你爱的女人，你娶的妻子，世界上你最了解的人……"

亚当有点尴尬地又挪了一下，我也挪开一点。"哦，碧，你真是太好了，但是我不能和你讨论这个项目。"

"好啦，好啦，没关系，我明白。"我站起来，但是我不明白，不太明白。我不知道他为什么不能和我讨论，为什么他完全没发觉我们之间的距离似乎越来越远，可能是因为今晚的酒精，我有点小题大做了，但我突然感觉没着没落的——就像自己在飘，不是，是我们越发飘离彼此了。我们现在应该比任何时候都近才对，还是新婚夫妻啊。拜托——但亚当的时间表似乎把我们隔得越来越开。我以为这会是一个能在工作上帮他的好机会——平时我几乎帮不了他——但现在尽管在我专业范畴之内他还是不让我做。我走到厨房去泡杯茶，觉得我们现在站在一条线的两端，但都不知道该怎么跨越它。

"我得跟纽约视频。"亚当说，声音穿透这满屋子令人难受的沉默。

"好。"

我转过头，看见他拿着笔记本电脑走进卧室，他打开门，回头看了我一眼，好像要说什么。但是很显然又改变了主意，然后消失在走廊尽头，把门牢牢地关上了。

Chapter 41

"第一天在这感觉如何，碧？"詹姆斯亲切地走过来问道。

"超棒！"我给他一个大大的笑容，现在是下午 4:30，今天一天吸收了太多知识，感觉大脑都要爆炸了。我想给詹姆斯留下个好印象，证明他的直觉和选择是对的。幸运的是我有相关的知识背景，第一天就能很快地适应新工作。但今天还是很特别：兴奋、活力、刺激、充满启发。我一再确信这是正确的感觉，我是注定应该来这里工作的。一上午我都在布置办公桌，办公位置就在这座开放的楼层的落地玻璃旁，能看见最漂亮的天际线，感觉到满溢的阳光。望出去风景美极了，再次回到格林尼治，就算是为了工作，也让人心情无比愉快。我走出地铁站的时候才发觉自己原来那么想念格林尼治，于是禁不住开始回忆住在米莉位于格林尼治公园对面的公寓的时光。在历经低谷之后搬到那里让我恢复了元气，米莉照顾着我，让我知道还有机会重新开始。我还记得她说过，当时我很像是小鹿斑比，腿脚不稳，对这个世界充

262

满恐惧，不知道要走哪一条路，一直担心会摔倒，后来她说服了我，告诉我我已经很勇敢了，可以去找一份工作试试，于是我才去的老鹰公司。后来我遇到亚当之后就再也不需要战战兢兢往前走了，因为他开始背着我前行。

远处还能看见克里斯多夫·冉男爵设计的旧皇家海军学院巴洛克双子式建筑以及卡蒂萨克号的桅杆。如果站到办公室最后面，踮起脚尖朝窗外看就能看见山上的皇家天文台。这个环境真让人灵感倍增，回到了充满爱意、被绿意空间和文化历史环绕的那个地方。生平第一次，我终于走到了正确时机和正确地点的重合点，满心感激。现在我只需要证明自己配得上这个好机会——我对这一点也很自信。

詹姆斯的领导风格是轻松、鼓励型为主的，而这个小小团队的成员都张开双臂真诚地欢迎我。虽然只有三个员工——除了詹姆斯和我之外——杰克，克里斯和乔吉，都是三十出头，都非常友好善良，对园艺和为客户创造美丽的户外空间充满热情。

现在这是我的世界了。 这个念头让我的大脑高速运转，幸福指数骤升。

"你会不会觉得太累？"詹姆斯问道。我才意识到我的样子肯定蠢透了，坐在那里莫名其妙地对他傻笑。

"不，不会！"我叫道，"太开心了——还有点不敢相信我的运气，"我说，"觉得这么好的事情不应该发生在我身上一样，怎么好像是我偷了别人的人生。"

突然我意识到，亚当才是我的幸运星。如果不是他推我一下，今天我也不会在这了，于是我又忍不住开始想如果没有他的话我会在哪里做什么。脑海里突然闪过一幅画面：他独自站在教堂门廊上，看着我坐车越走越远。我晃晃脑袋，努力压抑不时冒出来的黑暗念头。我想是因为最近我们不太有空待在一起我才胡思乱想的吧，我下定决心要解决这个问题。毕竟，亚当是一个男人，或许我应该多做出一点努力……我把注意力放到詹姆斯身上，驱散脑袋里的担忧。

"没有运气这一说，碧，"他笑了，"你其实在以一种独特的方式为得到这个职位而努力，几年的临时工作已经让你做好了准备——你自己的那些设计项目也是。你的屋顶花园，你朋友和你妈妈的花园……在我看来这些都是无可取代的经验。再说你好像都已经读遍了每一本园艺设计的作品，对园艺学比大多数研究生还了解得透彻，又去了那么多园艺作品展，最重要的是你一直都在耕种……"

詹姆斯顿了一下，看着我。"这么说吧，我还是最喜欢和你这种以园艺为生活方式的人共事，而不是那些只当是养家糊口的工具的人。"他走到小冰箱前，倒了点水，"拿着吧我的伙伴。有人自称为作家，虽然没有发表作品但天天笔耕不辍。这是一码事，对吗？你看，可能你以前没有因此赚到钱——可在我看来你已经当了一辈子设计师了。只是你需要一段时间去相信！"

他坐下来笑着，我点点头，克制住被这段话感动到哭的冲动：哭是工作第一天之大忌，第二天甚至第二周也是。我严肃地对自己说。

"好了，现在我们来谈谈你要协助我完成的这个大工程。我本想给你整整一天去适应团队，了解一下现在的项目和系统——这个职位

回首又见他

Written in the Stars

最主要的还是管理——这单大工程的招标就在 11 月初，我一直都觉得只要公司每一位员工都能贡献出无限的创意，这个工程对我们来说就是可以改变一切的契机了。如果我们赢了，这就是公司史上最大最有野心的项目了。你现在读一下简介，这样就能了解客户是谁，他们的需求是什么，然后带着你的想法来参加头脑风暴会。我很重视每一位成员的意见，在创造力这件事上是没有等级制的，至少在我看来是如此。客户是一家广告公司，明年春天就要搬到加拿大广场附近，需要我们来做屋顶花园的设计。"他指着地图，然后目光落到窗外，望过整个城市，好像已经看见花园出现在天际线上。"因为办公室装修的工期，我们最快也要到三月初才能开始种花——但是他们要在三月底的大型开幕派对上用到新的办公空间和屋顶花园。所有的数据都在这里了。"他把计划书递给我，我扫了一眼，瞬间心跳骤停：我看见客户公司名字出现在首页。

哈得孙、格雷 & 弗赖德曼

我一阵惊慌：那是亚当的公司，但是怎么会……他是不是……我努力要掩饰自己的惊讶，我是总经理夫人，又是合伙人儿媳，这样怎么能参与这个工程呢？亚当知道这事吗？我要不要告诉詹姆斯？哦，天哪……

"你不需要记笔记？"詹姆斯问。

"我，呃，要，肯定的……"我拿起笔和本子，脸都红了，詹姆斯一边说我一边飞快地记录，但却一直在想怎么跟他说。这会影响我的新工作吗，或者亚当的工作，或者詹姆斯的投标？

"面对任何一个项目，我都一直认为自己在为核心客户做设计，"詹姆斯说，"所以合作项目就很难，因为这不是一个人说了算，我们也没有机会了解全部的人。"我眨眨眼虚弱地笑了一下，实在没办法开口告诉他我有多么了解对方的人，"这样的话，"他继续，"哈得孙＆格雷其实基本上就是两个人说了算——乔治·哈得孙和罗伯特·格雷——这是创始人，但我们不需要直接和他们打交道。他们最近并购了纽约一家成功的小型公司，下一步还打算在欧洲和香港扩张。这次的设计就有可能变成他们国际办公室的设计蓝图，也就是说，我们的作品不光代表这家公司的身份和文化，也是为了赢得他们拥有的客户。他们的总经理在第一次会谈的时候就明确表示，这个花园要结合工作和娱乐的功能，所以要既注重功能性，又能给予人灵感启发。"

总经理？那亚当和詹姆斯已经见过面了。我才不相信什么巧合呢，想到他拼命让我去争取这份工作的样子，他有没有动用关系？我真是靠自己的实力找到这份工作的吗？

"好吧，我觉得今天的信息量差不多了！"詹姆斯笑了，手放在膝盖上，金色戒指在阳光下熠熠生辉，"这个工程非常重要，碧。我需要你百分之百的努力和精力，好吗？"

"我——我想，是吧，"我犹犹豫豫地说，"我是说，没错，肯定的。"我知道应该告诉他，但是我怕会失去这么好的一个机会……我不知道怎么办了。

做对的决定。

回首又见他

Written in the Stars

"有什么问题吗，碧？"他温和地问，我深呼吸了一下，开始想象自己闭上眼睛、跳下深渊的样子，根本不知道我会沉下去还是游起来。

　　"也不是，只是……"

Chapter 42

　　亚当的手机响了一声然后就切进语音留言了。我暴躁地把电话扔到一边，用手揉揉头。下午 6:47 了，我还在办公室，尽管这是第一天，我还是要加班，原因有：一、我要给大家留下个好的印象。二、我回家也没人在，老公不知道去哪了。留了好几条信息让他给我打电话，但一直杳无音信。我很想跟他谈谈这个工程，但又很想留在办公室开始整理自己的想法，为头脑风暴做好准备。詹姆斯听说我跟哈得孙＆格雷公司的关系时也很惊讶。

　　"我之前不知道，詹姆斯，我说的是实话。我很抱歉，如果你想马上解除我的合同我都很理解你……"

　　"什么？不，别傻了，这整个城市都是裙带关系的化身！"他眨眨眼，我长舒一口气，"你跟你老公谈谈，看看他能不能保证他们公司的人都知道这件事，保证他们对此没意见。我们只需要更加努力给他们留下深刻的印象，证明我们并没有靠关系就行。你准备好了吗？"

回首又见他

Written in the Stars

我点点头，对于他的善解人意感到激动不已、如释重负。

我花了好几个小时做完基础工作，整理詹姆斯的笔记，填写供货商发票和支票，然后开始着手创意工作，我想给整栋灰色的大楼带去绿意，给功能性的工作空间增添欢乐。既然知道这是一家广告公司——不是别的，哈得孙、格雷 & 弗赖德曼——我就天然地能知道它最需要什么。我想建造一个令人惊异的、线条粗壮的棚架，两边种上对称的长青树，营造一种自然的特色……

写到这儿我笔尖在纸上停住，笔端咬在嘴里。詹姆斯说过他只要创意性的点子，我不需要操心大楼的证照办理、消防通道或者其他的安全事宜——甚至都不用担心预算，他会搞定所有这些问题。于是这就变成了一场考试，我必须要通过的考试。

思绪飘到我和亚当的屋顶花园，我们爱的那些东西，我犯过的错还有学到的东西，写下了几个关于材质和采光问题的点。然后又想到我在过去几年切尔西花展上学到的东西——尤其是从今年詹姆斯的作品中学到的——又有了几个主意。然后思绪飘到我和亚当去过的那些伦敦时髦的私人会所，肖尔迪奇、世纪、边界、赫伦大厦的Sushisamba、特拉法尔加酒店的威斯达——都有屋顶酒吧；还有比较质朴，更有乡村风味的空间——去年夏天蒂姆带老鹰公司的同事去过的佩卡姆的弗朗克咖啡的凉爽的鸡尾酒吧。这些地方都有独特的风格、风景和客户群——但又都很聪明地用了一些小技巧让有限的空间能容纳更多的客户。

我在本子最上面写下："他们要什么？"然后写下詹姆斯的要求：

把空间当做一个既公共又私密的地方。然后开始思考休息区域、工作区域和娱乐区域的安排，最后把实际因素都考虑进去——电、光照、储物、水、棚架——还要让人在室内室外之间的穿梭变得更加容易。我希望他们能感到这里既是新办公室的延伸，又有种自成一体的感觉。随后我闭上眼睛，开始用脑子构图，迷失在一个全新的世界里，开心得不可思议。

晚上九点我才回到家，亚当已经坐在沙发上抱着笔记本工作，连头都没抬一下："你回来啦？第一天怎么样？"

"很棒，非常有意思，"我平静地回答，"你都没接到我的电话吗？"我放下包包，插上烧水壶，从冰箱里拿出牛奶想泡一杯茶。

"我已经开了一瓶香槟了——我们可以庆祝一下。"亚当没回答我的问题，招手让我去沙发那里。我把牛奶收好，拿出香槟倒了一杯走过去。他倾过身子很快地在我嘴唇上啄了一下，然后又看着电脑屏幕。

"快告诉我你都做了什么，综合管理、复印、找资料和倒茶吗？"他抬起头和我碰了一下杯。

"倒不是，我帮詹姆斯一起做一个竞标的大工程呢……"

"哦？"亚当说，"那太好了，呃，你知道是什么的？"

"是一个公司的项目，这家公司最近扩张了，要从 Soho 的丁英街搬到金丝雀码头的新大楼里面，4000 英尺的屋顶花园呢。"

我紧紧地盯着亚当，看着他咽下香槟，希望他会承认他早就知道了，结果却是大失所望。我拼命压抑住一阵焦灼，为什么他不肯信任

270

我？他一定觉得我就是个大傻瓜。

"就是你的公司，亚当，别跟我说你不知道啊。"我不耐烦地说着，站起来走到窗边。窗帘开着，整个城市光芒璀璨，远远的地方金丝雀码头蓝色的光不时闪动，好像在为我们的大爆发倒数计时。

"呃！真是巧合啊，哈？"他马上说。我转过头，突然一阵愤怒。

"拜托，亚当，别把我当傻瓜了，"我暴跳，"我知道你一直都知道。这就是你一手策划的，不是吗？"

他没回答，低头若有所思地盯着自己的裤子。那就是默认了。

"哦，亚当……"我揉揉额头，"你为什么不告诉我？那样当詹姆斯跟我说客户名字的时候我就能应对得好一点。"

"我只是不想让你知道——"

"什么？不想让我知道我不靠你就找不到工作？"我打断他，"也太晚了吧。"

"不！肯定不是！"他抗议，"你是全靠自己找到这份工作的。没错，我在谈合同的时候和詹姆斯谈过一下，但是我没让他帮我老婆找工作啊！我只是提了一下老鹰公司，因为当时他说要找个临时工来帮忙。"我瞪着他，觉得自己就是个木偶，线攥在别人手里，因为我根本没法独立完成什么。30多岁的人了，我必须自己掌控自己的生活。

亚当站起来走到我身边，手臂环抱着我，我顿时紧绷起来。"我知道你多有天赋的，碧。但我也知道你自己不会主动去争取这份工作，因为你太害怕失败了，"他低声说，"我只是觉得这可能是一份你会喜欢的工作，所以希望帮你争取到。我觉得你很适合这个工作，希望你也这样想。"他摇摇头，"只希望你能开心，碧。就是这样，但最近我觉得自己不太称职。"

我凝视着亚当，喉头哽住了，因为他说的都是对的。"我想你，亚当。"我深深地说，"我觉得我们从结婚开始就变得越来越远了，你都不在家，回来也是在工作……"

"我知道，我也很抱歉。"他说着转过头，"天哪，你不知道我也想你吗？一直见不到你我感觉也糟透了。我也希望我们能有时间待在一起，但是我只是在工作啊，对吗？我是说，除了工作应酬我从来不出去，我没有任何兴趣，也没去见什么朋友——在公司之外我也没什么朋友了。我也很无奈，这是我们共同的未来啊，碧。你还不知道吗？我这么拼命就是为了我们俩，为了我们的孩子，希望我也能给他们如我父母给我的生活。"他深深地叹了一口气，我又一次看到他有多么疲倦。"我觉得爸爸在考验我，一次次地让我超越极限，因为他想让我知道有其父必有其子。"

他恳求地看着我，但下巴和嘴巴线条都很僵硬，"这是我欠爸爸的，我要对他证明我是接管公司的不二人选，我必须让他感到骄傲，你也明白这一点对我来说很重要。"

"我知道，亚当。"我轻轻地说，握住他的手，我不想再吵架了，"我明白，真的。我只是不希望你忘记你自己是谁，你想要什么。毕竟，我们只有一次生命，不是吗？"

October　捆绑

———————————————————————————

"我真希望我没有离开那么久。"最后基兰开口了，我点点头。没有爱抚，也没有亲吻，两个曾经的恋人就这样被过往云烟永远地捆在一起，迫切希望找出一个关于未来的答案。

亲爱的碧儿：

　　十月曾经是我最爱的时节，全世界都被抹上最后一丝绚烂的色彩，所以秋天也是象征着幸福灿烂绽放的季节。但从现在开始十月就变成了迷失的季节，叶子坠落地上，像是一滴滴的眼泪，琥珀色的阳光丧失了它的温度，花园也光秃秃、冷清清的。所以十月我只能专注于还可以看到的美景，而非再也看不到的。

　　但是你，碧儿，眼前明媚的季节还美景无限，充满亲人、爱、欢乐的美景。这是你要庆祝生日的月份，所以也应该是你幸运的日子，永远都是。你的诞辰花是大波斯菊，希腊语中这个词代表和谐、有秩序的宇宙，这可不是个巧合。只要你选择一条正确的道路，日月星辰都将属于你。碧儿，要永远记住这一点。

爱你的爸爸

回首又见他

Written in the Stars

Chapter 43

碧·毕晓普感觉像是在冒险。

13个赞，3条评论。

我站起来从罗尼的后门看出去，马蹄形的花园充满了秋日独有的丰富而壮丽的色彩，现在我真是哪儿都不想去。我决定这周两天假期都留在诺福克，一部分是因为答应了凯尔——要多陪陪罗尼，同时有点自私的是，也为了我自己。

我最近常常回来，罗尼一般都不在家（我不知道她上哪去了，每次我问她都吞吞吐吐的）。所以我就打理花园，像对待回忆一样，施肥、拔出杂草、剪除矮灌木、解开错综环绕的根结。不管我多么热爱这一切，不管这个季节带来了多少美好，眼下这一刻待在这还是很不容易，因为，十月是爸爸出走的时候。

电话响了，我被拉回现实：是基兰。我微笑着打开信息。

准备好下一阶段的大冒险了吗？ K

我感到一阵兴奋，同时又有点害怕。

好得不能再好了。

想到我们的约会，不，见面，被基兰叫做"大冒险"。

我们在布莱克尼点之旅后又一次见面时，他开着越野车载我去塞特福特森林玩，这是一片人工栽种的松树林，在诺福克南和赛特福特北交界的地方。

我马上就发现基兰并不是想带我去森林漫步——至少我们都没下车。

"钢丝？"我倒抽一口冷气，被他带到一座小小的木棚前，上面的标识上刻着"一起疯狂吧"。

一个穿绿色制服的女孩带着灿烂的笑容。"你们是来参加今天的树顶冒险的吗？"她问道。

"是的。"他笑笑，我发现她表情有点惊诧。他凝视着我，然后用手揉揉软得就像小山羊皮一样的头发侧身向我说："懂我意思了吧，我说我们应该跳一大步的那句话？"

"我不觉得能做到……"我紧张得很，想拔腿就往回跑。"我恐高，也不能跳，不能的。"

"你看那事对你影响多大，碧儿。"他抱歉地看着我，发觉自己触动了我的神经。然后又恳求地说："我向你保证会很好玩的。他们会把你绑好的——再想想在大峡谷上空能看见的风景，那些松树，我想还能看见你家呢。"

"可是我家一般都牢牢地长在地上啊。"我顽固地说。

"你会很开心的，这没错吧？"他牢牢地盯着我，我膝盖都软了，不光是因为要走钢索。

"来吧，现在你是珍妮，我来当泰山！"他学人猿捶胸口的样子看得我大笑，"我一直都会在你旁边的。"他低声耳语，握着我的手。

几分钟之后我们站在了树顶云端的平台上，被浓绿的树林包围着，秋日的阳光从天际穿透下来，好似铺就一条黄金之路。

基兰在我身后，双手轻轻揽着我的腰。"你可以的，碧儿。我知道你一定可以，你很安全，不会摔倒的。我不会让你摔倒！来吧，闭上眼睛，想象一下你和森林融为一体，树木是你的朋友，我就在你身后，只要跳下去你就安全了。"

或许是因为他手的温度，或许是因为他的用词，我在还没有意识到的时候就走到平台边缘，闭上眼睛，胃都紧张得扭起来，心也快跳出来，这是我很长很长时间以来都没有感受过的了。滑到四分之一的时候，我突然开始尖叫，叫声在树木和我自己的耳朵间回荡。但那不是恐惧的呼号，而是纯粹的喜悦的歌声。

然后我转过身挂在空中等着基兰滑过来，他加速滑向我，样子和八年前我认识的他一模一样：25 岁无忧无惧的男孩，勇敢地面对整个世界的样子让我爱上了他——也给我同样的自信去面对自己的生活。

第二周我要回来看罗尼和凯尔，至少我是这么跟自己说的。可我已经无法再欺骗自己，只这两次之后，想见到基兰的迫切感就跟六个月前要逃离那场婚礼的心情一样。我及时找到了自我，不再担心未来或者过去，只活在此时此地此身，和基兰共度的时光，一如八年前。不再去纠结爸爸离开了我，只无比感激找回了基兰。和他在一起我幸福到可以抛弃一切，和他沿着海岸线旅行，看着他潜水、蹦极，和他住在洞穴里，一起去做以前他和埃利奥特还有一帮朋友喜欢做的事。看到他从悬崖、桥上、采石场和港口的墙上跳下去的时候我紧张极了，但因为想和他在一起，我选择支持他。只是我没有告诉别人这一切，罗尼第一次见到基兰的评价犹在耳边。

"我明白他对你很有吸引力，但是要小心宝贝。我永远支持你，无论你选择怎么样的人生道路，都不要被彻底带到别人的路上去了。"

这时我听见车开过来的声音，回头看看罗尼空空的房子，深呼吸一口平息过快的心跳，打算再和基兰跳出一大步。

回首又见他
Written in the Stars

Chapter 44

"那我们今天干吗呢？"我问道，咬着下嘴唇，手指在膝盖上打着节奏。我们开着车跟在一辆拖拉机后面，在乡间小路上慢悠悠地走着。绿日乐队的歌从破旧的车载收音机里流出来，让我想起埃利奥特扯着嗓子把所有歌词加到"九月结束时"的曲子里面乱唱一气的样子。我真希望我们能超过这辆慢得要命的拖拉机，感受风吹过我头发、肾上腺素飙升的感觉，那是我之前和基兰在一起的时候经常感受到的。可是他，看起来却特别享受跟在后面蜗牛爬的样子。

我努力克制自己别去想太多，自从上次我们在罗尼门外一别之后，他好像也没有表现出想要吻我的兴趣。他的目光没有在我唇上徘徊，他的嘴巴也没有一次稍有靠近。事实上，看起来我们俩之间的亲密、坦诚和友情都在过去几周有所发展，性吸引力却一直停滞不前。我希望——我需要他吻我，这样我才能知道我们到底是不是在这里浪费时间。

"你想做什么呢？"基兰友好地笑着。

捆绑

我的心狂跳了一下，有个念头冒出来，但打死也不能说出口。

"应该是和跳一下有关的事，对吧？"基兰继续道，"不过我想你是不会喜欢跳伞的，哈？"

"绝对不喜欢！"我叫，"就算你已经让我像猴子一样在树林里跳了一次，我也绝不跳伞。"

"不，你绝不跳伞。"基兰居然用一种俗气的摇滚腔唱出这句话然后大笑。我禁不住想到那首歌歌词的第一句。

我能为爱做什么？我爱他吗？

基兰凝望着我。我把皮大衣拉紧，衣领立起到嘴角。在这个炎热得如同置身印度的夏天过后，气温开始骤降，冬天就要到来，全新的一年开始前的最后一个季节……

"咱们去找你爸爸怎么样？"听上去漫不经心的一句话却像套了一个绞索在我脖子上，紧得我无法呼吸。

前面拖拉机要右转了，基兰突然刹车，我的身体也猛地前倾，他的第一反应是伸手搂着我。我的指关节撞得发白，基兰慢慢放开他的手臂，望着我，轻轻地把手放在我腿上。我看着他的手，因为不敢看他。我觉得只要四目相对，他就会从我眼中看出所有的真实感觉。

前几次见面的时候我们谈了很多关于自己的事，比以前在一起的时候谈得都要多。年轻时的相爱都是欢乐和兴奋：都是关于未来，而不是过去。事实上我们对彼此知之甚少，但都想要活在当下。可现在，我跟他说了好多关于爸爸的事，我一直以来挥之不去的失去和被放逐的感觉，还有我和罗尼之间说不清道不明的关系，埃利奥特死后我做

回首又见他
Written in the Stars

决定和承诺无能的状态。他也告诉了我很多童年被迫四处飘荡的事，养父母家、孤儿院，一直以来都只有兄弟俩相依为命，所以失去了弟弟的他从来不曾释怀。他还讲了参加过的海军救援行动和 2008 年伊拉克战争的事，以及他没有办法投入感情关系的状态，甚至于发现亲生父亲还生活在爱尔兰却对自己完全无动于衷的事情。

"碧儿，"他温柔地说，"你说你一直都想了解你爸爸。但在我看来你好像只是一直等着他来找你，为什么你不能自己掌握自己的命运，主动去找他呢？"

"因为……"我顿了一下重新组织语言，声音在颤抖，"因为……"我说不下去，我根本给不出一个恰当的理由，除了脑海里那个七岁的小女孩的尖叫：*因为就该他来找我，他是抛弃我的那个人！*

"我知道你觉得应该是他有所行动，"基兰说，"但你已经等这个行动等了二十多年了。你知道老话怎么说的，疯子就是重复不断地做一件事而期待得到不同的结果的人。"

"我——我……"我结巴了，他切中了要害。

基兰把车停在草地边，关上引擎转过头看着我。"我非常了解你的感觉，碧儿，你看，你和我其实都是一样的。你觉得你是被生命中所失去的那些东西所定义的，而我失去埃利奥特的时候也有过一模一样的感受。但现在我已经学会了，唯一能改变这一切的就是掌握自己的未来。"他紧紧握住我的手，"我参加海军的时候就做到了。去找你爸爸，试试看，怎么样？"

"你说得对。"我终于开口，"我知道你是对的，但是我好害怕，基兰。我怕他已经不在人世，或者根本不想见我，或者活在难以想象的世界中。我已经在脑海里把他想象得太好太伟大，以至于丢失了一部分的自我。当他离开的时候，那一部分都是由关于他的美好记忆构成的，万一看见他的时候把那些记忆都破坏了呢？"

他望了一眼窗外，然后又凝视着我，目光不只落在我身上，更像是看穿了我。"你觉得是了解真相而感到失望好，还是永远不知道、一直猜测着要好？"基兰轻柔地说。我看着他，感到无法呼吸。这是他回来的真正原因吗？因为他想要知道我和他之间的真相，这是不是表示他也一直在猜测？

我挤出几句话，为了打破这一刻难耐的沉默："那我该怎么办？怎么着手呢？我不知道他在这个世界的哪个角落……"

"就从你所知道的最后一个地址开始吧。"

"那就是罗尼把他扫地出门以后的住址。"我其实一直都知道那里，因为他离开一周后，罗尼把一箱子东西寄给他，上面就写着那地址。但他没有在那里待很久，罗尼说那只是他永远离开之前的短暂停留。

"那是在哪？"基兰问。

"海边的克莱。"

他打开引擎，看着后视镜，三点转向。"你还记得具体地址吗？"他转过头问我。

"什么，等等——我们不需要现在就去吧，是吗？"我吃了一惊。

"择日不如撞日。"他笑着说。我紧紧坐在车座上，心脏猛烈地跳动，他一脚油门，我们出发了。

回首又见他

Written in the Stars

Chapter 45

　　离克莱那个小村落越来越近，我的心也慢慢变得潮湿，就像窗外的湿地一样。几年前罗尼说爸爸只在那里稍作停留的时候我根本无法理解，这个村子到霍尔特的距离不超过十五分钟，如果他住得那么近的话，为什么不回来看看我们？他搬到这里是不是还希望能够参与我和凯尔的成长？那为什么又要搬到别的地方去？这都说不通，那时就说不通——现在也是。

　　我发现自己有好多疑问，若干年来我一直努力置之不理的疑问，因为罗尼从来都说没什么可知道的了。她本来就不想嫁给爸爸，他又老又顽固，他爱上她充满冒险精神的感觉，但有了孩子之后又渴望她做一个老老实实的全职太太。他们为此争执了好多年，直到她坦承想要自由，他于是搬到一个朋友家，一头扎进夕阳里开始探索全新的生活。全剧终。不管什么时候我问起来，罗尼总说爸爸不想搬走但她很坚持，他一开始选择住得很近是抱有希望的，可最后他也忍受不了看

捆绑

见妈妈离开他也能过得好好的了。

我一直以来都在无声地埋怨妈妈不给爸爸做决定的权利，也不给我们任何的选择。于是就开始等着爸爸自己回来。

难以置信我就那样空等了那么久，自己却什么都没做，把我的人生交到其他人手中。连订婚的时候都没试过找爸爸，那是亚当作出的努力。

亚当。他的名字跳到我的脑海中，回忆和痛苦一起开始爆炸。时至今日，我仍然无从得知到底什么更痛苦，是被抛弃，还是抛弃明明很爱你的人。

"你还好吧？"基兰说。小小的灰色云块快速飘来，一下子浓浓地遮在沼泽上空，天空就像灌了铅一样，远处风车的轮桨在村庄上标了一个大大的 X，好像寻宝图上的藏宝点。真不敢相信以前我竟然没有想过这一点，万一爸爸过去 23 年去向何方的线索一直都在这里呢？我来过克莱很多次——霍尔特路上有一家园艺中心，我放弃高考之后曾经在那里打过工；家里花园栽的花草也都是这里买来的。这时我突然灵光乍现：万一我已经无数次路过指向爸爸所在的地方了呢？

我在路上给罗尼发了个短信，问她爸爸在克莱的旧地址，她秒回的速度快得根本就来不及翻过通讯录，肯定是一直记在心里吧。过了一会儿她又发来一条：*你为什么要地址呢，宝贝？你没事吧？* 我没有回复，她总是那么担心我，这真是为人父母的一种诅咒——尤其如果孩子还有抑郁症的话。等会儿我回到家就会跟她解释，毕竟她有权利知道，就像我有权利知道爸爸在哪里一样。

回首又见他
Written in the Stars

沿着窄窄的街道开下去，经过一家叫做 Crabpot 的可爱的二手书店时，我突然想起爸爸的那些园艺书就是从这里买的。最后我们把车停在海滩路的弗林特小屋前，眺望整片湿地。

我呆呆望着面前那道色彩鲜艳的门，基兰捏了一下我的腿，直到下车的那一刻我都在拼命掩饰自己的小悸动。

走过杂草丛生的小径，每一步都仿佛踏着爸爸以往的足迹。这就是他带着一箱衣服离开我们之后来的地方吗？会不会在这里找到一丝踪迹，告诉我他这些年都去了哪儿，为什么从来没有回家。

我以一种不确定的、歉疚的方式敲敲门，然后静默地等在那里。抬头看着这间亟待修理的农舍，这么多年来户主都想不起来要修理一下？这位户主很可能知道我爸爸的踪迹啊。

我屏住呼吸等着，就在我快要绝望的时候，门缓缓撕开了一条缝，一位老人的一双小小的、探究的眼睛怀疑地盯着我。

答案就要揭晓了。

Chapter 46

"如何？"半小时后我才回到车上，基兰赶紧问。

我沉默了一会儿，还沉浸在"原来这一切如此简单"的震惊之中，爸爸失踪的答案一直就在我自己家门口。

我点点头勉强笑笑："还好吧。"

"我的天哪，那不是你老爸吧，不是吧？"他惊讶得下巴都要掉下来。

"不，天啊，可能会……如果是的话我都不知道自己会做什么。不是，那只是一个好心的老人，七十多岁了，他给我爸爸提供过住所而已，他是克莱圣玛格丽特教堂的牧师，爸爸的好朋友，爸爸离开家之后确实来这里了。爸爸跟他说不能再和我们在一起了，但又不想搬得太远。"

"他在这里住了多久呢？"基兰一边开车一边问我。

"不太久，不到一个月吧。乔神父说爸爸不肯透露到底发生了什么，但当时他非常的低落。他感到爸爸好像是受到惩罚一样，但又说不清为什么有这种感觉。他说他看见的就是一个疲倦的男人，很爱自己的家庭，可婚姻的破裂让他备受屈辱。爸爸说他不想让任何人知道他去了哪。"

"那你爸爸也信教吗？"基兰问。

"我不知道，"我说，"其实，罗尼倒是一直念叨自己为了是否信佛教而挣扎，但我不记得爸爸常去教堂，只记得他一直都说园艺是他的信仰。"

"那么乔神父知不知道你爸爸后来去哪里了？"

"加州。"我黯然。我还在震惊中，目瞪口呆的基兰显然也一样。"没错，中年家居男被精神不正常的佛教徒妻子扫地出门以后，到海边克莱的一位神父家躲了一个月，然后跳上一架飞往洛杉矶的飞机……"

"哇！"他貌似还很开心地叫了一嗓子，然后才把这句话改成比较恰当的表达，"为什么呢？"

"实现毕生的电影明星梦？去修道院修行？我不知道……"我看着窗外，对基兰的反应有点愤愤。

"那他有没有留下个转寄地址？"我点点头，打开那张乔神父给我的纸，"橘子郡那边。"

"接下来你打算怎么办？"

我耸耸肩。"谷歌一下吧，我想。"

"我们可以直接过去，"基兰兴奋地说，绿色的眼睛像猫的一样亮了起来，"然后就可以去公路旅行，你想想，你、我、101公路。

那样才算是咱俩真正的跳跃呢。"

我紧张地笑笑。"别那么激进吧。"

"随便你,"基兰耸耸肩,又看着公路,"但我可以跟你去。我可以申请延长假期,不用回到船上。你确实说过你想活得更有意思啊⋯⋯"

然后车里只剩下一片沉思的静默,公路在我们面前曲折蜿蜒,我禁不住要问,到底是我自己说过想活得有意思,还是基兰说的?

回音又见他
Written in the Stars

Chapter 47

　　阴冷的周六早晨，我穿梭在鹅卵石小径上，走过熙熙攘攘、散发着香料和醉人熏香气息的格林尼治市集，沉浸在自己的思绪中。我走过拥挤的人行道，路过一间间小铺子，走到教堂街上。

　　这时我拿出电话开始翻阅脸书上朋友们发来的程式化的生日祝福。我知道自己没有这个权利，可还是打心底清晰地感受到亚当的缺席，过去他总是会请一天假——这本身就是很棒的一件事——在清晨做好生日特餐叫醒我，让我在床上享用煎饼、水果和咖啡，吃完早餐我们就一直赖床，赖够了才出门去享受他给的惊喜。有时候是开车驶离伦敦去住酒店，有时候会去克诺花园，或者去某个国家景区用餐。亚当喜欢我简朴的品位，而我也很爱他远离高压、远离打小成长的疯狂迷恋金钱和权力的世界时轻松的样子。远离伦敦，我们之间的不同点就消失得无影无踪，只有在那个时候我们看起来才是最登对的。我们会因为同样的事情会心而笑，谈论同样的目标——小孩、住在乡下、

捆绑

为自己而工作。这时候亚当会滔滔不绝地开始谈论他喜欢的事物：艺术、旅行和历史。有一次还承认说他希望大学学的是艺术史，那才是他真正热爱的，广告学却是乔治逼他选的。

我想念他，这种思念让我感到一阵剧痛，很想念他。

然后我走向花店，很吃惊地发现门上还挂着"打烊"的牌子，已经7点多了——萨尔本来让我今早睡个懒觉的，可我还是一如既往地起很早，迫切地要用工作充实每一天，这可是好不容易才找对方向的工作啊。休假时我就待在米莉的花园，这才真正意识到快乐原来就建立在自己的爱好上。让这个爱好成为日常生活的一部分，这对我的心灵和脑袋来说比任何心理治疗效果都要好。

我从窗户往里张望的时候电话正好响了，店里的灯都关着。

看看来电显示。"嘿，罗——"

"祝你生日快乐，祝你生日快乐，祝我亲爱的女儿生日快乐，祝你生日快乐。还有好多好多的快乐！"她唱道，不论我感到多么孤单，罗尼总会在我身边。

"谢谢。"我笑着说。

"那我的美女宝贝要怎么过生日？你在干吗呢，亲爱的？在庆祝吗？我现在要去海边打太极，还在想要不要大着胆子去游个裸泳，好排一排这把老骨头里的毒素。真不敢相信你都31了。"她叹了口气，"我看着那么年轻，根本不像有那么大的一个女儿啊！"

"我也觉得我太老了，根本不像你那么年轻的人的女儿！"我温情脉脉地说，"我很好，刚到花店。"

"哦，碧儿，你下班以后干脆跳上火车回来吧？让我来照顾你，我们可以去散个步，在一起过生日。"

"不知道了，"我绞尽脑汁想找出一个借口，"我觉得还是自己呆着比较好。"说这句话的时候我都觉得自己很假，再说那个地址我已经查不下去了，现在可能会是问罗尼的好时机，她知道每年过生日我都会想爸爸。

"别瞎说！"罗尼说，"我女儿不能一个人自己过生日。我虽然有安排但是为了你我可以改期……"

"什么安排，又是静修？"

"什么？不，只是，我要去见一个……几个……朋友。不过他们可以等的，为了你我什么都可以取消，宝贝。好不好啊？求你了，求求你？"

我笑了，被罗尼的精力和热情打动了。

"好吧，我明早就坐火车过去。"

"太开心了！"罗尼尖叫，"我告诉凯尔。"

"不需要搞什么庆祝——"但是她已经挂了。

的确，她有时真让人吃不消，那种疯狂的生活方式也常常成为我和她关系的一大障碍，可她总是有办法让我开心起来。

我打开门走进黑漆漆的屋子，一股湿气扑面而来，还有秋日鲜花浓郁醉人的气息。不用看我都能闻出有波斯菊、结香、大丽菊和玫瑰，还有才种的桉树和窗户上放着的雕刻南瓜的甜香。突然灯亮了，我发现自己被萨尔、尼可、格伦达、蒂姆和吉夫斯的笑脸包围着，然后他们开始唱生日歌，手捧着一个写有我名字的蛋糕，上面是漂亮的翻糖花。

我激动得脸都烧起来，轻轻吹灭蜡烛，为他们的歌声鼓掌。

"生日快乐！"格伦达用她最棒的威尔士女高音收尾。

"真不敢相信你们都来了。"我转身指着有点不好意思的萨尔和蒂姆，肯定是他们俩把大家叫来的。

"你不能对我生气哦，我会不开心，然后搞不好就早产哦！"萨尔做投降状。

"拜托别生气！"蒂姆也恳求道，装出一脸的惊恐，大家都乐了。

"你的生日蛋糕好了。"尼可鞠了个躬，端着一个盘子从厨房走出来，"现在到礼物时间了。"他把盘子抬得高高的，"这是大家的礼物。"

是一本园艺设计书。我觊觎了好多年的那本。

"哇，爱死了。"我对大家微笑着。

"打开卡片看看！"萨尔喊道，我撕开来看见第一句就笑了，"生于园艺，迫于工作。"里面还有一张卡片。

"是皇家植物园的卡！"我尖叫，"太棒了。"我打心底里被大家所感动，"谢谢你们大家！"

第二天午饭后我回到罗尼家，一路上都在想怎么样开口告诉她我想找爸爸的事情。还以为上次去克莱问她地址之后就会被她质问，可是那之后的几天她都忙得不可开交，就算她想知道原因，等我磨磨蹭蹭回去之后都懒得浪费那个时间开口问了。我还担心跟她解释这件事就会把我又和基兰在一起的事曝光，我还没准备好开口呢。

我用谷歌地图搜索之后确实有了一些答案，虽然不甚清晰：那是城里某个叫格罗夫花园的地方，橘子郡北部，我第一反应这是爸爸会喜欢的地名，可除此之外就没有任何意义了。他走的时候 47 岁，在罗尼看来是挺老的——可肯定也没老到进养老院。再说，他离开我们 3 年之后那里才变成一家养老院，在那之前一直是私家住宅。爸爸是去朋友家度假还是彻底搬过去都无从知晓。可我一直在反复琢磨基兰的主意：飞过去，作为开始我们大冒险的一个篇章，还有更加疯狂的加州公路旅行。可除了经济现状（花店的临时工作肯定不够买机票去加州——也不会给我请几周的假）不允许之外，我还是觉得应该有更好的处理办法，比如可以问罗尼，可她就算知道，会告诉我吗？而且，罗尼依然冠爸爸的姓，他们俩也从来没有离婚。她跟我和凯尔说她曾经找了爸爸好一阵子，想把离婚协议寄过去，我们告诉她和失踪人口离婚另有办法，但她好像也不觉得离婚有什么要紧的。"我也不想再婚了。"

"碧儿，亲爱的。"罗尼打开门的表情很惊讶，好像完全忘记了自己有个女儿这件事。她的发型看起来比以往更加狂野，跟刚遭遇电击似的。而且穿着也很诡异，一件瑜伽背心和一条显然是忙乱之中裹起来的长裙。

"说句你好都不会。"我说着，弯腰帮她拉好衣服，她笑了笑热情地吻我的脸。

"你，呃，到得好早，进来吧！"她朝楼上瞥了一眼，然后招呼我走进一片狼藉的家里，"我正要做瑜伽呢。"

"这是现在流行的叫法吗？"我笑着把包扔在过道上，她的样子就像被父母捉到和男朋友缠绵的少女一样慌乱。

"没错，宝贝，就是了。"她晃着手指，"不过必须承认瑜伽只是涵盖性术语，还有很多流行的类型，比如像是串联体位、阿斯汤伽还有比克拉姆，现在人们多半会谈论这些，而不是瑜伽这个总体……"她目光又瞄了楼上一眼，还把书房的门关上了。然后她又拥抱了我一下，"哦，见到你真是太开心了！现在我们先干吗呢？来做点母女冥想然后去海滩散步？我们还可以去……"说着说着打了个哈欠，"哦天哪，对不起宝贝，我太无礼了。"

"你看着很累啊罗尼。"我焦虑地看着她，尽管我也希望我在筋疲力尽的时候看着还是和她一样美，蓝色的眼睛那么炯炯有神，笑容也很真诚。

"我？什么？不会啊，我很好，只是……"又打了个哈欠。

"你知道吗罗尼，"我看着厨房窗外的红色槭树叶，"你干脆去躺一会儿。老实说我唯一想做的事情还是捣饬一下花园。"这是真话，我一回来就想去花园，这是让我开心的地方，再说还有那么多工作需要做。这么久以来我都忽略了花园——也忽略了罗尼。

"好的，只要你愿意的话，"我都能看出她暗暗舒了一口气，"小睡一觉肯定很好，这样我就能精神抖擞地和你去吃生日晚餐了。我们可以来个闺蜜谈心哦。"

回首又见他

Written in the Stars

我哼笑一声："闺蜜罗尼，还闺蜜。"她什么都没说就上楼去了。

金色的阳光照耀在花园里，我感到秋季清冷的空气拂面而来，那种真实感仿佛提醒着我，我醒着，活着。我挺过来了。甚至于……很满足，快乐。这个念头冒出来的时候我自己都觉得惊讶，从来没想过自己一个人也能如此喜悦，没有亚当，没有米莉，不需要任何一个人来做我生活的支柱。过去的几个月我真正扭转了自己的生活，改变了命运的轨迹，独自一人。现在我终于明白应该找到自己的根，把自己重新植根于过去，植根于这里，我的家，这个我热爱的地方，和我爱的人在一起。罗尼，凯尔，露西和双胞胎姐妹——还有，爸爸？我想到克莱的农舍，想到我离他更近了一步。那么，再进一步又如何？或者应该就此停止，转身离开，免得带来更多的烦恼？

我努力把精力集中在这一刻，集中在让我快乐的当下，我的工作，我的家庭，还有这座花园。

基兰，想到他我就抑制不住地微笑。然后我从大篷车里拿出工具，走进那个美好的地方开始劳作——最好的地方——若干年来最好的。

Chapter 48

　　"如何，这里是不是很好啊宝贝？我的宝贝女儿就在身边真是太开心了！"罗尼满怀深情地说，我们坐在国王的脑袋酒吧里，这是我们家庭聚会常来的地方。她看着凯尔一家微笑说："碧儿在这里过生日真是让我太开心了，在我们一家人的陪伴下，本来就应该这样的。"

　　凯尔一手搂着罗尼，一手搂着露西，笑得合不拢嘴。我环顾着这家温暖的、木质内装的酒吧，却总觉得少了点什么。虽然不常回来，可是亚当很爱我的家人，他一直非常羡慕我和罗尼、凯尔的相处模式，争论、挑衅、调笑不断却又相亲相爱的模式，说这种气氛跟他自己家的简直天差地别。他甚至觉得罗尼描写自己性爱生活的文章很搞笑，这让我多少也在这件让我尴尬无比的事情中发现了一点幽默感。他说其实罗尼也是为了生计，我应该为她在家庭生活之外有所建树感到骄傲，还说她在三十出头的时候以一个单身妈妈的身份重新开始，这本身就是一件非常了不起的事。他的观点——还有他的存在本身——开始把我过去的不堪都一一纾解开，甚至填补了爸爸不在造成的巨大空洞。因为这一点，我很爱他。

我对着所有开心聊天的陌生人微笑，看着其他桌的动静，听着背景音乐和吧台后面远远传来的台球声，突然想到基兰、埃利奥特和我共度过的无数个夜晚，喝酒、台球——埃利奥特和我对付基兰，为了不让埃利奥特觉得自己受到冷落。我们经常这样做，基兰和我很注意让他觉得有归属感，也不会在他面前表现得太黏腻。他和埃利奥特都是彼此最重要的人，埃利奥特明确地说过不认可我，我也没有兴趣要在他们之间制造矛盾。所以只有当我和基兰独处的时候我们才会倾诉真实的感受，在漫长的夜晚耳语到天亮，聊我们的梦想，还有我们刚刚融合却不可分开的未来。

我们的香槟拿来了，凯尔费了老大劲才把瓶塞打开。他站起来举着一个杯子。

"敬碧——我老姐，我很高兴你来了……"他的话停住了，看得出他有点哽咽。我突然想到自己险些就没回家来，于是感激而肯定地看着他。

"现在真的没有任何别的地方、别的人会更吸引我。谢谢你一直陪着我，帮我度过了……波折的一岁。"我举杯，"敬家人。"

"家人。"大家都响应。

这时我的手机响了，我把电话给大家看了一眼，示意他们先用餐，然后挤出酒吧走到门外。

"米莉！"我接起来，喜悦溢于言表。

"生日快乐，宝贝！你怎么样？"

"老了！"我笑道，"又单身又老，还回到神经兮兮的家人身边。但是却出奇地开心。"

"哦，我真希望有两个自己啊。"

"有啊，"我开玩笑，"忘记了？"

"我不是说宝宝啦！我说我真想不顾一切地回去陪你，我想你肯定很想亚当吧。"

"我没事。"我坚定地说。同时很惊讶地发现这句话不是逞强。我确实想念他，已经想了好几个月了。但是现在？现在的我更坚强了。可能因为基兰回来了，我不需要自己一个人面对这些事了。"再说了，你也不是真的想回来，你十几岁的时候天天想的都是跑出去。"米莉经常说她在诺福克的整个童年都在等待自己的生活能在别处重新开始。"你现在在纽约啦！"我叫道，"梦想的生活啊！"

"哦，没错，"她说，"那倒是。简直是《上班女郎》里面的梅兰尼·格里菲斯，还有《婴儿炸弹》里面的戴安·基顿……"

"马上就要变成《凯特的外遇日记》里面的杰西卡·萨拉·帕克了吧？"我接着说，不由自主地一阵憧憬。如果是我，来生吧，有可能。

"就是我一直想要的——好莱坞电影式的俗套剧情！"米莉叫道，"不过我现在根本就不觉得自己很好莱坞。只是有点胖……还有点累。那你呢，你都在干吗？"

和基兰共度的时光还有想找爸爸的愿望，这两件事都不容易在电话里跟米莉分享。"也没啥。"我随口说道，然后就是一阵尴尬的沉

回首又见他
Written in the Stars

默，现在我们都有好多事不能彼此倾诉了。

"哦，好吧。"

就在那时我看见一个影子走了过来，心马上提到嗓子眼，他穿着一件海军制服，领子立起，帽子压得低低的。绿色的眼睛在黑暗中熠熠生辉，脸上带着一贯的慵懒而性感的微笑。

"呃，米莉，我得走了，我的菜上好了。"

"好，那么，祝你生日——"

"再见米莉，爱你，再联络！"我匆匆忙忙挂掉电话，把手机装进口袋，基兰倾过身子亲了我的额头一下。

"嘿，"他说，"生日快乐！"

"你在这干吗呢？"我问，紧张地瞄了一眼酒吧里面。

"我感觉你应该会在城里，想在你生日的时候见一面。"我发现他言辞闪烁。

"我和家人在一起呢。"我说着，别有深意地抬头看着他。他知道我不希望大家发现我和他的事，还有我想找爸爸的事。

"吃完饭来找我？"他温柔地说，"我保证跟我在一起肯定比你现在在这开心。"他眨眨眼，我的每一个细胞都兴奋起来。

我完全没有办法把目光从他身上移开。"我得走了，基兰。"我抱歉又无奈地说着，"他们在等我呢。"

"没人等你。"

我转头看见凯尔站在走廊上，脸色阴沉，愤怒地瞪着基兰。显然他马上就认出基兰了。"我想你最好先进来，碧。"

"她那么大人了还不能自己说了算吗？"基兰手插进口袋，挑衅地对凯尔笑着。

"她肯定不需要你来帮她决定。"

"我人就在这里，拜托，你们俩！"我看着他们，觉得很愤怒，他们都把我当做未成年人吗！"凯尔，进去。我会自己处理。"

我等着他进去，但是他抱着手臂，像保镖一样站在我身旁，我转头看着基兰。

"一会儿再见，基兰。"我平静地说，试着用眼神跟他交流。凯尔没有权利这样对待基兰，如果他知道真相的话，就不会这样对他。

"再见，碧。"基兰低声说，然后加了一句，"记得我的话……"他看着我的眼神难舍难分。然后抬起手，像是敬礼，又像是告别，默默转身走了。我想再说点什么，可凯尔拽着我进去了。就在那时手机又响了，凯尔怒气冲冲地走在前面，我拿出来看：

我会去海滩，请你一定要来，我不想一个人。　　基兰

回首又见他
Written in the Stars

Chapter 49

　　进去之后晚餐就变得难以下咽，凯尔一直盯着我看，而我已经没心情再喝酒，我从来就不是个酒鬼……罗尼知道当我感到脆弱的时候就会断然拒绝任何会让我兴奋的东西，因为最后这些东西往往也会让人跌入谷底。我知道这样做不对，但结账的时候我还是以此为借口。

　　"我不想把自己逼得太紧，我，呃，想自己一个人呆一会儿。"

　　"一个人吗？"凯尔幽暗地问。

　　我瞪着他。

　　"哦宝贝，你说真的吗？"罗尼问，"天色不早了。"

　　"没事的，我会尽早回家的，搞不好还比你们早呢！"我笑着，"呃，我能用你的车吗，罗尼？"她把钥匙给我，显然觉得松了口气，还好我没打算自己一个人步行。

　　"当然了，宝贝，我们打个车。再说我也喝得太多了，最好还是别开车！"她自顾自地笑了，凯尔抱着双臂瞪着我。

走出酒吧大门的时候有人拉着我的手，我转过头去。

"你要再跟这个人纠缠不清那就是疯了，不想想他怎么对你的。"凯尔的声音里满是担忧，扭曲得都不像他，"拜托你别去……"

"我很清楚自己在干吗，凯尔。"

他摇摇头，这一刻时间的沙漏好像倒转过来，他不再是一对双胞胎的父亲，28岁的成年男子，而是刚刚救了姐姐的命的15岁小男孩。"我不能让你去，姐姐，我就不。"他坚决地说。

"拜托，凯尔，你必须相信我，我跟你保证我现在脑袋很清楚，我已经31岁了，你不需要再当我的超人了……"我看到泪水聚集在他眼中，我把他拉过来紧紧抱着他，突然觉得非常内疚，这些年来我让他过得那么艰难。"对不起，凯尔，我保证会照顾好自己。"我亲亲他的脸颊，他挣脱了我的怀抱。我坐进车里启动油门的时候他还站在门口看着。

我把车子停到基兰的黄色越野旁边，拿出手电筒走下车。风马上就把我吞噬了，头顶的天空一片深蓝，星星闪闪发光。我跑到岸边，打开电筒，任凭沙丘上的风吹拂着。

"基——兰——"话一出口就被风淹没。

我四处张望，迫切地想找到他的影子，他去哪里了？

"基——兰——"我再叫，然后开始狂奔，满怀焦虑。

他喝了酒居然还跑来这里，到底在想什么？不会干什么傻事吧？还记得埃利奥特死的时候我感到有种力量拖着我沉入大海。心情不好的时候我总觉得这股力量在欺骗我，让我相信它有关于一切的答案，告诉我我的整个未来不在这坚实的岸上，而在深沉的海底。我没在罗尼这儿住太久也是因为这个，不知道自己在这会做出什么事。大海好像在召唤我，每一朵浪花仿佛都在告诉我，我可以在海中呼吸，成为一朵浪花；告诉我大海是世界上唯一能够给我依靠的东西；告诉我不能一辈子靠罗尼和凯尔，我的情绪和无能会拖累他们，使他们沉溺。罗尼因为要照顾我，再也不可能爱上别人，而凯尔则因为我过早地老成了。但至高无上的大海则可以带着我到另一个地方，一个可以让我冲浪、巡游、游泳的地方，永远不会沉溺。基兰也是因为这个原因才来的吗？为了离埃利奥特更近一点？

"基兰！"我再叫，被恐惧紧紧攫住。我曾经差一点点就被这片黑暗吞噬，这段记忆不断在脑海中徘徊。正在这时他出现在视野中，坐在岸边的一片阴影中，没有戴帽子，香烟橘色的微光映着嘴唇。我跑过沙丘奔向他，可他没有转过头来。我跪在地上，抱着他，感到他手拿着一个酒瓶拍拍我的背，冰冷、潮湿的沙子立刻穿透我的牛仔裤。我闻到一股威士忌的味道。

"没想到你会来，我还以为你家人会说服你，不要来见一个坏人。"

"我是成年人了，你知道吧？"

他看着我，我冷得发抖，站起身把他也拉起来。我们双手触碰的一瞬间我的皮肤再次烧了起来，不知道是因为冷还是我们之间的火花。"再说，"我继续道，"上次也没见他们阻止我。"基兰走上来搂着我的肩膀，我抬头看着他，嘴唇咫尺之遥。"我不需要任何人告诉我怎么做。"我低语。

"即使是我？"

"那得看是什么了。"我挑衅地说。

"把你的衣服脱下来。"他也挑衅地看着我，扬了扬眉毛。

我咬着嘴唇，下巴昂得高高的，抱着双臂，大胆地笑着："你脱我就脱。"

基兰斜着嘴角笑着开始脱衣服。我好像中了邪似的不由自主跟着他的动作，和他一起一件件脱掉自己的衣服，他的目光滚烫，温暖了我整个灵魂和身体。我把衣服扔到他脚下，风衣、卫衣、牛仔裤、T恤，然后我们都只穿着内衣裤，他拉着我的手，我们开始跑向大海，用最大的嗓门尖声大笑大叫。

我们潜入水中，海水张着冰冷的大嘴要吞噬一切，我有点害怕，可海浪咆哮的声音瞬间又赶跑了脑中的杂念。有那么一秒钟，我开始放任自己沉溺其中，感到大海冰冷的双手抱紧了我，从头到脚。当时埃利奥特也是这种感觉吗？

几秒钟之后我浮出水面，大口大口地呼吸，甩甩头发上的水，这才认清自己在黑暗中的位置，看见基兰就在身边，突然嘴唇都冷得开始发抖。基兰的脸庞被苍白的月光照亮，他严肃地凝视着我，一朵浪花扑过来，他也开始瑟瑟发抖。他想说点什么，可已经冷得喘不上气了。

"我——真希望我没有离开那么久。"最后他开口了，我点点头。没有爱抚，也没有亲吻，就那样待在冰冷的浪花中，四目交接再也分不开，两个曾经的恋人被过往云烟永远地捆在一起，迫切希望找出一个关于未来的答案。

Chapter 50

回到罗尼家的时候，我偷偷从后门潜入，小心地避开那几块会吱吱作响的木地板。看见厨房里一道幽暗的绿光时被吓得半死，随后门打开了，我躲之不及。

"你回来啦，谢天谢地！"罗尼叫道，我转过身看着她，她裹着一条真丝睡袍，银色的头发像蛇妖美杜莎一样盘着，"你去哪里了？哦，宝贝，你冷得脸都发紫了！"她赶紧跑过来把我抱在怀中，我牙齿在她肩膀上打战，她赶紧把我拉上楼。

"赶紧去洗个热水澡，宝贝。我去准备个热毛巾，再给你弄个热水瓶。"

15 分钟后我来到厨房，穿着睡裤和睡袍，抱着她灌的热水瓶。

厨房乱得跟爆炸现场似的，罗尼站在灶前手忙脚乱地搅着一锅牛奶，洒了好多在锅外面。"我弄点热巧克力，你看起来应该来一点。"她疲倦地说着，转过头直视着我的眼睛，手上还不断地搅拌着锅。她要切入正题的时候总是会直视对方的眼睛，认为这样表示全神贯注。她说多年来开班带人静修教会了她一件事，不能好好聆听别人是大忌。

"这会让人感觉绝望孤单，终于下定决心一吐为快，却发现没有人想听他们说话。"

"谢——谢你。"尽管我已经洗了热水澡穿了好多衣服，还是不住地瑟瑟发抖。从我在基兰的越野车上擦干水到自己开车回来开始，我就不停地在抖。我倒不担心基兰喝过酒什么的，唯一担心的是自己什么都不在乎，好长一段时间都没有恣情肆意地去冲动一把了。

"凯尔告诉我你和谁出去了……"罗尼还在使劲儿搅拌着。

"他没权利管。"我说。

她转过头来，居然在哭。"他当然有！他担心得要命，我们都是！"

"你们真没必要，"我平静地说，"我很清楚自己在做什么。"

"真的吗，亲爱的？你真的知道？"她转过头，把牛奶倒进两个杯子，继续搅拌。我看见她把热腾腾的杯子端起来之前深吸了一口气，然后低下头凝视着我，手微微发抖。这是我造成的吗？我让她担忧至此？我不想这样。

"我知道你不想听，你觉得自己已经长大了，可以处理这件事，但作为你的母亲，我不得不说。要小心，宝贝，我知道你多么脆弱。"她顿了顿，眨眨眼睛，好像在寻找恰当的措辞，"我——我觉得现在和他交往对你来说不见得是好事。"

"我明白你为什么这么想，罗尼，真的。"我们在"咨询师谈话"课程上经常这样交谈，很多的句子都以"我感觉"和"我明白"还有

回首又见他

Written in the Stars

"我知道"开头。这和她的工作性质有关，也和我生过的病有关。"可他让我面对了很多事，我逃避了好多年的事情。"

"比如呢？"罗尼竭尽全力都没能掩饰她言辞中的怀疑。我太清楚她对基兰的看法了。

"比如爸爸。"话一出口，仿佛一块巨石落下了悬崖。

她呆呆地望着我，眼中情绪翻涌。

然后她用手擦擦眼睛，满脸疲惫。"所以你才问我要地址。"我点点头，"那么多年了，你还是想找他？"

"我从来没有放弃过想找他的念头，罗尼！"我脱口而出这酝酿了多年的情绪，"我必须知道他离开之后发生了什么，这是我的权利，我有权知道。"

"如果你这么想的话我就支持你。你知道我永远都会支持你的。"她拉开椅子站起来转过身去，"有个问题，你想要找到你爸，是为了你和基兰吗？"

我沉默了一阵，然后才开口："他不是你想的那样，你明白吗？你们都看错他了，所有人都是。"我很希望她能够明白，我觉得她可能是唯一一个会明白的人了。"他比任何人都了解我，在他面前我不用装，可以做我自己，我的很多面令所有人都不想接受，包括你……"

她突然转过身抓住我的手。"我知道你们相爱过，宝贝，但是相信我，光靠回忆是不可能经营一段关系的，不管你们多么努力。感情关系需要陪伴，陪伴彼此度过美好或者不堪的时光，不然就是一片空白，空——白——"

"你来告诉我怎么经营感情，罗尼？我觉得你自己一辈子都在逃避感情关系，显然有其母必有其女……"这真是一记狠招，果然她再也说不出什么来，只是悲伤地看着我。

　　"你知道爸爸去哪里了吗？"我挑衅地问。

　　"我发誓我真的不知道，碧！"她说。

　　我真希望能够相信她，可却开始觉得自己的整个人生都是一个巨大的谎言。

回首又见他

Written in the Stars

November　挑战

只剩下一张空椅子了，这时一个长直发的女人推门走进来，看到她的一瞬间我的胃开始痉挛。她双手环抱着斜坐下来，直直地看着我，露出轻蔑的微笑。

这下可好玩了。

亲爱的碧儿：

　　白天真的变短了，秋日缤纷的色彩渐渐褪去，最后的秋花也开始凋谢，漫长而寒冷的冬季就要开始了。

　　我已经厌倦了无穷无尽的黑暗，渴望着一丝光明。我知道这是自然的节奏，这也是能够给很多人带来兴奋和欢乐的季节。（烟火！篝火！圣诞节的到来！雪花！）可即便如此我也没什么兴趣看着光秃秃的树在冷风中发抖。我不喜欢冬天冰冷的手指摸在皮肤上，也不喜欢看见它无休止地摧残这世界上本来灿烂和美好的一切。

　　所以我更喜欢气候温暖的地方，在那里我能一直感受到皮肤上太阳的热力，炎热明亮的早晨醒过来之后在漫长孤单的白天耗干所有精力，这样就不需要三省吾身或者逃避自己的人生选择。有时候我也害怕：逃避了那么多个冬天会不会再也没办法好好享受夏天。如果人不历经低谷的挣扎，又怎么能体验高峰的兴奋；如果你都看不到雪花，又怎么能够体会向日葵的绚烂呢？如果从来没有见过下雨，你又怎么能畅享阳光呢？如果你选择背对生活，又怎么能真正享受它呢？但我别无选择，希望你能够明白，并且有一天可以原谅我。

　　　　　　　　　　　　　　　　　　　　　爱你的爸爸

回首又见他
Written in the Stars

Chapter 51

碧·哈得孙被吓得半死，不带降落伞从悬崖飞身而下的节奏啊。

13 个赞，4 个评论。

　　我调整好节奏，穿过 Soho 走向哈得孙、格雷 & 弗赖德曼办公楼。这是寒冷阴雨的十一月天，我心急如焚地穿着高跟鞋赶路，想早点到亚当的办公室。这是开标的时候，我要去见詹姆斯。今早亚当从纽约发了一条祝好运的信息，他已经去美国几天了，不过好在詹姆斯说要让我和他一起出席今天的会议，所以我自己也很忙。我站在这栋现代玻璃外墙建筑外，抬头看着窗户里 H&G 的霓虹灯在闪耀，等着詹姆斯的到来。

　　真不敢相信自己站在这里，要对亚当的同事们做提案，有点兴奋又有点害怕。亚当再三保证他已经跟合伙人和所有同事交代过，他们都知道詹姆斯在不知情的情况下雇了我，我接受这份工作的时候同样不知情。

几周忙碌的工作对我们微妙的关系有所帮助，亚当几乎都不在家，虽然我知道我们对现在的生活已经达成某种共识，还是禁不住觉得有种种龃龉。这次竞标成功是我的一个机会，我为他的公司工作的话就能和他走得更近些吧？不管怎么样最后我们应该会有共同立场。

　　今天完全如同身在梦中，我一直以来习惯了做一个临时工，在办公室工作、归档、接电话、做行政，可自从在小组创意会议上分享了自己的看法之后，我的角色就在过去几周慢慢改变了，詹姆斯对我非常看好，说我对概念和设计的理解有一种天赋，这是非常罕见的。所以他交给我的任务越来越多，让我管理预算并确保我们忠实于设计目标。上周他把我叫到办公室，告诉我和我共事是多么愉快的事情，说我的主意在整个创意理念的确立中是至关重要的。

　　"我希望你下周一和我一起去作报告。"他说的时候我彻底被惊呆，嘴巴张得老大，"你是这个项目中最关键的人，你对客户的需求有惊人的理解力，"他眨眨眼，"我这话没别的意思，不过既然这是个愉快的巧合，我们就可以好好地利用，对吧？"

　　"可是——"

　　"啊哈，让我说完，"詹姆斯抬起手，"所以，我想我们可以两个人来做提案，你先陈述创意理念的部分——尤其是核心设计理念，那些本来就全是你的观点，非常棒的观点，然后我来讲技术参数方面的问题。"

　　"但是我不行，我没有经——"

　　"如果我不看好你的话根本就不会叫你，碧。"他真诚地说，"我

回首又见他

Written in the Stars

真心认为你是最佳人选。你已经不只是助理了，事实上整个设计都算是你的构思。我知道你在担心别人怎么看，可我需要你。我真的很感谢自己的幸运星和你的人生轨迹相交，我不介意所谓裙带关系，你已经真正证明了自己。"

眼下詹姆斯走过来了，我朝他挥挥手，终于准备好向所有人展示我的能力。

"准备好了吗？"詹姆斯笑着掸掸海军蓝西装上的灰尘，我们走到会议室等着客户公司的成员入场。

我点点头，低头看看我的笔迹，然后紧张地四顾。庞大的会议桌已经推到房间后面，前面只剩演讲台和一个大屏幕，对着四张椅子。

门突然开了，罗伯特·格雷，乔治的合伙人走进来，助理跟在后面。他快60岁，以这个年龄来说他帅得就像电影明星。一头银灰色头发，健康的肤色，还带着一种常年身居高位的人中少见的轻松感。我猛地吸了一口气，他忙着用手机敲字根本没有注意到我们。考虑到伊丽莎和亚当以往的关系，我肯定不会是罗伯特喜欢的人，虽然我们只见过几次，但是他来参加了我的婚礼，所以我想他能认出我来。一想到这一点我就想逃出会议室。

门又开了，一个又高又瘦、深色头发的男人走了进来，开朗地笑着，露出一排洁白的牙齿。

他自我介绍说是麦斯威尔·弗赖德曼，原来正是哈得孙 & 格雷刚刚收购的美国弗赖德曼传媒的头儿，这就只剩下一个空椅子了。当我看见推门进来的是个女人的时候紧张得胃都痉挛了。

她的长直发一丝不苟，飘逸得好像自带隐形吹风机，与两位男士致意、一番寒暄之后，他们无缝对接到商业话题上。随后她坐下来，直直地看着我。

伊丽莎·格雷。

就在这一刻乔治漫步而入，伊丽莎立马站起来亲了他两边脸颊，并对着他的耳朵说了什么，乔治抬眼看着我，露出一个大大的笑容。

"碧！"他叫道，"在这里看见你太好了。期待听见报告！"

伊丽莎接着对他低语，我真希望能听见点什么，只见她轻蔑地笑笑，双手环抱着斜坐在椅子上，好像在说："这下可好玩了。"

我再次深呼吸，走到讲台上，站在已经开始口若悬河的詹姆斯身边。

"早上好，我是 F&J 设计公司的詹姆斯·费希尔，这位是碧·哈得孙。"——听见我名字的时候伊丽莎靠向罗伯特，又说了什么——"是我们设计团队的一员。"如果她就是故意想让我不安的话倒是已经奏效了。"如你们所知，我们是来报告关于哈得孙、格雷 & 弗赖德曼公司伦敦新址的设计理念的，这将是一个令人兴奋而充满创意的城市屋顶花园景观。碧会跟大家介绍我们的创意理念，展示设计分层和植物种植情况。我们还做了一个缩小比例的模型为诸位展示。然后我会介绍技术层面的元素——照明系统和硬景观元素，也就是墙壁、篱笆、安全、灌溉还有我们的预算和时间进度。我想强调的是这次设计从贵公司的创见和业务中深受启发，所以我们希望创造出一个能够最好地凸显贵公司创意产出的空间，同时继续给每位在这里工作的同仁以新启发。碧，请你开始吧！"他微笑着走下讲台，下面掌声响起，伊丽莎懒洋洋地鼓了一下掌。

"大——大家好。"我说，点到第一张幻灯片的时候声音还紧张地发抖，"大家都知道，我个人和这家了不起的公司有一些联系，贵公司帮助我们将这次设计真正变为代表你们理念的报告，我希望大家能够看出为了达成这个目的我们付出了多少努力，同时从贵公司身上又受到了多少启发……"我自信地笑了，感到成竹在胸，这是我遇到亚当以来第一次真正觉得自己切切实实地属于这个世界。

Chapter 52

　　我的报告结束，参会者都开始鼓掌，一阵兴奋感弥漫开来，我做到了！不止如此，还做得相当好！该说的话都记住了，加了一点广告术语让大家都保持一致投入的状态。最大的喝彩声来自乔治，我感激地对他微笑。而詹姆斯鼓励地握了一下我的手臂，他走上讲台之后我还激动得不能自已。

　　"谢谢你，碧。在我开始比较无聊的技术细节和结构考量之前，大家还有问题吗？"

　　"有一个，"伊丽莎波澜不惊地开口，我们都转过头看着她，"首先谢谢你的提案。我想代表全体参会者说，提案做得令人印象深刻，并且很有创意。现在，作为纽约公司的业务总监，我专门飞过来是为了确保我们选中的设计能够在本土之外也有可操作性，因为我们也希望在未来三到四年能够扩张到亚洲和欧洲其他地方。显然这是一个非常重要的项目，我们也在和其他设计公司洽谈，我想知道你们有什么

316

资历能说服我们把这个项目交给你们。"

詹姆斯胜券在握地笑了，轻松地罗列出所有他得过的奖项，还有公司出色的履历。乔治对着我竖起大拇指，我不好意思地笑了一下，然后把注意力集中在詹姆斯身上。

他话才说完，伊丽莎就高深莫测地看着我："那你呢？"

"我真的觉得我们的设计是深得贵公司核心理念的，"我说，"并且我相信……"

伊丽莎摆摆手："我现在不需要公司原则了，我说你的背景？"

"哦，呃，我们公司赢得了好多园艺设计大奖，我们的客户包括——"

"没错，没错，詹姆斯都说过了，"她口蜜腹剑地打断我的话，"我是说你，具体的，你个人。"

"碧是设计咨询顾问，"詹姆斯说着上前一步，"我雇她来做这个项目就是因为她非凡的创意天赋。"

"那是当然！不过你的经验都有什么？"

"我，我——我……"我结巴地看着詹姆斯，"我没什么经验。"

我低下头看着地板，脸都红了，感到很丢脸，不止为自己还为詹姆斯。我让他丧失了赢得合同的机会，其实我早该有自知之明，不要贸然跳出自己的生活挤进亚当的世界，这本来就不是我的世界。现在唯有对詹姆斯的忠诚阻止我想逃出会议室的冲动。

詹姆斯开口道："她可能没有太多经验，但是过去短短几周她在这个项目上已经成为一位不可或缺的人才，我坚信培养好的设计师跟培养植物是一样的道理，碧现在只是一颗种子，可我知道她会长成一棵参天大树。我想刚才你们听过她特别有创意的观点了，也能看出她充满才华，是这个项目的灵魂人物。如果没有她的话我确实没办法做出那么好的提案。"

伊丽莎还想说什么，但乔治大声鼓掌把她的话都淹没了，然后乔治站起来。

"好，问题也问得差不多了！伊丽莎说得很对……"我觉得心都落到了地上，"这确实是我们看过最令人兴奋、最有创意的提案，确实符合我们的要求。换句话说，"他笑了，"你们什么时候能开始工作？"

说完他跟詹姆斯握握手，又跟我握手，还在我手上亲了一下，接着就走出会议室了，罗伯特跟在他身后，其后是备受打击，表情颓靡的伊丽莎。我眨眨眼，不敢相信刚刚发生的事。门刚刚关上，詹姆斯就和我手握着手跳上跳下，我都忘了上一次这么开心是什么时候了。

回首又见他
Written in the Stars

Chapter 53

　　一醒来我就发现脸书上有条米莉发来的信息，说让我去看看她的公寓，他们三个月前搬走之后那里就一直空着，我开始充当了时不时过去看看确保没出什么问题的业余门卫。我倒是不介意，至少这还让我有事可做了——特别是亚当又去纽约了，至少要待到这周末。从我跟他说我们中标之后就再也没别的机会说上话，本来我希望中标可以缓和我们的关系，他一直以来对此也都积极支持，可是他的反应却不太给力："我就知道你们会成功的！"这就是他对此的所有评价，这让我有点不爽。难道他不清楚这对我是多么重要吗？"为什么，因为你动过手脚？"我半开玩笑，但他完全不觉得好笑。

　　"不！什么？不是！"他叹了口气，好像很受挫的样子。我们现在的对话基本都是这个节奏了，防备、不必要的对峙、简短明快。

　　从那以后我们就一直没对上号，利用时差专门在对方不便立马回复的时间发信息，或者在语音信箱留言。不管有多么努力，感觉生活还是一片混乱。

走出格林尼治地铁站，我突然想去皇家天文台。于是信步走上山顶，一边想我和亚当的生活已然分崩离析，两人分立子午线的两侧，然后摇摇头，不让自己沉溺在消极负面的想法中。罗尼在我感到低落的时候经常跟我说："写一份感恩清单，宝贝。"我几乎都能听到她在我脑海中说："记住佛说过的：'你只拥有感恩和喜悦的理由。'"她是对的，这个想法每次都能奏效。我开始列数值得感恩的事情：很棒的新工作、家庭、朋友，当然还有亚当。他不是爸爸，我在心里跟自己说，他不是爸爸，他不会离开我，他还没有离开我。这只是我们关系里的一点小挫折，我们可以克服。

我走上格林尼治教堂街，沉醉在周日上午繁忙的市井气息中，至少在这儿就算孤身也不会寂寞，不像灰色的、空荡荡的金丝雀码头。突然听见身后一阵混乱，我转头看见一家商店的门猛地被推开，走过去一看，一个女子紧紧搂着肚子，痛苦地靠在玻璃上呻吟。我赶紧问："你还好吧？"

她弯下身子大口呼吸着，然后抓着我的手臂："我很好，谢谢！只是一点点，啊……"她的叫声持续了很长时间，然后居然看着我勇敢地笑了。那样子很年轻，不过二十出头，闪亮的金发乱糟糟地扎在头顶，脸通红，"宫缩。"我低头才发现她的肚子已经很大了，"不过不怕！"她发现我一脸惊恐于是很镇定地说，"我都没问题！还有好久呢，这才刚开啊……哦，又来了，啊！！"

我看着她，觉得除了自己吓得半死简直一无用处。路边行人匆匆而过，好像对这种情况见怪不怪。我很希望他们能看出我其实没有任何作用。

"你是一个人吗？要叫救护车吗？"我问道，她笑着摇摇头，看起来对自己一个人生产这件事完全胸有成竹。"说真的，没事！我保证我能坐上一辆公交就到伊丽莎白女皇医院了。还有好多时间呢，宫缩才刚刚开始，哦，等一下——"她抬抬手，我发现她年轻的脸庞上掠过一丝惊恐，"哦——哦，妈呀，啊啊啊啊啊！糟了，又来了一阵，天啊啊啊啊啊……"她整个蜷缩在人行道上痛苦地叫着，疼得两只脚乱蹬。

"啊啊……"她叫着，像狼人一样头仰得老高。

我弯下腰。"深呼吸！"我尽最大的努力回忆罗尼教我冷静时的办法，"吸气，吐气，一切就都会好的……"我说。

"萨尔，我的名字叫萨尔。谢谢你。"她感激地说。我站起来四处张望，然后跑回商店把刚放在那的东西拿出来想叫一辆出租车。突然我认出了商店的名字和标志，是一丛星星的图案。然后远远地看见出租车的橘色灯光，我跑到路边挥手高声大叫："出租！"特别感激我的幸运星——波斯菊——终于出现在我身边了。

Chapter 54

　　出租开到了伊丽莎白女皇医院的前庭，那个孕妇萨尔紧紧地握住我膝盖，告诉我说孩子的爸爸是个"外强中干全然无用的白痴"，所以她得自己生养这个孩子。她现在已经非常冷静了，可每次阵痛或者过减速杆的时候——她都会使劲掐我，搞得我最后也痛得和她一起大叫。

　　"别出来啊，小朋友，先别出来！"我说着，有点怕她又来一次阵痛。

　　"你为什么觉得是男孩？"萨尔说，闭着眼睛好像在等待下一次阵痛。

　　"只是预感罢了。"我耸耸肩，她又捏我的膝盖，我差点叫出来。

　　"哦天哪，这就要生了！！"萨尔突然尖叫。

　　"别啊！"司机和我异口同声。

几个小时后，目睹了生平所见最神奇的事情之后，我走到休息区，接了一杯水坐下来，开始慢慢去消化刚才经历的事情。见证一个生命的诞生真是传说中的奇迹，虽然这个孩子与我毫无关联，但却莫名的有一种想保护他和他妈妈的冲动。真是难以解释，但我与萨尔有种似曾相识的感觉，所以当她恳求我一起进产房的时候我也很自然地就答应了。"我没办法自己一个人，"她抽泣，"我原来以为没事的，但现在我怕得要死。我知道这对你来说很为难，但你能进来陪我吗？我爸爸堵在路上，可能不能及时赶过来，我知道这么说很不正常，但你路过我身边好像真是老天安排的……"

"我当然会陪着你。"我说着抱了她一下。到医院的时候她都开了八指了，我把她的情况跟医生说完就从她包里拿出安非他命和维 C 喂她，好让她保存一些能量，然后扶着她站起来，引导她做深呼吸。她爸爸赶到的时候我也没走开，那时已经来不及了——下一秒她就生了。好像她一直在等着，就等她爸走过门口的一刹那。

"是个男孩！"他的声音满怀激动，然后拨开萨尔被汗水浸透的头发，亲了她前额一下。她伸手抱着儿子。"多好看的小子啊。"

我回过头看着他们一家三口人。不完整的家庭却依旧亲情融融。看到这幅美丽画卷的时候我微笑了：爸爸站在女儿身边，看着一家两代人终于变成三代同堂。

"爸爸你能及时赶到真是太好了。"萨尔哽咽地说。

"我无论如何也不能错过啊。"他回答。我走出房间想让他们单独待一会儿，同时也想让自己静一静，把这件事加到感恩清单上。

December　新年

"我不敢想象爸爸走之后你都经历了什么，对不起罗尼，真的很对不起。"我几乎崩溃了，"但我还是想找到他，只有找到他之后我才能真正开始新的生活。"

亲爱的碧儿：

　　隆冬已至，尽管圣诞快降临了，可这个世界看起来好像一片荒凉、毫无希望和色彩。千万别沉溺在这种情绪里。想想看，冬天最大的好处就是没有了那些庸脂俗粉，你正好可以看清花园的本色，想想以后怎么样设计能让它更漂亮。

　　说起来容易做起来难，是吧？正好相反，有时候我会觉得我能看见的都是本色，我觉得我总是不知疲倦、殚精竭虑地工作着，用自己的双手双脚耕地、除草，在成熟的灌木丛中种上更好的种子。可问题就是我一直盯着土地，所以不管多么辛勤地劳动、花了多少的时间，也还是无法欣赏自己杰作的美好。

　　我希望你永远都能看见自己周围的美好所在，碧儿。记住要不时除雪，把可能挡住前进之路的枝桠清理开，最重要的是，永远，永远要抬头看着前方。

　　　　　　　　　　　　　　　　　爱你的爸爸

Chapter 55

碧·毕晓普回归母舰过圣诞，必须有烤饼干。

22 个赞。

    罗尼门前已经挤满了车，这时又传来一辆车停下的声音。我躺在客房地板上，尼芙和尼可不停地想把积木插到我的耳朵、手腕、鼻孔、嘴巴或者其他任何能让她们插进去的地方。

    "哈哈！"两个小家伙跳到我身上一边笑一边叫着"梆梆"想把我整个翻过来，我挠她们痒痒挠得她们尖声求饶，这才老老实实坐起来。我这几天都在照顾这对小双胞胎，陪着她们玩，履行阿姨的职责，凯尔和露西则忙着做一顿50人的圣诞大餐。罗尼一直以来都热爱圣诞。想到以往的圣诞节我就不禁莞尔，每次都是清晨只有我们娘儿三个，然后朋友们就会带着好吃好喝的陆续登门，还有人带着乐器和游戏。罗尼一直都喜欢在这个时候敞开家门迎接所有来宾，包括家人、朋友还有农村里的亲戚，有时候还会请她静修课上的学生，尤其是刚刚离婚、对第一次孤独过圣诞很敏感的那些人。一到晚上家里经常是谈笑声不断，花园里点着灯、一加仑一加仑的热酒早已备下。我都不清楚罗尼知不知道她改变了多少人的节日，想到她带给大家的影响我就很骄傲。可因为爸爸的缺席，她对我的影响力也增加了一倍，我不喜欢这样，想跟她谈谈，但是一直没有开口。

夜晚降临了，可我们还是饥肠辘辘，楼下一帮醉醺醺的大龄单身男女们一边听着音响放的平克·弗洛伊德乐队，一边在屋子里闲逛。手机上萨尔发来一条信息，祝圣诞快乐。我也回复说祝她和她儿子亚伦拥有充满爱的生活。在我送她去医院生孩子的那天以后，我们只见过两三次，但很奇妙的是她很快就成为我生活中很重要的一部分。有时候我会想，要是没有逃婚的话我们还会遇到吗？我在花店的工作——还有萨尔的友谊——真的拯救了我，尤其是米莉搬走之后我完全无法想象没有萨尔的生活，我知道她很期待和爸爸、儿子共度第一个圣诞，所以才没在今天邀请她过来。这时又有一辆车开来，我看着四仰八叉跨坐在我身上、一刻不停地跳上跳下的双胞胎，乐不可支。

跳到一半她们俩突然停下来，把头探出窗外。"是亚当来了吗？"两人整整齐齐充满希望地问。

"不是，"我难过地说，"亚当离得很远很远。"尽管上次见面已经是八个月之前了，他却从来没有远离过我的生活。尤其当基兰在我生日第二天离开，回到朴特茅斯海军基地后，我脑海中留下的一个空缺正好让亚当填补了。

"那亚当去哪里了？"尼芙问道，用一根手指戳我的脸，"他，

回首又见他

Written in the Stars

哪里，去了？"

我张开嘴不知道说什么，突然想到罗尼对我和凯尔解释爸爸去哪里的话，这些话她说了快20年，我现在脱口而出：

"有时候大人会有点像花儿，"我静静地说，双胞胎也静静地看着我，天使般的面容此刻非常严肃，"如果他们在一个地方长得不好的话，就得去找另一个地方……"我停了一下，想到罗尼讲这番话的场景，小双胞胎呆呆地看着我，"种花的类比对你们没啥用，哈？"我笑中带泪地说道，感到心里一阵发紧。

"哇！"我把尼芙差点塞到我肚脐里的一块小红砖积木拿出来，她蓝色的聪慧的眼睛凝视着我，好像要说出什么改变世界的哲理一样。

"梛——梛——碧！"她说，想用力把我翻过去。

"碧，"楼下音乐突然关了，我听见罗尼叫道，"有人找你！"

"碧，快下来！"罗尼又叫。

"来了，来了。不用急成这样吧！"我咕哝着慢慢走下楼，看见站在门口的那个人时简直惊呆了。

"基兰？"我紧张地看看罗尼又看看基兰，"我——没想到你会来！"这时大家都聚拢过来围着我们俩，说着，笑着，盯着基兰和我，我的笑容凝固在脸上。

"我本来就是一个充满惊喜的人。"基兰笑了，绿色的眼睛深深看到我心里。

"确实是。"凯尔跳出来，充满戒备地踏上楼梯，隔在我和基兰之间，"你还是无家可归，是吧？"

"凯尔！"罗尼斥责道，担忧地看着我把弟弟推开，然后走到基兰身边，"不能这样对碧儿的朋友。快进来，基兰，请进，欢迎你来过圣诞。"罗尼就是这样，就算基兰的出现让她觉得惊讶或者不快，她也不会表现出来。或许我生日那天跟她说的一番话奏效了，她也认识到这次事情有所不同，基兰真的是在帮助我，几乎治愈了我。

"进来，来喝一杯！"罗尼热情地说，我感激地对她笑了笑。

我挽着基兰的手臂——几乎像是故意气凯尔一样。我知道他想保护我，但是他仅仅从基兰过去给他的印象就对这个人作出了判断，难道他不知道人都是会变的吗，每个人都应该有第二次机会。毕竟，不是每个人都像凯尔一样天生就是超人啊。

我觉得基兰又把我的倔脾气激发出来了，本来我现在应该会觉得很焦虑，可事实上却感觉备受鼓舞，他让我觉得自己真正在活着，不去在乎任何人的眼光，越来越勇敢、坚强、步履坚定。

我带着基兰走过这间疯狂拥挤的房子，罗尼的闺蜜们尖声笑谈着，我们挤过她们身边，回头瞥见凯尔摇了摇头，好像我是一个任性的孩子一样。

"我本不想来打搅你的圣诞大餐的。"基兰歉疚地笑笑。

"大多数人圣诞晚上8点就吃完了，"我笑了，"不过话说回来，大多数人根本就不会在罗尼家过圣诞。"他的手臂圈住我，我略微退了一步。不知怎么，这样感觉太过于亲密了，虽然上次在海里我们几乎一丝不挂。除了那次以外我们都还没有接吻过，我当时突然很害怕，于是从水里跑出来迫不及待地奔向岸边。

回音又见他
Written in the Stars

"我还以为出来得够晚了，本来只是想见见你。真不想回到军舰上去。过去6个星期我满脑子想的都是回来和你在一起。"他脱下外套。

"哦，别忙着脱下来啊！"我赶紧说。

他脸上掠过一丝受伤的表情。"哦，好吧，好的，对不起，那我走了……"

我打断了他，笑笑，温柔地摸摸他的手，他还是那么敏感。"我不是这个意思，你看！"我们走到温室那里，大门敞开着，冬天阴冷的空气吹进房间，有些怕冷的客人围坐在暖气边，但有些人根本不怕冷，肯定是平时锻炼得够多。这种天气在户外呆着真是疯子一般的行径，可外面真是太美了。

沿着通往花园的小路边放着一排桌子，花园里阴冷而雾气弥漫，整座温室和花园被灯光映衬得如同置身星际。院子里大概有三四十号人，都戴着节日的帽子、穿着大衣戴着围巾。桌子正中间放着一盘火鸡、一只巨大的火腿和一只乳猪，还有一排刀叉、若干面包卷和自家做的辣椒酱、苹果酱和蔓越莓酱，还有5种不同的沙拉和4种土豆。寒风瑟瑟，可大家都微醺得不畏寒冷了，罗尼经常说每个季节都值得庆祝，寒风拂过皮肤会让我们感到自己在活着。花园一角有一大桶热酒，几瓶自酿的接骨木酒和一罐罗尼特制的黑刺李大黄杜松子。没有椅子，只放了一堆纸盘纸杯。

"欢迎加入罗尼的疯狂圣诞派对。"我们拿着盘子开始取餐，这时罗尼穿着一身阿兹台克印花套装，套着一件仿皮草大衣在客人中周旋应酬，头发随风轻摆，一连串笑声回荡在树林间。

"那现在怎么办？"基兰问。我不知道他问的是现在还是我们俩，所以我选择了一种最好的回答方式。

"现在是圣诞啊，你在罗尼家所以只有一件事可以干了。"

"什么？"

"大碗喝酒啊！"我带他去热酒桶那边。

"这个可以有。"他笑了。

凯尔重击了一下那个巨大的印度鼓，把大伙儿吓了一跳，而罗尼则被一个男人举到肩上，又叫又欢呼又鼓掌。

"那是谁啊？"基兰冲着那人点点头，喝了一口温酒。

我毫不在意地耸耸肩。"他来上了好几堂静修课，好像叫罗杰吧。"

"罗杰好像一次把一辈子的圣诞都过完了。"基兰语调怪怪地，还拐了我一下。

"请注意，各位！"罗尼挥舞着手臂喊道，"我想要说几句，感恩我们所拥有的一切——还有今后将得到的一切……"大家都低下了头。

"祷告？"基兰讽刺地说，"真的假的？我都不知道你妈妈信教。"

"她确实不。"我有点防备地说。

这使我想到亚当，他从来不会质疑罗尼的生活方式，只是静静地全盘接受，尽管这种方式和他自己成长的环境天壤之别。

"圣诞快乐，各位。"罗尼祷告完毕，"现在派对开始啦！"

"哦，天哪。"我捏了把冷汗，罗尼开始跳康茄，人群里爆发出一阵狼嚎。

回音又见他
Written in the Stars

"我们找个安静点的地方吧。"基兰挽着我，示意我去花园尽头的秋千那里。

　　然后我们四目相对，深情无限，气氛热烈，尽管全部的理智都在说不，我还是无法抗拒基兰。从来都没有办法抗拒他。

Chapter *56*

我们肩并肩坐下来，喝着热酒静静观察着这个派对：跳舞的人、欢笑的人、闪烁的灯光、头顶上眨眼的星星、燃烧的篝火以及弹着吉他唱民歌的歌手。基兰的手就放在我的旁边，慢慢地、慢慢地握住了我，与我十指交缠。我没有动，甚至都没有呼吸。我动弹不得，八年的时光逆转，当年和他在一起时那种叛逆、危险而刺激的感受又一次汹涌而来，我再也不是那个乖乖女了。

可这种感觉怎么那么好？

我瞥向花园，罗尼站在温室门口，头靠在门框上，我伸长脖子想看看怎么回事，派对上被晾到一边根本不是她的作风。果然看见有个人站在她身边，手搂着她的肩膀，而她靠在他身上，那是罗杰。

基兰顺着我的视线也看到了这一幕。

"看来你老妈也不是那么抵触恋爱关系嘛。"他一边说着一边对罗尼点点头，正好那边罗杰对着她耳语了什么，她摇摇头，轻轻把他推开了。我跟基兰说过我很担心罗尼的状态：疲倦，对家和工作都没啥兴趣，还瘦了很多。如果不是她气色那么好的话我都要强迫她去看医生了。"她根本没病，"基兰带着顽皮的语调说，"她恋爱了。"

"不可能！"我立马反驳道，却更像是在说服我自己，"过了那么多年她怎么可能爱上别人，罗尼就不信爱情这一套。"

"那你呢，碧儿？你信吗？"基兰应声问道，把我的身子别过去对着他。

我低下头，无法面对他热烈的眼神，同时还想看看罗尼那边是什么情况，我现在的心思全在罗尼身上了。"我——我不知道，我是，就是……"

"碧儿，"基兰轻轻抬起我的下巴，我只能望着他，"这样我坚持不下去了，和你在一起却不能表白心迹。我知道你害怕、不确信，我明白和我在一起对你而言是巨大的冒险，但我之所以会回来就是因为，不管我多么努力都没法忘记你。我不再是那个只会一走了之的人了，希望你能和我一样看清这一点，尽管我们俩都已经变了很多，可那种特别的感情依然存在啊。"

我努力想呼吸，但这个世界的氧气好像都被抽空了。我头晕目眩无比迷茫，这是我这么多年来梦寐以求听到的话，可现在真的听到了，却反而觉得自己漂浮在怀疑的汪洋大海上。

"我必须知道我的位置，我需要你走进我的生命，我必须知道你也有一样的感受。"

"基兰。"我终于挤出他的名字可又不知道该说什么。我们是在梦中吗，这一切都太像一场梦境。在梦里我是另一个不同的我，从来没有离开亚当的我，幸福地结了婚的我，而不是在这纠结爸爸去了哪儿、认真考虑要不要和当初以悲剧收场的初恋破镜重圆的我……

"我知道你很迷惘，"基兰马上说，"也清楚我带来了很多你想忘记的痛苦回忆，我们就是因为那些回忆才被迫分开那么多年的。但不管我们身在何方、和什么人在一起，或者多么努力地想要忘记彼此，却总是会被越拉越近。宝贝，我们注定要在一起。"

我张开嘴想说什么，但那一瞬间基兰低下头，想要吻我。这是我等待了多么久的一刻啊，终于，就要到来了。然而这却代表了一个结束，而非开始。他的吻如此热烈，我知道这一刻他把所有的感受——不是爱，感觉不对——包括痛苦、迷失和后悔都传递给了我。我都懂，终于，我懂了。我们的生命、我们的世界被解构重塑，完全融合在一起，过去的一切顷刻瓦解。包围住我们的黑暗也在旋转、交合，就要把我们埋葬。这就是我一直以来试图逃避的，只为我们俩所知的黑暗。当我结束这个吻时，我所存在的已经是一个截然不同的世界，张开眼睛，他正凝视着我，前路突然灯火辉煌，人生第一次，我无比确信自己到底想要什么、想去哪里。过去彻底结束了，只有这一刻存在于世。

远远的两个人从暗处走来，我从秋千上跳起来，听见他们叫我名字时才看清是谁。

"米莉！杰！"我大叫，"哦天哪，我以为你们在纽约！"我跑过去，回头给基兰一个内疚的眼神。他们打量着我和基兰，抱着一堆包装精美的礼物。米莉穿着一件亮红色斗篷，衬得肚子更大了。她美

回眸又见他

Written in the Stars

丽的圆脸上全是震惊、生气、难以置信和不认同。

"凯尔说你在这里,你还好吗?"她看着基兰,然后看看我。

"都很好!"我说着站起来抱住她,"我都不知道你会来!"

"看出来了。"她冷冷地说。

"你好。"基兰对着米莉挥挥手,露出迷人的笑容,但被她完全忽略了。然后他跟杰打招呼,也被当做空气。也难为他,笑容还挂在脸上,但手悻悻地缩回去了。

"米莉,你记得基兰吧。"

"记得,真不幸。"

"米莉!"我警告地说。

基兰走上来又搂着我,我略微躲闪了一下——尤其是看见米莉愤怒的表情,"我差不多要撤了。"他说。

"还真意外。"米莉咕哝。他看着她,眼里闪过一丝怒色,不过马上又消失了。

"圣诞快乐,碧儿。很快再见,对吧?"他轻轻地吻了我,我费劲地笑笑,看着他走入黑暗中。

米莉和杰的反对在夜晚的空气中显得尤其沉重,我知道不该让他们看见我目送基兰离开,但我克制不住。我刚刚做了一个天大的、改变命运的决定。

"是不是该告诉我们到底发生了什么?"米莉还是那么生气。

我不耐烦地转过头看着她。"不,米莉,我不想说。"我再也不需要为自己辩解了,我很清楚自己在干吗,终于明白了。

"为什么？我们是最好的朋友——你应该什么事都告诉我，对吗，杰？"

"我想我还是不参与你们女生的战争了。"他赶紧转身，朝着酒柜那边走去。

"我简直不敢相信你和他在一起。你什么时候才能放弃这种疯狂的选择，这种毁了你过去的选择，然后和真正适合你的那个人在一起呢？"米莉的声音尖得刺耳，我看着她，被她的激动吓到了。

"我放弃和亚当在一起的机会已经很久了，你不应该再纠结于过去，往前看吧。"

"那你不纠结吗？和他？"她将头转向基兰离开的方向。

"我们都不纠结了。亚当在旅行，玩得很开心，认识不同的人，我想他应该也忘记我了……"

"这就是你的不对了！"她说，褐色的眼睛激动得发亮，"不管他到哪里、做了什么，都永远不会忘记你。事实上，他一直在等着你，给你空间恢复理智，还努力地想让你的生活变得更好！"

我晃晃脑袋，无法接受这个事实。

"他已经辞职了，碧，他改变自己的人生，这都是为你。不光这样，他过去的几个月一直在帮你找你爸爸，已经找到了——你看！"

我惊讶地看着她，完全不敢相信。只见她递给我一个信封，封面地址写着巴加，我拆开信封，是亚当写的，快速扫了一眼，我根本没有办法理解上面写了什么。

"自从你离开他，显然，是回到了基兰身边之后，亚当决定为了

回首又见他

Written in the Stars

让你能幸福地和他在一起，或者和别人在一起——必须帮你找到你爸爸。"米莉心平气和地解释，"他知道你希望婚礼的时候你爸会出现，但他也知道你是不可能自己主动去找他的。过去几个月他找遍了所有你爸爸离开诺福克之后住过的地方，一处处地找，终于找到了。"她顿了顿，看着我，有点接不上气的感觉，"现在你来说说，这是不是你听过的最他妈浪漫的一件事！"

我张大嘴巴什么都说不出来，她靠在树上，好像耗尽了自己所有的力气。

"这才是他这几个月做的事情，碧。"米莉静静地说，一字一顿。她悲伤地看着我，"而你却像一个不懂事的怀春少女，和基兰厮混！"她摇摇头，摸着自己的肚子，"我就不明白了，碧，我真的不懂你怎么还会回到他身边。他弟弟被他害死了，你也差点就死了……然后他抛弃了你！"我震惊地看着她，她眼里居然有泪水。米莉从来没有哭过。"你和基兰在一起的时候我也很怕会失去你，碧儿，怕你会跟着做什么蠢事我就再也见不到你了。你得过抑郁症啊，一见他你就完全不关心自己的生命了吗？你真是蠢得可以，疯得可以，真的。你说他比任何人都懂你，但其实不是，他只是激发了你最坏的毛病，然后让你感觉那才是最棒的。求你别和他在一起了，碧儿，求求你……我是以你闺蜜的身份在求你——你得听我的……"

我看着基兰离开的方向，然后看看米莉，折起亚当的信放回信封。我想告诉米莉我只是想弄清楚自己是谁，为什么总是选择错误。我想告诉她，和基兰破镜重圆不是坏事。我必须和他在一起，因为我必须和这么多年我们之间发生过的一切和解。但我也想告诉她这并不代表我现在就想*和他在一起*。

事实正好相反。

因为他吻我的一刻我清晰地认识到基兰并不是我要的，从来都不是。不论过去几个月我多么努力地想说服自己和他在一起，感觉就是不对。他是属于我过去的一部分，不多不少。其实很久之前我就已经放下这个人了，只是还未放下我们一起经历的那些事。这些年让我纠结的不是他，而是那天夜里在码头发生的那一幕。我的感情绝不是爱，而是害得他失去了弟弟的愧疚。

至于亚当，这么久以来我一直在幻想没有他我他会过得很好，可事实上他却一直在帮我找到我自己，即使离得那么远，即使我在婚礼当天那样对待他。事实上我不是想从他身边逃开，只是想找到失散已久的爸爸，从他离开的那一天起我的所思所想就只有找他、寻找他，在见证我们父女之情的花园里、在他以前的日记里、在基兰的身上：不然我为什么非要选择一个我自己（连同所有爱我的人）都很清楚终有一天会离开我的男朋友？

现在我终于认识到今年发生的一切——逃婚，重新思考并推翻生命中的所有决定——都不是亚当或者基兰之间选谁的问题，而是找到我爸爸的问题。

"碧？"米莉站直身子，"你要说点啥吗？应该知道你自己一直在犯傻了吧？"我呆滞地看着她，她怒道："*天哪！* 你还真是不可救药！我大老远跑来阻止你做傻事，你居然什么都不想说！"

我开始在这个我从小长大的家里掉眼泪，爸爸和基兰都纠结在我的过去之中，当终于意识到自己到底放弃了什么的时候我更难过得不能自已。我从亚当身边逃开，可他从来没有放弃我。就算不为我所知，他还是坚守在我身边，亚当，我坚强、忠诚、耐心、乐观、善良和善解人意的亚当。我好想他。我所知所觉，所做的每一个决定都在脑海中交叠重现，然后大脑里一片空白，只有一个位置留给了亚当。

"亚当是真的爱你，碧。"米莉抓住我的手臂，"一直都是。我只是希望你能明白有多爱。我知道这不关我的事，我想你也很希望我别再插手，可我不能看着你就这样放弃幸福。你是我最好的朋友，碧。我关心你，在乎你，希望你过得幸福！"

"米莉。"我终于开口，我们俩都泪如雨下，"你一直都相信你比我更了解什么才是对我好的，我也一直听从你的意见。但这次我希望你知道过去几个月里我学到了什么：那就是我必须自己作出决定……"

"碧，我知道，但是请你别选基兰——"

我握着她的手。"如果我选错了，也是我自己的错误。"我坚定地说，"你得相信我，好吗？"我看着她，希望她能明白我的意思，*让我自己做决定，我保证会正确的。*

她叹息了一声，她总是那么顽固。

"我说真的，米莉，这是我的生活——"

突然她跌坐在地上，我赶紧蹲下去扶她。

"哦！！！"她叫道。

"米莉，是宝宝吗？"我问。

"是，不对，我不知道，不该那么早啊……哦！！！"她抬头看着我，深色的眼珠里一片恐惧，"应该还有 6 周的！"我站起来发疯地看向花园，动弹不得。为什么我不像凯尔呢？他肯定知道这种情况应该怎么办。

"杰！"我大喊，他赶紧跑过来摸着她的肚子。

"米莉，是要生了吗？"

她闭着眼睛点点头，疼得说不出话来。杰绝望地看着我，院里漆黑一片，但我看见米莉的脸白得吓人，就像头顶的月亮。

"凯——尔——"我大叫，弟弟远远地朝这边望了一眼，然后全速跑过来开启了医生模式，同时一边给医院打电话。电光石火之间我突然想到那个夜晚，14 年前，他走进我的房间发现我几乎已经失去意识，床头放满了扑热息痛的瓶子。那时的他还不是医生，却是我的英雄。他火速叫了救护车，一直让我保持清醒，毫无疑问是他救了我。我让开一步，他走到吓得不轻的米莉和杰身边。好在几分钟后救护车呼啸而至，停在了我家门口。

大家全聚拢在我们周围，凯尔的两位同事跑过来轻轻地把米莉扶到担架上，杰和凯尔走在两边，我握着她的手。"没事的，米莉，都会好的，我保证。"

"我不能失去这个宝宝，碧。"她说着，恐惧的大眼睛盯着我，"不然我不知道怎么活下去——"

"不会的。"我坚定地说，此刻我们呼吸相闻，我抬头看着星星，

回首又见他

Written in the Stars

"这绝对不会发生。"有一颗星星比别的都耀眼，我真希望那就是注定让米莉的女儿平安降生的那一颗。"我觉得她只是想早一点见到你，"我笑中带泪地说，努力掩饰自己的恐惧，"有其母必有其女，你们都很有决断力和控制力……"

"还不如说都是让人无法忍受的控制狂。"米莉艰难地说，然后闭着眼睛被抬上救护车。

我看着救护车掉了个头，车灯闪烁着消失在这个黑暗无边的夜晚。这时我才开始大哭。

感觉像是在门口哭了一辈子之后，我才被罗尼拉进了屋。

Chapter 57

晚上 11 点，我和罗尼两个人在家，客人们有的回了家、有的在客房、外屋或者大篷车里住下了。我站在篝火前，肩上披着一块毯子，静静地、慢慢地喝着她给我的一杯白兰地。我们还在等着凯尔打电话来，我满脑子想的都是米莉和她的宝宝，觉得一切都是自己的错——如果我们没有争吵的话可能她就不会早产了。

"这不是你的错。"罗尼低声说，好像看透了我的心思，"你不能一有什么事就往自己身上揽。"

我把头靠在罗尼胸前，看着跳跃的火苗。还记得基兰离开之后的那一年我住在家里的时候，我们也经常这样坐着，我闭上眼睛感受着罗尼怀抱的温暖，和她在一起感觉真好，像是回到了过去那段时光，我想要避开全世界的时光。

"你是不是觉得我不该离开亚当？"我犹犹豫豫地问。想到那封还装在口袋里的信、想到过去几个月我对基兰的感觉，当时我多糊涂

回音又见他

Written in the Stars

啊，现在才彻底清醒了，原来基兰吻我的时候我真正想到的人是亚当。

"你真想知道我的想法吗？"罗尼轻轻地问，"我觉得你勇敢极了，能让自己真正去面对那些让你无法放心把自己交给亚当的事，然后还找到一份自己热爱的工作，生平第一次那么独立，这肯定是一件好事。我觉得亚当有意无意地代替你处理了很多本来你应该自己面对的事。所以婚礼那天你做的决定其实和你们俩之间的感情没什么关系，而完全是出于过去发生的种种。你知道吗，宝贝，"她温柔地说着，轻轻地亲了一下我的前额，"你的第一反应总是责怪自己，却经常忘了别人做的一系列决定在这个过程中的作用。就像莱恩离开的时候……凯尔知道这个消息也很难过，可他知道这是你父亲的决定。而你呢，"她摸摸我的头发，"你坚信是自己把他赶走了，是你导致他的离开。"罗尼凝视着我，悲伤地摇摇头，"你开始自闭、充满罪恶感、没有办法表达思想和感觉，我为了让你了解他的离开和你没有关系也是费尽了心力。你总是只关注结果：莱恩走了，埃利奥特跳下了码头，米莉早产……"她抬起手，还是摸着我的头发，然后把手放在我额头，手心的温度渐渐平息了这么多年来一直盘踞在我心头的罪恶和内疚，"我只是希望你能对自己宽容一点，希望你认识到宇宙不会因为你的决定而分崩离析，星星也不会因为你的决定而陨落，碧儿。生活还会继续，只是以一种稍稍不同的方式罢了。"

"就是没有爸爸的方式。"我静静地说，这时话题之门终于打开，我可以对她倾诉隐藏了这几周的秘密了。

我受够了秘密，受够了，烦透了。我把亚当的信拿出来，给她看看上面的地址。罗尼低头一看，蓝色的眼睛都暗淡了，然而却什么都没有说，只是盯着那些字，然后看着窗外，好像她在寻找什么东西，或者什么人。

"当然了。"她自言自语。

"罗尼，你知道这个地址吗？"

"他一直都热爱果阿，"罗尼静静地说，"那是我怀上你的地方，是你爸爸最快乐的地方。"

我拿出一张纸，这是神父乔写给我的。"这是他离开克莱之后去的地方，罗尼，你看看？"

罗尼看了之后点点头，然后看着我，眼神里都是痛苦。

"如何？"我急切地问，"是哪里？"

她闭上眼睛深深吸了一口气，手都在抖。"那是一家教堂开的抑郁症治疗中心，当时我和你爸爸去旅游，就住在同一条街上的格罗夫花园的小旅馆……"

她的话像子弹一样击中了我，爸爸也有抑郁症——像我一样。我的世界瞬间坍塌——然后又拼合，这件事完美地嵌入我生命的拼图中。

"那么多年你一直都知道他在那里吗？"我问。

"不！"她大声说着，握着我的手，"不，我根本不知道，真的，碧儿。我只知道他去克莱的朋友家住了，但那以后我——我再也没有和他联系过，碧，"她顿了顿，"碧儿，宝贝，我想现在我应该告诉你全部的真相了。"

我推开她。"我以为你刚刚说的就是了，你不知道他去了抑郁症诊所，这就是事实，你自己说的。"

她缓缓地点点头。"是事实，但是还没完……"

然后是一片静默，沉沉地弥漫在房间中，就像大雾笼罩着大海，令人窒息。我觉得自己好像走在联通过去和未来的钢索上，不管倒向哪边都会摔得很惨。

"告诉我吧，"我说，"我必须知道，罗尼，别再忙着保护我了，我不是个小孩了，也没有生病了，只是很烦，我烦透了什么都不知道的情况。我可以接受真相的，我比你想象的要坚强。"我坚决地说，然而语调突然变得很柔和，"毕竟，我是你的女儿啊。"

罗尼紧握着我的手，静静地看着它。"我并没有对婚姻感到厌烦，碧。"她终于开口，一字一顿，每个词都是挤出口的，呼吸短促得就像是要挣扎着才能喘气，"我没有把他赶走，其实我对他很投入。我用尽了每一丝每一毫的心思去爱他，可是我并不真正懂得他。"

她抬起眼睛，里面似有一丝泪光。"我们以前真的很幸福，宝贝，他说过我是他生命之光，是唯一能让他感到幸福的人。我才 20 岁，很喜欢被这样一个善良、智慧和敏感的男人所爱，相信他的世界都是围着我转的。我知道他有病，可我总想那都是过去的事情了。那时我真的相信可以帮他振作起来，让他的生活充满爱和阳光。我们旅行了一年多，去加州、中国、巴厘岛、泰国和印度，直到发现怀了你，我们才回来结婚的，回来以后莱恩回到大学教书，后来又生了凯尔，那简直是天堂一般的岁月。他说他终于找到了自己的位置和内心的平静。可慢慢地，他越来越疏远，当时我曾经担心他是不是有外遇了，可又知道他不会那么做。他不再和任何人联系，也没有再去工作，有时甚至不肯起床。唯一一件能让他快乐的事情就是园艺，他把越来越多的时间花在户外，慢慢也不怎么陪我们了。我知道自己已经失去他了，他又病了。"

她泪眼婆娑地看着我。"你很快就发现唯一能亲近他的方式就是也去户外，所以你开始和他一起摆弄园艺，一去就是几个小时。其实是因为你在他才挺了那么久。"

我无比惊讶地盯着她，脑子里的信息快要爆炸了。

"我很爱很爱他，碧儿，你必须了解这一点，但我再也无法和他沟通了。有几次我觉得似乎有所突破，又看到我熟悉的莱恩了，可那天他就那么彻底消失了，收了一包东西就走了，没有提示、没有留言，只留下一本园艺日记给你。"

我盯着地板。

"但你知道他去了克莱啊……"我最终开口道。

"那是和他一起去教堂的一个朋友告诉我的，我直接跑去那里敲了好久的门，神父乔开门说莱恩不想见我。几周之后我再去的时候他已经走了。没有留下任何新的地址。"

"你以前为什么不告诉我……为什么要说是你赶走他的？"

"我本来希望如果他选择回来的话，你们能有个机会保持和他的父女关系，也希望给他第二次机会去做一个好爸爸。我爱他，碧儿，非常非常。"她泣不成声。

我像是初见一样盯着罗尼，她不再是那个我认识的没心没肺、充满感染力、热衷于社交的她，而是一个弃妇，一个若干年来自己的世界被彻底摧毁却默默守护着这个家的女人。

"我还责怪你，其实根本不是你的错！"我终于开口。

"我不介意，宝贝！"罗尼说着，把我揽入她怀里，让我的头埋在她胸前，"我很坚强的，我知道在这里可以照顾你、每一天爱着你就够了，这就表示你也无条件地爱着我，尽管有时候你也会恨我，但你爸爸曾经是你世界的支柱，你那么敬爱他，我不希望他的离开改变你对他的看法。他是一个好人，一个很棒的爸爸，只不过他病了。我只希望以前能多帮助他一点……"

"就像你帮助我那样。"我静静地说，她凝望着我，握住了我的手，是那么的温暖，我也握住她，回想到自己十多二十岁出头的时光，那些每一小时、每一天、每一月和每一年都在和内心的恶魔作斗争的日子，黑暗的念头经常在大半夜冒出来盘旋在脑海，放大时钟的每一声滴答，蚕食我不喜欢自己的每一个部分，告诉我我不配做爸爸的女儿，我配不上任何人、任何事。告诉我我不知感激、毫无用处，我的生命就是在浪费时间。我至今还记得那种不满足的悲惨感受，就是那种感受让我出人意料地放弃了高考、吃了大剂量的扑热息痛片想结束自己的生命。后来医生给我开了各种各样的安眠药和抗抑郁剂让我好起来，罗尼又开始用综合方法帮助我，改变我的膳食、鼓励我多多运动，于是我开始和凯尔一起每天沿着海岸线长跑，罗尼总是开着车跟在后面，等着我跑得开心了就把我们接回家。随后又让我打理她的花园——这是爸爸离开之后就一直被忽略的事情。接着我被东安格利亚大学的园艺设计专业录取，虽然不可能一直都很快乐，可至少稳定、平静而淡定。好像我已经接受了自己的过去，准备好迎接未来一样，生活波澜不惊却可以被控制好，这就够了。

可是在我才上了两年大学、在刚满 22 岁终于知道了人生方向的时候，我又遇到了基兰，结果就是重重地受挫。现在我问自己，这就是爸爸离开时候的心情吗？我感到自己的世界再次分崩离析，我抬头看着罗尼，突然意识到自己带给她的问题，可她从来没有放弃过我，总是帮我收拾残局：放弃高考之后、基兰离开我之后、选择逃婚之后，她永远在家里稳稳地接纳我，好像让我重回子宫一样，给我营养、让我恢复健康——一次又一次地。

"我不敢去想爸爸走之后你都经历了什么，真的，你应该告诉我们的。"我崩溃了，"对不起，罗尼，真的很对不起……"

"嘘，不是你的错，宝贝。我应该早点告诉你关于你父亲的真相。我——只是想让你们容易接受一点……我以为真相会让一切更糟。你和你爸爸太像了，我只是希望能给你最好的机会过自己的生活，最怕你以为由于你父亲的病，你的命运已经注定了。可是我现在才知道，这样做是不对的。"

我想告诉罗尼她是多么地无私、冷静和坚强，没有她的话我真不知道自己现在身在何方。

"我明白，罗尼，我知道你做的都是自己认为最好的选择。我明白你为什么没有告诉我们真相，他病了，如果我在病中发现这一点的话怕会更难以接受。但我还是想——不，我*必须*找到他。只有找到他之后我才能真正开始新的生活。"

她点点头。"我会帮你找到他的，碧儿，我保证。"她捧着我的脸，额头靠在我头上。

我双臂抱着她，把脸贴在她颈间，再一次被她的力量和支持所救赎。

Chapter **58**

　　除夕夜，我站在克罗默码头对面，一如站在过去和现在的临界线上。刚去医院探望了米莉和她可爱的女儿，卧床打了一周点滴之后，她今天夜里零点零一分生了小霍莉，她早产 5 周但还是很健康，足足 5 磅 2 盎司，美丽和精力旺盛得像米莉一样；杰给她拍下的第一张照片上，她紧紧握着拳头，张着嘴巴正在大叫，眼睛灵气逼人。新生命在新年到来的那一分钟降生到这个世界上，还有什么比这更充满希望的呢。

　　远远地传来阵阵雷鸣，像是炮火的声音，风暴就要到来了。每个人都很明智地待在家里，可自从看了米莉和霍莉之后，我就下定决心今晚必须过来。这是我过去的最后一个根据地，我必须重游故地一次才能往前走。圣诞节之后我再也没见过基兰，他发了几次信息说想见我，可我编了各种各样的借口婉拒了。整整一周我都待在罗尼和凯尔身边，现在我已经完全做好了面对这一切的准备。他们俩知道我来这

回首又见他

Written in the Stars

里的原因，我们再也没有什么秘密了。

我看着码头的入口，"圣诞海滨特惠"的霓虹灯早就关了，货摊的双圆顶让人联想到设计出码头蓝图的老皇家海军学校。明天城里就会挤满看码头烟火的人，而现在这里只有海浪冲击着支撑码头的木桩的声音，还有大雨冲击栈道的声音。就像回到了八年前那个悲剧的夜晚，我来了，因为我必须让它过去，一切的一切。我对于埃利奥特的死的内疚……还有对基兰的内疚。这是一个适合让往事都随风飘飘的日子。

我沿着曲折的海堤走着，俯瞰着码头。直觉似的，我觉得转头就能看到基兰在我身后，从迷雾中慢慢走出来。不知怎的我就是知道不用太久就能看见他了，果然他在沉思，头上戴着帽子，眼睛盯着栈道，好像在找什么东西什么人一样。专注地根本没有发现我就站在这里。

我走出去拍了一下他的手，他吓了一跳地抬起头，表情充满期待——可我还是看到他来不及掩饰的一丝失望。

"碧儿，没想到你会来这里……"基兰倾过身子想吻我。

我负罪地躲开，不希望他会错意。

"你都还好吗？从圣诞之后就没见到你了，但是我很想你。"

"是吗？"我问，"真是吗？"他盯住我，表情有点受伤、有点迷惑。我看着海堤，知道他就在旁边等着我开口，"我思考过很多，基兰，想弄明白到底是什么把我们又连在一起了。最后我发现这几个月我一直在否定，我希望那就是爱，努力告诉自己那就是爱。"我转头看着他，"但并不是，不是我的爱，并且——并且我想也不是你的爱。"

基兰想开口，但我摆摆手。"拜托，请你把我的话听完。这不是爱，基兰，只是内疚，内疚和悲哀，还有迷失和渴望。我们努力地要靠近彼此，因为我们俩都觉得那会让我们更靠近埃利奥特，以为这就可以舒缓我们的内疚，因为不管别人怎么说，我们俩都觉得自己该为他的死负责。"

"可我那天就告诉了你埃利奥特的死不是你的错，我现在也这么觉得！"

"我来到你和……"我说，"就是因为我，一切都变了。"

他用食指勾起我的下巴，深深地看着我的眼睛。"你还是不明白，是吧？埃利奥特永远都不会长大，也不可能变得稳重起来。而我在我遇见你之前，同样也不会。碧儿，他跳下去了，碧儿，他是自己跳下去的。你必须停止这个念头，别想着你害死了他，你应该相信是你救了我的命。"他拉起我的手，我感到痛苦有一部分随海浪飘远了。"这是我遇到你的那个夏天才搞明白的。失去他，和你在一起，我才知道我可以拥有一个和之前的预设截然不同的未来。我流浪了那么长时间就是希望能够证明自己配得上你，不是因为我怪你。"

我看着他，此时此地都不复存在，我眼前的他又变成初见时那个迷失的莽撞少年了。

天全黑了，大海好像脚下一条蜿蜒的巨蟒在码头边蠢蠢欲动，似乎感觉到我们是曾经来过这里的猎物，此刻，一如八年前的那个夜晚，它吞噬我们的机会又来了。每一次浪涛的起伏都像是它弯起身子，做好埋伏准备把我们拉下去完全吞噬，就像上次对埃利奥特得逞一样。

我本来会因为在这样的暴风雨夜外出而害怕，但实际上却出人意料地镇静。此时此刻我们出现在这里感觉都是对的、是注定好的。这次见面、这个瞬间、这种天气，都像是回到那个夜晚，以一种奇怪的、病态的，而又是最完美的方式。

基兰也看着大海，他的声音高过风浪："我加入海军的时候跟自己说我做了一件很了不起的、很勇敢的事，一件能让我更加靠近弟弟的事情。可事实上我从来都没有停止流浪，我唯一感到安定的地方只是在你身边……"他走上前一步，两眼放光，"我爱着你，碧儿，一直都爱。"

"基兰——"我刚开口就被他拉入怀中。

"拜托，碧儿，宇宙一直都在暗示我们属于彼此，就让我们在一起吧！"

他眼里燃起希望的火花，我转过头看见闪电刺破天际和大海，要把这个世界劈成两半。随后另一道分叉的闪电紧随而至，就像巨蟒的舌头。

"不，基兰。"我轻声说，把手挡在他胸前，迷雾消散，世界清晰一片。基兰抬头看着天空，然后望向那片吞噬了他弟弟的大海。

"那时我们还是孩子啊，"我说，"两个经历了一些美妙、经历了一些灾难的傻孩子。你想念的不是我，基兰，你要找回来的也不是我。我想你明白的……"

"我真的好想你，你应该明白，碧儿。"他静静地说，"每一天我都觉得失去了一部分自我，无论做什么、去到哪里都找不回来。我想如果我们在一起的话，至少能让那天晚上发生的事情有一些意义，不能就这么浪费了。"

我手臂环绕着他，头靠在他肩上，紧紧地握住他的手。

"我真希望时光能够倒流，碧儿，我们能重新经历那个瞬间，按一下倒带键然后改变一切，你明白吗？作出全然不同的抉择。"

我确实明白，平静降临到这片海面上，也降临到我们心里。我们俩都永远不可能从埃利奥特的死中好起来，我们会一直自责，可是重新在一起只会让这一切更糟。我亲亲他的脸颊，我们都明白这就是再见了。

"你会好起来的，对吧？"我问道，退后一步。

"我要在这里呆上一会儿。"他的声音温柔而遥远，像是已经走得很远很远了。我甚至有点怀疑他是不是真的来过这里，肉体，可能是，但灵魂没有。他痛失弟弟的那个晚上也就失去了灵魂。

这么多年他想在一起的人只是他弟弟，不是我。

而我现在只想和亚当在一起。

一直都是亚当。

January　港湾

我爱你姐姐，我们只是希望你能幸福。

我爱你碧儿，我永远不会离开你。

我拿起手机，轻轻抚摸着，不知不觉眼泪都落在屏幕上。

亲爱的碧儿：

　　新年来了，尽管周围都是光秃秃的树枝，春天的嫩芽还是在悄悄萌生，依然寒冷刺骨的阳光中却孕育着新生的希望。冬青树上沉甸甸地结满了冰雪覆盖的冬莓，细长的雪花莲细细地覆盖着大地，在风中轻点着它们纯白的蜜糖味的头，像是站在圣坛边的新娘一样。可能这不足以让你从温暖的家里走出户外，但也没关系。我们往往会利用这一段时间反思过去的一年，许下新年愿景，所以也该为花园反思一下。可能来年我们想好好改变一下园子，重新种些植被、修整篱笆，或者改变一下它长期以来主导的风格什么的。毕竟，翻天覆地的变化有时候可能是你久已期盼的……

　　如果你决定了要做这些改变，又可能会觉得在冬雾弥漫的时候很难看清楚。我有几次也觉得自己的生活一片黑暗，以后也不会再有色彩。生活就是这样，有时会冬眠、会想要躲开全世界，可是你还是会重新看见阳光。但如果你勇敢地面对坏天气，当你觉得无休无止的刺骨寒风就要把你逼下悬崖的时候，请相信总会有人在下面接着你。

　　　　　　　　　　　　　　　　　　　　爱你的爸爸

Chapter 59

碧·哈得孙正在回顾过去展望未来。希望这一年能给我爱的所有人带来希望、健康和幸福。

29 个赞。

除夕夜在哈得孙家还是那一套。聊天内容总是自我膨胀到像个死胖子，气氛却干瘪得很骨感。餐厅像岩洞那样冷冰冰的，我们四个人分坐巨大桌子的四角，桌上奢华地放满了上好的银质和骨瓷餐具和大束绿植。一棵被装饰得熠熠生辉的云杉放在屋子一角的基座上，看起来更像件艺术作品而非植物。水晶吊灯很玄乎地挂在餐桌正中央，我们的脸被映得像是有成千上万个面，看来初衷是为了传达出这个巨大的餐厅人气很旺的感觉。我原本很希望今天能够以愉快的、正确的方式开始新年。圣诞节……已经很让人失望了，亚当加班加到已经来不及去罗尼家参加晚宴，说让我自己回去，他不想只有两天的假期还要花几个小时开车来来回回，可我拒绝了，主要还是害怕看见基兰，不管我多么努力还是没有办法忘记他在婚礼上出现的那一幕，也没有忘记他从脸书发来的信息。还有，我也不想和亚当分开了，这一整年我们都没怎么见过面。于是我们俩就待在自己的公寓，最后一刻买了棵小圣诞树和一大堆礼物，以此来填补婚姻的空虚。之后的节假日去购物算是找了点事情一起做，不用一直待在家里大眼瞪小眼。可新年却又被迫来到他父母家了。

我看着餐桌中间巨大的瓷鸟还有周围各种精致的装饰品，有那么一瞬间迷失在想回罗尼家的渴望中。小时候我偶尔会希望周围人能够少一点，希望家里安静点别那么挤。罗尼拼命填满家里每一寸空间的举动是想填补爸爸离开留下的巨大空洞，可我很反感她这一套，因为爸爸是任何人都无法取代的，在像新年这样的节庆里我恰恰感觉到自己一直缺少点什么。可现在我才发现自己多么感激自己拥有的一切。没错，罗尼很不传统，没错，我们的家庭聚会太非主流，但至少大家都很开心、很随意而幸福。罗尼随时都在关注怎么样让别人快乐——也包括我：这成了她一辈子的全职工作。

讽刺的是我发现自己从来没有问过她是否开心。

突然我脑海里冒出以前过新年的种种图景：看到罗尼的时候我笑了，我们当时还是小孩子，她拖着我和凯尔在屋子里跳康茄舞，凯尔穿着小小的超人服装，我们俩都边跳边叫边笑，头天晚上派对的欢乐气氛一直延续着。十多岁那年的新年我们在泰国度过，还有某一年，罗尼让我们带自己的朋友来家里开派对。

现在我和新的家人一起庆祝新年，这个"完美"的家庭，我一直梦寐以求的家庭。但实际上他们却一点都不完美，我终于认识到世界上就没有完美这回事。

"感谢主的恩典，赐予我们一切……"玛丽昂虔诚地祷告道。我不是教徒，可还是闭上眼睛，想着罗尼和凯尔，默诵我的感激，同时发誓一定要多回家看看他们。

亚当的母亲鼓了一下掌笑说："我们家的传统是新年午餐开始之前乔治都要发言，乔治？"

"谢谢，玛丽昂。我确实正有此意，用几个简短的词好好总结一下过去的一年。"说着乔治站起身，玛丽昂点点头，整理了一下她的围巾。只见乔治四顾大家，然后清清喉咙举起酒杯断喝一声："干了！"

我差点没笑出声来，玛丽昂满脸怒色瞪着乔治："就这样吗？真的假的，乔治，这就是你的话？今年你儿子完成这么一件改变命运的大事——"亚当握着我的手，好像知道他母亲要说什么——"晋升为总经理！"我努力保持着微笑等着她说到我、我们还有我们的婚姻。

然而并没有等到。

"哦，老天爷啊，玛丽昂，还能不能让人愉快地吃饭了？"乔治又倒了一杯酒，喝了一大半然后站起来，用刀刻了一下桌上的那只鸟，我们其他人都呆呆地望着他。这时我突然很想念罗尼的节日雕刻仪式，桌上的每个人都刻上一刀为自己的下家祈福。我这才体会到那是一种多么美好而积极的方式，能把每个人都联系在一起，然后顺利切入用餐模式。

"那么亚当，"玛丽昂说，"那你来说说工作进展怎么——"

"要不我们每人许个愿吧？"我带着大大的笑容打断她的话，可大家都满脸空白地望着我，"不好？好吧，那来猜谜？"我扫兴地说，抽出一张豪华版的福特纳姆＆梅森牌。我迫切地要制造一点噪音，打破对话的僵局，让他们干点别的或者想点别的，不要再小心翼翼地沿着自己画好的那条线往前走，这条线已经让他们的感情那么疏离，每个人都竖起高高的城墙掩饰自己的真实感受，永远只能谈论工作而不是生活，更不是爱。

　　我看着亚当，把那张牌拿到他面前晃了晃，但他还是面无表情，于是我只好把牌放到桌子上，端起酒杯慢慢地喝了一大口。既然不能打败乔治，还不如索性加入他的阵营。

　　餐后我们举着白兰地开始玛丽昂所谓的"沙龙"，这个叫法很诡异。第一，他们家不是法国人；第二，房间目之所及没有任何水盆或者其他美发工具。话说回来，诡异是诡异，这却是一个很温馨的房间，是他们家诸多房间里我觉得最舒服的一个。里面有一个大大的开放式的壁炉——木头燃烧的样子欢欣鼓舞——这让我倍感亲切，于是我偷偷站到壁炉边准备就坐在那里。玛丽昂走过来在我身边坐下，我突然发现虽然我和亚当的原生家庭都是三个人，他的家庭却比我的家庭显得小很多很多。

　　"我说碧，"玛丽昂没话找话说，她双腿交叉面对着我，头略倾表示有兴趣。"告诉我，这是女人之间的谈话，也是妻子之间的谈话，亚当出差的时候你肯定想死他了吧，哈？"

　　我喝了一小口酒，觉得嗓子烧得慌。"当然，"声音哑哑的，"每

回首又见他

Written in the Stars

天都想。不过我知道他不会去太久的……"

"哦！"玛丽昂激动地一合掌，强忍着不要笑得太得意，"那么亚当现在要调过去工作，你也很高兴可以搬去纽约吧？"

突然房间像是缩水了似的，没有任何声音，连任何的动作都像是被放慢了一样。

"妈——妈！"亚当叫道，"我还没告诉碧呢！"

他在沙发上坐直身子把手伸向我，像是警察在劝导站在窗边要自杀的人一样，"碧，我本来想找个安静的时候告诉你，但一直还没有机会……"

玛丽昂抱着手看着我们，像是要欣赏一场网球比赛。

亚当瞪着她。"能给我们点空间吗，拜托？"

"哦，宝贝，我们留下来没准还能帮你们处理这个小小的误会呢。"她抚着他的手臂，他立马把手缩回来。

"我觉得你已经帮得够多了。"他警告地说。

"我只不过想——"

"请你别再干涉了行吗！"

我从来没听过亚当这样跟他妈妈说话，乔治已经走出去了，玛丽昂却还是张大嘴站在原地。

"哦，这倒有意思。好吧，亚当，如果你不需要完全正当的教诲，在你成长过程中一直给你爱和引导的父母的教诲，那么好得很。"她说着，怒气冲冲地走出房间。

我发现亚当在发抖，我想走过去安慰他，可是身体不听使唤，我太震惊了。

只剩下沉默。

"这倒是很顺利，"他喃喃，然后看着我说，"碧，太对不起了，我发誓我是要告诉你来着……"他朝我走过来。

"告诉，这个词用得好。"我平静地说，"那你准备什么时候告诉我，亚当？显然你没想过要问我的意见。"

"我只是在等合适的时机。"

"你知道多久了？"我问。

没有直接回答，他只是揉揉头发瘫坐在沙发上。"不太久。"

"多久？"我的声音冷静而平缓，尽管内心像是亟待爆发的火山。

"爸爸告诉我升职的时候就说可能会调过去。"

我难以置信地看着他，但他不敢看我的眼睛。"那是半年前了！为什么当时你不告诉我？"

他没有看我，灰色的眼睛牢牢地盯着地板。"我不想让你产生无谓的烦恼。我想你知道得越少就越轻松。我了解你会很容易焦虑。"

"那你到底打算什么时候告诉我？"我逼问，气氛一触即发。

有那么一会儿他一动也不动，然后掏出了个包装得好好的信封，上面写了我的名字，然后把它递到我手上，我看着他，暴躁地把信封扯开：是两张机票，1 月 5 日的。

"4 天？"我的声音都在颤抖，"你只给我 4 天时间，要我的生活翻天覆地整个搬到另一个国家去？辞掉第一份真正让我快乐的工作？跟我的家人和朋友说再见？你凭什么觉得这会让我更轻松？"

"我没觉得会轻松，"亚当恳求地看着我，"但我也知道早点告诉你也无济于事。我知道你只会拒绝，你从来都不喜欢做决定，害怕作出改变。我们的关系模式也是这样：我打理所有事，作出决定然后告诉你一个既成事实……"

"就像我还在老鹰公司的时候你就把现在这份工作摆到我面前一样？"这是一句很残酷的嘲讽，他责备地望着我，好像心碎了。是我造成的吗？

"我只是想让你快乐，碧。"他疲倦地说，"你知道我为了你什么都愿意做，可有时候我没有做决定的权利，所以就没有选择。"他用拳头敲了一下沙发扶手，然后用手捂着额头闭上眼睛，好像努力要冷静下来，"我不得不搬到纽约，爸爸说得很清楚，不然就没工作、没公司，也没有他的帮助了。"他悲伤地说，"我觉得这对我们俩也是好事，碧，全新的开始……"那一刻他看起来如此迷惘、受伤又脆弱，我差点就想把他揽入怀中，告诉他我相信他，可以跟他到世界的尽头去流浪。可我不能。但他肯定看出我的犹豫了，于是他站起身说：

"你会爱上那里的，碧。我知道你会的。"说着想走过来抱我。

"我知道你有多想米莉，"他语气轻快起来，"我也知道你能在那里找到更多的机会……"

"工作模式的亚当"上身了，那个习惯于解决问题、领导别人、创意无限的营销之王。最近在家我已经领教了很多亚当的工作模式，可我不喜欢这个版本的他。"我知道你也会喜欢那个城市的。"看他说得多么滴水不漏，好像在投标似的。"我知道你会有多爱中央公园——那里甚至有一个格林尼治的小村庄，碧！你总是说你怀念在格林尼治的日子——现在你可以了，在纽约！再说了，说真的，这里有什么值得你留恋的？"

"我的工作呢？"我难以置信地看着他，一想到他没有看到问题的本质我就越发生气，他怎么就不明白我不可能拔起脚来就走，我不想……

"你在纽约也能做同样的工作！"他大声说，"你可以在那里的新办公室工作，我可以跟詹姆斯说，看看能不能让你负责那边的项目——"

"你别老想着掌控一切行吗！"我忍无可忍，他好像被炮弹击中一样退后一步。我用手揉揉太阳穴，想赶走恐惧的噪音，"行吗！！"我开始怒吼，"你觉得你能解决所有问题，是吧？你还以为能治好我是吧，告诉你，你没这本事！那你干脆走好了，去你的纽约，就像所有人一样离开吧。你从我们结婚那一刻开始就在酝酿了。"他走过来想把我搂在怀里，但是我拼命地推开他，这么多年来我一直在构筑的防线现在终于高高耸立在我们之间，长久以来我费尽心力想忽略的恐惧决堤而出，我就知道我不配得到幸福，亚当对我来说好得过头了。他默默退到壁炉边，头靠在墙上。

"我没想着要治好你，碧。"他默默地说，"我爱你，但是我——我也知道因为你所经历的……过去那些事……就是，你知道，你的……病，你会很害怕，让你冒险走入未知你会吓得要死。但我在这里，碧儿，我一直都在这里……不管你多么用力地要把我推开。"

他没再多说，我闭上眼睛深深地呼吸，用罗尼教我的瑜伽腹式呼吸法，想好好分辨惊恐和迷惑交织的感觉。我身边的一切都坍塌了，所有我自以为已经建好的东西。我又站在码头边上，无法遏制地想消失在冰冷的浪涛之中。我睁开眼睛，像是第一次看到他。

"我不会让你摔倒的，"亚当走过来再次对我敞开怀抱，"你可以相信我。"

我伸手阻止他。"这就是问题所在，亚当，我花了七年时间装作相信你不会抛弃我，这太累了。"我想到自己曾经拼命挣扎，不要爱上他、不要和他同居也不要嫁给他。每次我前进一步，总暗中希望这一步能够消除不确定，但一直事与愿违，从来都是。我知道他是好人，知道他不会有意伤害我，可每个我爱过的男人都抛弃了我，他会不会走也只是时间问题。就像秋至而叶落一样，是自然规律。

"我不像你爸爸，碧儿。"他难过地说。

"的确，"我不假思索，"但有可能我像。"

我的心像是泡在水里一样慢慢缩小变皱，我越来越确信自己的想法：站在悬崖边太久了，现在我终于跳下去了。问题不在亚当身上，在我。

他再度走向我。"我了解你的害怕，我知道做出选择往前走本来就不容易，但没关系，因为我在这里，碧儿，我在这里，我想让你快乐。我知道我可以让你快乐。"他不容置疑地说，"只要你肯。"

"不，亚当。"我平静地说，感到一阵轻松，这一刻我终于浮出水面，如暴风雨之前的平静般，"你都不知道自己想要什么，你生活的每一步都是由你父母的意愿决定的。你是和工作结的婚，不是我。"我顿了一下，然后走向门口，每走一步都强迫自己不要回头，可就像是逆流而上，不管划得多么用力总是被浪打回去。但无论如何现在我只能往前走了。就算我终于到达，觉得抓住了什么，像是终于靠岸一样，浪涛还在拼命拉我回去。我必须放手了，我必须让他走了。

"这不是我想要的生活，亚当，你明白吗？我甚至觉得这也不是你想要的。如果你真想要的话，难道不该更努力点经营我们的关系吗？"我摆摆手，"不用回答，我知道你不愿意承认自己真正独立做出的唯一一个决定竟然是错的。你的生活还有一种选择是可以让你真正幸福的，另外一位妻子……"

亚当摇摇头，眼眶里都是泪水。"如果你真的那么想，碧，那你根本不了解我。"他用手撑着墙，低下头，手上的婚戒刺痛了我的眼睛，看起来是那么不协调，像是从来就不该在那里出现。

"所以我该走了，"我说，"对不起，亚当，但是我真的无法继续了。"

走出门的时候我没有回头。

我不能，也不忍回头。

回首又见他
Written in the Stars

Chapter 60

坐在回伦敦的出租车上，我拿出电话在通讯录里寻找唯一想要倾诉的那个人。

"你好，罗尼·毕晓普祝你新年超级快乐！"

"罗尼吗？"我的声音开始颤抖。

"碧？"一听到她的声音我就开始抽泣，"怎么啦？是不是玛丽昂那个女人？这次她又怎么着你了？我发誓如果她——"

"不——不是玛丽昂，"我结巴了，"是我，我——离开亚当了。"

"哦，宝贝……你在哪里？"

"回家的路上。我想去收拾点东西，不知道能不能……我在想我能不能……去你那里？"

家里冰冷得像是我们已经离开了好几个月一样，尽管我们是今早才从这里出发去他父母家。*真的是今早吗？* 挂了罗尼的电话之后我又打给米莉，她也很难接受，我说清原委之后她无比惋惜，我知道她很爱亚当，但这也有点过了。过了一会儿，我听到杰显然在对着司机大叫"去医院，拜托"——我才反应过来她正在经历宫缩，宝宝可能早产五周，于是又开始担心自己无意识中给她增加了更多的压力。

"拜托，别想着我和亚当了，注意力集中在你和宝宝身上。我们能处理好的，我肯定可以……"

"最好是这样。"她哭着说，"不然你就得向我和宝宝交代了。你们是宝宝教父教母的头号人选啊……我再打给你。"就这样，我闺蜜也走了。

我把包包扔在地上，自己也瘫坐下去，双腿再也无法支撑任何的重量。我觉得自己离所有人都是那么的遥远，遥远而又孤独。

看着家里简洁的高科技装备，我突然觉得自己像是在酒店房间里。什么都那么陌生，恍惚间像是度过了一个长达七年的假期，在一个天天想着不会住太久的地方。美丽、舒服而安全的地方，但就是不属于我的地方。

我站起来，漫无目的地走到客厅另一头的餐柜边，上面放着两个相框：一张是我和亚当在两年前他生日时拍的，他穿着礼服被我逗得大笑，我们俩都十分幸福的样子。眼下我用手指抚摸照片中他的脸庞，突然感到一阵遗憾和后悔，然后肠胃剧烈绞痛，痛得站不起身。我想念亚当，真不喜欢一个人在这里，甚至也不忍心去想再也不能见到他，抱着他，跟他说话，爱他。我知道他无心伤害我，他只是习惯性地做出对我们最好的选择而已，毕竟我就是没办法自己决定任何的事。我

回首又见他

Written in the Stars

只是觉得诧异他居然和我在一起了那么久。"对不起，"我对着他的相片说，"非常非常对不起。"

我又回到卧室随便收了几件衣服、几本书和几张 CD 放进行李箱，当我轻而易举就拉上这个箱子的拉链时，才发现自己的所有东西都是便携式的。难道我一直都在等这一刻吗？等着逃跑，就像爸爸一样？

走回客厅，我再次环顾周围，余光突然扫到消防出口指示。我知道自己应该离开了，可一股拉着我走出去的力量和另一股让我留下的反作用力在交战。于是我走到消防出口，真想最后看一眼屋顶花园，可我知道上去了就再也没有勇气离开了。我没有办法继续了，不能再这样若无其事地往前走。我走进教堂的那一刹那就开始迫切地希望为自己开启一段新的人生，把过去发生的事情通通遗忘，包括我的病、我缺乏的安全感、找寻爸爸的愿望还有我犯过的那些错。可我受够了总是躲着过去，总是充满罪恶感，受够了被所爱的人抛弃，更受够了不知人生该何去何从的迷茫。

我必须面对自己逃避了很久的一切。

我必须回家去。

Chapter 61

车窗外的诺福克郊区一片漆黑，耳边传来大海的呼唤和沼泽的叹息。凯尔开车到伦敦接我，他在我挂了罗尼的电话两个小时后就到了，然后我们直接开回诺福克。我本想告诉他我多么感激他和罗尼总是在我身边，又多么抱歉自己总是忽略他们，可他没给我机会说完，老实说我也说不下去了，我哭得太厉害。

"我的英雄。"最后我只能这么说。

"整个童年时代你都在照顾我，姐姐。"他也哽咽了，"我很高兴你始终在我的生活里。"他眨眨眼，伸出手紧紧地握着我，"我爱你，姐姐，我们只是希望你能幸福。"

我抬头看着月亮，月升月落周而复始，而我已经让那些外在的力量掌控自己的生活太久太久了，所以我只想拼命捂住在自己耳际变得越来越响的声音。谢天谢地我马上就可以回到罗尼那舒服安全的家了，那个温暖的、没有 Wifi 的地方，就算全世界又开始变黑暗，世间万

回首又见他
Written in the Stars

物一刻不停地在变化，我的生活在那里却可以慢下来，直至冻结。只要十分钟就到了，我感到一阵从容，诺福克才是我的家乡，我永恒的家乡，这里生活节奏很慢，期待值也很低。走上几英里也用不着做一个决定，不像在伦敦，我必须戴上面具面对世界，戴上一个让所有人都满意的面具。有那么一阵确实大家都满意了：我有品位的衣服和高跟鞋，幸福婚姻，还有给大家留下良好印象的我梦想的工作。可这全是短暂的幻象，无法面对过去，什么都是短暂的。

收音机播放着低沉的背景音乐，然后是新年倒计时的声音，我灵魂出窍似的在手机上查了查关于"倒计时"这个词的说法。

倒计时：时间一到便主动放弃过去的事物。

我放弃了往前走，我离开亚当回到诺福克，这就证明了对我而言最好的选择是让自己沉溺于过去，一了百了。

这时我脑袋里响了一声。滴答。这就是我必须做的事情。

"左转！"看到一个路标的时候我赶紧叫，时钟滴答滴答地在走。

"什么？为啥？"凯尔说着停下车。

"转就是了，拜托，求你了。我必须绕一小段路，凯尔，就现在。"

他打开转弯灯，我听到脑海里不断的滴答滴答滴答声，就像我自己的倒计时一样，我盯着前面的路。

让我不远千里回来的路。

Chapter 62

　　"我们来这干吗？"凯尔停在海边看着前面的栈道和亭子，满脸担忧。

　　晚上九点，码头静悄悄的，经过昨夜的除夕派对和今天的年度烟火之后这里就是座鬼城，我想象着每个人回到家，从昨晚侵袭海岸的风暴中渐渐缓过来——不用说还享受着新年带来的欢乐。好奇怪，我居然在这里，什么都和大家反着：风暴、过年。我走在自己的路上，一如既往，什么都很平静，我也很平静。

　　"我只想自己走一会儿，"我轻轻地说，打开车门闻见清新的海滨空气，"行吗？"

　　"我不知道，碧，"凯尔说，他的表情在车前灯刺眼的光下显得无比凝重，"你不会——"

　　"做什么傻事？"我摇摇头，带着一种自己希望是很有说服力的笑容，"当然不会了，我不是个孩子了，凯尔。"

回首又见他

Written in the Stars

"我和你一起，"他解开安全带，打开车门，"我不想你一个人。"

我拦住他："不了，拜托，凯尔。这是必须我自己去做的事情。"

他盯着我看了一会儿，蓝色的眼睛里满是恐惧和不确定，然后转过头去，手从门把上放下来。"好吧，你可以自己走走，但是我必须在这里看着你，好吗？"他不容分说地抱着双臂，那一刻我又看到了那个严肃、决断、有责任感的弟弟。

我点点头，靠过去轻轻地亲了一下他的脸，然后下车关上门。

大风淹没了我的呼吸，我朝着码头前庭走去，那里有一个巨大的罗盘建在地面上。我冷得发抖，赶紧把薄薄的风衣拉紧，这种天气里，鬼魂是安歇了呢，还是被释放了？八年没来这里，可我分明觉得昨日就在眼前，甚至可以听见过去的声音就在耳边回响，目之所及全是我和基兰的身影。那么多年来我第一次放任他们在脑海里狂奔，而不是试图去压抑。我放任自己去回想基兰来到我婚礼的场景，大胆去想象如果那天我没嫁给亚当，一切又会怎么样。我是不是已经处理好那些让我不敢放手一搏争取幸福的问题了？我和基兰是不是已经谈过让往事随风飘飘，然后又分道扬镳了？或者会不会有别的可能？我是不是在逃避自己的命运，那一天？还是那就是正确的选择……

我转过身，希望看到什么人走过来。可还是孤身一人。

我站在指南针正中央，耸着肩，手插在口袋里，指南针就好像代表着我现在的人生位置，代表着一直以来那种无决断力和无方向感的尴尬。

走到石墙边，风大得我必须很费劲才坐得稳。我戴上帽子，看着那个命定的夜晚埃利奥特跳下的码头，然后俯瞰海岸，回忆如潮，我想起当时那种头晕和恶心的感觉，我披着锡纸毯，一边颤抖一边哭着，医生给基兰和我做检查。他也吓得不轻。他们之前也干过同样疯狂的事情却每次都幸免于难。他和埃利奥特每次都没事，他说。他错了。

是我的错，都是我的错。

我决绝地站起来走到码头边，有点担心因脚下的木板塌了而掉进冰冷的水里，这次却不是自愿也不是挑战自己，而是本来就活该。

回过头看到凯尔靠在墙边等我的影子，他一手举到眉边仿佛眺望大海，可我知道他其实是在找我、照看我，一如既往。那天晚上他也在场——他是急救中心的见习医学生。当他们发现我和基兰搂着埃利奥特的尸体时我很惊讶地看见凯尔在救护队中，努力拯救生命，而不是浪费性命。

我紧紧抓着护栏，指关节都发白了，看着旋转的冰冷水面，想到自己如何在鲁莽、自私和愚蠢的驱使下爬上码头，还自以为自己战无不胜，以为自己是幸存者。我当时没喝醉，只是在自己骗自己罢了，自以为是的爱让我盲目，可那只是飞蛾扑火。直到基兰离开我才发现我差一点就一无所有，这让我彻底丧失了对自己的信心。

而现在，时隔八年之后我又回来了，弟弟在一边小心照看我，妈妈在家等着我，我才知道自己从来都不孤独。我一直都被那些永远永远都不会离开我的人们爱着。罗尼，以让我开心、帮助我应对日常生活的汤汤水水为使命，让我打理花园，用瑜伽、跑步和冥想充实每一天——还用生机、爱和欢笑充实这个家，继而用所思所学创造了她自

回首又见他
Written in the Stars

己全新的事业；凯尔，天生的白衣天使，总是照顾着我，确保我不用去面对那些会让我崩溃的事。

还有米莉也从来没有离开过我，甚至在我辍学期间还每天放学之后跑来对躺在沙发上的我说每日趣闻。哪怕她已经上了大学，还是不断地给我写信，跟我憧憬她毕业之后我们又能在一起的开心时光；等我发现基兰再也不会回来的时候又命令我搬到伦敦，这才让我看见了生活的一丝希望，她永远让我觉得安全，帮我做决定，鼓励我找工作，或温柔或强势地引导着我。

最后是亚当，真希望可以穿越回去告诉他我错了：他确实治好了我、拯救了我。这时我看到还在焦急地望向我的凯尔，好像随时随地都准备好要投入另一场救护一样，突然有种冲动想大声告诉他不必再为我担忧了，因为我不会再选择轻生，我再也不是那个小女孩了。很早之前我就已经超越了那一切，选择了另一条截然不同的、正确的路。现在只要再回到那条路上就万事大吉了。

我低头看着握住码头护栏的手才惊觉自己竟改变了那么多。我的生活已经不再会被那些弃我而去的人所左右了，我只会因为陪伴身边的亲友而改变，其实已经很久很久了，只是我自己还不知道而已。这时手机响了，拿出来一看，居然有20条信息，都是亚当发的，每一条都一样：

我爱你碧儿，我永远不会离开你。

我拿起手机轻轻抚摸着，像在抚摸亚当的脸，不知不觉眼泪都落在屏幕上。我开始回想这些年我给他造成的种种问题，而他却从来没有丧失对我的信心和对我们俩的信心。此刻手上的订婚戒指和结婚戒指在黑暗中越发璀璨夺目，像是亚当的爱和守护的光晕。他从来都清楚我的脆弱，我难以面对生活，认为自己不配拥有快乐，所以他求婚屡败仍坚持屡战，所以他帮我纾解压力策划了整个婚礼，所以他安排詹姆斯来联系我。他相信我，所以当他明白我不敢冒险的时候总会帮我作出安排，很可能这就是他没有告诉我要搬去纽约的原因。其实他并不是一个控制狂，只是想让我安然停泊在风浪中，努力带着我走向我们幸福的未来。

我想告诉他——还有罗尼、凯尔和米莉——那天晚上到底发生了什么，可难以启齿。我在埃利奥特之前跳下去不是因为我鲁莽、抑郁，只是因为我想证明自己也能做到。那是一个愚蠢而仓促的决定，极其错误的决定。我真希望自己能多给他们一点信任，其实他们都应该能够理解。亚当会告诉我没关系，他会带我走出内疚的泥泞沼泽，让我看清埃利奥特的死其实只是一个悲剧的意外。我甚至现在都能听见他对着我低语，就像耳边的风一样，没有关系，那不是我的错。

可就在这时基兰的声音昨日重现一般跳出脑海，那是过往的回音，是我从来不曾有机会过活的另一种人生。

那是无论如何都无法避免的，碧！别再想着是自己害死了埃利奥特，你应该相信是你救了我的命。

我用手捂住耳朵，突然间每个人的声音都在我的脑海中回响。罗尼说我们只能选择自己的路，没人能够救别人，只能救自己而已；米莉说她从事金融业若干年唯一学到的东西就是：世界上值得投资的只

回首又见他
Written in the Stars

有爱；爸爸在他的日记里也告诉我要永远向前看、向上看；亚当则不停地说他爱我。我想到刚才的那个指南针简直是一种象征：一次生命有那么多的方向，每一天都有无穷无尽的"如果"，每次到达极点的可能性，每次站在路口的困惑，感到一切尽如人意的兴奋还有感到一切背道而驰的悲哀。其实没人真正知道自己到底在哪里，没有任何抉择是容易的。爱还是离开，接受或者拒绝。我们可以不断揣测自己的对与否，可其实这只是浪费生命，然而我们也可以真正拥有生命：不再想着没有选择的另一条路，彻底听从内心的导航系统。或者，对我来说，听从罗尼的劝导，认识到变得快乐才是唯一需要做出的选择。

我抬起头，又突然想到爸爸。可能我永远都无法得知他的选择有没有让他快乐，但我可以选择不再继续自怨自艾下去。他给我留下日记其实是为了让我理解他的选择。于是，那么多年来第一次，我终于听从失踪已久的爸爸的意见，抬头看着闪烁的星空，跟随自己的直觉，跟随内心一直告诉我的道路，坚信不管是怎样的曲折，总会延伸到注定要到达的地方。我只能相信自己。

带着这个念头，我转身离开码头和我的过去——同时已经做好准备拥抱无比确信的未来。

February　果阿

那是我爸爸，我爸爸。我目不转睛地打量着他，就像在镜中看着我自己一样。

他侧目凝视着我，好像不确定一样，然后倒抽了一口气，用手捂住了嘴。

"亲爱的碧儿，你来了。"

亲爱的碧儿：

　　冬季快要过去了，你的周围马上也会出现希望的萌芽。是时候从冬眠的梦中醒来了，别再想着光秃秃的花园，好好看看你脚下都长了什么，其实它们一直都在那里。天蓝色鸢尾花和番红花的嫩芽破土而出，当然还有美丽灿烂的报春花和山茶花闪亮登场，就像冒险征程中的粉红淑女一样。很快野生水仙这种在阳光下长得特别好的花就要以金色的花瓣招摇过市，掩盖了那些常青植物的光芒。

　　这个月有很多要打理的事，你也可以把它当做一个逗号，一个暂停点，一段即将消失的严冬和就要到来的春日之间的过度。或许你还没有做好准备放手过去，仍然对漫长的寒冷心有余悸，但一定有那样的时刻，璀璨的阳光照耀在你的脸上，你已经可以感受到未来的无限明媚。

　　就算我不一定在你身边，也知道你一定会拥有无限的明媚，碧儿。

　　　　　　　　　　　　　　　　　爱你的爸爸

回首又见他

Written in the Stars

Chapter 63

碧·毕晓普要去果阿了。（还是果啊？）

9 个赞，1 条评论。

出租车在机场停下的时候我发现浓浓的球根状云在铅灰色天边快速移动，就像小型飞船一样。天气沉闷窒息，我像一个闷闷不乐的学生，迫切地想从功课中解脱出来跑到阳光充足的地方去玩耍。

下了车，司机笑着把我的背包从行李箱里拿出来，等着付钱。他是很好的旅伴，喜欢聊天又不会打扰到人，跟我分享更多他的事情而不多打听什么。他告诉我他有两个可爱的十多岁的女儿，自己一直很为她们操心，每当晚上她们要外出的时候一定要去接送，不管当时自己在做什么，也不管要跑到哪里去。

"为了两个小家伙我可以跑到世界的尽头。"他笑着从后视镜看我，我也立刻回应一个笑容，怀疑他在猜我父亲是不是也这么疼爱我。知道有的父亲能为孩子付出那么多，这真让我一阵难受。

可我又安慰自己，罗尼也会为了我和凯尔不惜跑遍世界，她甚至还支持我要去找爸爸的要求，而我连她对这个要求作何感想都不知道。

　　这次旅行是罗尼的主意。从圣诞那天我给她看了米莉带来的那封亚当写的有爸爸的地址的信之后，她就竭尽全力让我请假一周去完成这次旅行。我本来觉得很不现实，因为萨尔刚刚生了宝宝，但罗尼坚持给萨尔打了电话，萨尔也认为我必须去一趟，说是她爸爸会很高兴帮忙看店一周的。于是罗尼帮我定了一张机票，还安排我去她当地的朋友家住。

　　"那你不介意吗？你不介意我找到他和他重建父女之情吗？"

　　"哦，碧儿，你都不知道我多希望那样，真那样的话我会多高兴！"罗尼眼里充满泪水，我也哭着紧抱着她。"记住，宝贝，敢冒险可能会让你一时失足，但是不敢冒险可能让你失去自己。"

　　"谢谢，妈妈。"我静静地说。话一出口才发现我已经很久没有叫过她妈妈了，我想以后就这么叫她。

　　"哇别这样叫我，听起来好老啊！"她亲亲我的额头，我大笑，却发现她眼里都是泪光。这是不是又是一个她为我好而编出来的借口，说得好像她真不喜欢被叫做妈妈一样，而实际上我不这么称呼也让她感觉很受伤吧？想到一个人能为保护另一个人不惜自己受到伤害，我无比惊叹。她真是一个神奇的人，我甚至有点希望她能和我一起去找爸爸。

　　凯尔对此一直都不感兴趣，尽管我一再叫他一起去。"我理解你为什么想去，姐。"他说，"但是我不想离开露西和孩子们去瞎找一通。这是你自己的旅途，我希望见到他能让你明白一件我早就懂的事，我们的童年，我们的生活正是因为他的离去才是最好的。"然后他没再多说了，可我分明感到他的哽咽。

旅途的终点被兴奋的观光客占领：漫长的圣诞假后急于逃离寒冷的英伦天气（还有他们各自家庭）的情侣，带着放假的孩子寻找冬日暖阳的父母，或者在英国过完圣诞现在正要回国的人们。那么多想要逃离或者回归生活的人。

我不清楚自己是哪一种。

看着出发口川流不息的人群，有时候我会默默观察某个家庭，倾听他们的对话。这时我觉得自己就是一只陀螺，一只拼命旋转只是为了保持立于原地的陀螺，而所有人都轻易地在我身边不停穿梭。电子屏幕清清楚楚地写明了目的地、航班号和登机口，可我眼里只有一片模糊，突然对这次独自旅行产生了怀疑。这是干吗呢，千里迢迢飞到印度去找一个二十多年没见过的男人，期待他能回答关于我自己生活的问题？真希望亚当就在我身边，他一定会让我感到安心，我很清楚这一点。我会告诉他去年四月以来我经历的一切，我是如何蜕变成为今天的自己的。我会让他知道我也没有忘记他，他永远都在我心里，我想要逃开的不是他也不是我们的感情，只是要先解决过去的一切。米莉告诉我真相以后我试着跟他联系过，可他没有接我的电话。米莉说他不在国内。我想，帮忙找到爸爸应该是他最后的无私举动了吧，他帮我是因为他依然认为我无法帮助自己。

我慢慢走到候机区，在后排找了个座位，在很清晰地意识到自己的孤独的同时也因为自己的行为而充满力量。我第一次掌控了自己的人生。这时身后电子门那边传来一阵骚乱，我无暇顾及，只一心想着排到队列前面穿过大门赶快登机。其实我更担心一旦转过头我就会逃跑（毕竟这是我的特长了），跳上出租车跑回家去。

"拜托别挡着路！一位女士带一堆行李呢！"

我刚转过头她就像变戏法一样出现在我面前。

"嗒——哒！"她以一个舞蹈动作亮相在我面前，满身珠宝叮叮当当。

"罗尼！！"我尖叫道，她把帆布包甩下，摘下软呢帽，甩甩乱七八糟的头发冲我一笑。

"正是在下。"她谢幕道，好像整条队伍甚至整个航站楼的旅客都转过头看着她似的。她身着长及地面的扎染裙，配了一双从七十年代就穿到现在的磨得很旧的靴子，上身是一件白色背心，外罩一件已经滑到肩膀的镂空套衫。脖子上戴着至少6条项链，耳朵上是硕大无比的耳圈，手腕上有无数圈珠串，最外面还穿了一件阿富汗外套，看起来简直美艳无比。

"你这是来干吗呢？"我吃了一惊。

"当然是和你一起去啦，宝贝！"她笑着，见我下巴都要惊掉了赶紧搂着我摸了摸我的脸，"我怎么能错过带着宝贝女儿去游览最爱之地的机会啊，那个地方其实流淌在我和你的血液中，在我的工作和每一次的呼吸中！我要支持你，在你见爸爸的时候陪在你身边……这毕竟是我和他共同的问题。"

我想开口说点什么，可是她摆摆戴满戒指的手制止了我，她一双手上只有一个指头是空的，正是无名指。我握住她的手。

　　"罗尼，你不用来的，我知道这件事对你来说是多么困难。"

　　"可是我想啊，"她回答说，"这也不全是为了你，我不是一个彻底的牺牲者。"她眨眨眼，我忍不住笑了，她接着说："这是我必须做的，我从你身上也学到了好多，我的宝贝，在走向未来之前我也必须学会面对过去。罗杰——你还记得他吧，宝贝？"她竟然变得有点害羞，"圣诞的时候他也来了。很英俊的男人，银发，声音富有磁性，动作灵敏而矫健的那个？"

　　我发现她脸红了，破天荒头一遭。

　　"呃，好像他对我还挺感兴趣的……"她倾过身子，用一种比别人大吼还大的音量"耳语"道："还不光是性方面！他要一段感情关系。你知道吧，严肃的、稳定的，或者就像你们小年轻现在流行的什么说法啦。但不管怎么样我没办法答应，你明白吗，自从……呃，就是，你爸爸离开我之后，我还没有爱上过任何一个人呢。"

　　我点点头握着她的手，很明白她觉得这些事情难以启齿。

　　她清清嗓子笑了。"其实很多方面我也像你一样处于很不稳定的状态，只是我更会处理一点……"她一甩头，头发几乎扫在地板上，然后开始自顾自地秀头发。排在我们这一队中有的人居然开始鼓掌，她站起来两手做祈祷状，然后鞠了一躬，又看着我。

　　"所以我决定要像我女儿一样，变得更强大、更勇敢、更宽容。"然后她双手环抱着我，脸贴在我的脸上。

"生命并没有地图，碧儿，只有你内心的指南针。*Samskara saksat karanat purvajati jnanam...*"见我满脸迷惑，她笑了，"意思是，以自己的方式、习惯和训练持续专注、持续冥想，这样我们就能获得知识，帮助我们理解过去、改变固有模式从而获得更加自由完满的人生。"她把墨镜戴好，可颤抖的双唇出卖了她，"其实你爸爸离开之后，我并没有像外在那样自由完满，那都是刻意表现出来的。"

我哽咽着点点头，轮到我们登机了。

我们走过去把护照和机票递给一个表情迷惘的女人。

"我们要开启一段改变命运的旅程了。"罗尼骄傲地说。

"真不错，"她礼貌地回答，"你们是姐妹俩？"

我笑了，正想说是——十多岁开始罗尼就这么教我，可是她比我嘴快。

"不，其实这是我女儿。"她牵着我的手轻轻握了一下，然后转头看着我，满脸都是骄傲。然后她转过头拉低墨镜，好像大明星一样神秘地对那个地勤女孩说："乖，好吧，能不能给我们升舱？"

Chapter 64

到果阿机场的时候我发现那里远比想象中更加热闹拥挤，热浪吞噬着一切，我背上的汗水瞬间就滴下来，罗尼和我被伸手来接我们的行李、大喊大叫吸引注意的男人团团围住，但罗尼淡定以对。然后她抬起下巴搂着我，带我杀出重围去找她之前订好的车。

她早就已经波澜不惊了：11 个小时的飞行，她自己拿出一堆零食，给了我一片草本安眠药，我醒来以后才觉得那简直是马的剂量，因为刚吃下去我就几乎是晕过去了。天知道那里面都有啥，可飞机上这一觉是我几周来睡得最好的一次，一直睡到在热气蒸腾的印度降落时才醒过来。这时候我就有种预感，一定有什么大事要发生了。

我们钻进一辆白色小车驶向巴加时，这种预感还在持续，巴加是罗尼和爸爸相爱时住过的地方，她告诉我我也是在那里怀上的。

所以如果想要回到一切开始的那个地方，这儿最理想。

此时罗尼安静下来默默地看着窗外，耳边只有车轮在路上前进的声音和收音机里的印度音乐，还有我们的车子在宽阔的路面上碾到大坑时她手镯碰撞所发出的叮叮当当的响声。这片被热浪侵袭的贫瘠乡村一望无际，偶尔视线才会被嗖嗖驶过的小摩托打断，骑车的往往是不戴头盔裸着上身的印度男人，有时候后座上也会有个女孩，缤纷的沙丽在风中鼓起。大型货车超车的时候眼看就要冲着我们撞上来，我被吓得屏住呼吸闭上眼睛。没有规则就是这里的行车规则，我从来没有到过如此有异域风情又生机勃勃的地方。

"你没事吧？"我手肘拐了罗尼一下。

她转过头露出一丝微笑。"我好像掉进时空漩涡了，你是唯一可以证明过去这三十年都真实发生过的证据。这里什么都没变，可又好像什么都变了。"她紧握着我的手惆怅地笑了。

"这是不是对你来说太诡异了？"我问，"我是说见爸爸这件事？也许我们不应该来。"我赶紧补了一句，觉得熟悉的恐慌和没有决断力的自己又跳了出来，罗尼摇摇头搂着我说："宝贝，我们现在不能再回头了，也不能再逃避了，嗯？我们俩都不能了。"

45 分钟后我们来到恰朗格乌泰路，各种颜色、噪音和气味瞬间攻陷了我的感官。我从来没在那么小的地方见过那么多的人，牛在车前漫步、摩托车在四处穿梭。棕榈树、货摊、窝棚和石灰粉刷的房子在路边一字排开，甚至有头大象缓缓路过。我害怕错过每一个方向而到处张望，弄得脖子都酸了，一辈子也没见过那么多生物在贫穷中共存。终于我们停在一座小小的白色殖民时代风格的房子前，门上挂着一块看起来要散架的老牌子，上面用俗艳的斜体字写着*莎拉旅社*。

罗尼先下车，递给司机的卢比让他笑得合不拢嘴，她对他的服务表示感谢。他把我们的行李拿出来之后就一溜烟地走了。

"来吧，宝贝。"罗尼的兴奋溢于言表，"我们先入住，我有好多地方要带你去呢。"

我们从旅馆走出来的时候已经下午7点了，可室外还是热浪逼人，出门前我洗了两次澡，第一次洗尘，第二次纯粹是为了降温。罗尼在小小的庭院花园里一边等我一边和脾气颇古怪的店主莎拉聊天，等莎拉突然想起罗尼是谁的时候居然马上变身为一个好客的主人。我路过走廊的时候莎拉正兴奋地指手画脚，我猜罗尼已经把过去三十年的故事梗概告诉了她。她们俩小声说着悄悄话，我偶然听到罗尼说："……不管怎么说他还是给我带来了两个最棒的礼物。"然后她转过头示意我过去。

莎拉跑到我跟前紧紧拉起我的手还热情地握了一下。"你最受欢迎了，在巴加。我们爱英国人，我们爱你的罗尼。你妈妈是好朋友，是老的！"

罗尼站起来翻了个白眼。"拜托，是很好的老朋友，莎拉！"说完她搂着莎拉笑了，莎拉的脸皱得像个梅干，冲着我笑的时候褐色的眼睛却熠熠生辉，"莎拉说莱恩经常会在旅行时在巴加作短暂停留，这个习惯已经很多年了。但最近这几年他在这里呆得就比较久了，甚至还在安朱纳海滩买了个房子。她说莱恩在这里挺有名气的，所以应该很容易找到他。"

然后莎拉又说了件让罗尼感同身受的事："他喜欢巴加，这对他来说就像自己家。还有就是英国老女人喜欢他。他特别受老女人欢迎，但是他自己话不多。她们像苍蝇围着牛一样围住他，在巴加海滩上。她们觉得他像是神。"

罗尼扬扬眉毛，若有所思地笑了。"那就对了，你爸爸是一个非常有魅力的男人。"

"所以，"莎拉接着说，"他周三都去市集。你在那里能找到他。"想到明天终于能见到爸爸，我的心跳漏了一拍。

到巴加海滩的时候正日落，罗尼把我拖到海边夜市，点了两瓶啤酒和一堆传统果阿菜，说我一定会很喜欢，然后把椅子搬到我身边和我一起眺望大海。

我们静静地坐着，看着金坠子般的太阳缓缓落入水中照亮了整片天空，长长的地平线五彩缤纷，大海也闪耀着紫罗兰色的光。此情此景让人心生敬畏，看着罗尼我感激的泪水流过脸颊，觉得就算见不到爸爸也不虚此行了。我环顾四周想通过他的目光来看这个地方，毕竟他决定在此扎根了，这儿的花园和诺福克如此迥异，而我选择定居的城市和诺福克亦天差地别。冥冥中我觉得自己和失散已久的爸爸已经有很多共同点了，尽管我不清楚有多少是好的。除了都被抑郁症困扰之外，我们都曾经努力要为自己创造新的生活，因为我们都无法面对——或者觉得自己配不上——原有的生活。

"你还好吧？"罗尼轻轻地问，"在想什么呢？"

我喝了一口酒。"亚当。我真的好想他，罗尼。"

回首又见他
Written in the Stars

她点点头，摸摸我的手。"我明白，宝贝。"

这时海滩上走来一家四口，远远看去只能望见剪影，手拉着手的剪影随着太阳的轮廓逐渐变小，在消失于地平线之前就像金币一样耀眼。我知道我和罗尼都在憧憬自己置身同样的图景，我们一家四口本来可以拥有的图景。

"你有没有后悔嫁给爸爸？"

罗尼倾过来捧着我的脸。"怎么可能，碧儿，你必须知道正是他给我带来了你和凯尔，我的生活才那么快乐。我一直都觉得只要你们俩好好的，我就可以勇敢面对人生中的所有问题。"她的眼睛湿了，"这就是为什么我觉得你和基兰在一起的那个夏天会那么让人难以接受。我感到你在慢慢离开我——那天晚上我接到警察的电话要我开车去码头接你的时候，我担心得半死，生怕你出了什么事情。当时我就发誓说只要你好好的，以后再也不让你离开我的视线。基兰的离开其实让我如释重负，尽管看着你那么心碎。其实我也知道他人不坏，不过他配不上你。可是，我本来应该帮你渡过难关重新开始，最后却没有做到，还让你变得更加压抑。我带你去看医生，他开了抗抑郁剂的时候我松了口气，碧儿，真的松了口气。尽管我知道药并不能治本，并且那些药物让你丧失了信心，丧失了做决定的能力，还有振作起来重新开始的欲望，但我却无比感激上苍让你留在我身边，于是我选择了接受你的问题。我不在乎你是不是休学、是不是不想走出去，还是你的生活最后就只剩下躺在床上、沙发上和我一起看老电影。这些我都不在乎，因为我还拥有你，可以照顾你、保护你。"说到这里她泪如雨下却没有伸手去擦。终于，那扇门打开了，她再也不用假装强大了。

"没事的罗尼，我都明白。"

自从我知道爸爸的事的真实版本之后就对她刮目相看，那真是一种完全不同的生活。在这个故事里她其实是一个被伤透了心的女人，因为有两个孩子所以无权选择悲观，只能以积极的姿态面对心碎。她竭尽全力让全家人走出沼泽，给我和凯尔带来最大的快乐。她保护着我们，同时也保护着爸爸。她太懂得为人母亲之道，所以才无条件接受我们所有的优点和缺点，一切都会被她无条件的爱治愈。我对她钦佩无比。她的书籍、外表和课程一直是数以千计的人的行为榜样。到今天我才发现，她也变成了我的行为榜样。

突然想到凯尔和我之所以会叫她罗尼，并不是因为我们觉得她不像个母亲，而是因为简单的"妈妈"这个词不足以表达我们对她的感情，也不足以概括她是谁。她从来都不只是妈妈，她是父亲、老师、咨询师、姐姐还有救星。我的救星。

"你是真心爱过他，对吧？"我说。

"哦，真心的。"她热烈地说，"我记得当时坐在这里，也是同一个位置，第一次和你爸爸看落日的时候我就想，我再也无法想象到别的地方去——或者和其他人在一起了——任何人。"

"那为什么你们要走？"我问，"如果你们都那么爱这里，如果你没有让他回英国，你觉得你们会一直幸福地在这里生活吗？"我纠结于他们可能的另一条生命轨迹。有什么理由能让爸爸不选择离开？他们另外一个结局又会是什么样？

回音又见他

Written in the Stars

罗尼喝了一口酒，摇摇头。"我发现我拯救不了他，我们的关系还不够。"

"就像我和基兰的关系。"她的头靠着我的头，"你觉得爸爸见到我们会说什么？"我很快地问道，这才发现自己其实很担心。

"不知道，宝贝，但不管怎么说，我们俩在一起，这条路的每一步都一起走来。"

我看着罗尼说："这就是我想要的。"

Chapter 65

第二天一早我坐在阳台上俯瞰灰蒙蒙的路面，身穿亮粉色长袍和凉拖的罗尼来敲门，她的头发高高扎到头顶，上面还包着一条浅绿色围巾。

"早啊，宝贝，你好了吗？吃过没有？可以走了吗？我们应该早点去，你觉得呢？"她有点紧张，喋喋不休，完全静不下来，"快点宝贝，你还在等什么？"

我有点心烦地走进屋里，昨晚一宿没睡，又累又不想动。这种感觉对我来讲并不新鲜，我已经非常习惯于在漫长黑暗的夜晚沉溺于各种各样的念头中，这小半辈子都在失眠。11岁刚念初中的时候这个问题就开始了，我很担心中考，从那以后就越来越厉害，一直到能睡着一会儿就算是幸运的程度。我就那样躺一晚上，心跳很快，恐惧就像海怪一样吞噬了我的大脑。

昨晚我又回到那段时光，心念电转，一个接一个地纠结于过去和

回音又见他

Written in the Stars

将来，一时回放，一时快进，把我记得的关于爸爸的片段全过了一遍，然后开始幻想今天见到他以后的每一种可能性。

今天。

"好了吗？"罗尼问道。

我的脸烫得发痒，头发无精打采，短裤和背心也都被汗水浸透了。我花了整整一个小时来准备，可现在却觉得一点都没准备好。老实说我又想逃跑了，这就是我的预设模式，今天就要见到那个把我生成这个样子的人了。我牵着罗尼的手，穿过简单粉刷过的走廊，路过小小的接待台，然后走进早上干燥炎热的空气中。

"那是什么？"我指着外面停着的摩托车。

"我们今天的交通工具啊！"她说着拉好长袍跨坐在车上，帅得就像自己在骑哈雷机车一样，那样子很搞笑，宽大的造型放眼望去就是一堆粉红色，差点要把脚踏车整个遮住。她点着油门试了试引擎，然后不羁地对我眨眨眼。"快啊，女儿，想和妈妈去风驰电掣一下吗？"

我抱着手摇摇头。"我不可能和你骑那个东西的，绝对不可能。"

"我会慢慢骑的，我保证。"罗尼说，"这会是一场美妙的旅程。再说了，我以前经常骑这种车，所以也不算是个新手了。放开点嘛，碧儿。或者我该叫你*西尔玛*。"她学了一下德克萨斯口音。那是基兰离开之后我们不断重复在看的一部电影，罗尼显然希望能用女性独立的故事给我打气。不过我不太清楚她有没有想过这样有可能会摔下悬崖，上帝保佑。

"真不敢相信我会坐上来。"我叹了口气坐在她身后，轻轻扶着她的腰，闭上眼睛，罗尼加了点油，我们俩都尖叫，然而车子在地面抖了三抖就颤巍巍地开始前进了，罗尼使劲用脚撑了一下地，我们正式出发……以差不多每小时 10 英里的速度前行。

我们像蜗牛爬一样穿过大街，我笑得半死。"哇哦，真是太疯狂了，罗尼！"我叫道，"你太粗野了，我真受不了这么快！"

我们一路颠簸地走着，我笑得快疯掉，而罗尼绝望地想控制好机车。

"我肯定可以快起来，你等着瞧！"她又加了一下油门，可摩托突然停在马路中间了。

我又笑得不能自已，头靠在她背上看她点油门。这时一头牛停在了我们身边，好像看公路大戏一样看着我们。

"哞——"它好像鼓励似的叫了一声，罗尼急得跳脚，这时引擎突然发动起来，车子开始在原地打转，牛吓得仓皇而逃，还不忘又叫了一声略带义愤的"哞——"

我们再度出发，机车在路上横冲直撞，红色的尘土飞扬起来，罗尼一边大叫一边奋勇前进。开到 15 英里的时候我也叫着鼓励了她几句。

"我们真的能这样骑车吗？"我模仿吉娜·戴维斯的演绎说，"我意思是，这光天化日的。"

"不行，但我要离我们刚犯下的滔天大罪远一点！"罗尼站在机车上，叫了一句路易丝的台词，然后把包在头上的围巾扯下来递给我，伸脚在地上划了两下，边叫边笑地朝着安朱娜进发。我都不记得印象中有比这更开心的时刻了。

回首又见他

Written in the Stars

Chapter 66

半小时之后我们来到熙熙攘攘的安朱娜市集上，我突然真切地希望自己刚才没有老催罗尼骑快点了，还有几分希望现在能跳上机车骑回去。罗尼好像看穿了我的心思，于是挽着我的手走到海边市集上，那种熟悉的力不从心感又冒了出来，我必须见到爸爸，可现在我只想逃跑，再一次逃跑。

果阿的太阳把毒辣的热力播撒在大地上，我们尽量走在市集小摊的窝棚下，可是那种热力，加上焚香和香料的味道还有鼓乐、高声谈笑的噪音，简直令人难以忍受。沙地上、棕榈树树荫下铺着好多毯子，卖家打着盘腿坐在商品前面：一卷一卷项链、线、石头、编好的手链还有一串串的金银珠宝。从来没看过一个地方有那么多缤纷的色彩，那么多的商品还有那么多勃勃的生机。女性穿着鲜艳的沙丽在风中翻飞，有人在演示印度传统木偶戏，有人在买象牙碗里装的香料、卷成一卷卷的软底鞋、T恤、小毯子、灯笼、花瓶和手刻雕像。走着走着我突然闭上眼睛，想从这种热力、这种熙熙攘攘的热闹、美食的香气还有噪音中跳脱出来，感觉好像又回到了格林尼治的市集。

罗尼和我杀出一条血路，在那些小摊前驻足欣赏，强自镇定地享受休闲的母女时光，买了些珠子和两条围巾，都暗地希望下一个步骤越晚越好。小摊贩看见所谓的西方有钱人来都很兴奋，所以我们不得不在打听爸爸的消息之前买点东西，不然太有负罪感了。

问了几个人都没什么答案，他们目光茫然地耸耸肩。都不知道是不会英语还是就不认识莱恩——还是压根不想告诉我们他住在哪里。

快到中午的时候，我被热气、疲倦、失望和脱水搞得快晕倒了。罗尼指着一棵就在市集旁边的棕榈树，我们买了点水和水果走过去。

"我觉得这希望确实有点渺茫，"罗尼说，我们一边喝水一边走着，"我是说，他可能在任何一个地方啊，不行的话明天再试试……"

"或者干脆放弃好了。"我有点消极，头靠在树上闭着眼睛，"我觉得这可能也不是个好主意吧，你想，他肯定是不想被人找到的。我们要不把剩下的时间拿来度假，咱俩好好相处——好吧，罗尼？"

我睁开眼睛，罗尼站在我面前，一手叉腰一手放在刚从小摊上买来的草帽上。"罗尼？"我又问，"你听到了吗？我说那其实并不重要的……"

她还是没有回答，却用手指着远处。"他在那里，"轻柔的声音，"莱恩就在那里……"

我拼命和她肩并着肩站稳，踮着脚尖、举手挡住阳光朝她指着的方向看过去，感觉自己就像海滩上从爸爸身边走丢的小孩，可就是这

回首又见他

Written in the Stars

么急切地四处张望也还是不能确定自己的目标。已经快 25 年了，他可能也变得我都认不出来了吧。

罗尼猛地拉着我飞快地走向他，我只能跟着，在晒得发烫的沙地上跳脚，不时停下来穿好夹脚拖。她在各种摊贩之间穿梭然后突然急刹车，我差点撞到了她。顺着她的视线我看到一个男人：更正——一个老男人，坐在几幅画前。尽管我每一年都在默默计算他的年龄，此刻还是震惊异常。他今年 71 岁，现在看起来样子也是 71 岁老人的，脸比印象中要瘦长，就像被岁月无尽的悲伤拉长了似的。肤色是坚果的黝黑，长长的鸽灰色头发从中间分开，在脑后扎了个马尾。穿着卡其色短裤和亚麻短袖，胸前的扣子没有系上。尽管年纪那么大了，他的小腿还像运动员般强健——和我一模一样，手也是颇有特色的艺术家的那种手。他正在和什么人谈笑，兴起处还手势不断。就算一个字都听不见，我还是完全明白他在说什么。

那是我爸爸，我爸爸。我目不转睛地打量着他，就像在镜中看着我自己一样。我像他吗？我们的手一样，黑色眼珠也一样。我其实更像他而不是罗尼和凯尔，我想道。

我确实更像他，而不像罗尼和凯尔。

"就是他了。"我脑海中一字一句想着这句话，此刻真说出口却像一声叹息，声音如此轻柔以至于我以为是我自己说的。然后才发现原来这句话出自罗尼之口。

她突然死死攥住我的手，好像我们俩站在悬崖边一样，不光因为我可能摔下去，这一次，还因为她也可能粉身碎骨。

"难以置信。"她自言自语。我让她先走过去，可突然间我对这一切也感同身受似的。她慢慢走向他，每一步都在走向过去……

"莱恩？"她云淡风轻、笑容满面地站在小摊前，可我却发现她的手仍然在抖。他听见声音一动也不能动地呆了一会儿，这才慢慢转过头直视着她。我下意识地退后缩到一边，想好好看着这一切。

"罗尼？"他说，那声音就像过去遥远的记忆。

我的眼睛一眨不眨地看着他，不光看他，还有他现在的生活，他放弃了选择我们之后的生活。他坐在画架前，是一幅风景画半成品。画架最上面别着一张照片，我想那是他的主题吧。罗尼总是说爸爸特别有才华，他教授艺术史、绘画，喜欢雕塑、园艺。"任何一件能让他心灵手巧的事情他都爱。"有次她这么说。他的小摊上全是油画，都是英国乡村和海岸的风景。这时我的目光落在一幅很特别的画上，那是一座马蹄形的花园。柔柔的秋日阳光透过柳树，树下有个人跪在地上，她双手着地抬头仰望着天空。这场景看起来很熟悉，很像我日记第一页的那幅画。

当我终于明白上面画的是谁时，禁不住捂住了自己的嘴巴，那个小女孩就是我啊。

罗尼和莱恩静静相对，中间隔了一条隐形的线，两人都不敢轻易跨过去。

莱恩先开口："你终于还是找来了。"

"不是我。"罗尼回答说。他脸上的困惑一闪而过，我突然在他遥远的表情和不确定的眼神中看见了自己。"是碧儿。她等你回来等了好多年，这次是她决定来的。"

"碧。"他赶紧转过头，目光在搜索整个市集，"她来了吗？"然后又回头看着罗尼，我都说不清他眼里是希望还是恐惧。

我慢慢走出树荫，一步一步走向他。

周围每个人、所有一切都融化消失了，只有我走在这条路上，走向我的父亲。我觉得自己就像走在一条线上，一条连接过去和现在的钢索上。眼下这一刻亦幻亦真，我幻想过太多太多次，最后一次还是在婚礼那天：我想象着他终于和我联系上，我奔向他怀里，也幻想过他看见我却转头走开了。眼下也是如此：与两种可能性不同的结果。

他侧目凝视着我，好像不确定一样，然后倒抽了一口气用手捂住了嘴。

当我终于站在他面前的时候并没有像幻想中那样扑进他怀里。我只是拉起罗尼的手，直视爸爸的眼睛，我看到自己在他的瞳孔里，不光是自己的影子，还有自己的灵魂。就像我们本来就是同一个人一样。他眼中有悲伤，有深沉的孤独，比任何一座花园里的水井都还要深的，几乎不能忍受的孤独。我不能继续直视那双眼睛，因为我知道那些情绪也在我自己的眼中。

眼泪，可哭的人是他而不是我。我想要安慰他但说不出口，他只是个陌生人，一个我完全不认识的人。他抬起黝黑的、满布青筋的手，手抖得厉害。"对不起。我没事，我没事。"他不断重复这句话，好像在安慰自己一样。然后从口袋里拿出一壶水和几片药，颤巍巍地吃了。

他挤出一个笑容，眼里满是泪光，不是年老悲凉或者悔恨的泪光，而像是在神游四海一样。又像他的双眼从来没有历经任何大喜大悲，只是静静停靠在情感平静的海岸边。

"亲爱的碧儿。"他轻轻地开口说，语气像是在用心体会这些字句在唇边是什么感觉。这一刻让我想象他若干年前写园艺日记时念诵这句话的样子。"亲爱的碧儿，"他又说，"你来了。"

Chapter 67

　　我们走出市集找了一家海滩酒吧，坐到一个安静的角落里。来到这么个中立地带让我舒了口气，刚看见爸爸那个卑微的小摊时我简直五味杂陈，真不知道如果看见他住的地方自己会作何感想。

　　其实我们一家三口聚在一块儿这一点就已经非常超现实了，而几步之遥居然有牛躺在一群游客旁边大喇喇地享受日光浴，这让画面更加失真。

　　"那么说来，你是画家了。"一个笑容明朗、牙齿洁白的服务生把三瓶啤酒端上桌后，我开口了。这个问题本身充满了尴尬，本意是随便聊聊，可话一出口就显得那么刺耳、充满对峙的意味。尤其我坐在他正对面，像是审问一样。我喝了口啤酒想放松一点儿，那冰凉而辛辣的味道穿过喉咙，真希望这能让话说得更自然一点。

　　"这算是个小小的爱好吧，"莱恩说着在桌上转着他的酒瓶，"就画我喜欢的地方。让我身在异乡也能感到像是回家了一样，我觉得很

果阿

治愈。"他斜眼看着酒标，眼中有道深不可测的裂痕。

"那你工作吗？"我干脆地问道，然后又咬住自己的嘴唇。我并不想挑衅他，只是想多了解他一点。

"零零散散的吧，碧，零零散散的。除了小摊之外我可以领退休金，有时候做点志愿者工作，教外国学生英语。"

"你是在这里永久定居了吗？"罗尼问的声音很尖，她又清清喉咙喝了口酒。原来不止我一个人会紧张。

他的目光终于停留在她身上，眼中情绪翻滚，好像正在回忆过往的她一样：时间球不断掉落又升起。

"永久可不是我特别喜欢的一个字眼。"

"我也不是。"我插嘴说，他看着我心照不宣地点点头。我又低头看着桌子，一直以为有的某种相似性原来真的存在。"我逃婚了。"我突然开口说，"就在婚礼当天。我逃跑是因为我就像你，爸爸……"我的感情突然不小心滑出唇边，可最后却化为空虚一片，"我就像你。"我静静地加上这么一句，他什么都没说。

好像完全没有听见我的话，也可能是不想听见吧。

"我每年来这里呆上几个月，"他随性地说着，就像我完全没有开过口一样，"嗯，反正要呆到雨季。"我觉得自己的心被砸到一块石头上，他完全不想知道我的事，甚至不想接受我像他的事实，"在这里花很少的钱就能过上简单的生活——卢比很经用呢，你知道！"说到这儿他顿了顿，想要看看我们对这个小笑话的反应，然后又很快捡起话头生怕冷场，"这里大多数外国人都六七十岁了，真是一个涉

回首又见他

Written in the Stars

外大酒店呢！"他干巴巴地笑了，我和罗尼也尴尬地笑起来，我发现他的眼睛并不像罗尼的眼睛那样闪闪发亮，他的双眸静如止水，不是平静，而是……一潭死水。

然后大家都想不出要说什么了，笑话断档的时间越久就显得越冷。他转过头，目光移到地平线处，一副宁可待在任何一个地方也不想在这里多留一刻的样子。我瞥了罗尼一眼，她一直没有把视线从他身上挪开。

"为什么，莱恩？"她终于开口，"你为什么要离开？"

一开始没有任何反应，好像他已经迷失在另一个地方，另一段时光之中了。

"我受不了了，"他简单地说，"我受不了那种生活，受不了明明知道留下来会带给你怎样的后果的罪恶感。离开是唯一的选择，要么就……"他的声音嘶哑裂开，他闭上眼睛深深地呼吸，突然我觉得他已经不在现场了，甚至这一切都只是幻想，转瞬即逝。如果我突然有所行动的话这一切就会消失得无影无踪。

"那你还是在练习冥想的吧。"罗尼的声音温柔平和而充满母性，"那就好了。"

莱恩看着她，我觉得自己彻底消失了，这是属于他们俩的时光，"这是你对我的无数帮助之一，罗尼，和你学习冥想是我做过的最好的事情之一。"

我想到以前生病的时候罗尼总带我颂歌、冥想、跑步、做瑜伽和园艺。她做这些——学这些——是不是都是为了爸爸？这感觉太熟悉了，突然我下意识地推开椅子站起来。我不能再待在这里，太难了。

"碧？"罗尼惊叫着抓着我的手，"你没事吧？"

"我不能够……"

"嘘，碧儿，没事的。"她拉着我坐回椅子上。莱恩看着我——眼里有悲哀，但更多的是疏离。

罗尼抬起手搂着我。"我们都心知肚明你为什么要走，莱恩。"她颤抖着说，"其实我们真正想知道的是你为什么再也没有回来。"

他盯着我们，仿佛已经寻找这个答案好久了一样，再开口已是物是人非，声音哽咽而刺耳。

"我说过了，我——我受不了了，我就是知道你们没有我能过得更好。"

"这不是你说了算的。"罗尼紧紧地搂着我，我们像变成了一个人，她和我。她支持着我，她一直都支持我，"莱恩，我爱过你，我为你付出了一切。如果你对我倾诉你当时的感受，我——我可以更好地帮助你……我们可以找顾问，我可以做任何的事！"她突然开始抽泣，哭出了24年来压抑的情感，"我当时需要你。"她调整了一下心情带着泪说，"我们需要你，所有人。不管我看上去多厉害我还是需要你，因为我爱你。我爱你，永远不可能离开你。为了让你开心我什么事都能做。"

"那你自己的开心呢？你做出了牺牲然后怎么办呢？"莱恩坚决地摇摇头，"我知道和我在一起对你是一种消耗，为了让我好起来你已经付出了一切，但我不能再指望有了两个小孩之后你还在我身上浪费精力。我真的努力过，要变成理想中的丈夫和父亲，和你们在一起的每一刻我都耗尽心力让自己不要沉沦，让自己保持头脑清醒，保持积极乐观。我爱你们，但我却那么软弱。而你，你……"他望着罗尼叹了口气，"你那么坚强，孩子们和你在一起总是那么快乐，不管身处哪种境地，你总能和他们一起犯傻，一起轻松地玩耍，在海滩上跑步、逗他们笑。我什么用都没有，什么出息都没有。"

"你不是没用——你是一个丈夫，一个父亲！我告诉过你，他们需要你——我们都需要！"罗尼说着，把放在我肩上的手缩回去，猛地拍了一下桌子，莱恩没有退却。

"不，罗尼，我不配为人父母。每天从床上爬起来对我来说都是浩大的工程。"他揉揉额头看了我一眼，这时我觉得我第一次看清了他。不是我费尽心力要记住的那个照片里的爸爸，而是那个男人——那个原始的、真实的、不完美的男人，一直以来真正的他。

"你必须了解离开你们对我而言是多么困难，那绝不是我轻易就能下的决心。一整年了我一直在拖，等过了圣诞，然后是情人节、复活节、暑假，然后是碧的生日。碧儿，你和我，我们一直都有一份特殊的感情……"

他说不下去了，望着我的眼神像是要拾回亲情一样，可我转开了头。看着他实在叫我太痛苦了，我没有感到特殊的感情，只有悲伤。我再也不沉迷于过去了，此时此刻，似乎终于可以允许自己释怀放手了。

"你以前是我的小尾巴，小猴儿，你还记得吗？"我礼貌地笑了笑，也很清楚他并不是真在等我回答。他没有把我当做一个31岁的女人，我被冰封在他的记忆里，还是那个 7 岁的孩子。"我们常常一起去捣鼓院子，一下就是几个小时，每天你都能让我开怀大笑，当我心里多云下雨的时候你总能带给我阳光，当天空一片黑暗的时候你就是我最闪亮的星星，和你在一起的每一刻都是对我生命的救赎。可是总有那么些时候，我置身于深沉的黑暗中，什么都不能把我拉出阴影，就算是你也不能了。我真的很怕会把你也一起拖下去，因为我看到你眼里已经倒映出我的焦虑，你的敏感已经灼伤了你的皮肤，你走路的样子就像扛着整个世界那样沉重。那都是我造成的，我真的不能忍受这样。我知道自己应该去寻求专业帮助，也希望这样之后能做一个称职的爸爸。我去加州本来是寄希望于自己能把问题想清楚，以为在那里能让我想起快乐的时光，然后让我强大到可以回去。但是呆了六周以后我发现自己还是不够坚强勇敢，所以我没有回家。我离开其实就是希望你们俩能爬到罗尼的星星上飞翔，而不是和我一样被死死地钉在地球上。"

他的话让我的心碎成两半。"那你为什么在我生日第二天走？"我哭着问，太长时间没开口了，我的声音单薄、细长、稚嫩得像孩子一样，"我怎么可能好好地过下去，我每长大一岁就会想到你还是没有回来！"

"能带着笑容陪你过完生日已经耗尽了我每一丝力气和决心。我想那天早晨醒来的时候看着你的小脸，看着你打开礼物，看着你的生日派对，看着你吹蜡烛。之前那一年我一直在给你写园艺日记，等你拆开日记本的时候我知道我真得走了。后来我又撑了一个晚上，却发

回首又见他
Written in the Stars

现再多一天就要崩溃，于是我真的不敢再冒险了。"他突然猛地摇摇头，马尾在脖子后晃荡。

"倒是我，"我静静地说，"崩溃了，我是说。不是那天也不是那年，只是慢慢地，完全地崩溃了……"

莱恩注视着我，眼里没有震惊甚至没有感同身受，只有老人家的空白的眼神。我看着自己因为焦虑而扭在一起的手指，抬头看见桌子那头莱恩也在做同样的动作。于是把手指放开了。

"你留下来的话我可能就不会生病了。"我挑衅地想刺激他，想逼他看清楚我们不过是一样的人。

"不。"他断然说。

"你怎么知道？你做了一个影响我一辈子的决定——你永远都不可能知道别的决定会更好还是更糟！"

"我可以，碧儿。"他静静地说，声音好像崩溃了。罗尼担忧地看着我拉拉我的手，我感到她的温暖，她把精气神都传给我了。"我可以。"他又说，"因为我爸爸——就是你爷爷——也有抑郁症。"我瞪大眼睛看着他，可他还是回避着我的视线，完全沉浸在另一个时空，"我爸爸，他——他从来都不是个坚强快乐的人。他也被这种病折磨，可他选择了留下来，装作一切正常，把自己伪装成一个正常人，强迫自己去做超出能力范围的事情……"

罗尼的手又一紧，而我喉头一哽。"可他留下来了，碧，他兑现了对妻儿的承诺，可是用尽全力还是失败了，他真的无法忍受了。"

"那后来怎么样了？"我的声音低不可闻，隐隐却已经知道答案。

果阿

"他……他自杀了。"莱恩的话像岩石从万丈悬崖落下，我也跟着下坠。我高考的那一年，凯尔跑进来看见我身边全是教科书、复习材料，还有几个扑热息痛片的空瓶，赶紧叫来医生救了我的命，当时才15岁的他不得不看着我被抬进救护车里洗胃。可他总说，就在那一刻他下定决心以后要以医生为终生职业去救死扶伤，这是我自杀未遂事件唯一能带给我安慰的地方，我自私愚蠢的行为最终居然成全我弟弟拯救了成百上千人的性命。·

罗尼紧紧抓着我，我的呼吸短促，正在感受着过去——还有爸爸的痛苦。

"我那时只有8岁。"他说，"只有8岁。我看到了太多，于是给自己强加了太多责任，后来我知道无论如何我都救不了他了，所以我不希望悲剧在你身上重演。"他伸过手来想握住我的手，目光却看着罗尼说："不管你们谁。这是我的命，不是你们的，我必须打破这种轮回，作出一个不一样的选择。我明白自己病得太厉害了，不能忍受像我爸爸那样把家人拖下水的罪恶感。你每长大一岁就提醒了我自己多么像他，等你7岁的时候我终于明白自己没时间了。我必须选择一种无人过问也无须对别人负责的生活。"

我觉得自己的心都碎了，可莱恩又变得面无表情。"你不孤独吗？你想我们吗？"我低声问。

"这是我活下去的唯一理由了，碧儿。"他坚定地说，"尽管我只有一半活着，可也总比死了强。"他对我笑了，我让他拉住我的手，"我无法说后悔，今天你出现在这里就说明我的选择没错。"他抬头看着我，眼里的泪花仿佛都在诉说"如果"。"我一直都在想你们，几天、几周、几个月地想，如果我留下来会怎么样，生活会不一样吗——不是我的，而是你们的生活。但是我脑海中回荡着的答案始终是不会。"他的话支离破碎，我想要安慰他，想说点什么，却什么都说不出口。这就是我本来可能会过的另一种人生吗？感到自己要对全世界负责却那么无助？总是觉得自己必须时时小心不要让爸爸跳下悬崖？这是罗尼一直以来对我的感觉吗？我又产生了一阵想了解她的冲动，这个开朗和富有同情心的女人，这个用尽全力在厄运降临的时候撑起全家的女人。我拥有她是何等幸运！此时我看见她也从桌上伸过手，握住了莱恩的手，她凝视莱恩的手良久，然后把它送到自己唇边。

他闭上眼睛，脸上浮现出沉静的笑容，突然时空都消失了，他再度睁开眼睛，望着罗尼的眼神变回了一个丈夫而非陌生人。"我从来没真的离开过你，没有在这里离开过，从来没有。"他喃喃，指指他的太阳穴。

"我也从来没有离开你。"她哭了。

"我想现在也是时候了，对吗？"然后她点点头，把脸靠在他头上，他们静静地坐了一会儿。那是她从来没有机会开口说过的一句再见。

她已经看见自己的另一种结局了，她明白那并不是真实的。

"那我们去哪里呢？"我突然打破这个瞬间，突然小孩附体一样想紧紧依偎着爸妈的怀抱。然而回答我的只有一片沉默，他抬头看着我们，太阳无休止地照着大地，我突然一分钟也不能多待下去了。他凝视的样子就是在为了存储关于我的记忆吧，但很奇怪的是我觉得没关系了。我想，确实是时候说再见了。

我从短裤口袋里掏出一个本子放在桌子上。

"我带这个本子来是因为希望你知道你一直都是我爸爸，就算离开了也是。"

他望着本子，眨了眨眼然后慢慢地把自己苍老的手从罗尼手中抽出，小心翼翼抚过蓝色烫金字的封皮。

"你一直都在用吗？"他的声音充满了希望，眼睛第一次亮起来。

我赶紧点点头。"小时候。最近我特别需要指导，所以用得也挺多。我这一年过得很难——"我住口了，不想再用我的问题让他更沉重，"这个本子——让这一切变得容易多了。谢谢。"

他点点头，一滴泪滚落下来，像是大海中落了一滴雨。他赶紧用手指擦了一下眼睛，然后手伸到口袋里，拿出了什么东西递给我。

我瞬间就认出来了。那是一张蓝色卡片，前面用彩色蜡笔写着"我爱你，爸爸，永远"，字迹稚拙。那是我7岁生日时给他做的，想要他拥有一片我的快乐。我在泪眼模糊中打开卡片，里面是我压的一朵干花，勿忘我。

"我每天都把它带在身上，24年了，碧儿。这个礼物让我放心地离开你，还能带走你心里的一小部分。我现在希望你拿走它，因为我永远不可能忘记你。我想这个版本的你，这个充满爱心和希望的7岁的孩子，也属于你当时心目中的那个版本的我，"他把卡片放在本子上，接着说，"爸爸会爱你直到地球的尽头，可爸爸也知道如果让罗尼照顾你，她能帮助你飞翔。"

Chapter 68

我和罗尼骑着机车返回巴加时太阳已经开始落山了。路上没有了来时的欢声笑语，只听得见摩托车小马达转动的声音。没有谈论刚刚发生的事，我抱着罗尼的腰，闭着眼睛任凭温暖的风拂过脸庞，白天太阳毒辣的热力已经消失。突然我清晰地意识到自己的重量，感觉到自己那么久以来都过得那么沉重，更意识到罗尼是多么的伟大。她在海滩前停下车子，我想去走一走。

"你知道吗，碧。"我下车的时候她开口说，"我从这件事里学到的唯一的东西就是，快乐是你生活中唯一需要作出的选择。别再回想了，宝贝。你没有必要非得找到爸爸才能快乐。只需要找到——"

"我自己？"她放开车把手拉着我静静凝视着。突然间我觉得自己比以往任何时候都更靠近她，我笑了，她慈爱地亲吻我的额头。

"我觉得已经找到了。今年我真是太为你骄傲了，那么勇敢地重新开始。但现在我觉得你应该去找找另外的人了，那个一直深爱你而不给你任何负担的人，那个和你携手并进而不是把你扛在肩上的人，那个给你新生的力量、告诉你真正的幸福是什么模样的人……"

我忍住眼泪终于开口说出那个名字："亚当。"

她点点头。

"你不觉得太迟了吗？他可能已经放弃我了。"

她摇摇头笑了。"人不会放弃自己的真爱，宝贝。但有时你可能需要等上很长很长的时间……"

她看着大海，我突然发现这么多年来她付出的一切：用工作、亲友和欢笑把生活填满，再用越来越多的工作掩饰她还在等爸爸的事实。这就是她一直没去办离婚手续的原因，她一直等着他回来，就跟我一样。这时她转头看着我。

"我觉得你已经准备好了，宝贝，准备好过你一直期待的那种生活。你的机会来了。"

我看着她说完，抬起手，狂野的鬈发在脑后飞扬，样子像极了苏珊·萨兰登，我感到一阵满满的爱意。

走向大海的时候，我低头看着手中那张自己 7 岁时做的卡片，翻来覆去看了一遍又一遍，感觉自己又穿越到他离开之前的时光，面对着一整个世界的幸福小女孩。我现在可以做回那个女孩吗？

暖风徐徐吹过，天际流云翻涌，蔚蓝大海上有轻柔的浪花。我光着脚走在沙滩上，日落将天空照得闪耀一片，当太阳慢慢收起最后一丝光芒的时候，我发现它还在我视线里留下了一个金色圆环的影子：像是一枚结婚戒指落入水中一样。我坐在沙滩上看着自己空空的左手，想着自己抛弃的那段婚姻——还有罗尼差点扔了的那枚戒指。抑制不住心中的冲动拿出电话，想跟亚当讲讲话，尽管很清楚希望渺茫。可是或许，只是或许，这次他会接我电话呢。他在我联系簿里面位居第一，我想都没想电话就拨出去了。

"嘿。"我听到他的声音瞬间僵住了，其实我根本没做好心理准备。然而电话又传出一阵等待音，要么是我出现了幻觉，要么是他真的从另一个世界里穿越了过来，这样我就能把自己的感觉都对他倾诉了。

我转过头，难以置信地发现他站在身后。略黝黑的脸上是灿烂的微笑，深色的头发长长了，下巴上有浅浅的胡碴。我们就那么站着彼此凝望，好像都不敢确信对方真的就在面前，不敢判断此刻究竟是不是梦境，我觉得好像进入了平行宇宙，一个真的存在奇迹的宇宙。他来了，我真正爱过真正信任过的男人，我真正可以想象和他携手到老的男人，就站在我面前。

"我刚知道你在这里就赶过来了。"亚当轻声说，上次见面到现在已经 10 个月了，他变了很多。我发现他的头发已经长到脖颈，眼睛不是以往那种灰绿色，却亮如星辰，仿佛我们头顶马上就要出现的星星那样。

"但——可是——怎么？"我没有办法把视线移开，是魔法，是奇迹，是筑梦空间的巧合，还是前世命定的相交星轨。

"罗尼告诉我你要来的。"亚当笑着说，"她说她会保证你今晚在这里出现的。"我回头看着后面的土路才发现罗尼好像早就走了，于是大笑。那就不是巧合而是被陷害了。他朝我走近一步，暮色之中他帅气得更不真实了。尽管只有差不多一年不见，他却比我认识他那么多年以来的样子看起来都要年轻。原来不甚分明的棱角已经被打磨出来，像是被擦掉之后又重新画上去的，新的轮廓不像过去那样受尽约束而一丝不苟。他已经不再执着于追随他父亲的足迹而蜕变成一个完整的自我了。

他就站在我身边，我脸都红了，甚至在他的腿碰到我的时候我的呼吸也暂停了一下。空气里飘荡着浓郁的热带香气，可我只能闻见亚当身上的气息，那比任何自然存在的味道都要浓郁和醉人的气息。

"那你找到他了吗？"他问，歪着脑袋用手指在沙地上画圈圈。

"没有。"我回答说，他的笑容被同情所取代，然后我加了一句，"是你找到的。"我把手放在他手上，紧张得快要晕倒，"我今天见到他了，谢谢你。"

"太好了，碧，真是太好了！"他轻轻地说着紧握住我的手指。我的皮肤带着灼烧感融化在他掌心。只能暗暗提醒自己记得呼吸，因为我已经一脚站在了悬崖边，可是生平第一次却不觉得害怕了。

"我不知道怎么感谢你，亚当。"我说，"你为我做的所有事，在我给你造成那么大的痛苦之后还帮我找他……"我突然低下眼帘，因为知道泪水就要流出来，"真的非常非常抱歉。"

"我明白你为什么那么做。"他攥紧我的手，"我一直都能理解你，碧儿。我觉得我的心在我们认识之前就懂得你的心了。"我点点头，突然顿了一下，什么话都说不出来，但是我们都笑了，"那么，他告诉你你想要的答案了吗？"

"一些吧，不过够了。见到他之后我才发现自己不应该只把注意力放在离我而去的人身上，而应该珍惜眼前人……"

"罗尼就是吧。"他笑着说。

"还有你。"我凝望着他的眼睛。

他用手指挠挠头，然后抬头看着刚刚从天空里冒出来的星星，小小的天灯一般的星星，一颗接一颗。我们一起看着眼前深邃的地平线，默不作声，都在思量到底要说什么，下一步怎么走。我能看出亚当其实也不知道，有那么一刻我有点害怕，但我发现那应该是我来做的决定，他已经太习惯于把一切打理得清清爽爽没有任何问题，这次我决定自己主动开口。但是他抢先转过头来，我看到他脸上的表情满是痛苦，"碧，我过来是希望你知道我有多抱歉，我真不该在你没有准备好的时候就逼你结婚。你有你必须完成的事情，可我从来没有真正理解这一点，我只是以为一路前行就够了，完成任务打勾勾，得到结果就好。可我从来没有停下脚步去想想时机对我们俩来说是不是够好，我是不是也有自己该做的事情。直到你离开我才明白。"他望着我，那种严肃的表情像箭一样刺伤了我的心，"你知道吗，我想你逃婚这件事是发生在我头上最糟的事了……"

"对不起，"我打断了他，不能自已，"如果再回到当时——"我看着他，想说如果再回到当时，我会不顾一切地作出不同的选择，可这些话就是说不出口。因为我不会有不同的决定，我不能。我发现正是因为有了这段旅途我才成为了今天的自己，一年前我没能准备好嫁给他，甚至现在也没有，可是我已经准备好面对过去的一切了，所有让我无法释怀的一切。

"就算你能回到过去也不会有任何的改变对吧？"他仿佛猜透了我未尽的话语，"我明白，其实我也不会。"他轻轻笑道。

"没事的，老实说，碧儿。我现在明白你的决定对我们俩来说都是对的。"

"哦，是呢，没错，我想是的。"

我的心像是那枚落日一样沉入深沉的地平线。这真不是事情本来应该发展的方向啊，讽刺的是我现在才明白他是我真正想共度余生的人，而同时他却也意识到我不是适合他的人。我几乎都能看见他的生活在慢慢脱离这条轨道；这就是分离的时刻，我们应该要走上不同的方向了吧。

"你说的没错，我都33岁了却还一直没有想明白自己到底要什么。"亚当说着，下巴线条坚毅。有那么一瞬间，那个新生的、悠闲的亚当又消失了，而他与生俱来的哈得孙家的那一套又跑了出来。那种严肃、野心和坚忍不拔。

远远的地方传来一声闷雷，炎热无比的一天之后不可避免的风暴正在酝酿，不是一种不祥的预感，只是一种告别炎热的、重归凉爽的感觉。很快一切就都结束了，新的一天就能开始了。

"没事的，亚当。"我勇敢地说，"真的，你不必解释，我都明白。"我想站起身来，可他搂住我的腰，手指像是一条看不见的金腰带或者金戒指一样环绕着我。不管怎么说，我的心永远都将是这个男人的，我永远不可能停下爱他的心，也永远不可能忘记他。我把手揣进口袋，想着放在里面的那张卡片。

"不，让我说完，碧，求你了。"他请求道，远方的地平线上一道小小的闪电划过天际，美如烟花。"我来是为了告诉你，我想要改变，我想要过一种不一样的生活。"又有一道闪电，更亮，更粗。"我希望能成为我自己为之骄傲的那个男人，而不是我父母为之骄傲的。过去十个月我一直在思考我到底是谁，这是我人生第一次能自由作出的决定，我无比感激，碧儿，我真的很感激这一切，因为如果不是这样的话，呃，我不知道是不是还能……"

和我在一起。我悲哀地想着，这一刹那脚下的大地被天空惊雷所触动，*你应该和我共度余生*。

我伸出手握住他的手，面对着这一刻无可避免的离别泪如雨下。其实我不该那么难过，毕竟是我自己的决定使得我们走到了这一步，我紧握着他的手想让他知道我没事，我可以承担这样的后果。

"我现在终于知道自己是谁了，碧儿，我甚至更清楚一件事……"他顿了顿看着我，我拼命克制想投入他怀里、请求他再给我一次机会的冲动。再一次拥有幸福的机会，这就是我想要的全部。"你看，你离开之后我才发现我所做过的一个决定，唯一一个自己作出的决定，其实是正确的。"

他笑了，可嘴角却有如千斤重，把我的希望也拖着沉入最深的海底。

"是什么？"

他摸摸我的额头，把我被雨水浸湿的头发拨开。"碧儿，你就是我所确信的、唯一一个自己的选择，你是我从来不曾怀疑过的存在。"

我终于开始抽泣，用手捂住嘴巴。他的手搂住我的头，我们的前额靠在一起。

　　"我不能改变过去，但我希望你知道我非常努力地要过一种不一样的生活。我从公司辞职了，碧儿。不是休假，是彻底离开。"

　　"那你准备去干什么？"泪水和脸颊上温暖的雨水混合在一起，他用手帮我抹去。

　　一个轻松慵懒的笑容呈现在他脸上，照亮了他的双眼，我甚至看见他眼中映出的星星。

　　"不知道，可能自己创业吧，在那之前也可以考虑做自由职业……"

　　"那你就是临时工咯！"我破涕为笑哼了一声，他也笑了。

　　突然雷声巨响，他本能地搂住我，闪电划过天际的时候我们的嘴唇相遇了。

　　"我从一开始就一直深爱着你，亚当·哈得孙。"当我们终于停下来的时候我说。

　　"我也一直没有停止对你的爱。"他喃喃。

　　他低下头，再次吻我，当又一道闪电划过天际时他突然停下来。

　　我发现他很纠结，像是不敢相信我终于做出了一个决定一样。"我不想再给你任何压力，碧，我想，可能我们应该慢慢来……"

　　我的手指挡住他的嘴巴。"我已经变了好吗？"我轻轻地说，他探寻地望着我的眼睛，然后点点头。

　　我深深地呼吸一口，看着亚当直到看见他的内心。他并不是那个

回首又见他

Written in the Stars

七年多来我认识的强大、自信的男人，他不知道自己的人生应该怎么办了。这个亚当并不完美，他不能一直确信无疑，他也会犯错。可我却比以往都更要爱他。

"我有件事要问你。"我慢慢说，一字一顿地，"显然你可以慢慢来，因为这事确实挺疯狂的，可是我必须相信自己的直觉……"

"我准备好了。"他说。

我深呼吸，在话说出口之前仿佛都徘徊在悬崖边。一次冒险，没错，可我决定放手一搏。

"亚当，你愿意娶我吗？"

他盯着我看了好久好久才回答，在那之前我已经想过两种截然不同的答案：他答应了，我们又哭又笑地抱在一起；或者另外那种结局。其实我都能接受，重点是我已经做出选择了，现在就看亚当的决定了。不管他说什么，同意或是不同意，留下还是离开，我愿意还是我不愿意，我知道我都能承受。该来的总是要来。

当他的嘴唇终于和我的融化在一起，他低吟我的名字，遍遍刻骨入心的时候，我知道他已经决定了。

"那是愿意吗？"我笑着捧着他的脸，满怀希望地看着他的眼睛。

"当然是了，碧儿！"他也笑了。

"你确定还想再来一遍吗？"我看着他，想要找到必然存在的疑虑，因为他不可能完全没有疑虑，"你难道不担心我还是没办法走上圣坛吗？"

一丝笑意在他嘴角蔓延开。"担心……可我甘愿冒这个险。"

回眸又见他

Written in the Stars

March   我爱你

"你可能会死的。"他终于开口，把我的头抬起来凝视着我，眼里居然满是泪光，"你要是那样死了我就永远都不可能遇见你了。"

亲爱的碧儿……

　　……还有亲爱的三月，终于来了！真是太开心了，你总是一年美好的转折点。大自然被和暖的季节唤醒，你提醒我们又该开始辛勤工作了。对于园丁来说那是很忙碌的时节，可是碧儿，你要知道不管现在生活显得多么混乱，很快你就能开始庆祝自己多年劳动的收成了。我知道你一定花了很多时间移栽、翻土、种下新的球茎、培育新的生命。真希望我能在那里看着你的成就，可是我知道你永远都会拥有一个欣赏你、疼爱你、陪你达成心愿的观众。我还知道春天真正到来了，你会很快忘了花园经历的寒冷。低下头不会再看见光秃秃的大地，只会见到顽强的多年生植物历经漫长和残酷的冬季之后，又准备好焕发生机。它们才是你应该关注的重点，碧儿，而不是那些没能坚持下来的植物。

　　我是如此爱你，碧儿。一直都是，永远都是。

爱你的爸爸

回音又见他

Written in the Stars

Chapter 69

碧·哈得孙处在世界之巅。

34 个赞。

我站在加拿大广场的一角抬头看着那栋令人惊艳的新大厦，哈得孙、格雷 & 弗赖德曼公司新址。

跟旁边的那些摩天大楼比起来它挺微不足道的，在庞大的金丝雀码头塔映衬之下更显娇小玲珑。楼上有四面玻璃外墙，大厦正中间是有露台的玻璃球状顶，这个新大厦在满世界的大写字母里面看着就像一个小写的"i"字，但正因如此倒显得鹤立鸡群。

尽管阳春三月的晚上也很和暖，我手臂上却起了一层鸡皮疙瘩。很惊讶今年居然没有下雪，也没有倒春寒，甚至都没有寒风。水仙花、番红花和樱花都早早开放了，春天就要带给世界温暖了。

我很紧张，不仅因为今晚是我负责的屋顶花园项目正式的揭幕仪式，还因为我说服亚当必须出席，而这是新年亚当离开之后我们第一次见面。

　　他不在的这两个月简直漫长无比。当时我从码头回罗尼家之后他打来电话，我告诉他自己就那样一走了之是不对的，可我只想有点空间好好看看自己究竟想要什么。其实我知道我想和他在一起，只想和他在一起。但是他听不进去，他说我是对的，他爱我也想和我在一起，可只有先处理好那些问题才能做到。他已经把休假报告交给他爸说想要离开一阵子。"不会太久，"他赶快说，"我不是要离开你，碧儿，我告诉过你了，永远不会。只是我想要先找到自己。"

　　"那要多久呢？"我心里七上八下，可隐隐知道这是一个正确的选择。

　　"不知道，几周吧，可能一两个月。我想花点时间整理好自己的想法，我觉得你也应该这样做。但我保证会回来的，碧儿。"

　　基兰说过同样一段话的记忆突然攫住了我。但我知道这次不同，我信任亚当，我对我们俩深信不疑。"你会没事的吧？"他问，我看着花园。

　　"当然。我要全力投入花园的项目，还有大学申请的事情要忙。再说我也比较习惯自己一个人了，我不想自己回到那个家，米莉说我可以暂时待在她那里，所以我就去她家好了……"她带着宝宝从医院回家的那天跟我说的。宝宝在布鲁克林的一家医院早产五周，所以米莉把产假延长到六个月，本来纽约的产假只有三个月，于是她要求公司把她调回伦敦了。

　　"我觉得这才是我应该在的地方。我突然有一种不可遏制的冲动——几乎是像宫缩那样的疼痛——很想我家人，当然还有你。我剩下的人生都可以好好工作，可是和女儿霍莉共度的时光还有陪在父母身边的时光却不可能再找回来。我想离家近一点，这样才能好好享受自己的产假，和我爱的人一起度过。公司很理解我，其实他们是被迫同意的，那是我的选择。最坏的结果大不了就是被炒了，再去另一家基金公司做呗……或者，可能，"她说，"我可以自己开个公司。你知道吧，我一直在考虑用自己的技能和时间做一些善事。"

"比如呢？"我问。

"不知道，"米莉顿了一下，"慈善吧。我想着可能可以成立一家类似于'城市博爱'的集团，由商界精英女性掌管做善事。神奇的是这个想法居然是从玛丽昂身上来的，我是说，她确实是个讨厌的家伙，但是她确实做了很多慈善，再说这件事正好可以发挥我的技能，说服投资者们把对冲基金获利的一部分拿出来做慈善，这件事现在已经有几家公司在做了，可我总想着还是有空间的……"

"这想法好棒！"我说，"你在帮助别人这方面是天才，你一直都在帮助我啊。再说了，你总是很有说服力的。"

"那是专横和控制欲的代名词吗？"我们都笑了。

"确实是。"我居然听见霍莉略略笑了。突然听到内心深处一丝痛楚的声音，甚至可以说是剧痛，悄无声息可却无比响亮。响得就像滴答的时钟，我想是时间球又落下了吧。一声叹息。

亚当建议我把公寓租出去。"等我回来以后我们可以找个两人都喜欢的新房子，带花园的那种，你知道，适合养小孩的地方。一切都会不一样的，这一次。"亚当轻轻地说，"我保证。"

我似乎感到他的到来，然而转过头去却什么都没有。一对差不多跟我一般大的年轻夫妇手挽着手在街上走着，那样子看得我的心都飞扬起来。太登对了，好像什么都不能把他们分开。

我走进去坐上电梯直达顶楼。感到自己的生活也处在顶峰，我站在一个新世界的边缘，完全做好了准备。

电梯门打开后屋顶花园正中央的球体玻璃呈现在眼前，我禁不住为我和詹姆斯的设计叫绝。玻璃屋顶的凸锥下方是一排由弓形葡萄架搭成的一个室内圆顶，上面栽满了各种芬芳的花卉，平时鲜花都根据节令栽种，但今晚我们决定用红色的星星状的波斯菊。这既是对詹姆斯切尔西花展设计作品的致敬，也是对我自己的致意，因为那是我的诞辰花。那红色的花瓣使这个玻璃空间看起来更像皇家天文台的时间球，詹姆斯对我说，这就是帮我们赢得竞标的理念之一。头顶辉煌的夜空正好可以从花瓣中间窥得一斑，这样天空就像星星之上的又一层星空一样——本来我们的规划就是在天晴时开放屋顶，让鲜花花瓣在阳光中盛放。

我走出玻璃球来到露台上，只见工作人员四下奔波在做最后的检查，我也开始处理电线和其他几个小设计问题。等大幕终于落下可以迎接第一位顾客的时候，我环顾四周觉得一切都刚刚好。我的人生可以确定的东西不多，但不知为什么，对目前的这个项目，我一直知道就是刚刚好。

露台上工作、娱乐、白天和夜晚的主题都被囊括其中，创造出一

回首又见他

Written in the Stars

个无与伦比的原创空间。

2000 平方英尺的玻璃墙空间被树木和植物环绕，正中间是一个"自助草本茶和果汁吧"，柠檬树、橘子树、辣椒树和草本花园，被设计得很有美感的混凝土吧包围着，吧内每道边上有十把埃姆斯椅，每把椅子前面都有个 iPad。设计初衷是职员们可以每天一早过来采上薄荷、甘菊或者柠檬然后自制早餐饮料。这个吧的底部有个酒柜，平时上好锁，但到了夜晚或者特殊的场合就能变身成一个鸡尾酒吧。

高高的白桦树和草丛营造出一种活墙纸的效果。在一个角落的现代水磨石家具前有一道颇具现代感的水景，覆着苔藓的沙漏前后倒置，这样就能看到中间的有机玻璃管里的水上下流动，这个设计初衷是为了提醒大家时间奔流不息，即便是在躺椅上休息的时候也如此。

"真的很了不起，你的第一个项目，碧。"詹姆斯抱着双手站在我旁边，笑看着递给他香槟的服务员。他浅啜一口，放下杯子。

我转过头笑了。"我真的很享受工作的每一刻，詹姆斯，感谢你给我这个机会……"

"我只是很开心我们当时相遇了。真的结束了还舍不得，是吧？"他斜着头看我，"我希望能给你更多的机会，你知道吧，让你做正式的助理……"他的话就像夜空中的星星一般。

"谢谢你，"我很感激地说，"但我已经决定要回大学去修完课程，所以不清楚会在伦敦呆多久。"

我想到 22 岁的那个自己，被自己犯的错毁了的自己，无法信任自己能作出任何决定，哪怕是正确的决定。不管我多爱这份工作，多么不舍得把它置之脑后，我都更爱乡村花园，我清楚自己必须回到问题的根结上了。"格林尼治诺里奇的东安格利亚大学录取我了，我可以直接去读大四然后完成我的学位——这也是因为有了这个工作经历才做到的。九月开学。"

"不在格林尼治？"他惊讶地说，我摇摇头。

"他们不能安排我去，再说，我自己也很想回家。我发现自己住在伦敦的这段时间一直都在挣扎，一直在抵抗自己想回到旷野和海滩的冲动——还有，当然，回到我家的冲动……"我笑了，想到那些在我生命中每一个关口都陪在我身边的人。现在我已经能够直面过去，既然我终于开口告诉了他们在码头的那晚究竟发生了什么事，就不用再害怕和逃避了。我不会再被过去的洪流卷走了，不会再生病了，我已经脱胎换骨了。生活在继续，我也在继续。

詹姆斯拥抱了我一下，像父亲般拍拍我。"不怪你，那真是一个很特别的地方。但至少在九月前你都还能在这里工作，我还能和你共事半年，对吧？"他笑了，"欢迎你在毕业设计的时候再来帮我，或者在东安格利亚帮我开个分部。"他继续说，"我一直很期待将生意发展得大一些，也期待更园艺，更基于乡村的项目。在这之前我都不知道请谁来做。你觉得呢？我想这就是命运吧，是吗？"

我高兴地点点头，他按了一下开关，天台顿时被暖光照亮，第一批客人到来了。

一小时之后派对上已经人头攒动，香槟和小吃源源不断地送来，一百多位宾客穿梭自如，我和詹姆斯收到的赞美数不胜数。他不停地在说有哪几家公司希望请我们去做改造室外空间的项目，有在 Soho、霍斯顿、奇西克、皮姆科力的，还有波普勒的。亚当的老同事都给了我很多赞美和感谢，当然也表现出对一个临时工改变自己职业生涯的惊诧。很多人在问亚当今晚会不会来，我只能说不清楚。

我想他会的，我感觉他会来，我也很相信自己的直觉。只是我不知道而已。

Chapter 70

碧·毕晓普站在世界之巅。

34 个赞。

我醒来的时候天还黑着，花了好一阵才清醒地意识到自己身在何方。我全身被一种暖意包围，这是只有被另一个人拥在怀中入睡才会有的感受。亚当的手臂像是船锚一样固定在我身上，正如这几周我们在果阿和好之后我的感受：重拾重心的感受。他蹭蹭我的脖子，我转过身对着他，只见他的呼吸深沉，还在睡眠中，他一直都是个特别容易睡着的人，这一点没有变，而尽管我过去经常翻来覆去睡不着，现在却以和入睡时一模一样的姿态醒来了。好像梦中的我都确信无疑地知道自己到底要去哪。

自从在海滩见面的那一夜开始我们就一直没有分开过，不过在果阿又呆了一周讨论我们俩的未来之后，我们都决定不能再搬回老公寓了。于是我们搬到米莉家，去花店上班很近，休息的时间就都去罗尼

回首又见他
Written in the Stars

家。我喜欢带着亚当在诺福克的海岸边闲逛，他更了解我的家乡——还有我家人了。我们在一起那么多年，去罗尼家的次数屈指可数，我之前太怕去面对一切了。

现在不了。

我看看钟，5点不到，于是又闭上眼睛。可我听见自己的大脑机器一样滴答的声音，思维如齿轮般转动。尽管过去传出的，几周几乎每天都和亚当待到凌晨才入睡，早上的这个点我也都已经醒来了。我们都感觉用白天来弥补失去的这一年还远远不够，于是每天都在爬上床聊天、接吻、笑和做爱中循环往复。我们再也不是初遇时的那对情侣了，我们各自都变成了更快乐的个体，正因此这段关系才如此美妙，既没有不熟悉的尴尬——担心冷场，为了让对方留下深刻印象而做一些刻意的举动；也不会带着旧眼光看彼此，我们都挖出了自己的根，自我重植，现在终于又长在一起而不是渐行渐远。

我闭着眼睛躺了几分钟，让自己的呼吸和亚当重合，让自己幻想在水上漂浮随着浪涛上下起伏的状态。有那么一瞬，我发现自己又被拖到过去的漩涡中，自从我带亚当到那个码头告诉他那天夜里发生的事情之后，就常看见这一幕，但现在一切都透明了，我没有必要再害怕回忆了。每次我回想过去，那些细节就会更清晰一些，我就能多放开过往一些了。

那个夜里漆黑一片，整座城市空无一人，瓢泼大雨落在身上，天地都是湿的，头发、脸颊、鼻子、脖子、手臂和腿，可我们并不介意。我们对外界因素已经免疫了，对自己身体以外的一切都无动于衷。

"我要更多！"埃利奥特迎着风大叫着喝掉最后一口伏特加，然后像海鸟吞掉一条鱼一样大口咽下去，又把瓶子扔到海里。他跟跄地朝着在码头拥吻的基兰和我走过来，我们顾不上雨水流到嘴里，还是彼此摸索着，欲望被环境和喝下的酒精点燃了。一声惊雷响起的同时天际被闪电照亮，埃利奥特撞到我们身上。

基兰和我不情愿地分开，看着他靠在栏杆上慢慢往上爬，像走钢索的人一样爬到栏杆上站着。"你他妈的别想碰到我！"他对着天空大叫，"我是不可战胜的！"尽管我见到他这样发疯很多次，一波接一波地兴奋，可还是被他吓得屏住呼吸，埃利奥特从不轻易害怕。

又一声巨雷，我吓得尖叫一声捂住嘴巴，连大地都好像被撼动了，埃利奥特站在栏杆上摇摇欲坠。

"哇！"他叫了一声跳到地面上，尖着嗓子大笑大叫。基兰和我好像他的长辈一样对视一眼，心领神会彼此的想法。然后他接着轻轻地吻我，可埃利奥特像个小孩拼命要挤到父母怀中一样要把我们推开，双手握成拳头在我们面前挥舞，然后摊开手掌，里面有三粒蓝色的小药丸。

他看着我们俩，眼睛神经质地上下翻动，脸上是小丑一样的笑。他已经神志不清了，一晚上都是。

"想到天堂去吗，同志们？"他说着亲了亲那些药丸又看着我们俩，"基兰也吃了吧，好吗老兄？"基兰抱歉地看着我，我知道他不想让我了解这个事实。

埃利奥特搂着我的腰，掰开我的手放了一颗在上面，然后扔了一

回首又见他

Written in the Stars

颗给基兰，基兰无所谓地看着它。

"数到三。"埃利奥特说，"我们仰头就咽下，好吗？三个火枪手，行吧？就这么一下了！准备好没有？一！"

我看着基兰迅速合上掌，然后将药片远远地扔到海里。

我也照办，然后我们牵着彼此的手微笑着。

"懦夫。"埃利奥特咒骂。

"你爱怎么叫就怎么叫。"基兰平静地说。

"我又没跟你说话。"埃利奥特睁开眼睛盯着我，挑衅地睁着他深深的荨麻绿色的眼睛——里面满满的都是刺——这是他和他哥哥完全不同的地方。我真的很希望他能喜欢我，可我越靠近基兰——就离埃利奥特越远。

"你过分了。"基兰上前一步推了他一把。

"我只是帮你发掘她狂野的一面罢了，老兄，我清楚你很爱狂野的女孩。"埃利奥特看着我扬扬眉毛，"我很肯定她有那一面。不然你也不会和她在一起了……"他顿了顿，笑了，"一，二，三！"他自己大叫，然后闭上眼睛一仰头，吞了那颗药。

此时身边的亚当好像感到了我的动静一样手微微动了一下，在被子下面摸到我的手，过了一会儿又轻轻地放开沉沉睡去。

基兰走到一英里之外的越野车那去拿烟和酒，我像个白痴一样傻笑着。我不需要毒品和肾上腺素飙升才能感到自己站在世界之巅，基兰也不需要。

"你要真觉得他爱你的话就是自己骗自己，你知道吧。"埃利奥特对着我的耳朵说。

我走开一步，觉得和他靠得太近感觉很尴尬。但此刻我却超乎寻常地自信，转过头笑着说："你根本不理解我和基兰之间拥有什么。"我知道这样说好像太过于虔诚，但是我无法自控，我沉醉在爱情中，这是我生活的高亮部分，二者合一真是让人陶醉。

埃利奥特又走近我，伸手放到我肩上。"他会让你心碎的，就像他对之前的每一个女孩一样。"

我哽住了，三个月了，我无法想象自己的生活没有基兰会是什么样。我需要他，我不知道他离开我怎么办——我打从心里感到害怕。突然五年前的场景又闪现，我躺在卧室，凯尔对着电话狂喊，接着一直跟我说话，最后是救护车开到我家门口的声音。

"你知道我在想什么吗？"埃利奥特说，"你就是那种会被男人抛弃的女人……"他突然得意洋洋地大笑，我内心固守的一部分消失了。

我看着大海边，希望看见基兰突然从黑暗中冲出来拯救我，但什么都没有。

"我很了解我哥哥。"埃利奥特接着说，"血总是浓于水，他喜欢奇遇、危险、冒险，很快他就会厌倦了和你玩这种幸福到永远的游戏。我这么说因为我和他是一样的，我们是双胞胎。"他上前一步抓住我的手，"我们想要的都一样。"他抓住我另一只手，我倒吸一口气转过头去，避开他烟酒混合的那种刺鼻气息。可他靠得越来越近，我拼命挣扎，他的嘴唇危险地几乎贴到我的脸上，"你要相信我说的，

回首又见他
Written in the Stars

我们真正想要的不是一个你这样的好女孩。"说完把我推开了，我跟跄着退到栏杆前，他刚才一直站着的栏杆上。我望着栏杆，然后看着前面几乎要吞噬一切的大风和摧毁一切的巨浪，很确定我能证明，彻底证明，我配得上基兰。

"他不爱你。"埃利奥特嘲弄道，"他不爱你，他不爱你……"

我马上爬上去，光着的脚灵活而强壮，那么多年在海边长跑、拉伸，我的腿像体操运动员玩平衡木一样灵活。我看着埃利奥特，他望着我的表情简直难以置信——当然——还有钦佩。我笑了一笑，享受这仿佛站在聚光灯下的一刻，然后转身面对着大海。就在那时我作出了一个生平最疯狂、最鲁莽、最叛逆的决定。

"你觉得我是个乖孩子，是吧？那么理智，那么反对冒险？"我大叫，"好吧，我敢说这你就不敢！"我弯下身子闭着眼睛跳了下去，其实紧张得像一具尸体那么僵硬。

"是你先跳的？"亚当震惊地看着我点头，然后我捂着脸哭起来，想掩饰那么多年来的羞愧、悲哀和后悔，这样沉重的情绪常常让我怀疑自己存在的意义。

一个决定，一个愚蠢冲动的决定的代价居然是一条鲜活的生命，甚至还不是我的命。我怎么样才能自处——怎么样才能信任自己再去做任何决定？我没有直接把他推下去，不是的，可我诱导了他、激将了他。

亚当摇摇头："你没有跟任何人说起？"

"只有基兰，在我们努力要救埃利奥特的时候。他说他会告诉所有人只有埃利奥特一个人跳下去，反正我们都被雨淋得湿透了，所以谁也不会发现的……"

"哦，碧儿。"亚当说着把我的头揽过去靠在他胸前，我清晰地听见他的心跳声，像是时钟的滴答一样，记录着他再次开口之前的每分每秒。我一直数着，每一秒每一分，不断累积，我想他已经准备好告诉我自己无法去爱我这样一个鲁莽、轻率、愚蠢的人。

"你可能会死的。"他终于开口，把我的头抬起来凝视着我的双眼，他的眼里居然满是泪光，"你要是那样死了我就永远都不可能遇见你了。"

我从水里爬起来走到岸上，一边咳嗽一边甩水，依旧是瓢泼大雨，但现在我觉得大雨好像在为我庆功一样。然后我跑过海滩回到岸边，光着脚跑在木栈道上的声音像是凯旋的马蹄响。

埃利奥特在那里等着我，我跑过去又笑又叫，疯狂地跳上跳下。有一瞬间我大叫："你还说我做不到！"我觉得最后的战役已经结束，我证明了自己。

"看起来真他妈的帅！"他大叫着走近栏杆，那一刻他眼神非常狂野。雨下得更大了，我开始不住发抖，然后用手擦擦脸站在栈道边甩头发，等我再看埃利奥特的时候他已经爬到栏杆上去了。他转过头，像猴子一样半蹲着，咧开嘴。

"你该不会以为我怕了吧，是吧？我是不——可——战——胜——的！"他大叫。

"不要啊，埃利奥特，不安全！"我尖叫，"你喝得太多了，没有考虑清楚。我只是幸运罢了！"

"幸运就是我的专利！"

我转过头看见基兰出现在码头那边，我疯狂地对他挥手，但不确定他能不能在这样的黑暗中看见我。

"基——兰！！"我看见他开始跑过来，我转过去又看着埃利奥特。

"看着我，老兄！"埃利奥特狂笑，我看见基兰飞快地跑过来，他在狂叫着什么，可是全被狂风暴雨吞噬了。

埃利奥特突然站起身来，可还没站稳表情就扭曲了，他脚一滑，身子不受控地掉下码头开始翻滚碰撞，头似乎都被撞碎了。

我尖叫着跑到栏杆边，只见他的身体轻如蝉翼般在风中翻飞，然后扑通一声落入水中。

基兰也开始尖叫，声音非常嘶哑，我们探头过去看，可埃利奥特已经被黑暗淹没了。我看着基兰，他开始脱衣服。

"我去救他！"

"我跟你去！"

然后我们爬上栏杆，手牵着手跳下去。

"你又跳了一次？"亚当问。

"我必须去救他，他会爬上去完全是我的错……"

"那后来呢？"

"基兰找到他了。我一直不知道他怎么把他拖出水面的，可他就是办到了。后来我们两一起把他拖到岸上，他头上有条很深的口子，血到处都是，当时他已经撞得昏迷了，基兰努力要让他醒过来，我去叫了救护车。可是 5 分钟后医护人员赶到直接就宣布了死亡。"

我低下头，发现亚当已经被惊得说不出话来了。"现在你知道了，是我的所作所为害死了一条年轻的生命。过去八年我一直活在内疚中——没有办法作出任何决定，因为我完全不能相信自己，认为自己不配得到快乐。然后基兰在我们婚礼那天出现了，我发现原来自己根本没有真正去面对过那件事。我很恨自己，如果我都不能自处的话，又怎么指望你和我一起走下去？"

这时亚当抓住我的手，满脸悲哀，声音里满满的都是理解："不，碧儿，埃利奥特会死是因为他喝了酒嗑了药，头脑已经不清楚了。他爬上去也是他自己的选择，你既没有逼他也没有推他，那只是一个意外、一个悲剧。是他自己的悲剧，碧儿，不是你的，不是的。"然后他抱着泪流不止的我，为那个失去了年轻生命的男孩默哀，也为那个永远受到创伤的女孩。

"真不是你的错。"亚当摸着我的头，一遍一遍地低语，"你怎么会知道呢，让它过去吧。"

这时亚当醒来把我搂在怀里，我闭上眼睛沉溺在他的怀抱，分开差不多一年之后我更欣赏这个优秀的男人。他总是知道怎么样让我开心，我想到他跟我说过的"你还记得那时……"的故事，在我悲观的时候让我重回欢乐时光，治愈了我。

"嘿，小家伙。"他还带着浓浓的困意，"想啥呢？"

"哦，就那些。"我蹭蹭他的脖子闭上眼睛，"瞎想。"

他扬扬眉毛，用一只手撑起头。"好吧，那你还记得……"

我用手指压住他的嘴唇，吓他一跳。"要不我们别谈过去的事了？"我有点抱歉地说，"我只想在这里……在这一秒，和你在一起，就现在。"

他点点头轻轻地抱着我，我的重心又一次得到确认。

然后他开始轻轻低语，说的不是过去的回忆而是未来。我听着他描绘未来的生活，我们的房子和家庭，然后静静地流泪了。他把我们的孩子都刻画得惟妙惟肖，让他们遗传到我们最好的基因，两个人变成三个，然后是四个。他谈到他的父母如何升级为爷爷奶奶，还有罗尼和凯尔，确保我们的大家庭能有一根强大而不可分割的纽带。大家的生活合而为一。

"我们今晚出去吧。"说完这些未来蓝图之后亚当满足地提议，"我去花店接你下班一起去吃饭。"

今晚简直暖和得有点不合时宜，我和亚当走在金丝雀码头星光璀璨的街上，回到这里感觉还真复杂。我得去送一束花到一位本地园艺设计师的手上，他今早匆匆忙忙冲进我们店，说晚上有个派对需要很多的花。下午我们就把花都送到了，可是当亚当来接我下班的时候他又来电说再要一束花送给他的朋友，要我亲自送去。他听上去疲惫不堪，我开始想要不要看看他是否需要一位助手。他——詹姆斯——总是很赞赏我那么了解屋顶花园用什么摆设的问题，今早我告诉他我在旧公寓里做的那个屋顶花园设计，然后我们花了差不多十分钟讨论灯光效果、分区和设计元素。他说如果一切顺利的话他想开始扩大自己的生意了，有可能会在伦敦之外再开一家公司。

"我做梦都想过慢节奏的生活。"他叹了一口气，用手帕擦擦前额。

"那你考虑一下诺福克好了。"我笑着说，"那是全世界我最喜欢的地方……那么多漂亮的花园和乡间别墅。"

"好神奇，我也很爱那里！"然后他递给我一张卡片就走了。我摸摸卡片把它收好。现在还是无法想象原来他就是那个切尔西花展的设计师，而我本人一直如此喜爱他的作品。我开始设想和他一起合伙，这可能就是命运。偌大的宇宙中有那么多花店，他偏偏走进了这家，是吧？

花店的货车停得不远，我急匆匆地穿过街道想把花赶紧送到。金丝雀码头对我们来说有太多的回忆，我和亚当复合之后说过，我们要回到最初才能拥有全新的收获。回到最初相遇的地方，不过这次要做出不一样的选择。

"我不知道这个地方在哪。"跟亚当说着，我走过一栋顶上有个玻璃球的大厦，盯着看了一会儿，再看看手上那张纸，就要走进去的时候亚当抓住我的手。

我顺着他的视线看见玻璃门上写的标志，哈得孙、格雷 & 弗赖德曼。

"真是巧啊！"人群穿过玻璃门走进大厦，我静静地看着亚当，"你想进去吗？"我问，"你要去我也不会介意——我意思是你爸爸肯定很希望你来……毕竟他也邀请了你。"

亚当什么也没说，我们都抬头看着正在屋顶花园举行的派对：我们差点要去参加的那个派对。

"你知道吗？我真不想去。"他微笑着，"爸爸知道我不会再参加什么社交活动和合作饭局，也不会和他再去父子沟通之外的任何社交场合。那已经不是我的世界了。"

于是我亲了他一下就走进大厦，同时又担心会遇到什么人，于是把花递给保安请他送到屋顶了。

"搞定。"我跑回到亚当旁边。

最后看了一眼大厦之后，亚当搂着我的腰，我们在美好星光的天际下边笑边离开。

Chapter 71

碧·哈得孙在想是不是一切都结束了。

　　最后一位客人离开时已是午夜，现在剩下的只有服务员和几个醉酒不醒的人了。我走到天台上让自己放松下来，终于都结束了，我舒了一口气的同时却觉得很空虚。这是一次巨大的成功——即使是乔治都从自己繁忙不堪的社交日程中抽出了一分钟来恭喜我。"干得真他妈好！"他说着吻我一下，咧出一个带着红酒渍的笑，可笑容马上又消退了，"希望我们能早点见到亚当。"他四顾空荡荡的天台的样子破天荒的有点落寞，"我本希望他今晚会来的，但他很坚决地说不会再回公司了。他从印度来电的时候对我们的关系界定得非常清楚。"印度？我都不知道他去那儿了……我想知道为什么。突然间仿佛看见他站在漂亮的海滩上，就像罗尼经常描述的那片海滩，看来我以后应该多问问她那里是什么样子的。甚至我自己都应该去一次，和她度一次女生假期，好好沟通一下感情。

446

我又把思绪带回到乔治身上。"不谈论工作了，他告诉我说他想做他自己——我的儿子，而不是我的继承者。"他叹了口气，"我想可能我得放手让他自己去过日子了吧。矛盾之处在于，我辛辛苦苦铺好的路是那么棒，本来还希望他也能走这条路的。我很想他，你知道，碧。我其实经常在想自己作为父亲是不是称职，我做的决定是不是都对。"然后他摇摇头又走进人群之中。

现在他又出现在我的视野中，正在对服务员挥手道别，然后又走到天台上。"要走吗，碧？我可以帮你叫个车。"

"如果可以的话我想在这多呆几分钟，乔治，想多享受一下这一刻和这里的风景。"

他点点头挥挥手。"我会告诉保安。再次恭喜你，今天你让我们全家都很骄傲，亲爱的。"

我从半空的盘子里端了两杯香槟坐到 iPad 吧那边去，喝点酒然后看看表，我知道他会来的，就是知道。望着头顶上如苍白的钟表盘一样的满月月光和城市灯火交相辉映，每一道光从一扇窗户或一辆经过的车里射出来，在我看来都好像在计数，计算着这个庞大的城市的人口增长，每个人都迫切地想留下自己的印迹，作出正确的选择，过上自己生活的最佳版本。

"多美的景色。"我听到一个声音，然后笑着拿起之前去萨尔店里看宝宝时订的花转过头去，果然，亚当出现了。同样的他，又略有不同。没有了那身西装和焦虑的表情，他穿着牛仔裤和连帽衫，手插在口袋里，天台的灯光照着他黝黑而轻松的脸。

"我就知道你会来。"我轻轻说着走向他，手里花香扑鼻。

"看起来我来得正是时候啊。"他笑了，可是眼里却有一丝担忧，"你的仰慕者送的？"他点头看着那束花。

我低头看看，然后又莫测高深地摇摇头。

"应该是才对。"他说着环顾四周，然后尝试似的拉起我的手，"你做的工作真的都很了不起。我很为你骄傲。"

我一阵喜悦，自己也很骄傲。"没有你我也办不到，亚当。"

"你肯定可以啊。"他笑了，"这不成功了！"

我又拉起他另一只手和他面对着面。"即便如此，没有你的支持我也做不到。你永远都让我觉得无所不能，是你给我信心去做那些我从来不敢相信自己能做到的事情。"我靠近他，仰起脸。已经两个月不见我的丈夫了，我不想再多说话，只想好好吻他，然后投入下一阶段的生活。

"你现在肯定相信了是吧？"亚当问道，帮我理理被风吹乱的头发，其实我在考虑要不要剪短了，那样对工作更方便一些。我抬头看着他点点头。

"并且我也已经决定要做什么了。"我坚决地说着，手臂绕过他的脖子双手交握，这样他就不会发现我的手在抖，我不希望他觉得遗憾，也不希望他觉得自己太被动，其实我们都不知道对方会有怎样的决定。他的确回来了，但我们是不是愿意将两个世界融合，跨过那道上次迫使我们分开的障碍呢？

他凝望着我，而我转头看着城市夜景，感到心在狂跳，将要开口

448

的时候声音都在抖。

"亚当，我决定不再住在伦敦了。我不属于这里，其实从来都不。我来的时候只是为了米莉，留下来又是为了你。如果说这几年我真的学到了什么的话，那就是我做决定的基础只在于会不会让我自己开心。"我深呼吸，"我想搬回家一阵，要回大学去完成多年前开始的学位课程。上周我刚知道东安格利亚大学录取了我，让我开始上园艺设计的课。"

"太棒了！"亚当说，我笑了，很开心的同时还是很忐忑，作出这样的选择会不会赔掉我们的感情。可我下定决心冒这个险了。

"我想，不，我知道为了我的幸福——还有健康——我必须能在海边长跑，打理花园，随时见到我妈妈，了解更多关于我爸爸的事情。可能还会试着去找他吧，也可能不会，但我很确定无法再住在这里了，伦敦。"他点点头，仰望着星空，"我知道这些和你的梦想可能格格不入，亚当。"我脱口而出，"和你对未来的设想也不吻合——这让我很害怕，因为我无法想象没有你的生活。"看着眼前这张我挚爱的脸，不能想象会不会下一秒就失去他，这让我备受折磨。这时他走上前一步看着楼下的马路，好像在想象自己生活在别处的样子——可能在城市的马路上游荡，和另一个乐于跟随他到天涯海角的人一起笑着。"那你呢？"我问，掩饰住自己的恐惧。不管结果怎样，我都能承受，"你怎么决定？"

他沉默了一会儿，然后转过头来。"我还在考虑吧，老实说。"亚当看着我，灰色的眼睛定定地盯着我的眼睛。好神奇，我居然变成了那个对自己的决定坚定不移的人，而亚当却在挣扎。"我之所以离开是因为必须独处一阵，想弄明白生活中最快乐的事情。我先去了巴黎，走过我们蜜月去过的地方，把所有画廊和博物馆都去了一遍，甚至还去了我们的秘密花园……可没有你什么都不同了。然后我又去了纽约看看是不是真想搬到那里。我爱那个城市，可我还是无法想象自己一个人搬过去。后来我飞去印度了，想着能在那里找到一些答案，可事实上却一直觉得很孤独。满脑袋想的都是和你在一起看到的那些美妙的日落，在市集游荡，还有一起骑机车的时光。"他紧紧握住我的手，我发现他和我，此刻都一样害怕，"我现在明白生活不只是竞标，或者是晋升，不是要让别人看到你身居高位，或者有一份让父母骄傲的职业，只是在于做什么能让自己开心，和那些人——那个让我最开心的人一起。"我满怀希望地看着他，"事实上，碧儿，我还不知道自己未来想要什么，我已经按照铺就的道路走了太久了，所以现在需要更多时间来考虑。可我唯一确信的就是我想和谁共度余生……"

我深呼吸一口，他捧着我的脸。"那就是你。"他说。

"真的？"我心里开出了花。

他笑指着天空。"真的，跟白昼之后是黑夜一样，跟月亮绕着地球转一样，跟星星永远闪亮一样……"

"那现在怎么办？"他额头抵着我的时候，我低声问。

他耸耸肩"我不知道！天哪，能这样说真是自由啊！我觉得生平第一次不需要看着日程表，或者想着自己的职业规划了。不用老听爸爸说他跟我一般大的时候都在做什么。我只是想花时间享受……未知的一切，然后就是支持你的事业，我想把现在的公寓租出去，希望在诺福克找到一个合适我们住的地方。或许自己创业吧，也可能做一阵自由职业……"

"你也要当临时工啦？"我扬起眉毛，他大笑。

"为什么不？你是我的榜样啊。我觉得每个人都应该花时间好好想想什么事真正能让他们开心……"他顿了顿，"不过可能不用花上7年吧。"他眨眨眼睛，"我会努力比那快一点。"我笑着捶了一下他的胸口，他也笑了，然后低下头吻我，我闭上眼睛感到自己已经飘了起来，可又无比确信会被带到一个安全的地方，一个可以做自己的地方，能够在爱我的人的支持下做出自己的决定又永远不用害怕跌倒的地方。

这就是幸福。

"嘿。"等我终于清醒过来的时候，我低语，"你压着花了。"

"我都知道我在这段感情里面处在什么位置了。"亚当小心地望着那束花，我轻轻地拿花打他，"我要成园丁寡妇了，是吧？"

"这是给你买的。"我把他推开了一点点好给他好好看看，"我挑了这束花就是因为知道你一定会来，就像我明白我自己是谁，想要什么一样，就像我了解你一样。"我把这束蓝白相间的花递给他，然后给他介绍每一种花卉："每一种花都代表你是谁，你对我意味着什么。"他低头看着花，没有插得很密，不是严格的花束，不会获得任何插花大奖，但是切切实实都表达了所有我想对他说的话，"风铃草代表你的不屈不挠，雪花莲代表你积极乐观，永远不放弃我，花毛茛代表你很有魅力。"我顿了顿，"换句话说，因为你真的很帅呀。"他仰头大笑，我接着说，"紫罗兰表示你很谦虚——因为你根本不知道自己多帅——还有勿忘我，因为你有通往我心灵的钥匙。"我暂停了一会儿，突然想到我上次送勿忘我的那个男人，我爸爸，这可能就是让我放开那些回忆的最好办法了吧，终于释怀。

"还有呢，"我继续，"那周围是常春藤，代表友谊、忠诚和婚姻。我希望你知道，和你结婚是我做过的最好的决定。"

Ending and also beginning
写进星星里

我感到自己摔到了线上，不断旋转下坠，后脑勺朝下落地的时候只看见无数星星。

然后，就只有一片黑暗……

1989 年 10 月 15 日

我最最亲爱的小碧儿：

写这封信的时候十月了，正是你七岁生日的第二天，叶子开始落下了，春天像是广袤宇宙中的星辰一样遥远。我今天要走了，因为我实在不能忍受又一年的寒冬，我把这本日记留给你做一个礼物，代表我对你深深的爱，希望它能够帮助你不断成长，如鲜花盛开，即便是我离开之后。我很抱歉事情会变成这样，可有时候像我这样苍老的植物必须找到新的土壤才能生存。但我希望你保证你会长得又大又强壮，你能信任你自己和你做的每一个决定，还要永远记得：在花园——和生活中——一切都有循环。我们选择的每条路、做的每一个选择终有一天都可能会把我们带回自己之前放弃的另一条路上。如果有时候你发现自己只是在原地打转，请记住，只要你记得继续抬头仰望星星，就能找到自己的方向。

给你全部的爱，直到永远。

爸爸

回首又见他

Written in the Stars

Chapter 72

2014 年 4 月 30 日

碧·毕晓普正在为生命之中最重要的一天准备，这次我 100% 地准备好了。

"那么说你准备好了吗，朱丽叶？"米莉探头进来开玩笑说。我坐在床上，见她过来赶紧合上爸爸的日记，然后看着自己在镜中的身影笑了。今早醒来的时候我突然有种冲动，要最后一次好好读一读爸爸写在日记最前面的这封信。然后我就要把日记放到一个隐秘的地方去了，因为我知道现在除了跟随自己的心，我已经不再需要任何向导了。但我还是很高兴能知道日记到底在哪里——不——他在哪里。我希望他今天也在这里，即便肉体不能来，精神也会在。

那就是我一直想要的了。

找到爸爸、真正面对了埃利奥特的事之后，我以一种一年前不曾有过的方式为今天做好了准备。我永远不会忘记基兰和埃利奥特，但这不代表我需要再肩负着那些回忆和罪恶感了。基兰也已经走了，我收到他发来的最后一条信息，说回到朴特茅斯去了，他要离开海军部队，加入皇家救生艇队。他说想要稳定下来，到一个离埃利奥特近一点的地方扎根。他甚至感谢我过去几个月对他的帮助，我也表达了谢意，然后我在脸书上解除了和他的朋友关系。我知道我们永远都不会联系了。

"什么朱丽叶？"我探究地对着她扬扬眉毛。

"罗伯茨啊，茱莉亚·罗伯茨，"她说，"你知道，就是落跑新娘那个电影嘛。"米莉大笑，每笑一下小霍莉都在她胸口颤一下。

"呵呵，真好笑。"我讥讽她，把腿从床上伸出来到霍莉肚子上挠她，"你老妈觉得自己很搞笑。"我在她玫瑰色的脸颊上印上一吻，她咯咯笑着，突然吐奶了，吐得米莉脖子和锁骨上都是。

"好孩子！"我说着还跟小宝贝击了一下掌，米莉手忙脚乱地抓了一块布把奶渍擦干净。

准备的过程好玩极了，过去的时光和所有的经历让我和上次婚礼的感觉完全不同了。更放松，更像我自己。没有香槟，没有束身衣，没有刻板的发型，也没有化妆师，甚至都没有正式的摄影师，只有些罗尼的主意、热热闹闹的音乐和宾主尽兴的欢乐。我一个人溜进卧室换礼服，想要一分钟的独处时间——当然也想看看换好之后大家的反应。

罗尼首先注意到我出场了，双手在面前合成祈祷的姿势。"哦，我美丽的女儿……你看起来就跟你妈妈一模一样！我怎么觉得像在照

回眸又见他

Written in the Stars

镜子啊！"

"多谢了……"我疑惑地说。罗尼穿着又一条艳丽的裙子——青柠绿和紫色——而头发则是一贯的电击冲天式。

米莉安静得不像她，一身 eBay 买来的漂亮黄色长裙配简单的白色平底鞋。我们都决定不穿任何设计师品牌了。米莉现在不工作了，于是变得比较节约，同时为了九月要成立的新公司，她也决定过一种完全不同以往的经济型生活。"你总不能得瑟地自己穿着 Prada 还让别人把钱投来做慈善吧！"她说。

"你好美啊，碧儿。"她抬头看见我说。

"谢谢……裙子确实很好看。"我理理罗尼这条七十年代的轻柔羽毛裙，是她给我当做"古老之物"用的。

"就像为你量身定做的，宝贝。"罗尼说，"当然了，我以前跟你身材差不多，很早很早以前……"然后失望地看着自己丰满的曲线——自从她不再逃避，正式和罗杰在一起之后她又曲线玲珑了，"我公开了恋情，"她自己说的，"却回归了以前肥肥的衣服。"

我的婚纱腰线很高，有长长的雪纺灯笼袖和层层叠叠长及脚踝的蛋糕裙身，感觉就像穿着清新的空气一样。罗尼说那一直都是爸爸最爱的裙子，她说这话的时候哭了，不知道是不是因为她终于放手让爸爸离开了。他们之前从来没有正式离婚，她也承认说几年前就应该离的——和失踪人口离婚总是有办法的——但总是下不了这个决心。"自从我们再见之后我觉得一切都画上了句号，我可以正式说再见了。"她说，不过我也很确定罗杰是她作出决定的原因之一。

"真是完美的新娘啊。"米莉说。

"我不记得上次被人这样形容过呢。"我说着我们俩都笑了。终于可以拿这件事开玩笑了，时间终于久到过去的已经过去了。

我低头看见我的"蓝色之物"，爸爸那本小小的金边日记本，我把它系在勿忘我捧花上。这是这个本子最后一次亮相，之后我就要把它永远地收藏了。

碧·哈得孙：今年的这个时候我在为生命中最重要的一天做准备……

"真不敢相信去年的这个时候我们居然结婚了。"亚当从后视镜看着我，我笑着点点头，更新好脸书状态放下手机，抚摸着这条罗尼在整理阁楼时找出来给我的婚纱裙，想到她笑着说，"这是你爸爸以前最爱的裙子，我希望把它交给你。"然后她也把莱恩离开我们之后住地的地址给我了，"我不知道在那之后他又去哪里了，不过你要真想找到他的话，宝贝，这可能就是一个头绪吧。如果你想的话我可以帮你一起……"

我把那张纸放到口袋里。很奇怪的是我觉得有了爸爸的日记、亚当、我的工作还有大学课程值得期待，还能搬回老家来，人生就已经圆满了。不过谁又知道这想法以后会不会改变呢。

在诺福克呆了一个美好的周末之后我们回到格林尼治，亚当还没定下工作，所以我们经常去格林尼治，想找一套小别墅从九月开始租下来——当然还想尽可能地多和罗尼、凯尔、露西、尼可和尼芙待在一起。

凯尔和露西不在家或者去补觉的时候亚当和我就化身育儿专家，

这时我才真正体会到上次离开亚当，凯尔把我带回家的时候他们所经历的压力，才真正意识到以前只靠通讯工具：短信、电话和脸书状态更新……竟错过了那么多东西，这些工具只不过让人看见生活的表面。现在我和家人呆得越久，就越不能想象之前远离他们的那种生活了。

过去几天我们一直在阁楼上整理东西，和凯尔、罗尼谈论旧日时光和还有爸爸，某些事情的发生让罗尼终于愿意开口了。可能是目睹了我和亚当差点分离的过程让她意识到应该更加放开自己，也可能是亚当诉说他独自在果阿旅行两个月的见闻（那是他寻找自我之旅的一站）激发了罗尼的记忆，又或者是她终于遇见了现在的另一半才决定放手过去。现在她开始研究怎么样跟失踪人口离婚并且开始填写表格了，其实只需要告诉本地法院该人的最后住址就能知道离婚诉状是否生效，如果能证明自己已经试过所有联系办法——她这么多年确实也试过——就可以填一个免除离婚上诉的文书。

我也准备好向前看了，再也没有要找到爸爸的冲动了。可能是因为我也终于放手过去，也可能是因为我上次和亚当分手的时候罗尼最终对我说出了爸爸离开的真相，得知他同样身患抑郁症我也很难接受，因为这又让我想到自己的挣扎，可这同时又提醒我，我已经走过那么远了，我知道我和他已经不在同一条路上。我可以创造自己的命运，追随我自己的星轨。

我有了一种全然不同的生活，望着亚当，我笑了。

我知道那是一种幸福的生活。

"你没拿点酒吗？"我小声对罗尼说，这时我、罗尼、凯尔、米莉、萨尔、麦伦在公园里散步，这就已经是婚礼半数的客人了，这次的婚礼完全不一样。

"肯定拿了啊，宝贝。"她拿出一个塑料瓶子对我眨眨眼。

我喝了一大口然后震惊地叫："居然是水！我以为是金酒啊……"

罗尼挤挤眼睛。"宝贝，我对亚当承诺说今天要有格调地把你嫁出去——清醒的格调。我们再也不想搞出什么闹剧了，对吧？再说了，"她拍了一下我的手，"我感觉你这次也不需要酒壮胆了，对吧？"

我笑了，她的发型还是像遭过电击，每一件配饰都是巨大的、极富戏剧感的，可笑容依旧那么抢眼。我不是很明白她到底哪里变了——但是她看起来舒服多了。以前的她总是费尽心力要装得很开心——随时做"罗尼·毕晓普"，而现在则是发自内心的、不经意流露出来的快乐。罗杰也来了，能看出罗尼很兴奋，我们在果阿离开爸爸之后她说了很多关于罗杰的事，说虽然已经认识几个月了，可是她还有很多事情对他有所保留，不想让他靠得太近，因为爸爸离开之后她一直感觉自己不能再爱了。性不是问题，因为性并不复杂，可爱就完全不同了。她也无法信任任何人，因为她很肯定他们都会像爸爸一样抛弃她，但罗杰是头一个突破她防线的人。他使她不断挣扎要潜心工作，也让她第一次找到了安全感。见到爸爸之后她明白他的离开并不是自己造成的错，他的命运——还有她的——已经分道扬镳了好久，于是她终于不再责怪自己了。罗杰很快成为我家的一员，罗尼也决定再也不用做"罗尼·毕晓普——单身自救导师"了，这二者并非巧合。她写了

回首又见他
Written in the Stars

好几个月作家博客，之后自己出版了一本电子书并在亚马逊上以婚前名罗尼·哈特发表了，作品很快上了畅销书榜，四周以后就达到上本书销量的三倍，书名叫《放手的艺术：如何开启无负担的新人生》。那是一本非常棒的书，之所以这么评价，不光是因为这是她第一本让我看了不会脸红的作品。

我们穿过辉煌的镀金边的大门走上威廉国王大道，路过格林尼治公园的草本花园，园子在这样一个晴好的四月天里好像突然焕发了生机，古树长满了绿色的新叶和粉嫩的花苞，粉紫色的木兰花瓣带着新生的秘密承诺全然盛放。我想到自己上次见到詹姆斯·费希尔，他对我能在东安格利亚大学完成园艺设计学位非常有兴趣。"我要在那边开一家分公司，因为我男朋友和我决定在伦敦和诺福克往来居住。如果你想增加些工作经验，我倒是很想雇一位兼职助理，我可以做你的导师。我之前在那个大学做过讲座，我想他们会同意的……"

我微笑抬头看着山顶上的皇家天文台，天文学家很早就在这里计算过时间和导航，本初子午线从这里穿过，还建了一所天文台。土地、海洋和星空都是从这里开始得到坐标的，今天这儿对我而言就更像是宇宙的中心，至少是我的小宇宙吧。所有一切都串起来了，格林尼治是我重生的开始，是我再次获得幸福的机会，所以我决定在这里结婚。我抬头望着红色时间球，此刻它即将落下，我突然感到一阵冲动。

"我得去一趟。"我深呼吸一口把手从米莉手里抽回来。

"什么？等等！停下来！"我听到她在后面叫，但是我没理会，时间不多了。

"等等！"我说着，亚当在格林尼治公园旁边转过弯去。我打开窗户探出头去想看得更清楚一点。天空是勿忘我的蓝紫色，几缕云彩在天际被涂成粉红，就像小婴儿的皮肤一样，触目所及的绿色草丛中都是黄色的花瓣，仿佛在吟诵春天的赞美诗。亚当熟练地把车停到车位上，我马上打开门，虽然此刻看不见山顶的天文台，可我还是知道它就在那。像是有条看不见的线牵引着我走过去一样。

"你要去哪里？"

"一秒钟！"我跑到车的另一边，敲开他的窗户吻了他一下。他有点吃惊和茫然，但并不担心，"回家之前我得做件事，去一下那个地方……"

"你到底要去哪里？"米莉追上我喘着气说，霍莉在她身上背着的背带里一晃一晃，她抓住我的手，我停下脚步。"碧，我不能再让你重蹈覆辙！"

"不会太久的，米莉，我保证。"我急切地看着天文台，感觉它一直都在凝望着我，等待着一个适当的时机，到时间再让我去做这件事。

"我现在无法解释，但是我必须要去，在嫁给亚当之前必须去一下。"我挣开她的手又开始跑，像是前方有一股磁力吸引着我，"我得走了，但我保证这次会及时回来的！"

"没时间给你看什么星星了，碧！"米莉大叫。

回首又见他
Written in the Stars

"淡定点，米莉！"我笑了，"我会在一分钟之内到花园和你会合的！"然后我又开始狂奔。

我穿过威廉姆国王大道上镀金边的门，罗尼给我的裙裾飞舞着，又路过草本花园和那家小小的咖啡店。我有种难以言说的确信感，必须要到这儿来。

我能感觉到。

这样一个晴朗的周六上午，公园已经有很多人了，我穿过路边汹涌的人潮，有人在遛狗，还有人在骑自行车、玩滑板或者溜冰，有手挽手的情侣，扔飞盘和玩球的家庭。公园就是一个充满生机和色彩的海洋，水仙、郁金香和兰花遍地开放。

山顶的天文台终于出现在视野中，于是我加快了脚步，一边跑一边听着鹦鹉的叫声和那帮孩子玩躲猫猫的欢笑。

"找到了！"一个女孩儿把她朋友从树后拉出来的时候高兴得大叫。这句话正是我此刻心情的写照。我找到自己想要的了，我很清楚自己应该去哪儿，自己到底是谁——这种感觉真的棒极了。路上见到树边的勿忘我，我停下脚步采了几朵做成一束小捧花，这时发现花的颜色和我的日记本是多么相称，上次在米莉家找到日记之后我和它就寸步不离。然后我把本子系到花束上，让它提醒我再也不要迷失生活的方向。

天文台一出现在视野之内，我就马上有一阵冲动赶快跑过去。我穿过骑自行车、玩滑板和溜旱冰的人们，穿过推着婴儿车的母亲和遛狗的人，层层蛋糕裙像波浪一样随着我的脚步摇曳，终于爬到山顶通往天文台的台阶时我没有像往常一样驻足聆听流浪歌手的歌声，而是一路拉着裙裾、握着勿忘我捧花跑着，享受着小腿熟悉的酸痛和耳朵里肾上腺素飙升的轰鸣。台阶上的所有人都停下来看着这个疯狂的新娘，我笑了。

"能让一让吗，拜托？啊哦，对不起！"不小心撞到别人，我道歉说。这种感觉跟年轻时跑过整片沙滩是一模一样的，我这才发现自己多么怀念长跑，于是在心里暗暗发誓要重新开始跑步。这时候整座公园都在我左侧，眼前小路蜿蜒曲折，通向远处那座灰色的死气沉沉的城市。

终于，我气喘吁吁地到达了，站在代表着皇家天文台入口的谢菲尔德门 24 小时时钟前面，此刻时钟的时针和分针正好垂直，笔直的指针跟本初子午线一样。12:55，时间球五分钟之后就会落下。

我来的正是时候。

要是我知道来干吗就好了。

我停在石阶最高处一边喘气一边听流浪歌手的歌声。一手抓着勿忘我，一手从口袋里掏出两英镑硬币，然后把硬币放进歌手的吉他盒子里面，又欣赏了一会儿，歌手对我点头微笑致意。然后我接着往上爬，一开始我跑得很快，但马上又慢了下来，因为这会儿才意识到石阶比看起来陡多了，而我因为七年办公室工作和金丝雀码头公寓的电梯已经长胖了。不过很快就会不同的，亚当和我约定搬到诺福克以后

回首又见他

Written in the Stars

每天都要去长跑，我还可以在花园里劳作，以获得学位证书，还有我和詹姆斯的工作。一切都如此完美地结合在一起，感觉几乎就是……命定一般。真难以想象生活还会以别的方式进行。

我继续爬，这次就慢多了。谢菲尔德门的钟指向 12:55 的时候我终于到了，那里简直挤爆了，除了一帮穿着红色外套的外国学生之外什么都看不见。我焦急地拍拍自己的脑袋，想试试能不能多看到点什么。

我走到弗拉姆斯提德宅邸门口买了一张票走进院子里。收银员看见我的衣服之后扬了扬眉毛。

"你现在不是应该在皇后宫里面吗，亲爱的？那才是通常举行婚礼的地方啊……"

我刚踏入院子就看见一个男人走出来说下一批参观的人可以进去了。大家尾随在他身后，一阵短暂的介绍之后就散开了，院子里空无一人。这真是神奇的一刻。我觉得自己站在世界之巅，在时间的门槛上。这才是一位新娘在婚礼当天应该有的感觉：没有在想过去，也不担心未来，完完全全地处在这一刻——可不知为什么还是有一部分自我缺失了。不是爸爸，或者基兰……那么是什么呢……是谁？

连我都说不清为什么，仿佛被一股磁力吸引住似的朝着本初子午线走去，这条线穿过了院子的右半边。我两条腿分立子午线一侧，然后抬头望天，想象着那些正在等待天黑才出现的星星，而我，也静静等着。

写进星星里

我走进弗拉姆斯提德宅邸的院子里。五分钟前这里还人头攒动，可现在却突然空无一人，最后一拨游客跟在一位很精神的导游身后走了。只有个人背对着我，两腿分立子午线一端，就像上千人——不对，几百万人都站过的姿势一样。太阳高照着，阳光反射在八角观星室的红砖墙和头顶的时间球上。我眺望着皇家海军学院和泰晤士河面映衬的蓝天，基兰和我们的过往在心里一闪而过。我确信不疑地明白尽管永远不会忘记他——还有埃利奥特——过去都已经是过去了。我低头看看手表，紧紧地握住勿忘我退后一步，然后倒着边走边想好好看看这条城市之河，一只手抬起来挡住直射到双眼中的刺目阳光。

突然一朵乌云飘到院子上，子午线的铜线马上变成黑色。我抬头正好看见时间球落下，下午一点了，突然间某种力量推着我撞到某个人身上，我大叫。

我感到有人撞到我，力道大得我整个人飞了起来；在我倒地之前听见那人大叫了一声，然后看见地上的铜质子午线出现在眼前。我感到自己正正摔到线上，脸朝下落地的时候只看见无数星星。

然后，就只有一片黑暗。

我感到自己不断旋转下坠，我后脑勺朝下落地的时候只看见无数星星。

然后，就只有一片黑暗。

回首又见他

Written in the Stars

Chapter 73

　　我醒来的时候院子里还是空无一人，我眨眨眼摸摸头，太阳还在头顶，空气仿佛静止不动——静得像是到了另一个世界，时间停滞了，我自己在这个小小的真空里。头上的天空突然像裂开一样张大嘴巴，我有点困惑，有点挫败，但同时又前所未有地镇定。

　　我突然坐起来，感到一阵眩晕。于是又闭上眼睛努力让自己集中注意力。我知道我应该去个什么地方但却彻彻底底忘记到底是哪了。我抬起手来，这是死了吗？我是鬼吗？希望不是吧。刚刚把生活理清楚就死了真的很烦人。

　　我晕晕乎乎地弯起膝盖把脸埋上去。这时才发现自己穿着一条长长的蛋糕裙，一条轻如羽翼的裙子，貌似是婚纱吧。然后突然像受到重击一样，这次终于不是被地面击中，而是……

　　我赶紧爬起来，我应该要去结婚啊！

　　我终于不想多想了，起身立马开始跑起来，一开始怕自己再晕倒所以跑得有点慢，但脑袋却比任何时候都清晰，然后我加快速度跳了一下，双脚像与秒针共鸣一般落在地上。我眺望整座绿意盎然的公园，花草遍地，鲜艳的水仙和兰花、勿忘我和郁金香都让我想到自己的成长绽放。我找到了自己的根，现在终于可以仰望星空，望向未来了。我跑得越来越快，双腿就像马蹄在无尽的大地奔跑，跑过弗拉姆斯蒂德宅邸，跑出大门，经过眺望着整座公园和这座城市的詹姆斯·沃尔夫雕像，跑步声在耳边回响。我凝视着泰晤士河，看见皇家海军学院和左侧的卡蒂萨克号，突然基兰在脑海中一闪而过，仅仅是一闪而过而已。上次见到他之后，往日终于成为过去了。我继续跑，确信无疑地知道目的地，因为我终于走上正轨了。我跑过阁茶馆，左转，跑下大横路，路过笑指着我——一个穿着婚纱的疯女人的足球少年们，还有正在自行车道上溜冰的一对少男少女，两人的腿也稳稳地跨站在路上，像是分立子午线两端一样，然后看到左边一群孩子在橡树下露营，而我奔跑的声音就像击鼓一样，每一步都带出一段过去。但等我跑到花园中，到达亚当站立的地方的时候，过去就全被置之脑后了。我突然像对着万花筒一样，视线一切换就看见一幅全新的图景：我和亚当坐在茂密的花园里照看着两个小孩：一个鬈发的男孩和一个在爬攀登架的女孩。那幅美好的画卷像个七彩的气泡一样飘在我眼前，然后才渐渐消失。可这次我明白这不是一个遥不可及的梦想，也不是一段我无法选择的人生或者一条不真实的路。这是我正在拥抱的未来。

　　我跑得上气不接下气，满头大汗，脸都红了，终于跑到的时候十多位宾客都茫然地看着我。罗尼和凯尔、亚当父母、萨尔和小麦伦，还有身边的蒂姆。萨尔和蒂姆是唯一没有发现我出现的人，因为他们正沉浸在自己的交谈中。在场的还有尼可和格伦达，当然还有米莉和霍莉。这就是全部的宾客了，没有更多的人，没有商业伙伴和客户，没有失散已久的老同学，没有莫名其妙的脸书朋友。只有几位我们真正关心的人——也真正关心我们的人。

"谢天谢地你来了！"米莉抢先冲过来。

"亚当到了吗？"我竖起一个指头，还在大口喘气。

"他和杰在那边等着呢。"米莉说，"你让我们多担心啊，你知道吗？"

"我知道。"我笑着，"不过你们真不用担心，我知道自己在做什么。"

我招招手让大家走过来，然后挽着罗尼和凯尔走进花园，走向我未来的丈夫。阳光把天空涂上一层柠檬色的光，花苞开始像伴娘在风中的裙裾一般绽放，摇曳生姿。

当亚当转头看我的一刹那，我感觉自己经历完了两种人生，而现在，我深信不疑的是，两者合二为一了。这才是每一个决定、每一次错误、每一条道路和每一颗星星都在指引我走的方向。不管之前的人生做过怎样的选择，向左还是向右，前进还是后退，正确还是错误——我永远都会到这儿，就在这一天和这个男人在一起。不管那些决定会带我去走怎样不同的旅途，我就是知道，命运殊途而同归。

我们是前世注定的。

我握住亚当，宾客们仿佛都消失了，我已经做好准备说出那句决定我未来的话。而这一次，没有任何一丝疑虑。

我愿意。这一次，我确定一定以及肯定的，愿意。

后　记

2014 年 4 月 30 日

"我从没想过要做一个落跑新娘，真的，没有。并不是说我那天早上醒来就预谋：干点什么才能让那些我爱的人惊慌失措呢？尤其是那个全世界我最爱的人……"我的声音瞬间低了下来，根本无法继续这通准备充分的演讲。环顾周围，一张张脸孔兴奋得花枝乱颤。我真的要再撕开旧伤口吗？尤其是今天，大家都只是想来庆祝的时候？

此时几声掩饰尴尬的咳嗽和窃窃私语，让我突然感到胸口涌起一阵慌乱，我想要吐，或更糟，想晕倒。哦天啊，千万别。别再次晕倒。还好这时他捏了捏我的左手，我顿时感到一股暖流，熟悉与自信的感觉让我镇定下来。我转过头看着他，他微笑着朝我点点头，我知道他要我相信自己的直觉。

"其实，我当时并没有想太多，"我继续，"我知道我很紧张，但也就是仅此而已。我当时只顾着想，必须爬起来，必须准备好，必须上车，必须走上婚庆红毯。然后……"我自嘲地笑了一下，"然后大家就都知道了。"

笑声像扬扬撒撒的花瓣一样从半空中坠落。

"我扪心自问，"我继续道，"把丈夫抛弃在圣坛之上，这是我做过的最艰难的决定。很多人说那也是最糟的一个决定。"我对着闺蜜米莉笑了一下，此时她正对着我猛点头，还比了一个赞同的手势。"但不管我多怀疑自己，我知道这不是真的。"我闭上双眼，想起了一个很久很久之前犯的错。我永远不会忘记，但是现在，我终于明白了。尽管疼痛痛彻心扉，但我知道那才是正确的选择。

我又看了看四周，最后视线停留在站在我身边的他身上。感觉他一直都在这里，这一切都已注定。"我希望你们能明白，就是因为那个决定，我现在才能如此幸福……"

我又看看我们的客人，在今天这个特殊的、改变命运的场合都来到格林尼治公园，突然觉得自己特别幸运，我已经跨入新的生活了，面前只有未来，我们的未来。

亚当笑着举起酒杯，我知道他完全能够体会这一切。

"所以现在，请大家举起酒杯，我想祝词。不是祝将来，而是现在；感谢每一段经历，不论好坏，感谢到场的每一位嘉宾——"说到这儿我紧握了一下爸爸的日记，"还有没法赶来，但却冥冥中帮助我和亚当走到这一刻的人。我知道这段路异常艰辛，但我想你们都感同身受，今天才是真正命中注定的那一天……"

然后我们亲吻在一起，那就是我能看见的全部了。

回首又见他

Written in the Stars